단테의 비밀서적

Il libro segreto di Dante
Text: Fioretti Francesco
ⓒ 2011, Newton Compton editori s.r.l.
All rights reserved

No part of this book may be used or reproduced in any manner
whatever without written permission, except in the case of brief quotations
embodied in critical articles or reviews.

Korean Translation Copyright ⓒ 2012 by Little Seed Publishing
Published by arrangement with Newton Compton editori,
through BC Agency, Seoul.

이 책의 한국어판 저작권은 BC 에이전시를 통한 저작권자와의 독점 계약으로 도서출판 작은씨앗에
있습니다. 신 저작권법에 의해 한국 내에서 보호를 받는 저작물이므로 무단전재와 복제를 금합니다.

단테의 비밀서적

프란체스코 피오레티 지음 | 주효숙 옮김

단테의 비밀서적

지은이 | 프란체스코 피오레티
옮긴이 | 주효숙
초판 1쇄 발행 | 2012년 5월 8일

발행처 | 도서출판 작은씨앗
공급처 | 도서출판 보보스
발행인 | 김경용
책임편집 | 이재두

등록번호 | 제300-2004-187호 **등록일자** | 2003년 6월 24일

주소 | 서울시 서초구 서초동 1355-17 서초대우디오빌 1008호
전화 | (02)333-3773 **팩스** | (02)735-3779
이메일 | ky5275@hanmail.net

ISBN | 978-89-6423-141-8 03880

값은 뒤표지에 있습니다.
잘못된 책은 구입하신 서점에서 바꾸어 드립니다.

이 도서의 국립중앙도서관 출판시도서목록(CIP)은 e-CIP홈페이지(http://www.nl.go.kr/ecip)와 국가자료공동목록시스템(http://www.nl.go.kr/kolisnet)에서 이용하실 수 있습니다.
(CIP제어번호: 2012001819)

아무 일도 벌어지지 않는다면, 아무것도 바뀌지 않는다면, 시간은 멈출 것이다.
왜냐하면 시간은 변화 그 자체이기 때문이고, 우리가 알아채는 변화는
시간이 아니기 때문이다. 사실 시간은 존재하지 않는다.
- 줄리앙 바버[†]의 「시간의 끝」 중에서

……악은 자기 자신도 파괴한다.
- 아리스토텔레스의 「니코마코스 윤리학」 중에서

아크리가 상속권을 박탈당했을 때……
……원한, 불화, 증오가 사람들 사이에 뿌리내렸고,
그리고 사랑은 사라졌다……
- 티르[††]의 템플기사단, 「연대기」 중에서

[†] 줄리앙 바버Julian Barbour(1937~) : 영국의 이론 물리학자로 환상과 같은 시간 개념 연구로 유명하다.

[††] 티르의 템플기사단Le Templier de Tyr : 14세기에 불어로 중세 역사를 쓴 작가의 필명.

CONTENTS

프롤로그 † 7

1부 † 25

2부 † 153

3부 † 301

서지(書誌)에 대한 짧은 해설 † 434

한국 독자를 위한 저자의 말 † 440

역자 후기 † 445

프롤로그

1291년 5월 18일 금요일, 아크리†의 산조반니와 우트르메르††에서는 그런 식이었다.

이런 봄날에는 종종 죽을 만큼 목이 마르고, 답답한 공기 때문에 숨이 막힐 지경이었다. 또한 점점 더 피폐해지는 영혼은 결국 하느님께서 믿음이 없는 이들을 정리해 버리실 거라는 의심마저 품게 만들었다. 총구멍이 나 있는 성벽 위로 5월의 무더운 태양이 아직 내리쬐고 있을 때, 그리스 화약이 터지면서 도시 곳곳이 화

---

† 이스라엘 갈릴리 지방 서쪽에 있는 항구 도시. 1291년 아크리 공방전에서 십자군이 다스리던 이 도시가 함락되면서 동지중해에서 십자군 운동이 종결되는 계기가 된다.

†† 우트르메르Outremer: 불어로 '바다 건너'라는 의미로, 11세기 말부터 14세기 초엽까지 시리아와 팔레스타인 지역의 십자군 영토를 가리킨다.

염에 휩싸였다. 그리고 허물어진 성벽에서 일부 수습한 시신들을 옮겨와 쌓아 놓은 광장에는 화장용 장작불이 타고 있었다. 죽을 죄를 지었는지는 중요하지 않았다. 검을 어떻게 잡는지, 혹은 말을 어떻게 타는지도 모르는 평범한 이탈리아인이, 상점 주인이, 그리고 롬바르디아†의 농부가, 기사로 불리기 위해 성스런 전쟁에 끼어든 것만으로도 충분했다. 바자르††에서 대량 학살이 벌어졌다. 하느님과 알 말리크†††의 격노를 불러일으킬 정도의 약탈이 마을에서 자행되었다. 전쟁에서는 누가 죄인이고 누가 결백한지 따질 시간도 없고 중요하지도 않다. 그저 적군에 맞서 싸울 용기가 필요할 뿐이다. 하느님께서 내치시면 결국 온몸의 신경세포는 죽음에 대한 두려움에 사로잡히게 된다. 화염과 연기 속에서 공기를 들이쉴 때마다 엄습해 오는 끔찍한 두려움은 이미 사형선고를 받은 듯 죽음의 맛을 냈다.

그런데 스무 살에는 아니다. 스무 살에 체념할 수는 없다. 어제까지만 해도 머릿속은 한껏 부푼 꿈으로 가득했고, 미래에 목말라 했다. 그리고 가끔씩은(지금 생각해 보니 부드럽기 한량없는!) 달빛에 취하곤 했다. 바이바르스††††가 휴전하는 조용한 시간이면 아직은 전

....
† 이탈리아 북부에 있는 지방으로, 이탈리아 상공업을 주도하는 지역이며 가장 좋은 농업 지역의 하나이다. 이탈리아 면적의 7.9% 정도인 이 지역에 나라 전체 인구의 16%가 살고 있어서 이탈리아에서 가장 인구가 많은 지역이다.
†† 이슬람 사회의 전형적인 재래시장.
††† 알 말리크al-Malik : 이슬람에서 신의 99가지 이름 중 하나로 왕 중의 왕을 지칭한다.
†††† 십자군과의 아크리 공방전을 승리로 이끈 중세 이슬람 세계의 영웅.

혀 알 수 없는, 그러나 언젠가 꼭 하게 될 모험을 상상하며 화려한 운명을 타고났다는 어리석은 상념에 빠져들었다. 그리고 다른 사람들이 어깨를 두드리고 박수를 쳐 대며 격려하는 가운데 미지의 모험을 떠나는 미래의 모습을 따스한 달빛 아래에서 상상했다. 훌륭하다. 아주 훌륭하다. 장한 베르나르드! 그런데 지금은 갑옷과 사슬갑옷을 걸치고 말에 올라탄 채 십중팔구 죽게 될 운명임을 감지할 뿐이다. 적군의 숫자는 열 배 정도 더 많다. 그저 어떻게 죽을지 결정할 수 있을 뿐이다. 최후의 순간까지 사자처럼 맞서 싸우다 저주받은 탑 아래에서 죽어갈지, 혹은 유일한 퇴각로인 육지가 끝나고 앞에 끝없는 파도가 펼쳐져 있는 부둣가를 향해 필사의 도주를 하다가 결국 몰려든 사람들에게 짓밟혀 죽을지를 말이다. 어떤 최후를 맞이하든 아무도 신경 쓰지 않을 것이다. 그저 각자 살아야 한다는 본능에 사로잡혀 있을 뿐이었다. 눈먼 사람들 속에 있는 눈먼 사람마냥, 누가 도망치는지 혹은 마지막 숨을 내쉴 때까지 끈질기게 싸우는지 지켜보는 이는 아무도 없다. 함정에 빠진 짐승처럼 움직이는 너는 살과 뼈로 만들어진 덩어리에 불과하다. 두 명의 적군 노예가 너의 몸뚱이를 다른 수천 구의 시신이 묻힌 웅덩이 안으로 던져 버릴 것이다. 그리고 네가 존재했고, 꿈을 꾸었고, 미래에 대해 목말라했고, 란슬롯[†]이나 퍼시벌처럼 용감한 행동으로 책에 기록되기를 희망했음을 아는 이는 아무도 없을 것이다.

....
†   켈트 신화에 나오는 최고의 원탁의 기사.

아니다. 이 모든 것 때문에, 고작 스무 살 나이에 아직 체념할 수는 없다. 한편 그의 아버지는 단숨에 수프를 들이마시고 일찍 잠이 들었다. 아버지는 그에게 이렇게 말했다.

"너도 한숨 눈을 붙이렴, 베르나르드. 내일은 네 마지막 힘까지 써야 할 테니."

그리고 아버지는 지금 그의 옆에서 말이 안 될 정도로 곤하게 자고 있다. 하지만 베르나르드는 잠들지 못한다. 악에 맞서 싸우는 전쟁 중 죽는 사람은 다 순교자로 천국에 가게 된다는 아버지의 말을 맹목적으로 믿는다고 쳐도, 어떻게 죽기 전날 밤에 아버지처럼 그렇게 평온하게 잘 수 있는지 의아한 생각이 든다. 오십 세가 넘으면 기억들이 희망보다 더 무겁게 여겨지는데, 아버지의 기억들은 반 푼어치의 값어치도 없기 때문에 그런가 보다. 아버지는 베르나르드의 어머니였던 여인이 어떻게 죽었는지, 그리고 왜 평생 짊어질 짐인 듯 어린 베르나르드를 데리고 프랑스에서 아크리의 산조반니로 떠나왔는지 말해 주지 않았다.

"업보를 씻어야지."

아버지는 그에게 되풀이해서 말했다

"태어난 게 죄다."

아버지는 자신의 음욕의 죄로 인해 태어났다는 이유만으로 베르나르드를 살뜰하게 돌봐 주었다. 마음속에서 그 죄는 당연히 시간이 흐르는 동안 희미해졌다. 베르나르드는 어제까지만 해도 자신의 미래를 상상하는 데 거리낌이 없었다. 스무 살의 젊은이는 자신을 낳아 주고 영문도 모른 채 격투를 벌여야 하는 그곳에 자신을 데려온 아버지를 용서하는 수밖에 없다고 마음을 다잡았다.
 그는 밤새 한숨도 자지 못했다. 태양빛처럼 분명하게 마지막 공격이 위급하게 닥쳐오고 있었다. 사기가 충천한 이슬람 병사들은 여러 날째 성벽을 이중으로 에워싸고 불화살과 무거운 바위 포탄을 소나기처럼 퍼부어 댔다. 그들은 성벽을 무너뜨리겠다는 일념으로 집중 공격을 가했다. 성벽의 정면 외벽은 이미 붕괴된 지 삼일째였다. 이슬람 병사들이 무너진 성벽 잔해를 제거하고 모래가 든 부대로 성벽 주위의 물구멍을 막아 버렸다. 수요일에 성벽은 완전히 포위당했다. 사면초가 신세가 된 성벽 안에서 기독교인들은 적군에 대항할 투석기를 만들었다. 하지만 투석기를 쏘아 대면서 병사들은 오랫동안 버틸 수 없으리란 걸 알고 있었다. 어제 한나절은 운이 없었다. 여자들과 아이들을 배에 태우려고 했지만 바다에 폭풍우가 몰아치는 바람에 배는 출항하지 못했다. 여자들은 노예처럼 부리거나 병사들의 즐거움을 위해 쓸모가 있을 수도 있지만 아이들은 그렇지 않았다. 아이들은 전혀 쓸모가 없었다. 아이들은 가축처럼 도살될 것이었다. 우트르메르에서는 그런 식이었다.
 그는 자리에서 일어나 다니엘을 찾아가기로 했다. 다른 방에 있는 그가 밤새 잠을 이룰 수 있었는지 궁금했다. 역시 그랬다. 그는 다행히도 자고 있었다. 그는 자신과 동갑내기이지만 무척 달랐다. 베르나르드는 확신에 찬 다니엘 드 세인트브룬을 늘 부러워했다. 다니엘은 좋은 집안의 막내아들이었다. 자신처럼 음욕의 결과물로 태어난 아이가 아니었다. 그는 어머니의 따뜻한 품 안에서 자란 티가 역력했다. 금발 머리에 잘생겼고, 항상 신중하게 행동했다. 또한 장군의 운명을 타고난 다니엘은 장차 무엇을 할 것인지 자유롭게 결정했다.

'다 부질없어.' 베르나르드는 생각했다. '만일 오늘 죽는다면…….' 순간 다니엘에게 동정심이 일었다. 그리고 자기 자신도 불쌍하기는 마찬가지라는 생각이 들었다. 그는 혼자라는 느낌을 떨쳐 버리고 싶었다. 그런 터라 이 동년배 사내에게 연민을 느꼈고, 우정을 나누고 싶었다. 이제 그 어느 것도 이전 같지 않았다. 그리고 죽음을 앞둔 이 봄날에 하느님은 어느 편인지 묻게 된다.

베르나르드는 본의 아니게 혼자 깨어 있었다. 겉보기에 평온한 것처럼 보이는 시간이었다. 그는 전쟁에 대한 두려움을 감추기 위해 사다리를 타고 성벽 위로 올라가 공기를 마셨다. 그리고 성탑 근처 감시 초소에 다다랐다. 마지막 전투가 벌어지기 전 그는 적어도 둘 중 한 명이라도 다소나마 힘을 보충할 수 있게 교대하자고 경계병에게 제안했다. 그렇게 해서 그는 밤의 침묵 속에 혼자 남게 되었다. 공기는 상쾌했다. 전투가 벌어질 당시 연기로 가득했던 공기가 지금은 숨쉬기 편했다. 성벽 틈새로 흘깃 내다본다. 요새를, 그리고 그 너머에 있는 이슬람 병사들의 막사를 보았다. 그들 막사를 밝히는 불빛이 넓은 바다처럼 끝없이 펼쳐져 있었다. 포도밭과 사원의 작은 탑이 있던 언덕 위에 술탄의 주홍색 천막이 서 있었다. 눈을 들어 무수히 많은 별들이 반짝이는 하늘을 보며 지금 이 세상이 현실이 아니기를 간절히 기도했다. 인생의 봄을 중간에서 막아서는 죽음을 맞이할 준비가 아직 안 되어 있었다.

교대병이 왔을 때 피곤에 지친 그의 눈은 이미 감겨 있었다. 그는 십자군 기지로 돌아오기 위해 지하도를 가로질렀다. 아직 여명이 밝아 오지 않았다. 그런데 갑자기 적군의 북 소리가 무섭게 울려 퍼지고 성난 고함 소리가 들려왔다. 최후의 공격이 시작되고 있는 중이었다. 걸음을 서둘러 성 안마당에 도착한 그는 다들 모여 준비하고 있는 것을 보았다.

"어서 갑옷을 입어!"

그의 아버지가 고함쳤다. 이미 무장한 위대한 십자군의 영웅기사 쥘리엄 드 보쥐를 따라 팔 아래 투구를 낀 채 미소를 머금은 다니엘 드 세인트브룬이 다가오는 게 보였다. 그는 사냥을 나가는 포수처럼 잔뜩 흥분해 있었다. 베르나르드는 무기를 가지러 갔다. 그는 머리부터 발까지 덮어 버리는 철로 된 사슬갑옷을 걸치고 있었다. 불화살이 스치기만 해도 쉽게 불이 옮겨 붙을 위험성이 있는 망토와 조끼는 입지 않았다. 그리고 칼이 달려 있는 벨트와 긴 창과 안에 가죽을 덧댄 원통 모양의 철 투구를 집어 들었다. 마당으로 돌아오자 기사들이 방패를 든 채 전쟁터까지 타고 갈 아라곤 지방의 군마와 노새와 늙은 말을 이끌고 속속 도착하고 있었다. 그들 중 어느 누구도 전투 장소에 가기 위해 말을 타지는 않았다. 전투를 벌이기 직전까지 군마의 기운을 비축해 두어야 하기 때문이었다.

전투용 말이 아닌 승마용 말 위에 올라탄 위대한 영웅기사가 말 사이를 돌아다니며 명령을 내렸다. 베르나르드는 용맹무쌍한 그를 열렬히 칭송했다. 그가 열병중인 가장 나이가 어린 병사들을 격려차 방문했을 때를 떠올렸다. 다니엘이 갑옷에 검이 부딪치고 난투극이 벌어지는 전투를 벌일 때 얼마나 두려운지 그에게 겁 없이 물었다. 그러자 위대한 영웅기사는 미소를 지었다.

"그래, 당연히 속으로는 두렵지. 그런데 한편으로는 다행히도 우리는 여자들처럼 태어나지 않았어. 여자들은 느낌과 이성, 감정과 계산, 사랑, 증오, 그리고 시장 본 물건 값 등 모든 것을 한꺼번에 생각할 수 있지. 자연은 우리 남자들에게 선견지명이 있었어. 우리를 이렇게 만들었거든. 우리 남자들은 한 번에 한 가지만 생각할 수 있어. 심지어 자신이 사랑에 빠진 것조차 알아채지 못하는 일이 종종 발생할 정도로 말이야. 그래서 자네가 피하고 공격하는 전투에 열중해 있을 때는 미처 엄청난 두려움을 의식할 겨를이 없지. 게다가 우리 십자군 기사들은 한 가지 더 행운을 지니고 있지. 바로 죽는 것을 두려워하지 않는다는 거야. 우리 모두는 이교도의 손아귀에 잡혀 수모를 당할 바에는 차라리 죽는 게 낫다고 생각하지. 이교도들은 평범한 그리스도인을 잡으면 존중하며 다루지만, 십자군 기사를 생포하면 온갖 방법을 동원해서 혹독한 대가를 치르게 하거든. 마치 천천히 식사를 음미하듯 집요하게 괴롭히면서 십자군 기사의 죽음을 즐기지. 우리는 승리하거나 죽는 것뿐이야. 항복하는 것보다 죽는 게 오히려 편하다는 뜻이지."

성벽을 지키는 감시병 제라르 드 몬레알이 숨을 헐떡이며 도착하여 보쥐에게 보고했다. 이집트 기병들이 외부 성벽을 에워쌌다. 투석기를 쏘아 대는 병사들은 굴복하고 후퇴할 수밖에 없었다. 망루 위로 기어 올라온 이슬람교도들이 성벽 안으로 몰려들기 시작했다. 감시병들은 성탑을 떠났는데 교대병은 도착하지 않았다. 이동 지하도는 허물어졌다. 지금은 저주받은 탑 바로 아래에서 이교도들과의 전투가 벌어지고 있다. 이교도들 중 일부는 산 안토니오 항구 방향으로, 나머지는 산 로마노 방향으로 향했다.

"제가 싸우러 가겠습니다."

몬레알이 단호하게 말했다.

"아니, 자네는 오지 말게."

보쥐가 그에게 명령했다.

"아니, 어째서요?"

그가 따지듯 물었다.

"당장 배를 타고 키프로스[†]로 가게. 몇몇 생존자들이 자네에게 들려준 십자군 기사의 무훈에 대한 이야기를 기록하게. 그리고 특히 구해야 할 건 9……"

그에게 위대한 영웅기사가 말했다. 베르나르드는 몬레알이 무엇을 구해야 하는지 잘 듣지 못했다. 9 뭘까? 그는 9음절이라는 말을 들은 것 같았다. 시[††]인가? 순간 십자군 기사들의 비밀을 간직한 새로운 십자군의 편성을 상상했다. 시에 적혀 칭송받는지의 여부에 아랑곳하지 않는 십자군들은 미스터리한 메시지를 지키기 위해 죽음을 맞이하게 될 것이었다. 하지만 지금은 뭐가 중요한가? 베르나르드는 그들 모두 죽어야 하는 이유를 전하기 위해 살

………
[†]   지중해 동부에 있는 섬나라로 소아시아와 인접해 있다.
[††] 2, 5, 8번째의 음절에 악센트가 있는 1행 9음절로 구성된 시.

아남아야만 하는 제라르 드 몬레알이 부러웠다. 자신이 몬레알이 었으면 좋겠다는 생각에 빠져들었다. 무기 들고 싸우는 대신에 펜을 들고 쓰는 걸 배웠더라면…….

보쥐는 열병해 있는 병사들에게 움직이라고 명령했다. 그는 수도사들이 부상자를 치료하고 있는 건물로 이동하여 그들도 데리고 나왔다. 그리고 재빠르게 산 안토니오 항구로 향했다.

우트르메르에서는 그런 식이었다.

이 봄날, 죽음의 날에 아크리 산조반니의 성벽 안에서, 하느님의 자비를 필요로 하는, 영웅주의에 들뜬 삼십 명의 그리스도인 기사들은 수천여 명의 이슬람 병사와 궁수들로 이루어진 돌격대와 싸울 준비를 하고 있었다. 그러나 그 공격이 어떻게 끝날지는 불을 보듯 뻔했다. 이슬람 병사의 숫자가 압도적으로 많을 뿐 아니라 훨씬 더 체계적으로 훈련을 받았기 때문이었다. 첫 번째 줄에는 커다란 방패를 든 이슬람 병사들이 방패를 땅에 박고 버티어 선 채 십자군 기사들의 공격을 막아 내고 있었다. 그리고 그 뒤로 그리스 화약[†]을 쏘아 대는 궁수들이 있었고, 마지막에는 투창과 깃털 달린 화살을 쏘아 대는 병사들이 버티고 있었다. 그들과 마주한 십자군들은 공격을 지휘하는 쥘리엄 드 보쥐를 중심으로 그 주변에 줄지어 서 있었다. 베르나르드는 다니엘과 자신의 아버지 사이에 있었다. 위대한 영웅 기사의 고함 소리에 그들은 구호를

---

† 비잔틴 제국 시대에 그리스인들이 사용하기 시작한 액체 화약으로 로마 화약이라고도 불린다.

외쳤다.

"우리를 위해서가 아니고, 주여! 우리를 위해서가 아니고, 당신의 이름에 영광을 드높이기 위하여!"

그리고 십자군들은 군마에 박차를 가하며 화염, 화살, 투창이 쏟아지는 가운데 서서히 속도를 높여 달려갔다. 어느새 이슬람교도들에게 바짝 다가갔을 때 베르나르드는 자신의 오른쪽에 있던 다니엘이 넘어지는 모습을 얼핏 보았다. 그가 공격을 받은 것인지, 아니면 그의 말이 공격을 받은 것인지는 알 수 없었다. 하지만 잠시 생각할 겨를조차 없었다. 등자에 발을 대고 최대한 말을 몰아 반격할 태세를 신속히 갖춰야 했기 때문이었다. 막아선 방패벽에 부딪치면서 격렬한 충돌이 발생했다. 첫 번째 줄에 서 있던 보병들은 돌진하는 말에 부딪쳐서 넘어져 쓰러지고 창에 찔려 관통 당했다. 그 창은 표적을 정확히 맞추었고 적군의 몸을 뚫어 버렸다. 베르나르드는 첫 번째 줄의 병사들을 말을 타고 건너면서 쓰러뜨린 뒤 두 번째 줄에 있던 병사를 창으로 찔렀다.

십자군들은 두 번째 공격을 위해 즉시 물러섰다. 그리고 엄청난 양의 투창과 화살이 쏟아지는 가운데 뒤로 돌아왔다. 베르나르드는 적군의 대열에서 아주 가까운 곳에 다니엘과 그의 말이 쓰러져 있는 광경을 목격했다. 그는 멈추어 서서 자신의 말 위에 다니엘을 태우고 싶었지만 그럴 수 없었다. 십자군 병사들 사이에서 명령은 매우 엄격했다. 전투의 결과는 예측할 수 없었다. 하지만 사소한 실수도 아주 적은 성공 가능성을 위태롭게 할 수 있었다. 그래서 멈추지 않고 지나쳤다. 군마를 잃은 영국 기사도 걸어서 퇴각하는 중이었다. 갑옷 사이로 보이는 윗도리에 불화살을 맞았을 때 영국 기사는 그들에게서 한 걸음 떨어진 곳에 있었다. 그들은 그에게 달려가지 못했고, 큰 냄비 속의 생선마냥 불에 타죽어 가는 그가 질러 대는 끔찍한 비명 소리를 들을 뿐이었다.

  이슬람 병사, 즉 이집트 기병들은 잠시 휴전하는 사이 방패를 치켜들고 전진하기 시작했다. 최전방의 십자군 기사들이 방향을 돌려 다시 줄을 지어 대열을 갖추더니 칼집에서 칼을 꺼내 들고 싸울 준비를 했다. 그리고 그들 한가운데에 있던 위대한 영웅기사가 전속력으로 공격을 개시했다. 터키인들이 굴복하고 방패를 땅에 떨어뜨렸다. 그러나 비 오듯 쏟아지는 이슬람 병사들의 화살 공격은 멈추지 않았다. 베르나르드는 다니엘이 쓰러져 있는 지점까지 이집트 기병들이 다다른 것을 보았다. 시야에서 사라진 다니엘은 그들의 발 아래 짓밟혔다. 고통이 엄습해 왔다. 두려웠다. 그러나 방금 목격한 영국기사가 맞이한 것과 같은 소름끼치는 최후를 피해야만 했다. 그는 아직 걷고 있지만 찢어진 갑옷 사이로 날름거리며 뿜어져 나오는 불꽃 때문에 철로 만든 등잔을 걸치고 있는 것 같았다. 마지막 공격에 박차를 가하고 있는 다른 이들과 재빨리 대열을 맞추어야만 했다. 격렬한 충돌이 발생했다. 적군의 첫 번째 줄이 완전히 쓰러졌다. 십자군 기사들은 칼과 둥근 방패로 사방을 내리쳤다. 말을 타고 무거운 철기로 무장한 그들은 스스로 무적이라고 느꼈다. 십자군 기사 각자는 혼자서 십여 명의 적군을 죽일 수 있었다. 하지만 검을 휘두르며 벌이는 이런 전투는 오래 걸리기 마련이다. 불꽃과 태양의 열기는 서서히 갑옷과 헬멧을 달구었다. 엄청나게 쏟아지는 그리스 화약의 검은 연기 때문에 그리스도인들은 서로의 얼굴을 알아보기조차 힘든 지경에 이르렀다. 그들은 땀을 비 오듯 흘렸고, 숨쉬기조차 힘들어했으며, 서서히 힘이 빠지기 시작했다. 그들의 움직임은 점점 더 둔해지고 흐트러졌다. 그는 자기 아버지가 쓰러지는 것을 보았다. 헬멧과 사슬갑옷 사이를 공격한 화살이 아버지의 목에 박혀 있었다. 그는 울고 싶었다. 그러나 그럴 시간조차 그에겐 허락되지 않았다. 한 터키 병사가 그의 군마에 상처를 입혔다. 온몸에 들끓는 분노를 모두 담아 아버지, 다니엘, 말의 복수를 하기 위해 터키 병사를 있는 힘껏 내리쳤다. 드디어 재빠르게 퇴각에 성공한 베르나르드는 땅에 쓰러진 군마들 사이에서 난투극이 벌어지던 곳을 가까스로 벗어났다. 화염이 자욱한 가운데 다시 일어난 그는 비 오듯 쏟아지는 화살 아래로 더욱더 빨리 걷기 시작했다. 쥘리엄 드 보쥐의 검은 그림자가 그를 지나치는 게 보였다. 기수를 앞세운 보쥐는 후퇴하고 있는 중이었다. 베르나르드는 그의 곁에서 떨어지지 않기 위해 힘겹게 걸음을 재촉했다. 고함쳐 보쥐를 불러 세우는 스폴레토 요새의 십자군들이 보였다.

"대장님, 죄송하지만 어디로 가십니까? 당신이 아크리의 산조반니를 버리신다면 이곳은 머지않아 함락되고 말 겁니다!"

그러자 위대한 영웅기사는 팔을 들어 겨드랑이 아래 살이 찢겨져 나간 치명적인 상처를 보여 주었다. 파고든 화살 때문에 갑옷을 제대로 펼칠 수도 없는 지경이었다.

창의 장대가 한 뼘 정도 깊이로 몸 안에 박혀 있었다.

"이런 지경이라 죽기에 좀 더 조용한 곳을 찾고 있네."

그가 속삭이듯 말했다. 그는 마주한 이슬람 적군 때문에 절망했다. 이제 다들 알게 될 것이다. 우트르메르가 정말로 사라져 버렸음을.

부하들이 말에서 내려 그를 에워쌌다. 그리고 장방형의 기다란 방패 위에 그를 조심스레 내려놓았다. 그를 옮기려는 순간에 도착한 베르나르드는 산조반니 성문까지 걸어서 그를 옮기는 데 힘을 보탰다. 그런데 성문 앞에 다다르자, 성벽 주위 개천 위에 설치된 도개교(跳開橋)†가 닫혀 있는 걸 볼 수 있었다. 그래서 그들은 댐즐마리 성당이 있는 다리까지 힘겹게 더 가서 거기로 들어갔다. 무장한 영웅기사를 내려놓고 그의 어깨를 감싼 갑옷을 벗겼다. 그런 다음 아주 조심스럽게 창을 빼내고 쉴 새 없이 피가 흘러내리는 상처를 정성껏 소독했다. 쥘리엄 드 보쥐는 눈을 뜨고 있지만 아무 말도 하지 않았고 비명도 지르지 않았다. 그저 체념한 듯 벌어지는 상황을 지켜보며 용기를 북돋아 주려는 듯 베르나르드의 손목을 꼭 쥘 뿐이었다.

그들은 그를 옮겨 배를 타고 바다로 나아가기로 결정했다. 그들은 바닷가에서 필사적으로 배를 타고 떠나려는 사람들을 만났다. 사람들은 이집트 기병들이 이미 저주받은 탑을 점령했고, 산 로마노에서는 전쟁 무기를 박살냈다고 말했다. 이제 이집트 기병들이 구시가지 한복판으로 곧 들이닥칠 테고, 십자군의 요새는 겨우 며

---

† 큰 배가 밑으로 지나갈 수 있도록 하기 위하여 위로 열리는 구조로 만든 다리.

칠 더 버틸 것이다. 게다가 위대한 영웅기사는 의식을 잃었다. 지금 베르나르드는 자신이 공포에 사로잡혀 있음을 알아챘다. 숨쉬기 힘든 늦은 아침나절의 열기는 참을 수 없을 지경이었다. 경련하듯 온몸이 사정없이 떨리기 시작하더니 진정될 기미가 보이지 않았다. 더 이상 숨을 쉬기도 힘들었다. 거기 바닷가에서 그는 더 이상 쓸모가 없었다. 그래서 그는 도망치기로 결심했다. 몽마르트 구역을 단숨에 가로질러 달려갔다. 구시가지 안으로 들어간 그는 잠시 숨을 고르기 위해 걸음을 멈추었다. 그는 골목길에 숨어 쭈그리고 앉았다. 천천히 달아오르는 열기 때문에 델 것처럼 뜨거워진 갑옷을 벗어 던졌다. 드디어 그는 이제 울 수 있었다. 자신의 아버지를 위해, 다니엘을 위해, 쥘리엄 드 보쥐를 위해, 우트르메르의 최후를 위해…….

그때 가까운 광장에서 비명 소리가 들려왔다. 여자들과 아이들이 도망치는 광경이 보였다. 침입에 성공한 이집트 기병들의 첫 번째 소대가 도착한 것이었다. 그들은 앞으로 전진하면서 전리품을 챙겼다. 그들 중 두 명이 열다섯 살 정도 되어 보이는 어린 소녀를 생포했다. 그러고는 누가 그녀를 차지할지를 놓고 싸우고 있었다. 그들은 칼집에서 칼을 뽑아들고 자기네끼리 결투를 벌이기 시작했다. 소녀는 도망치려고 시도했다. 순간 그들 중 한 명이 잽싸게 몸을 날려 그녀의 머리카락을 움켜잡았다. 그는 보기에도 끔찍한 언월도(偃月刀)[†]를 사정없이 휘둘러 그녀의 머리를 단칼에 베

---

† 옛날 무기의 하나로, 초승달 모양으로 생긴 큰 칼.

어 버렸다. 그러고는 웃음을 터뜨리는 동료에게 그 머리를 내던졌다. 그들은 그녀의 시신을 각자 한 조각씩 나누어 갖고 이전처럼 다시 친구가 되었다. 우트르메르에서는 매사가 그런 식이었다.

그는 제노베제 구역의 골목길을 달리기 시작했다. 아주 빠르게 항구에 도착했지만, 어느새 주변 거리는 바다로 도망치려는 사람들로 아수라장이 되어 있었다. 갤리선[†]에 다 타지 못할 정도로 엄청나게 사람이 많았다. 사람들 사이에 끼인 채 그는 어떻게든 앞으로 나아가기 위해 애를 썼다. 그는 자기 앞에 있는 한 임산부를 보았다. 포장도로 위에 쓰러져 있는 그녀는 더위 때문에 숨이 막혀 죽었다. 사람들이 그녀를 밟고 지나갔다. 그렇다. 터키인들이 도착하고 있는 중이었다. 당장 배 위에 올라타지 못하면 무자비한 살육이 기다리고 있을 뿐이었다. 이슬람 왕조의 노예 병사 한 명이, 2년 전 트리폴리에서처럼 악명 높은 잔혹함을 드러냈다. 그는 최대한 두 팔을 벌리고 칼을 휘둘렀다. 그리고 그에게서 살아남은 자는 자신의 목숨을 구하기 위해 노인들과 여자들을 인정사정없이 떠밀어 냈다는 이유로 두고두고 부끄러워하게 될 것이었다. 그러나 지금은 이를 걱정할 겨를이 없었다. 부두 근처 바닷가에 떠다니는 나무가 눈에 띄었다. 너무 많은 사람들을 실은 탓에, 부두에 붙들어 매어 놓은 밧줄을 미처 풀기도 전에 침몰해 버린 배의 잔해였다. 수영할 줄 모르는, 갑판에 있던 사람들의 시신이 물 위를 둥둥 떠다녔다. 십자군의 거대한 전함 포콩이 분주히 출항을 준비하고 있는

....
[†] 고대 그리스나 로마 시대 때 주로 노예들에게 노를 젓게 한 배.

부두 끝에서 동료 한 명이 베르나르드에게 어서 오라고 손짓하는 게 보였다. 베르나르드는 그에게 다가가기 위해 사람들을 밀쳐 대며 걸음을 옮겼다. 어쨌든 아무도 이 불쌍한 사람들을 배에 태워 주지는 않을 것이었다. 그리고 왕과 남작들은 훨씬 전에 이미 출발했다.

몇몇 십자군 기사들이 승선할 사람을 선별하는 배가 정박해 있는 곳에 거의 도착했을 때, 그는 등에 찌르는 듯한 통증을 느꼈다. 피 묻은 날카로운 칼끝이 오른팔 아래 가슴팍에 불쑥 튀어나와 있는 게 보였다. 그보다 더 잔혹한 누군가가 배에 올라타기 위해 검을 휘둘러 길을 튼 것이었다.

그가 땅에 쓰러졌다. 목구멍 속에 회오리바람이 불었다. 영원한 어둠이 두려웠다. 세 명의 여자와 노인을 팔로 밀쳐 낸 그는 한 명의 그리스도인에게 살해당했다. 이제는 순교자들의 천국에도 갈 수 없게 되었다. 죽는 순간 전광석화처럼 눈앞에 삶이 펼쳐진다는 뜬소문을 어디선가 들었다. 별로 오래 살지 않은 삶일 것이었다. 그래서일까. 아무것도 보이지 않았다. 덜덜 떨면서 질질 끄는 무수한 발의 밀림 사이로 죽어 가는 바다의 종말이 눈앞에 보일 뿐이었다.

1부

몇 시이건, 대략 여섯 시 혹은 여덟 시에 완성된 시편들을 다른 누군가가 보기 전에, 그 누구보다 존경하는 카네 델라 스칼라 씨에게 보내는 건 그의 습관이었다. 그는 스칼라 씨가 읽고 난 뒤에야 원하는 사람에게 복사본을 나누어 주었다. 그런 식으로 마지막 열세 곡의 시편을 제외하고 모든 시편을 지닐 수 있었다. 그는 완성된 시편을 미처 보내지 않은 채, 그리고 그 어떤 단서도 남기지 않은 채 숨을 거두었다. 그래서 이 시편이 후손이나 제자에게 남아 있는지 찾아보았다. 여러 차례, 그리고 여러 달에 걸쳐 그의 『신곡』[†]의 마지막 부분에 관한 글을 수소문했다. 하지만 그 어떤 방법으로도 시편을 찾지 못했다. 그의 친구 대다수는 그가 자신의 『신곡』을 완성할 수 있도록 얼마간의 여유도 허락하지 않은 신에 대해 분노했다. 아무리 수소문을 해 봐도 찾을 길이 없어 절망하였다.

– 조반니 보카치오의 『단테에 대한 찬미가』 중 일부

[†] 아직 단테가 살았던 시기를 배경으로 한 이 작품 『신곡』 원작에는 'divina commedia'이 아닌 극 'commedia'이라고 적혀 있으나, 번역 시 독자의 이해를 돕고자 『신곡』으로 해석하였다.

1장

1321년 9월 13일.

　내 삶의 한가운데에서 나는 지옥의 문으로 갈 것이다.
　조심스럽게 땅을 밟으며 바닥에 한쪽 발을 내딛는 동안 왜 그런 생각이 문득 떠올랐는지 모를 일이다. 비밀에 쌓인 그 말은 고대의 예언자들 중 가장 위대한, 유다의 아카즈 집정관이 했던 말이다. 한창 나이인 서른세 살의 그와 같이, 어쩌면 삶의 한가운데를 살아가고 있는 모든 이들에게 불시에 벌어질 수도 있는 일일 것이다. 지옥의 가장자리에서 춤을 출 때처럼 설명할 수 없는 공허감에 사로잡힐 수도 있다. 특히 끝을 알 수 없는 병약한 고독에 빠져 방향을 잃고 불안하게 비틀거릴 때면, 갑자기 모든 게 부질없다는 생각이 들기 마련이다. 심지어 다른 생각을 하더라도 결국에는 헛되고 헛되다는 생각만 들 뿐이다. 자기 자신에게 정직하고 싶으면 곤란한 지경에 빠졌다고 인정할 필요가 있다. 그렇지 않으면 퇴락한 환상에 매달리게 되거나, 실패에 대한 알리바이를 억지로 만들어 내고, 양심을 속이는 말로 자신의 마음을 안심시켜 헛된 희망을 품게 할 위험성이 도사리고 있다. 적어도 기만을 감지하고 자신에 대해 참을 수 없을 정도로 침묵하는 하늘의 뜻을 알아채는 순간은 찰나에 불과하다.

일순간 그는 자신의 발 앞 저기 어둠 속에 지옥의 심연이 열리는 듯한 기이한 느낌이 들었다. 다른 사람들의 삶에 대한 자각, 자신의 삶에 대한 자각이 그곳에 있었다. 그리고 그 찰나에 모든 이의 인생사는 초원 위를 굴러다니는 마른 잡초보다도 중요하지 않게 여겨졌다. 그렇게 삶을 마무리해야만 했는지, 자신의 삶의 여정 중 사소한 사건들이 적당하게 연속적으로 발생한 의미가 무엇이었는지 의문이 들었다.

아무튼 그 생각에 빠져 오랫동안 머뭇거릴 시간이 없었다. 어느새 말에서 내려 지금은 말고삐를 잡고 그 말을 끌고 가고 있기 때문이다. 그리고 길을 잃어버린, 칠흑같이 어두운 숲 속에서, 아주 천천히 힘겹게 앞으로 나아가느라 무척 조심해야 했기 때문이다. 그는 걸음을 옮길 때마다 바지와 망토를 잡아 찢는 담쟁이덩굴, 찔레 덤불, 서양호랑가시나무 등의 관목이 뒤얽혀 있는 그 숲 속을 빠져 나갈 수 있을지 전혀 알 수 없었다. 날카로운 나뭇가지를 피하기 위해 정신없이 휘저어 대다가 멀쩡하던 팔에서 피가 흘렀다. 이따금씩 들려오는 덤불이 잘리고 자갈이 무너져 내리는 소리는 형언할 수 없을 만큼 무시무시했다. 목이 쉰 지옥의 심판관이 무자비하게 질러 대는 소리 같았다. 심지어 그에게는 발 아래 밟힌 덤불마저 "네 탓이야"라고 호되게 질책하는 것만 같았다. 이는 분명히 불안한 양심의 목소리에 불과했다. 그를 역경에 빠뜨리고 무슨 죄가 됐든지 그 죗값으로 그에게 형벌을 내리는, 피할 수 없는 고문이 발을 내디딜 때마다 계속되었다.

 길이 나 있지 않은 곳에서 길을 찾으며 추적당하는 도적마냥, 정체를 알 수 없는 적의 손아귀에 떨어지지 않기 위해 필사적으로 도망치는 그는 그곳에서 최후를 맞이해야 할 정도의 그 어떤 잘못도 결코 저지르지 않았다. 어쩌면 한낱 환상에 불과하리라. 환상이 아니라면 적어도 다른 사람이 진 빚을 대신 갚기 위해 마련된 여정에 불과하리라. 이탈리아는 그렇다. 굉장히 거친 땅이다. 모든 이들이 서로 반목하며 전쟁을 벌이는 곳이다. 지금 그곳 숲 속에는 나뭇잎 사이로 햇볕 한 줄기 비추지 않을 정도로 서양물푸레나뭇가지의 잎사귀가 빽빽하다. 어둠 속에서 말이 신경질적으로 울어 대는 소리만 들렸다. 공기는 후텁지근하고 바람은 전혀 불지 않았다. 그의 목은 바짝 말랐다. 피로하고 흙먼지로 지저분한 그는 극심한 갈증으로 쓰러질 지경이었다.

 그는 또다시 쓰러졌다. 이미 여러 번 쓰러졌었다. 쓰러질 때마다 다시 일어나기가 점점 더 힘들어졌다. 계속해서 걸으려고 안간힘을 썼다. 계속 한 방향으로만 걸었더라면 이미 숲을 빠져 나갔을 것이다. 언젠가는 끝나기 마련인 숲을 쓸데없이 빙빙 도는 최악의 사태가 나고 말았다. 그래도 그는 살아서 숲을 빠져 나갈 수 있을 거라고 믿었다. 이따금씩 초감각적인 능력을 발휘하는 경험을 한 적이 있었다. 언젠가는 환한 불빛 아래 길을 찾을 수 있기를 기원하며 전혀 보이지 않는 어둠 속을 손으로 더듬으며 앞으로 나아갔다. 그렇게 사방이 칠흑같이 어두운 숲이었다.

일직선으로 곧장 걸어가기 위해 부단히 노력했다. 오르막길이 시작되고 있다는 걸 감으로 알아챌 수 있었다. 골짜기 숲이었다. '어쩌면 경사진 언덕에서 태양을 다시 볼 수 있을 것이고 잃어버린 길을 찾을 수 있을 것이다. 어쩌면 아펜니노 산맥의 마지막 구간의 내리막길이 시작될 수도 있을 것이다. 빛을 다시 볼 수 있으리라는 희망을 버리지 말아야 한다.' 그는 다시 일어섰지만 서어나무 그루터기에 돋아난 새 가지 사이에 걸려 넘어졌다. 그리고 다시 시신처럼 쓰러져 있었다. 속눈썹이 절망으로 촉촉해졌다. 이번에 넘어질 때 말고삐를 놓치는 바람에 잃어버린 말을 더 이상 볼 수 없게 되었기 때문이다.

그는 눈을 감고 흥분을 가라앉히려고 애를 썼다.

눈을 적시는 눈물 사이로, 높이 달린 단풍나무의 긴 줄기를 스치며 흰색 조끼의 가장자리 같은 빛이 언뜻 보였다. 어쩌면 천사이거나, 혹은 여자 유령 같았다. 그는 눈을 훔치고 정면을 응시했다. 도저히 빠져 나갈 수 없을 정도로 빽빽한 숲의 나뭇잎 위로 내리쬐는 칼날 같은 한 줄기 빛에 불과했다. 심장이 덜컥 내려앉는 것 같았다. 손으로 무릎을 짚고 일어나 몇 발자국 걸었다. 오르막길이 험해질수록 나무가 줄어들었다. 그가 말했다.

"해냈어!"

이제 한 걸음만 더 가면 숲의 가장자리를 벗어날 수 있을 것이었다. 쩍쩍 갈라진 붉은 흙으로 덮여 있는 황량한 광야가 펼쳐지면서 숲은 끝이 났다. 그는 숲을 벗어났다는 사실이 도무지 믿기지 않았다. 황폐한 산길 너머 정상에 막 떠오른 빛나는 태양이 보였다.

그리고 멀리서, 바짝 말라 버린 대지 위에 알파벳 L자가 보였다. 반점이 있는 가죽이 덮인 커다란 대문자였다. 분명 스라소니였다. 한눈에 알아볼 수 있었다. 아니면 어깨를 핥으며 쭈그리고 앉아 있는 표범인가? 깜짝 놀라 걸음을 멈추었다. 그리고 도대체 여기가 어디인지 자문했다. 끔찍한 야수는 여전히 꼼짝 않고 거기에 있었다. 놈은 지금 그를 뚫어져라 응시하고 있었다. 악마의 형상이 확실했다. 놈은 L자 모양으로 자세를 유지한 채 겉모습을 바꾸고 있었다. 거대한 사자의 모습으로 변하고 있었다. 그렇다! 어느새 놈은 **빽빽한** 갈기를 가진 오만한 사자가 되어 있었다. 주변 분위기를 공포로 떨게 하며 위풍당당하게 네 발로 버티고 서 있다. L자는 악마 루시퍼의 L자로, 지옥의 왕을 의미하는 암호가 틀림없다고 그는 생각했다. 종종 악마는 무형의 프로테우스†처럼 겉모습을 바꾸며 짐승의 모습을 취한다. 지금 그 짐승은 비쩍 마르고, 굶주린 암 늑대로 변신하는 중이었다. 순식간에 변신한 암

---

† 예언의 힘을 지닌 바다의 신으로, 겉모습을 자유자재로 변신한다.

늑대가 그를 노려보고 있었다. 무시무시하고 거대한 짐승이 군침을 흘리며 그를 향해 앞으로 걸음을 옮기기 시작했다.

그는 전혀 움직이지 않고, 숲을 향해 도망칠 준비를 하고 서 있었다. 갑자기 암 늑대가 그를 향해 달리기 시작했다. 하지만 공포에 질린 그는 옴짝달싹할 수 없었다. 그때 사냥개가 눈에 띄었다. 민첩한 사냥개 베르트라구스[†]인가? 그레이하운드인가? 어디서 갑자기 튀어나왔는지 모르지만 녀석은 암 늑대를 쫓기 시작했다. 두 마리 짐승이 빠르게 가까워지고 있는 중이었다. 그런데 그의 몸이 더 이상 말을 듣지 않는 것 같았다. 영혼이 그의 몸에서 떨어져 나갔는지 도망쳐야 한다는 생각이 다리에 도통 전해지지 않았다. 암 늑대가 거의 그를 덮치기 직전이었다. 공포에 사로잡힌 그는 최후의 순간이 왔다고 생각했다. 순간 땅이 무시무시하게 움직이기 시작했다. 그러고는 그의 발 앞에서 땅이 갈라지더니 끝을 알 수 없는 심연이 펼쳐졌다. 암 늑대가 옆에 바짝 붙은 사냥개와 함께 그 안으로 떨어졌다. 용암이 끓고 있는 땅 속 깊은 곳까지 한없이 아래로 떨어진 암 늑대는 그렇게 밖으로 내뱉어져 지옥으로 다시 삼켜졌다.

식은땀을 흘리며 눈을 뜬 그는 방금 꿈에서 보았던 끔찍한 광경 때문에 여전히 떨고 있었다. 진짜 늑대들이 들끓고 있는 어둡고 깊은 숲 속에서 다시 잠이 깼다는 사실에 안도감이 느껴질 정도였

....
[†] 그레이하운드의 조상 견으로 알려져 있다.

다. 마지막으로 넘어졌던 곳에서 잠이 들었던 것이다.

"이래서 악몽도 쓸모가 있군!"

그가 말했다.

"살아가야 할 일상의 고통스런 현실이 오히려 반가운 걸."

피곤에 지쳐 잠든 게 틀림없었다. 그는 시간 감각을 완벽하게 잃어버렸다. 시끄러운 말울음 소리를 듣자 마음이 가라앉았다. 자신의 말이 거기 근처에 있었다.

그러고 나서 무슨 꿈을 꾸었지? 길을 떠나기 전에 다시 읽었던 『신곡』의 제1곡에 등장하는 장면이었다. 스라소니, 사자, 암 늑대는 각각 음욕, 오만, 탐욕의 상징으로 어두운 숲에서 단테가 빛을 향해 가지 못하게 방해했다. 새삼 꿈으로 드러난 그 내용에 대해 그는 곰곰이 생각하기 시작했다. 그 짐승들의 이름은 한결같이 L로 시작했다.† 3마리 맹수는 무엇보다 그 맹수들을 만들어 낸 루시퍼의 첫 번째 시기를 드러내는 것일 가능성이 있었다. 그리고 사냥개 베르트라구스가 그 맹수들을 지옥으로 다시 돌려보낼 것이다. 그가 라벤나에 도착하면 단테 알리기에리를 개인적으로 만나 그 꿈에 대해 이야기하며 같이 웃어 댈 것이었다. 마침내 당대 최고의 위대한 시인이 된 그에게 그 꿈을 이야기하고, 집필중인 위대한 작품 『신곡』에 대한 모든 궁금증을 낱낱이 물어볼 수 있을 것이다. 『신곡』의 제1곡에 등장하는 정체를 알 수 없는 그레이하운드가 무엇을 암시하는지, 그리고 라틴어 숫자 DXV 즉 515로 암

---

† 스라소니Lynx, 사자Leon, 암 늑대Lupa.

시된 또 다른 복수자의 정체는 무엇인지 물어볼 것이다. 어쩌면 용병대장을 의미하는 'dux'라는 단어를 철자를 바꾸어 라틴어 숫자로 쓴 것일 수도 있다. 『신곡』에 담긴 수수께끼는 「연옥편」 마지막 부분에서 드러났다.

 물어볼 것이 참 많았다. 그는 어둠 속을 걸어야만 했고, 어두운 숲을 빠져 나와야 했고, 바다를 향한, 여명을 향한, 서양의 고대 수도를 향한 길을 다시 찾아야만 했다. 주변을 둘러보았다. 높은 나뭇가지 사이로 석양이 지는 가운데 달이 솟아올랐다. 말고삐를 다시 잡은 그는 어깨를 돌려 반대 방향으로 나아갔다. 석양과 반대 방향인, 동쪽 아드리아 해 방향으로 태양이 떠오르는 바다 방향으로 갔다. 다행히도 몇 걸음 가자 오솔길이 나타났다. 또다시 말을 타고 지나가기에는 너무 좁고 험한, 나무 사이로 난 오솔길이었다. 그런데 그 길 끝에 다다르자 평평하게 땅을 고른 넓은 길이 나 있었다. 그는 다시 말에 올라탄 뒤 지평선에서 환하게 빛나고 있던 북극성과 금성 사이 중간 방향으로 정신없이 달렸다. 그곳에 곧 태양이 떠오를 참이었다.

 아침의 별인 루시퍼가 막 솟아오르는 태양을 호위했다. 전속력으로 달려서 바닷가 앞에 있는 마지막 언덕의 정상에 도착했다. 그는 자신의 군마가 휴식을 취하게 하고 등대 풀 유즙으로 물사마귀를 치료하기 위해 잠시 걸음을 멈추었다. 그의 앞에 평원이 펼쳐졌다. 아드리아 해에 위치한 도시의 빛나는 성벽이 저 멀리 보였다. 바로 그 순간 태양이 얼굴을 보이기 시작했다. 남–서쪽 바다 경계선 위로 붉은 점이 보였다. 안개는 끼지 않았다. 수평선 위로 태양이 천천히 솟아오르고 있었다. 몇 년 전에 서쪽 티레노 해에서 석양이 지는 것을 감탄하며 바라본 적은 있지만 바다에서 솟아오르는 태양을 본 적은 없었다. 여기 사는 사람들에게는 일상적인 해돋이일 테지만, 새로운 에너지를 충전해 주는 풍광이라고 그는 생각했다. '자연이 깨어나고, 새들이 한꺼번에 다 같이 노래하기 시작하고, 순식간에 하루가 시작되지. 가장 순수한 열정 속에 시작되는 감동이야……. 포 강의 바짝 마른 롬바르디아 지류와 더불어 평화를 찾아 흘러 내려온 곳이 바로 여기 아드리아 해 연안이라면, 이곳에서 시인은 말년에 새로운 삶의 시작에 대한 영감을 얻었을 테지. 그리고 이런 광경을 놓치지 않으려고 일찍 잠에서 깨어났겠지.'

그는 다시 길을 재촉하기 전에 잠시 쉬려고 소나무 아래 드러누웠다.

단테가 아주 희미한 불빛의 진동에도 그렇게 예민하던 눈을 다시 뜨지 못했던 그 첫 번째 여명은 과연 어떤 것이었을까? 라벤나에 도착했을 때에야 비로소 그는 그것을 알았다. 그는 산 비탈레 근처에 있는 트라베르사리의 낡은 집들 중에서 자신이 묵을 여인숙을 찾는 중이었다. 산타가타 마조레의 경비 구역에 속한 포르타 체사레 성문을 통해 그는 도시 안으로 들어갔다. 고대 석호(潟湖)의 수로였던 곳 위에 세워진 다리 두 개를 가로질렀다. 수로에 방치된 진창이 된 석층(石層)은, 시큼한 악취를 뿜어내는 쓰레기 암초로 전락했다. '하늘을 향해 열린 고대 로마의 무덤이군.' 그는 생각했다. 어느새 부활 성당의 광장에 들어선 그는 포고문을 붙이고 다니는 관리가 위대한 시인의 이름을 들먹이는 소리를 들었다. 그렇게 그는 시의 유지인 귀도 노벨로 다 폴렌타 귀족의 확고한 뜻에 따라 위대한 사람에게 바쳐 치장하는 월계수에 둘러싸인 단테 알리기에리의 시신을 보았다. 시인의 시신은 그의 집에서 그다음 날 장례식이 거행될 프라티 미노리 성당까지 긴 행렬 속에 옮겨졌다.

그는 심장이 덜컥 내려앉았다. 말을 잡아끌며 눈물을 감추기 위해 회랑 아래로 물러났다. 그곳에 도착하기 위해, 그리고 그를 도와줄 수 있는 유일한 사람인 시인과 이야기하기 위해 긴 여행을 떠났는데, 다 부질 없는 일이 되어 버렸다. 위대한 『신곡』 내용에 대한 그의 꿈 이야기를 시인에게 절대 할 수 없게 된 것이다.

2장

그는 석양이 지기 조금 전에 사람들이 흩어져 왕래가 잦아졌을 때 비로소 들어가기로 결정했다. 라벤나에서 어떤 이들이 아직은 산 피에르 마조레라고 부르는 이 성당은 지금은 산프란체스코 형제회 성당이라고 불린다. 희미한 향냄새가 풍기는 성당 안은 조용했다. 검은 연기로 희뿌옇게 된 프레스코화 사이의 벽에 걸린 몇 개의 횃불만이 밝혀져 있었다.

그곳에는 거의 아무도 없었다. 단지 올리비의 스테파노 수도회 소속 수녀 혼자서 제단 앞에 놓여 있는 시신을 지키고 있을 뿐이었다. 그는 그 여인이 누구인지 잘 알고 있었다. 그녀는 틀림없이 단테와 젬마 부부의 딸 안토니아였다. 즉, 그녀는 수도원에 입회한 베아트리체 수녀였다. 어느새 장례식 관 근처에 다른 사람은 아무도 없었다. 몇몇 신도들만이 성당 구석에서 무릎 꿇고 기도하고 있었다. 그리고 폴렌타의 병사 네 명이 제단 양쪽으로 두 명씩 서 있었다. 그들은 주변 상황이 정리된 지금, 프라티 미노리 제단 옆 나무 의자 위에 앉아서 잠시 쉬고 있었다. 사람들 중에는 단테가 정말 산 채로 지옥에 갔을 거라고 믿는 이도 있었다. 시인이 아직 살아 있을 때 초자연적인 힘을 받았다는 뜬소문이 돌았다. 이 미신에 사로잡힌 사람들은 불길한 운명을 쫓기 위한 부적처럼 시신의 옷 조각이나 심지어 살덩이 조각까지 가져가는 신성모독 행위를 서슴없이 저지르는 지경에 이르렀다. 네 명의 병사는 광기에 사로잡힌 평민들의 잔인한 행동을 저지하기에 충분했다.

그는 부친의 발치에서 무릎 꿇고 기도하는 딸 옆에 서 있었다. 시인은 거기에 있었다. 검은 옷 위로 드러난 하얀 상처마냥 관 속에서 가슴에 손을 십자로 포개고 있었다. 그는 마음속으로 인사했다. '감사합니다, 스승님.' 과거에 보았을 때처럼 몸을 살짝 굽히고 걷는 시인의 모습을 떠올렸다. 눈이 멀 정도로 환한 빛을 향해 천천히 나아가는 시인의 모습이 시나브로 희미해졌다. 그가 사라진 이 세상은 더 이상 똑같은 세상이 아닐 것이다.

바로 그 순간, 수녀가 흐느끼는 소리가 들렸다. 그 역시 울음을 참기 위해 입술을 깨물어야 했다. 눈물을 흘리며 일어선 안토니아는 잠시 서 있었다. 그리고 나서 얼굴을 감추고 서둘러 성구(聖具) 보관실로 들어가는 문을 향해 갔다. 그리고 문 뒤로 사라졌다. 그제야 그는 천천히 시신 곁으로 다가가서 들여다보았다. 상념에 빠져 있을 때처럼 살짝 눈을 찌푸리고 있는 시인의 평온한 얼굴을 보았다. 마른 시인의 뺨에는 입 양쪽으로 굵은 주름이 패여 있었다. 긴 턱이 유난히 도드라져 보였고, 불쑥 솟아오른 높은 이마는 월계수 잎에 둘러싸여 있었다. 검게 변한 입술이 눈에 띄었다. 그는 마음이 불편해졌다. 무엇 때문에 죽었을까? 폴렌타의 후원 하에 베네치아로 가던 도중 코마키오[†]의 늪지대에서 말라리아에 걸렸다는 소문이 돌았다. 한때 시인은 정치적 모략에서 살아남았을 때 친구였던 귀도 카발칸티[††]처럼 죽음의 운명을 맞이하며 친구와 결속되기를 원했었다.

 의사인 그는 생명이 없는 얼굴, 영혼이 떠나간 몸뚱이를 보는 데 익숙했다. 거의 아무런 두려움도 없었다. 그런데 지금은 그의 심장이 왠지 모르게 오그라드는 것 같았다. 마치 자신이 살아가던 광활한 우주가 영원히 암흑 속에 잠기고, 삶에서 중요한 부분이 갑자기 사라져 버린 것 같았다. 검게 변한 입술은 또 다른 정치적인 모략을 암시하는 결정적인 단서로 여겨졌다. 조반니는 볼로냐에서 스승과 함께 독극물에 중독되어 사망한 시신을 검시했던 기억을 떠올렸다. 은밀한 단체인 비밀결사대 입회식과 같은 분위기 속에 아랍인들의 방식에 영감을 받아 검시가 이단적인 방식에 따라 이루어졌던 기억이 문득 떠올랐다. 당시 그는 명백히 과학 탐구이면서 동시에 신성 모독으로 금지된 행위를 하는 것에 무척이

[†] 에밀리아 로마냐 지방에 위치한 페라라 근처에 있는 도시로 특히 습지대가 많음.
[††] 단테와 함께 이탈리아 청신체파(清新體派)의 가장 중요한 시인으로서, 단테가 자신의 시집 『신생』을 바치기도 하였다.

나 흥분되고 떨렸었다. 그는 그 고대의 실험을 반복하고 싶다는 충동과 호기심을 더 이상 참을 수 없었다. 그는 누군가 자신을 지켜보고 있지는 않은지 살피기 위해 주변을 둘러보았다. 아무도 없는 것 같았다. 그러자 그는 시인의 손을 잡고 손목과 손톱을 신중하게 살펴보았다. 그러고 나서 처음에 느껴지던 혐오감을 떨쳐 버리고 혀를 살펴볼 요량으로 입을 벌리기 시작했다. 바로 그때 그의 어깨 뒤에서 고함 소리가 들렸다.

"저기, 저 사람 뭐하는 거야? 이봐요, 경비병!"

"신성 모독자다!"

또 다른 목소리가 소리쳤다.

"신성 모독자!"

한 병사가 단테의 얼굴에서 그를 떨어뜨려 놓기 위해 곧바로 덮쳤다. 다른 병사는 그의 발을 잡고, 세 번째 병사는 자초지종을 설명하려는 그에게 느닷없이 주먹을 날렸다.

"마법사, 주술사다!"

누군가가 말했다. 그를 두들겨 패고 싶은 충동에 사로잡힌 사람들이 어느새 그의 주변을 둥글게 에워쌌다.

"화형시켜라, 화형!"

그는 간신히 말할 수 있었다.

"제발 부탁이오!"

그리고 그는 힘겹게 간청했다.

"시인의 아들 야고보 알리기에리와 이야기할 수 있게 해 주시오. 내가 그에게 모든 것을 설명할 수 있소……."

그의 앞에 있던 남자가 펄쩍 뛰며, 첫 번째 주먹질보다 훨씬 더 정확한 두 번째 주먹을 그에게 날렸다. 다행히도 그가 부르짖는 소리에 안토니아가 다시 모습을 드러냈다. 그녀는 경비병에게 무슨 일이 벌어지고 있는지 물었다.

그렇게 해서 그는 베일로 일부 가려져 있던 그녀의 얼굴을 보았다. 그 혼란스런 순간에도 그녀의 수려한 외모가 한눈에 들어왔다. 그녀는 아직 무척 젊었고, 눈물로 반짝이는 녹색 눈동자를 가졌다. 그녀가 깊고 반짝이는 시선으로 그를 찬찬히 살펴보았다. 그리고 그에게 전혀 의심스러운 점이 없다는 걸 바로 알아차렸다는 신호를 보냈다.

"당신은 누구신가요? 그리고 원하시는 게 대체 뭔가요?"

그를 똑바로 쳐다보며 그녀가 단도직입적으로 물었다. 그녀는 자신이 입고 있는 옷이 일순간에 상황을 명쾌하게 정리했다는 사실을 알고 있었다. 조신한 척할 필요가 없었다. 수녀복은 남자에게 정신 차리라고 명령하기에 충분했던 것이다.

그는 이미 벌어진 사건에 대해 설명하기 위해 입을 뗀 병사를 앞질러 급히 대답하였다.

"수녀님, 저는…… 제 이름은 조반니입니다……. 루카에서 온 조반니라고 합니다……."

부들부들 몸을 떨며 그가 그녀를 보았다. 그녀는 그 이름을 듣지 못한 것 같았다. 그러자 당혹감을 억누르고 그가 계속해서 말했다.

"당신은 위대한 시인 단테의 따님, 안토니아 알리기에리시죠?

그렇지 않나요?"

"베아트리체 수녀예요, 안토니아는 더 이상 내 이름이 아니에요."

그녀가 대답했다. 일순간 그녀의 인상이 살짝 변하는 게 보였다. 이따금씩 온화한 미소를 짓던 그녀의 눈이 순식간에 차갑게 얼어붙어 버렸다. 그리고 동의를 구하듯 그를 바라보았다. 그녀는 오랫동안 이상주의자였다가 지금은 기로에 서 있는 것처럼 보이는 젊은이를 마주하고 있음을 알아챘다. 그들은 가까운 장래에 틀림없이 뭔가 결정적인 일을 겪게 될 것이다. 그리고 그 경험을 통해 긴장된 무관심이라는 가파른 내리막길에 불가피하게 들어서고 있음을 알게 될 것이다. 혹은 어두운 세상에서 그들 스스로를 구하게 될 한 줄기 믿음을 지킬 줄도 알게 될 것이다.

"무엇을 찾으시죠…… 내 아버지의 시신에서?"

그녀가 그에게 물었다.

"아무것도요, 죄송합니다……. 저는 의사입니다."

조반니가 말했다.

"스승님을 흠모하는 사람입니다. 「지옥편」, 「연옥편」 그리고 「천국편」의 처음 열두 곡을 모두 제가 수집하고 옮겨 적었답니다. 저는 나머지 시편들을 위대한 시인으로부터 직접 받고 그와 대화를 나누기 위해 라벤나에 왔습니다. 그런데 제가 너무 늦게 도착한 것 같군요……. 외람된 생각이지만, 잠깐 동안이나마 저는 누군가 그분을 살해하고 싶었을 거라는 의심을 품었습니다……."

"아버진 나쁜 공기에 전염되어 돌아가셨어요."

수녀가 대답했다.

"아버지는 베네치아로 가는 여행 중에 사람들이 늪지의 말라리아라고 부르는 병에 걸리셨어요. 어쩌면 폼포사 수도원 지역에서 걸렸을 거예요. 그곳에서 밤새 머무셨거든요. 비위생적이기로 유명한 지역이죠. 바다로 여행할 것을 제안했지만, 아버진 당신을 모시고 오기 위해 파견된 베네치아인들을 믿지 않으셨어요. 그래서 배에 승선하는 걸 정중하게 거절하셔야 했죠. 아니면 적어도 좀 덜 무더운 계절로 연기했어야 했겠죠. 그런데 아버진 워낙 몸을 사리지 않는 분이셨어요. 귀도 폴렌타 씨를 위한 사절단에서 서둘러 돌아오셨지만, 위중한 말라리아에 걸려 괴로워하셨죠. 창자를 갈기갈기 찢어 놓는 듯한 끔찍한 통증과 정신 착란을 일으킬 정도로 불규칙한 고열에 시달리셨어요……. 단말마의 고통이 한 달 동안이나 지속됐어요. 그리고 여기에 일주일 전에 도착하셨어요. 이제 더 이상 아무 소용이 없지요."

그녀가 말을 멈추고 잠시 생각에 잠겼다. 그리고 마치 음미하듯이 그의 이름을 두어 차례 중얼거렸다.

"조반니……."

그리고 나서 그와 개인적으로 할 이야기가 있으니 그를 놓아 주라고 경비병들에게 명령했다. 경비병들이 주저하며 서로를 쳐다보았다. 그리고 나서 단호한 어조의 명령에 따라 움직이는 데 익숙한 그들은 즉각 그녀의 말에 따랐다. 그들은 어깨를 한 번 움찔하고 한편으로 물러났다. 성당 구석에서 몰려온 신자들에 대해서는 엄한 눈길 한 번 주는 것으로 충분했다. 드디어 두 사람만 남게 되자 안토니아가 말을 이었다.

"한 번은 극심한 고열 때문에 정신 착란을 일으켰을 때 아버지께서는 당신의 이름, 조반니를 언급하셨어요. 제 손을 잡고 말씀하셨죠, '베아트리체……'라고. 정신 착란을 일으킬 때면 아버지는 저를 그렇게 부르곤 하셨어요. 안토니아도 아니고, 베아트리체 수녀도 아니고……. 제게 말씀하시기를, '베아트리체, 빨리 가, 가서 조반니에게 루카로 돌아오지 말라고 전해! 모두 내 탓이야'라고 말씀하셨어요. 그러면서 몹시 불안해하셨죠. 그런데 당신은 도대체 누구시죠?"

조반니가 머리를 숙이고 혼잣말처럼 중얼거렸다.

"아니오. 스승님 탓이 아니었습니다."

"저는 스승님께서 루카에 오셨을 때 알게 되었어요. 피렌체에서 망명하신 지 얼마 되지 않았을 때였지요. 뭐, 굳이 말하자면 많은 나이 차이에도 불구하고 우리는 서로에게 좋은 친구가 되었지요. 당시 스승님은 사십대이셨고, 저는 스물다섯 살이었어요. 당시 한 소녀와 사랑에 빠져 있던 저는 그분의 연시를 굉장히 좋아했어요. 그런 저를 스승님께서 좋게 보셨지요. 어쩌면 스승님께서는 루카에서 벌어지는 일에 대해 들으셨을 겁니다. 그분께서 피렌체를 떠나셔야 했던 것과 비슷한 이유에서 저 역시 루카를 떠나야만 했어요. 그런데 확실한 한 가지는 스승님의 잘못이 아니라는 겁니다."

"무엇이 당신께 그런 생각이 들게 했는지……."

안토니아가 다시 말을 이었다.

"즉 살해당하셨다고 말하게 한 거죠? 어떻게 그런 생각을 하시게 되었어요?"

"그럴 만한 흔적이 있어요. 어쩌면 비소 혼합물의 복용량을 점차적으로 늘림으로써 말라리아와 비슷한 고열 증상을 유발할 수도 있어요. 예를 들어 피렌체에서 아주 강력한 비소를 뿌린 돼지 창자를 만들어 낸 적이 있다고 들은 적이 있습니다. 그 창자를 잘 말린 다음 빻아서 고운 흰색 가루로 만들어 복용하자 입술이 검게 물들고, 비늘처럼 변한 피부가 벗겨지고, 손톱이랑 약간의 머리카락이 빠졌다지요. 그런데 독극물 중독은 그분 곁에 가까이 있는 누군가의 도움을 받아 한 번에 조금씩 천천히 이루어졌음에 틀림없어요. 말라리아에 걸린 것과 비슷한 효과를 내기 위해서 말이죠. 조사해 보는 게 좋을 겁니다. 누가 그분을 단말마의 고통 속에 돌아가시게 했을까요?"

베아트리체 수녀는 그 이야기를 듣고 마음이 불안해졌다. 마치 방금 들은 이야기를 확인해 줄 만한 단서에 대한 기억을 더듬어 보려는 듯 몇 분 동안 생각에 빠져 있었다. 그러나 구체적인 것은 전혀 없었다.

"왜 누군가가 제 아버지를 살해해야만 했을까요?"

그녀가 마침내 물었다.

"그야 모르죠."

조반니가 대답했다.

"하지만 이탈리아 전역에서 스승님의 『신곡』이 성공을 거둔 것을 모든 사람이 달가워한 건 아니라고 생각합니다. 스승님은 당신의 책에서 심판받지 않은 범죄와 아직 살아 있는 살인자들을 고발하고 있지요. 즉, 지옥에서 심판받을 것이라고 예언한 악행을 저지른 교황, 왕, 정치인들이 있어요. 강력한 세력을 지닌 적들과 책의 중요성을 낮게 평가하는 실수를 저지른 사람들이 의외로 많아요. 그런 사람들이 스승님을 죽여서라도 책이 완성되는 걸 저지하고 싶었을 겁니다."

"그 이야기를 믿기 어렵군요."

안토니아가 말했다.

"그저 말에 불과하잖아요. 말이 사람을 죽이지는 않아요. 그런데 당신이 말하는 내용에 대해 확신이 있다면 조사해 보세요. 제가 할 수 있는 한 최선을 다해 도와드리죠. 하지만 이 일에 저의 어머니와 제 형제들이 얽히는 건 원하지 않습니다. 피에트로와 야고보가 모르게 했으면 좋겠어요. 그리고 좀 더 정확한 뭔가가 밝혀질 때까지만이라도 제 어머니는 제외시키기로 하지요. 다들 가혹한 진실을 견딜 만큼 강인한 사람들이 못 되거든요. 어쩌면 어리석어 보일 수도 있겠지만 우리는 속고 있는 셈이지요. 처벌받아야 할 범인이 드러날 때, 우리 주위에 만연해 있는 모든 악을 책임질 만한 그 누군가의 정체가 드러날 때 다시 안정되겠지요."

조반니의 마음속에 각인된 것은 특히 안토니아의 녹색 눈동자였다. 그는 그렇듯 아름다운 얼굴로 수녀가 되기까지 대단한 용기와 결단이 필요했을 거라고 생각했다. 그는 단테의 딸에게 하느님의 특별한 부르심을 받아 그 길을 걷게 되었는지 물었다. 그러자 그녀는 긍정의 표시로 고개를 끄덕였다. 그녀는 무척 강하고 단호하면서도 다소 예민한 여성인 것 같았다. 그녀의 아름다운 외모는 무엇보다 그녀 자신에게 부담이 되었을 것이다.

 그다음 날 장례 미사 때, 밤 동안 시인이 저 세상으로 아주 가 버리기 전에, 당시 아무도 알지 못하던 「천국편」의 마지막 시편을 받아 적으라고 말하고 싶은 듯 입술을 살짝 벌리고 있음을 누군가 알아차렸다. 기적에 대한 이야기가 퍼졌다. 시인이 라벤나에 있던 몇 달 동안 시를 끝낼 시간이 없었다는 사실이 알려졌을 때 퍼져 나간 이야기다. 프란체스코 성인 앞에 있는 거대한 대리석 관 근처를 지나가던 누군가가 시인의 이야기를 몰래 엿듣고 있는 것을 보았다. 분명히 산 채로 죽은 자들의 왕국에 간 시인은 언젠가는 산 자들의 왕국으로 되돌아올 것을 믿으며 기적을 바라고 있을 것이다.

3장

"이름은 지시하는 대상과 딱 맞아 떨어지기 마련이야."
그가 말했다.
"그리고 당신 이름이 젬마인 이유는 당신이 '값진 보석'이기 때문이야. 당신이 벽옥처럼 그렇게 강하고 냉정한 것도 바로 그 때문이지. 이게 바로 젬마 당신이야!"
그리고 그는 그녀가 화가 나서 침묵으로 일관할 때면 돌처럼 단단한 고집쟁이라는 뜻에서 젬마 대신에 피에트라, 즉 바위라고도 불렀다. 그들의 결혼 생활을 통틀어 행복한 순간은 얼마 되지 않았다. 처음에 시인은 단념하지 않았다. 그가 누구랑 결혼할지 결정한 이는 그의 아버지 알리기에리였다. 어머니 벨라가 세상을 뜨고 얼마 지나지 않아 홀아비가 된 아버지는 다시 결혼을 서두르며, 당시 거의 짐처럼 부담스러워진 아들 문제를 신속히 해결해야 겠다고 생각했다. 두 집안 간의 결혼 지참금에 관한 의견 일치를 보고 서명을 마쳤을 때 단테는 겨우 열두 살이었고, 젬마는 어린 아이였다.

그는 자신을 마치 도로 포장용 돌마냥 치워 버리기 위해 결정된 결혼에 반감을 지니고 있었다. 물론 그는 그것이 아내의 잘못이 아니라는 것을 잘 알고 있었다. 오히려 그는 마음속 깊이 그녀를 존중해 주었다. 그러나 젬마는 그에게 단순한 존중 이상의 것을 기대했다. 한편 그녀는 지참금으로 금화 이백 플로린[†]을 가져왔다. 그래 봐야 그리 많은 액수는 아니었다. 게다가 그녀의 남편은 얼마 되지 않는 유산을 물려받았는데 그마저도 빚을 갚는 데 써야 했다. 왜냐하면 단테가 그의 아버지 알리기에리가 세상을 뜬 뒤 남겨진 빚을 모른 척하고, 막대한 비용이 소요되는 자신의 필사본 작성에 유산을 사용했기 때문이었다. 아내는 그런 그를 이해할 수 없었다. 어린 아이 세 명의 장래를 위한 온갖 뒷바라지는 온전히 그녀의 몫이었다. 그리고 단테는 돈에 대해서는 거의 신경 쓰지 않았다. 그는 단지 돈으로 사야 하는 물건이 필요할 때에만 그 중요성을 실감하곤 했다. 그때 이외에는 돈이 떨어져도 아무런 내색을 하지 않았다. 아내이자 어머니인 그녀는 힘겨웠다. 아이들의 어머니로서 당장 내일을 살아갈 일이 걱정이었다. 셋이나 되는 아이들을 데리고 당장 무슨 수로 살아갈 수 있을까? 그녀는 돈을 빌

....
[†]　　플로린Florin : 당시 피렌체 화폐. 오늘날 달러에 버금갈 정도로 국제적인 통화였다.

렸다. 그리고 묵은 빚을 갚기 위해 새 빚을 얻었다.

단테는 정치에 뛰어들었다. 그러나 그는 모든 정치인들을 통틀어 몇 푼의 금화조차 벌지 못하는 거의 유일무이한 정치인이었다. 단테의 가족 중 영리하게 이익을 챙길 줄 아는 사람은 그의 아버지의 두 번째 결혼을 통해 태어난 이부 형제 프란체스코뿐이었다. 그는 단테를 도와야 할 때조차 보증을 서서 돈을 빌리도록 조종하는 일에만 혈안이 돼 있었다. 그렇게 프란체스코는 직접 위험에 노출되지 않고 부자가 되었다. 젬마는 자신이 이해한 바에 따라 남편에게 조언하였다. 도시에서 긴장감이 고조되는 비상사태에 아무도 떠맡고 싶어 하지 않는 수도원장직 수락을 만류했다. 특히 유력한 가문인 비앙키 집안은 매우 신중하게 처신하며 모습을 드러내지 않고 있었다.

"그들이 당신을 앞에 내세우는 거예요."

그녀가 그에게 말했다.

"왜냐하면 다들 코르소 도나티에를, 그리고 보니파시오 교황과 책략가들을 두려워하기 때문이지요. 기마병이나 다른 귀족들 역시 매한가지예요. 그들은 무사히 재난을 모면할 궁리만 하고 있어요."

그 말을 들은 단테는 깜짝 놀랐다. 그녀를 포옹하고 심지어 입맞춤까지 했다.

"나도 알고 있소, 나의 천사!"

그가 그녀를 천사라고 불렀다.

"내가 하고 있는 일이 굉장히 위험하다는 걸 알고 있소. 그런데 이 난투극에 끼어든 사람은 나 하나밖에 없으니 패배할 일도 없소. 나는 집정관이 되어 퇴락의 길로 들어섰던 키케로와 같은 처지요. 하지만 난 물러설 수가 없소. 왜냐하면 난 원래 그렇게 타고났기 때문이오. 나는 나 자신을 속일 줄 모르는 사람이오. 만일 거절하면 내 남은 평생 동안 나 자신을 용서할 수 없을 뿐 아니라 당당히 나서지 못하는 무능력한 겁쟁이에 게으름뱅이라고 느끼게 될 거요."

이따금 그는 아주 기분이 좋아져서 집에 돌아오곤 했다. 그럴 때면 그는 그녀에게 달려가 포옹했다. 그녀는 화를 내며 그를 다시 밀쳐 냈다. 그러면 그는 실실 웃으며 그녀에게 말했다.

"젬마, 돌과 같은 심장을 가진 젬마, 내가 당신한테 큐피트가 가진 화살을 전부 쏘아 댔는데, 당신은? 당신은 사람은 물론 말까지 한꺼번에 다 덮어 버리는 무시무시한 갑옷을 입고 있는 것 같소. 강인한 영혼의 불꽃으로 단련된 갑옷 위에 박힐 사랑의 화살은 없구려. 당신은 내 사랑을 어찌 할 참인지 말해 보오. 너덜너덜해져 누더기가 되면 받을 셈이오? 그럼 내가 뭘 할지 들어 보오. 당신을 위해 내가 할 줄 아는 시 낭송을 궁리하고, 당신을 위해 아주 쌀쌀맞은 노래를 쓸 거요. 누구든지 경쟁적으로 가사를 이어 불러 보고 싶어 할 노래로, 부르다 보면 목이 쉬고 말하기에 곤란한 그런 내용으로 말이오."

    그렇게 내 말이 냉정하면 좋겠소
    이 아름다운 바위의 행동마냥…….

그녀는 아이를 씻기고, 낡은 테이블을 고치고, 난로를 피울 장작을 마련하는 등 서둘러 해야 할 집안일이 있다고 대꾸하곤 했다. 그러면 그는 그녀의 긴 머리를 모아 땋은 머리를 잡고 뺨과 목덜미를 간질이며 말했다.

"눈부시게 아름다운 당신의 머리카락은 나의 허영심을 질책하는 채찍이거나, 나의 부절제한 생활을 다스리기 위한 참 회복의 도구요!"

결국에 그는 그녀를 계속해서 놀린 것에 대해 용서를 구했다. 그녀의 기분이 상하지 않았기를 빌고, 단지 조금 장난치고 싶었을 뿐이라고 변명했다. 그녀는 전혀 재미있지 않다고, 그런데도 그는 곰처럼 미련하게 농담을 반복한다고 투덜거렸다. 그런데 속마음으로 그녀는 그의 농담을 재미있어 했다. 하지만 그 순간 그가 사랑했던 사람이 그녀가 아니었다는 사실이 떠올라 슬퍼졌다.

늘 그렇듯이 이미 너무 늦었다. 라벤나에 도착했을 때 단테는 더 이상 아무도 알아보지 못했다. 심지어 그와 가장 가까운 사람인 안토니아조차 못 알아보았다. 젬마는 자신과 아이들이 있는 곳으로 와 달라고 부탁하는 편지를 남편에게서 받았음에도 불구하고 한동안 꼼짝도 하지 않았다. 드디어 이십 년이 지난 뒤, 죽어가는 단테를 간신히 볼 정도의 시간 여유를 두고 젬마가 도착했다. 그녀는 너무 완고하고 메마른 감성의 소유자였다. 그러나 그녀는 자신의 아이들을 위해 강해져야만 했다. 그가 피렌체를 떠났음에도 불구하고 살던 집 역시 압수되었다. 탐욕스런 사람들이 있었다. 그녀의 지참금이었던 단테의 영지도 차압당한 뒤 절대로 되돌려 받을 수 없었다.

그런데 지금 그녀가 자신의 남편에 대해 용서할 수 없는 것이 있었다. 그는 진실로 그녀를 신뢰하지 못했을 뿐 아니라 자신의 삶의 계획에서 아예 배제시켜 버렸다는 점이다. 그녀는 베르길리우스의 책을 읽으며 무아지경에 빠지곤 하던 그를, 그리고 미사에서 가장 알아듣기 어려운 라틴어 구절들을 큰 소리로 낭독하며 집에서 돌아다니던 그를 기억했다. 그가 그녀를 신뢰했더라면, 결국 그는 그녀가 알아들을 수 있는 라틴어 속어로 베르길리우스의 책을 읽는 그리스도인이 되어 있을 것이다. 그의 친구이자 그의 숭배자인 볼로냐 사람이 이야기했듯이 말이다. 어느 날 그가 그녀에게도 그들 부부에게 영광의 빛이 비출 거라고 말해 주었더라면, 적어도 그녀는 그에게 자신을 조건 없이 온전히 주고 어디든지 그를 따라갔을 것이다. 반대로 그녀는 아무런 설명도 듣지 못해 괴로웠다. 한 인간에게 일어날 수 있는, 까닭을 알 수 없는, 그야말로 최악의 고통을 그녀는 겪어야만 했다. 그리고 그는 그것을 알고 있었다. 심지어 그는 희망 없는 고통은 '인간의 지옥'이라고 쓰기까지 했다.

라벤나에 도착한 그녀가 폴렌타 씨가 자신의 남편에 증여한, 주변에 소문이 자자할 정도로 아름다운 집을 보았을 때, 베네토 씨와 로마냐 씨가 그녀의 아이들의 명예와 유산을 지켜 주겠다고 서로 다투어 나설 때 모든 게 갑자기 의미를 지니게 되었다. 피렌체에서 시작된 이십 년간의 굴욕이 여름의 한 줄기 미풍처럼 가벼워지고, 단테의 전 생애가 책처럼 명확해졌다. 그녀는 이제 그의 엄격함과 겉보기에 무뚝뚝한 언행의 이유를 이해했다. 심판관 중에서도 가장 엄격한 심판관처럼 청렴하고, 굴복할 줄 모르고, 신처럼 엄격하고, 필요하다면 죽은 자에 대한 판단을 자신의 탓으로 돌릴 필요가 있었기 때문이다.

그런데 만약 단테가 이런 이야기를 그녀에게 해 주었더라면 그녀는 충분히 이해했을 것이다. 그리고 자신이 남편에 대한 끝없는 증오감을 느끼는 이유가 무엇인지 답을 찾으려 애쓰며 평생을 보내지는 않았을 것이다. 그리고 열네 살의 나이에 아버지와 함께 망명길에 오른 아이들과 떨어진 채, 그녀 역시 쫓겨나는 걸 피하고 자신의 가족이 자신에게 되돌아오도록, 도나티[†] 집안으로부터 부질없는 보호를 청하며 평생을 보내지도 않았을 것이다.

도나티 집안 사람들이 자신을 완전히 무시했던 일은 용서할 수 없었다. 그녀는 안토니아에게 억울한 마음을 털어놓았다. 그러자 딸은 어머니에게 자신을 너무 괴롭히지 말라고 조언해 주었다. 아버지는 반대로 어떤 방식으로든, 즉 당신에게 값진 『신곡』, 불면의 밤들, 두려울 정도로 지독한 의심, 황홀감 그리고 낙담과 같은 온갖 고통으로부터 멀리 떨어뜨려 놓음으로써 어머니를 보호하고 싶었다고 말했다. 그리고 아버지는 전혀 바뀌지 않았다고, 안토니아는 미소를 지으며 말을 이었다. 마치 피렌체에서 돈이 없을 때랑 똑같이, 많은 돈을 가지고 있던 때에도 아버지는 돈이 있다는 것을 신경 쓰지 않았다.

………
[†] 13~14세기에 번영한 피렌체의 귀족 가문으로 구엘프 교황파이며 단테의 아내 젬마의 친정.

어떤 의미에서 집은 그를 닮아 있다. 최근에 지어진 집이지만, 로마인들이 살던 집터 위에 지은 듯했다. 나무가 자라고 있는 두 개의 야외 공간인 중정과 널찍한 마당이 집 안에 있고, 모든 방이 일 층에 있었다. 직사각형으로 기다란 방의 한쪽 면을 칸막이로 나누어 만들어진 두 개의 공간을 제외하고, 주변에 주랑 기둥은 더 이상 보이지 않았다. 도로 길가에 면해 있고, 창문도 문도 달려 있지 않은 벽으로 둘러싸인 정원이 한쪽 구석을 차지하고 있었다. 그리고 그 정원으로 나 있는 바닥에 새겨진 고대 모자이크가 여전히 남아 있었다. 주랑 오른쪽에 있는 방이, 유럽 지도 모양으로 로마의 도로 포장용 돌을 바닥에 깐 시인의 침실이었다. 젬마는 정원을 내다보며 그 방에 머물러 있기를 좋아했다. 이따금씩 그가 숨을 거둔 침상을 바라보았다. 이전에 한 번도 말해 본 적이 없는 것처럼, 그녀는 이제 더 이상 존재하지 않는 그에게 혼잣말하듯 이야기했다. 그에게 해야 할 이야기가 무척 많다는 것을 알게 되었다. 특사 임무를 마치고 돌아오는 다른 사람들과 달리, 그가 피렌체로 돌아오기를 거절했을 때 그녀가 얼마나 서운했는지에 대해서도 한참 동안 이야기했다. 물론 돌아오면 그는 죄인으로 몰릴 수도 있었다. 그 점은 미안하지만, 그녀는 가족 모두를 다시 만나고 아이들을 다시 안아 줄 수 있었을 것이다. 그녀는 자신의 오만함, 과신, 완고할 정도의 거만함을 저주했다. 늘 그렇듯이 그녀가 잘못했고 그가 옳았다. 그렇게 가치 없고 치욕적인 현실 때문에 그렇게 멀리 있는 그를 탓할 수는 없었다. 또한 동시에 죽은 자들의 재판관이라고 비난할 수도 없었다. 마침내 그녀는 자신을 혼자 남겨 두었던 것에 대해 그를 용서하기로 했다.

"어머니?"

안토니아의 목소리가 들렸다.

"어디 계세요?"

그녀는 정원으로 나 있는 문 밖으로 나왔다. 딸이 장례식 때 이미 눈에 띄었던 그 젊은이와 함께 다가오는 게 보였다.

"루카에서 오신 조반니를 소개시켜 드릴게요."

그녀가 그를 가리키며 말했다.

"아버지의 추종자 중 한 분이세요. 며칠 내로 「천국편」의 마지막 곡을 옮겨 적을 건데, 저도 함께할 거예요. 여수도원장님이 어머니와 형제들이 라벤나에 머물 때 늘 함께 있어 드리라고 명하셨거든요."

"야고보가 「천국편」이 완성이 안 됐다고 네게 말했는지 모르겠구나."

젬마가 대답했다.

"스칼리제로가 보낸 두 남자가 시편의 마지막 결론 부분을 받으러 왔었다. 그런데 네 형제들이 아무것도 찾지 못했다는구나. 여기저기 다 찾아봤다는데……. 침실에 네 아버지의 노트가 있는데, 그 노트에서 시편을 한 곡씩 옮겨 적도록 했나 보더구나. 우선 베로나 씨를 위한 복사본 하나를 베끼고, 그다음에는 아버지의 제자들을 위한 복사본을 옮겨 적었다는구나. 「천국편」이 20곡을 끝으로 중단됐는데, 그 부분은 이미 카네 씨가 가지고 있다는구나. 난 잘 모르겠고 이해도 안 가는데, 야고보는 『신곡』이 제우스의 하늘에서 멈추었다고 말하는구나. 좀 더 정확하게 말하자면 토성이 빠져 있다더구나. 그리고 피에트로의 말로는, 「연옥편」과 「지옥편」처럼 「천국편」의 마지막 곡이 33곡이어야만 한다는구나. 서언에 해당하는 곡을 합해서 100편의 곡이어야 한다고……."

"샅샅이 잘 찾아봤대요?"

안토니아가 물었다.

"저는 아버지께서 출발하시기 직전에 『신곡』을 끝내셨다고 확신해요. 가시기 전에 제게 들르셨는데, 그렇게 조심스럽게 말씀하시는 아버지의 모습을 뵌 건 그때가 처음이었어요. 마치 온갖 상념을 훌훌 털어 버리고 해방되신 것 같았어요. 조반니, 당신이 아버지를 어떻게 알고 있는지 모르겠지만, 그 모습을 보셨어야 해요. 아버지께서는 말년에 『신곡』에 완전히 몰입해 계셨어요. 당신의 말에 귀를 기울이고 있다는 인상을 받으면, 몇 시간이고 계속해서 『신곡』에 대해 말씀하실 수 있는 분이었지요. 그러다가 갑자기 당혹스런 표정으로 나를 바라보며 방금 하신 마지막 구절을 반복해 보라고 시키셨어요. 그리고 대답을 통해 11음절의 1행, 2행, 3행을 만드셨죠. 그럴 때면 전혀 다른 세상에 빠져 있는 분처럼 여겨졌어요. 반대로 제게 들렀을 땐 유쾌하고 기분이 좋아 보이셨어요. 그게 아버지의 마지막 모습이었지요. 그래서 저는 아버지가 드디어 『신곡』을 완성하셨나 보다 생각했어요. 그 전에는 그렇게 편안해 보이고, 기분이 좋아 보이고, 젊음을 다시 찾은 듯 활력이 넘치시는 모습을 뵌 적이 없었거든요."

야고보가 그들을 부르러 왔다. 사람들로 붐비는 중정으로 가야만 했다. 귀도 노벨로†가 시인의 부인과 인사하기 위해 그곳에 막 도착해 있었다. 그 순간 젬마의 단단한 심장이 빠르게 두근거리기 시작했다. 그녀는 사람들이 많이 모여 친교를 나누는 자리에 그다지 익숙하지 않았다. 아들이 그녀를 안아 부축하며 에스코트해 주었다. 자작은 어느새 중정 한가운데의 작은 올리브 밭 너머에 머무르고 있었다. 옆에 자신의 부인 카테리나 데이 말비치니와 호위병들, 그리고 귀족 친구들과 시인의 몇몇 추종자들과 함께 서 있었다. 추종자들 중에 시턴(Cittern)††을 손에 들고 있던 한 명은 젬마가 모습을 드러내자 연주를 시작했다. 그리고 거장이 가장 아끼던 제자 중의 한 명이자 의사인 피투초 데이 밀로티가 시를 읊기 시작했다.

　　내가 태어난 땅은, 포 강이 자신의
　　지류들과 함께 흘러 내려와 평화를
　　얻는 바닷가에 자리 잡고 있지요.

　　상냥한 마음에 재빨리 불타는 사랑으로……†††

이렇게 계속되는 「지옥편」 제5곡에 나오는 시로, 라벤나의 귀도

....
†　　라벤나에서 단테를 비호하던 자작.
††　 기타 비슷하게 연주하던 현악기.
††† 소설 속 단테의 『신곡』 인용은 김운찬 옮김, 『신곡』, 열린책들, 2008년에서 옮겨 적었음, p. 36.

노벨리의 이모인 프란체스카 다 폴렌타에 대한 시다. 암기하여 외우고 있을 정도로 자작이 좋아하는 시다. 그는 이 시의 낭독을 들을 때마다 눈물을 흘렸다. 왜냐하면 그가 아이였을 적에, 보기 드문 미인에 세련된 교양까지 갖추고 있던 프란체스카 이모는 그를 무척 귀여워했다. 그녀가 스무 살에 말라테스타 가문에서 가장 무지한 작자와 결혼하여 리미니로 떠났을 때 그는 막연한 불안감을 느끼며 비탄에 빠졌다. 아직 열 살에 불과했던 그에게 또 다른 어머니 같은 존재인 이모가 떠나 버린 것이다. 람베르토 삼촌이 바로 자신의 누이인 프란체스카의 죽음에 관한 소식을 들을 때 눈썹 하나 까딱하지 않고 말라테스타, 몬테펠트로, 그리고 베네지아인들 사이에 끼인 자신들의 도시 라벤나의 이익을 위해 살인자 남편에 대해 아무렇지도 않은 척하던 장면이 떠올랐다. 반면에 귀도 그자는 할 수만 있었다면, 살인을 저지른 직후 라벤나에 온 극악무도한 그 작자를 자신의 손으로 목 졸라 죽여 버렸을 것이다. 후에 살인자 남편인 잔니 치오토는 절뚝거리며 코키투스†까지 가서 쓸쓸히 숨을 거두었다.

　시 낭독이 끝나자 귀도는 미망인에게 예의를 표한 뒤 엄숙하게 연설을 시작했다. 그는 『신곡』 전체에서 프란체스카에 대한 이 시가 가장 감동적이라고 말했다. 왜냐하면 자신의 불행한 이모를 떠올리게 만들기 때문에, 그리고 사람이 쓴 사랑에 대한 시 중 가장 아름다운 시이기 때문이라고 말했다. 이 시는 사랑과 의무 사이의

----
† 　'탄식의 강'이라는 뜻으로 저승의 강인 아케론 강의 지류.

갈등을 『아이네이스』†의 제4권보다 더 잘 이야기하고 있다. 그의 이모는 두 도시의 평화를 위해 리미니의 절름발이에게 주어진 고귀한 선물과도 같은 존재였다. 그녀의 마음의 평화는 로마냐 전 지역의 평화를 위해 희생되어야 했다. 그러나 잘 알다시피 고귀한 마음의 열정은 두 개의 양초가 달린 촛대 위의 불꽃처럼 금방 옮겨 붙는다. 그리고 단테가 이야기한 것일지언정 그 시를 들을 때면 불쌍한 프란체스카의 생생하게 살아 있는 목소리를 듣는 것처럼 여겨졌다.

이 모든 이야기를 집중해서 듣고 있던 젬마는 그 사랑에 관한 시가 특별히 마음에 드는 건 아니라고 생각했다. 지옥에 떨어지게 된 로마냐 지방의 형수와 시동생은 자신들의 음욕 때문이 아니라 집안에 의해 결정되고 강요된 채 살아야 했던 결혼 생활 때문에 그리 되었다고 여겨졌다. 사랑에 대해 알고 있는 단테가 자신의 시에 어느 정도 자신의 경험을 녹여 넣었으리라는 생각이 그녀를 놓아 주지 않고 있었다. 시인은 자신의 경험 때문에 프란체스카의 감정을 알고 있었다. 강요된 결혼과 자연스러운 열정 사이에서 갈등한 그처럼, 프란체스카는 그의 모습을 거울처럼 반영하는 여성임에 틀림없었다. 이 점을 이해하고 있던 젬마는 시가 마음에 들지 않았다. 이제 흐르는 눈물은 자기 남편이 묘사한 비극적인 사건 때문에 감동을 받아서가 아니다. 그녀는 남편에 대한 고집스러

....
†   기원전 20년 무렵에 로마의 시인 베르길리우스가, 트로이 함락 후 트로이의 영웅 아이네이아스가 이탈리아에서 로마의 기초를 이룰 때까지의 고투(苦鬪)를, 라틴어로 쓴 장편 서사시.

울 정도로 엄격하고 완고한 자신의 태도와, 그리고 무엇보다 함께 살자는 남편의 요청을 무시하고 멀리 떨어져 산 이십여 년의 세월이 따지고 보면 그를 사랑하는 그녀의 방식이었음을 이제야 인정하게 되었기 때문이다. 라벤나의 자작은 시인을 기념하는 기념비 제작에 기여하는 것이 이 도시에 최고의 시인을 맞이할 수 있었던 영광에 대한 보답으로 당연한 의무처럼 여긴다고 말하며 연설을 끝냈다. 젬마는 우는 게 부끄러워 손으로 얼굴을 숨겼다. 다행히 아무도 그녀가 우는 것을 알아채지 못했다.

시인의 결혼에 대해서 사람들은 불운하다고 떠들어 댔지만, 반대로 그 결혼이 얼마나 견고했는지는 아무도 의심하지 않았다.

4장

    그러고 나서 다들 폴렌타노에게 초대받아 나갔다. 그리고 조반니는 혼자 남았다. 베아트리체 수녀는 그가 베껴야 할 나머지 부분인 천국의 여덟 곡을 옮겨 적는 것을 허락해 주었다. 그녀는 저녁 기도 때까지 산스테파노 성당에 가서 머무르다가 해질 무렵에야 돌아올 것이다. 외출하기 전에 그녀는 아버지가 책을 읽고 집필하면서 하루 대부분의 여가 시간을 보내던 침실과 옆에 붙어 있는 연구실을 그에게 보여 주었다.
    안토니아는 먼저 고대 주랑 오른쪽에 위치한 길고 좁은 침실로 그를 안내하였다. 소박하게 꾸민 방이었다. 방 안으로 들어서자마자 책상이 놓여 있고, 달랑 하나 걸려 있는 커튼 아래 옷을 넣는 커다란 궤짝 하나가 놓여 있었다. 어두운 방 구석의 묵직한 나무

틀 위에 매트리스를 얹은 침대가 놓여 있고, 침대 머리맡에는 가죽 칼집에 양피지 아홉 장을 고정시켜 만든 휘장이 내려뜨려진 채 늘어져 있었다. 그 가죽 휘장에는 아홉 개의 정사각형 틀이 그려져 있었다. 안토니아는 침대 모서리까지 그를 이끌고 가서 이를 보여 주었다. 그 덕분에 그는 방안 구석구석을 다 살펴볼 수 있었다. 잘 정돈되어 늘어뜨려진 양피지 위에는 이해하기 어려운 정교하고 난해한 선별 기준에 따른 『신곡』의 시편들이 적혀 있었다.

"이게 증거예요."

마지막 양피지를 가리키며 그 여자 수도자가 말했다.

"『신곡』이 끝났다는 증거이지요."

조반니가 아주 신중하게 양피지 휘장을 들여다보았다. 아래 오른쪽의 마지막 양피지 위에는 「천국편」 제33곡의 145행이라고 적혀 있었다.

「지옥편」 첫번째 11음절 시 제2곡	「지옥편」 11음절 시 제10곡 79~81 제15곡 61~64	「지옥편」 11음절 시 제33곡 49 55~57/64
「연옥편」 11음절시 제5곡 135~136 제23곡 91~93	「연옥편」 11음절 시 제18곡 54(53?)	「연옥편」 11음절 시 제24곡 37/43~44 제32곡 76/85
「천국편」 11음절 시 제3곡 46/105~108	「천국편」 11음절 시 제7곡 55~58/70~71	「천국편」 11음절 시 제33곡 145

"무슨 말씀이오?"

그가 물었다.

"모르겠어요."

안토니아가 대답했다.

"인용된 시편들을 살펴보셨소? 특별한 의미가 있던가요?"

베아트리체 수녀는 그를 서재로 데려가 그에게 뭔가 적혀 있는 종이를 보여 주었다. 그녀는 무엇보다 먼저 각 양피지에 시행의 숫자가 적혀 있는 도표를 보여 주었다. 거기에 적힌 내용은 전부 1 혹은 5라고 적힌 합 33의 11음절 시에 대한 정리였다. 각 줄과 기둥의 합이 항상 11이 되도록 정렬해 놓은 도표였다.

1	5	5
5	1	5
5	5	1

"도표를 대각선으로 해서, 왼쪽에서 오른쪽으로 보면 각각의 시행들이 또 다른 묶음으로 정렬될 수 있어요."

그녀가 말했다.

"이 정렬은 시행 다섯 개의 묶음이 되지요. 대각선으로 된 각각의 시행에서부터 시작해 보기로 하죠. 첫 번째 양피지에 적힌 시행은 「지옥편」 제2곡의 첫 번째 시행 '하루는 저물어 가고, 어두운 하늘'이에요. 반면 마지막에 적혀 있는 건 「천국편」 제33곡의 145

시행이죠. 지금 알 수 있는 건 그게 다이지만, 그 145곡이 『신곡』 전체의 마지막 시행일 거라고 추측돼요. 미지의 세계를 향한 여행을 시작하자마자 끝나 버린 것처럼 미궁에 빠진 셈이지요. 그래서 가운데 시행은 「연옥편」 제18곡의 시행 '식물의 생명에 대해 푸른 나뭇잎을 통해서처럼'에서부터 끝에 있는 두 시행 사이의 정확하게 한가운데 있는 시행이어야만 하죠. 만일 그렇다면 아버지는 출발하시기 전 외투에 손을 댔을 때 『신곡』의 전체 시행이 몇 행인지 정확하게 아셨어야 하는 거예요. 즉, 『신곡』을 끝내셨어야 한다는 거죠. 대각선 상의 첫 번째 시행 '어두운 하늘'은 밤과 죽음을 암시하고, 『신곡』 구성상 정중앙에 위치한 시행은 낮과 생명을 암시하죠. 맨 마지막 시행에 대해서는 알 수 없지만, 「천국편」을 마무리하는 그 시행은 시간을 넘어선 차원에 대해 언급할 거예요. 낮과 밤과 죽음과 생명의 차원을 뛰어넘은 신성의 절대적인 시간 영역으로, 연대순 배열의 모든 시간이 해체되는 영원한 현재를 이야기하겠지요."

어둠과 밤은 전적으로 인간적인 죄의 차원이다. 낮과 생명은 빛을 향한 항해의 여정이다. 빛…… 조반니는 자신의 집 정원에서 시인과 나눈 대화가 떠올랐다. 그 대화를 통해 조반니의 인생이 달라졌다.

"이 도표는 이 세상 너머에 있는 세 나라를 여행하는 아버지의 여정을 요약한 거라고 생각해요."

베아트리체 수녀가 말을 이었다.

"이 도표에 적힌 시편은 모두 33행이지요. 각 편의 33곡처럼,

그리고 예수의 나이처럼 말예요. 가로 첫 번째 줄에는 「지옥편」 시행, 두 번째 줄에 「연옥편」 시행, 그리고 세 번째 줄에는 「천국편」 시행이 적혀 있어요. 반대로 세로로 세 줄을 읽어 보면, 각각의 시행들을 빼놓고, 다섯 개의 11음절 시행 묶음이, 나의 아버지의 존재에 있어서 의미심장한 사건을 암시하는 주제별 영역에 따라 도표가 정리되어 있어요. 대략적으로 아버지의 관심을 불러일으켰던 등장인물과 관련된 사건이 언급되고 있어요. 말하자면, 아버지의 측근이었던 우리만 이해할 수 있는 개인적인 내용이 적힌 『신곡』인 거죠. 그리고 바로 이런 점 때문에 아버지 개인의 진짜 여행, 즉 삶의 여정이 드러나 있어요. 이 『신곡』 전체는 비록 세로 기둥의 모든 의미가 명확하지는 않더라도 우리에게, 그중에서도 특히 나에게 메시지를 이해할 수 있도록 남겨진 것이겠지요.”

"아니, 그런데 왜 당신의 아버지는 출발하시기 전에 『신곡』 내용을 추려 모은 이 도표를 만드셨을까요?”

그가 질문했다.

"『신곡』을 완성한 것이 사실이라면, 이 양피지 위에 마지막 시편들이 어디에 있는지에 대한 무슨 단서라도 남길 수 있었겠지요. 어쩌면 알고 계셨을지도……."

"모르겠어요.”

안토니아가 대답했다.

"대각선의 시행들을 제외하고 단지 세로로 읽었을 때 첫 번째 기둥의 열 개의 11음절 시행은 집안 여인들, 즉 나와 나의 어머니를 모호하게 암시하고 있는 시행들이지요. 두 번째 기둥의 시행에는 망명에 관계된 내용을 적어 넣었어요. 예를 들어「지옥편」의 파리나타와 브루네토에 대한 시행과「천국편」의 십자군 전쟁에서 사망한 우리 집안의 조상인 카차구이다에 대한 시행이 그렇지요. 반면 세 번째 기둥은 나의 아버지가 자식들에게 느끼셨던 감정들을 어떻게 다루는지 적고 있어요. 그런데 루카의 비밀에 싸인 여인에 대한 언급처럼 불분명한 암시로 적혀 있기도 해요. 그녀는 젠투카라고 하는데, 물론 당신이 나보다 더 잘 알고 계시겠지요."

조반니는 소름이 쫙 돋게 하는 그 이름을 잘못 들은 줄 알았다. 그런데 안토니아가 첫 번째 기둥에 적힌「지옥편」의 각 시행들을 제외하고, 열 개의 시행이 적혀 있는 종이를 그에게 보여 주었다. 「연옥편」의 다섯 시행은 제5곡과 23곡에 적혀 있고, 나머지는「천국편」제3곡에 나오는 포르제 도나티와의 대화에 대한 내용 두 부분이다.

그 일은 보석 반지를 끼워 주며 나를
아내로 맞이했던 자가 잘 알고 있소.[†]

내가 무척 사랑했던 홀어미 그녀가
좋은 일을 할 때 외로울수록 더욱
하느님께 사랑받고 즐겁게 했으니.[††]

....
[†] 같은 책,「연옥편」5곡 중, p. 238.
[††] 같은 책,「연옥편」23곡 중, p. 344.

반면 「천국편」의 다섯 시행은 제3곡에 등장하는 코르소 도나티의 자매인 피카르다와 나누는 대화이다.

나는 저 세상에서 동정 수녀였습니다.[†]

수녀회의 길을 따르기로 약속하였지요.
그런데 선보다는 악에 익숙한 남자들이
달콤한 수녀원 밖으로 나를 끌어냈으니,
그 후 내 삶이 어땠는지 하느님이 아십니다.[††]

"첫 번째 기둥에서부터 시작하지요."
그녀가 말했다.
"두 번째 줄, 「연옥편」 제5곡에 나오는 처음 두 행이 '그 일은 보석 반지를 끼워 주며 나를 / 아내로 맞이했던 자가 잘 알고 있소'이지요. 「지옥편」, 「연옥편」, 「천국편」 세 편의 제5곡들은 모두 여성과 사랑에 대해 언급하고 있어요. 지옥에 떨어지는 벌을 받은 혼외의 사랑인 리미니의 프란체스카, 「연옥편」에 등장하는 부부의 사랑인 톨로메이의 피아, 그리고 「천국편」에 등장하는 베아트리체의 정신적인 사랑이지요. 그리고 「연옥편」 제5곡의 마지막 시행은 '결혼하다'라는 동사로 시작되고 '보석'이라는 단어로 끝

[†] 같은 책. 「천국편」 3곡 중. p. 424.
[††] 같은 책. 「천국편」 3곡 중. p. 427.

나요. '보석' 즉 '젬마'라는 명사는 행복한 아내와는 거리가 멀었던 나의 어머니의 이름이기도 해요. 자기 남편에 대해 대놓고 험담하는 톨로메이의 피아가 불행한 신부인 건 이론의 여지가 없지요. 그런데 이 비난은 나의 아버지 스스로 자기 자신을 비난하는 것과 매한가지죠."

"첫 번째 기둥의 다른 시행들을 잘 알고 있소."

조반니가 말했다.

"「연옥편」과 「천국편」의 시편에 대한 내용이지요. 도나티, 포레제와 피카르다, 당신의 아버지를 망명한 구엘프 흑색당의 수장인 코르소가의 두 형제에 대해 이야기하고 있어요."

"그런데 그들은 나의 어머니의 먼 친척들이기도 해요."

수녀가 말을 이었다.

"나의 어머니 역시 도나티 가문에 속한다는 사실을 잊지 마세요. 포레제와 도나티 가문은 아주 가까운 관계일 수밖에 없어요. 아무튼 이게 하나의 표식이에요. 나의 아버지가 자신의 친척과 사랑하는 이에 대해 말하지 않는 수사학의 규범을 염두에 두셨다는 표식 말이에요. 직접적으로가 아니고 도나티의 목소리를 통해, 특히 자기 집안의 여인들인 아내와 딸에 대한 자신의 감정을 표현하는 거지요. 「연옥편」에서 포레제는 사랑하는 자신의 신부인 넬라의 강인함과 덕을 칭송하지요. 그녀는 나의 어머니처럼 피렌체에 혼자 남았고, 그녀의 남편 포레제는 그의 아주 가까운 친구인 나의 아버지가 망명당하기 조금 전에 세상을 떠났지요. 넬라는 나의 어머니와 무척 가까웠어요. 서로 용기를 북돋아 주었지요. 넬라에 대한 칭송은 불쌍한 여인 젬마에 대한 칭송이기도 해요. 그리고 사실 『신곡』 중에서 나의 어머니가 가장 좋아하는 대목이 바로 '내가 무척 사랑했던 나의 미망인'이기도 하죠. 미망인들, 그래요. 나와 야고보가 그렇게 불렀어요. 제가 열두 살 때, 그러니까 아직 피렌체에 살고 있을 때 우리는 아빠와 포레제가 유쾌한 파티의 동반자였던 행복했던 시절을 떠올리며 시간을 보내던 나의 어머니와 넬라를 미망인들이라고 불렀어요."

그녀는 한숨을 쉬고 시선을 떨군 채 말을 멈추었다. 그러나 곧이어 다시 말을 이었다.

"「연옥편」에 저 세상에서 동정 수녀였다고 말하는 피카르다 도나티는…… 수도원에 들어갔지만 못된 형제인 코르소에 의해 억지로 다시 나올 수밖에 없었어요. 흑색당의 우두머리인 코르소, 항상 그가 문제군요. 그가 그녀의 평화로운 수도 생활을 억지로 끝장냈어요. 토싱기† 집안의 로셀리노라는 자기 친구에게 그녀를 신부로 주려고요. 토싱기 집안의 흑색당과 함께하는 그녀의 삶은 지옥이었죠. 나 역시 비슷한 운명을 겪을 뻔했지요. 나의 어머니의 한 형제가 수도원에서 나를 빼내서 한 홀아비 친구에게 시집보내려고 어머니에게 압력을 가했어요. 그 친구는 노인이지만 난처한 지경에 빠진 우리 집안의 문제를 해결해 줄 수 있는 영향력을 가진 홀아비였죠. 그래서 나는 결정을 내리고 피렌체를 떠났어요. 나의 아버지는 「굴복하지 말거라, 안토니아」라는 시를 적어 주며

---

† 피렌체의 유력한 기사 가문.

걱정해 주셨지요. 그 시는 마치 '네가 사랑하지 않고 너를 사랑하지 않는 남자 옆에서 살아야 하는 삶이 어떤 것인지 너는 모른다'라고 말씀하시는 것 같았어요. 「천국편」 제5곡 초반에 베아트리체를 통해 한 말은 말하자면 아버지의 신념과도 같은 것이었어요. 그녀가 하늘로 오르는 중 사랑의 열기로 빨갛게 물들어 더욱더 아름답고 눈부셨죠. 그녀의 몸에서 나오는 광채는 보는 이를 현혹시켰고, 그녀의 아름다움은 그 자리에 있는 모든 사람들을 완전히 압도해 버릴 정도로 굉장했지요. 베아트리체는 지상의 사랑이 피상적이고 대수롭지 않다고 잘못 인식되고 있는 것은 아니라고 말했어요. 그러나 영원히 우주 전체와 행성에 스며드는, 심지어 우리 몸속으로 스며드는, 눈에 보이지 않은 우주 에너지의 섬광, 즉 신성한 섬광인 정신적인 힘을 오히려 사람들이 낮게 평가한다고 말했어요. 우리가 단 한 번뿐인 삶을 불행하게 살아가는 세상은 풍요롭지 않아요. 아버지의 시는 여인들에게, 살해당한 연인들에게, 불행한 신부에게 그리고 모욕당한 수녀에게 이 메시지를 소리쳐 전하고 있어요."

 갑자기 근처 종탑의 종소리가 아홉 시를 알렸다. 그리고 베아트리체 수녀는 자신의 아버지에 대한 간단한 수업을 마쳐야만 했다. 그렇게 해서 조반니는 시인의 친필 원고를 들고 서재에 혼자 남게 되었다. 집 안에는 나이 든 가정부도 있었지만, 그녀는 부엌에서 분주히 일하고 있었다. 수녀가 나가자 그는 시인의 딸이 양피지 위에 요약된 11음절의 시를 다시 옮겨 적은 종이를 바로 집어 들었다. 그런 다음 시인의 망명에 대한 예측이 적혀 있는 두 번째 기둥을 재빠르게 훑어보았다. 그러나 그는 특별히 세 번째 기둥에 적혀 있는 내용이 궁금했다. 왜냐하면 젠투카에 대한 언급으로 피가 얼어붙을 정도로 오싹해졌기 때문이다.

「지옥편」의 제5곡에서는 우골리노 백작에 대한 시행이 눈에 띄었다. 그 백작은 네 명의 자식들과 함께 굶어죽는 형을 언도받은 피사의 아버지다. 네 명의 아이들 중 두 명은 사실 그의 조카였다. 『연옥편』의 다섯 시행은 제24곡과 제32곡의 일부를 적어 놓은 것이다.

그는 중얼거렸으며…… '젠투카' 하는 비슷한 소리를 들었다.

'그녀는 여자로 태어나 아직 베일을 쓰지 않았는데',
…… '나 이 도시를 / 그대 마음에 들게 하리라.'[†]

피에트로와 조반니과 야고보가 인도되고
온통 의혹에 싸여 '베아트리체는 어디에 있습니까?' 말했고.[††]

수녀가 다 이해했을까? 베아트리체라는 이름과 함께 세 명의 사도들, 피에트로, 조반니, 그리고 야고보라는 이름이 우골리노 백작이 등장하는 세 번째 기둥의 시에 같이 나오고 있다. 우골리

[†] 같은 책. 「연옥편」 중. p. 348.
[††] 같은 책. 「연옥편」 중. p. 398.

노 백작은 자기 아이들의 운명을 알고 있지만, 더 슬퍼지지 않도록 아이들에게 그 사실을 숨기는 무능력한 아버지다. 로마에서 대사로 돌아오던 중 보니파시오 교황으로부터 자신이 추방당했다는 소식을 들었던 단테는 망명 당시 재산을 몰수당하고 절대적인 빈곤 상태에 빠져서 백작과 같은 심정이 되었음에 틀림없다. 십중팔구 그는 자신의 아내 젬마와 함께 피렌체에 남아 있던 아이들 때문에 근심스러워졌을 것이다. 아레초에 있는 형제 프란체스코가 아이들과 함께 며칠 지내려고 도착하기 전, 구엘프 흑색당의 앙갚음을 걱정했다. 그 만남은 틀림없이 가슴이 찢어지게 괴로웠을 것이다. 시인이 자신의 아이들에게 무슨 말을 할 수 있었을까? '우리는 더 이상 가진 게 아무것도 없단다. 모두 몰수해 갔어. 내가 너희들을 낳기만 했지 해 줄 수 있는 게 아무것도 없구나'라고 말했을까.

'그리고 안토니아는 젠투카에 대해 무엇을 알고 있을까?'

계속해서 그가 자문했다.

'아마도 여기에 쓰여 있는 것만 알 테지. 1300년대에 상상의 여행에 빠진 여자로, 아직 결혼 면사포를 쓰지 못하고, 단테가 도시 루카를 좋아하게 만든, 아직 무척 젊은 여자로 알고 있겠지. 그 이상도 이하도 아닐 거야. 그녀의 아버지가 무슨 이야기를 더 할 수 있을까? 어쩌면 안토니아는 모든 것을 다 알고 있어.'

지금 젠투카가 어디에 있는지 누가 알겠는가.

그는 현실적인 일 때문에 우울한 상념들도 떨쳐 버릴 겸 주변을 한 번 둘러보기로 결정했다. 서재 역시 아주 간소하게 꾸며져 있었다. 테이블 보가 덮여 있지 않은 테이블, 책 몇 권이 꽂혀 있는 책장, 나무를 깎아 만든 독수리로 장식한 궤짝이 놓여 있었다. 온통 검정색으로 독수리 옆얼굴 윤곽이 새겨져 있고, 눈동자에는 커다란 루비가, 그리고 그 주변에는 눈썹처럼 다섯 개의 다이아몬드가 박혀 있어서 단번에 시선을 끌었다. 두 개는 진짜 다이아몬드이고 불투명한 세 개는 가짜 다이아몬드였다. 그리고 침실로 통하는, 문 역할을 하며 쳐져 있는 커튼 옆 벽에 걸린 칼을 보았다. 단테의 손으로 직접 잘 묶어서 책 사이에 놓아둔 수십 장의 다양한 문서 뭉치를 살펴보기 시작했다. 종이나 양피지 그리고 값비싼 가죽 묶음이었다. 역사와 지리학, 성서, 토마스 아퀴나스의 글 모음집, 알베르토 마뇨의 코멘트가 달린 아리스토텔레스의 『도덕론』, 레몽 비달의 시선집, 거장 브루네토의 보물, 알프라가노의 천문학 그리고 베르길리우스, 오비디우스, 루카누스, 스타티우스, 키케로와 같은 모든 고전 작가들에 관한 초록이었다.

그런데 조반니는 시인의 손으로 직접 꼼꼼하게 써 내려 간 친필 원고라는 점에 특히 강한 인상을 받았다. 그는 시인의 필적을 알고 있었다. 초기 망명 시절로 거슬러 올라가 작성된 작은 노트였다. 귀족의 저택과 수도원을 전전하는 탓에 자신의 책을 지니고 다닐 수 없던 시절이었다. 그렇다 보니 머물게 된 저택이나 수도원에 보관되어 있던 책에서 필요한 부분을 자신이 직접 옮겨 적어 만든 초록이었다. 조반니가 우연히 한 장을 넘겼다. 뒤적거리며 책장을 넘기다가 한 곳에 시선이 멈추었다. 거의 대부분 라틴어로 씌어 있었다. 첫 번째 문장을 읽고 조반니는 깜짝 놀랐다.

Primus gradus in descriptione numerorum incipit a destera
…… si in primo
gradu fuerit figura unitatis, unum representat; ……hoc est si figura unitatis secundum
occupat gradum, denotat decem, ……Figura namque que in tertio fuerit
gradu tot centenas denotat, vel in primo unitates, ut si figura unitatis centum……

    그는 레오나르도 피보나치[†]가 쓴, 숫자의 위치에 근거하여 아라비아 숫자의 사칙연산 법을 설명해 놓은 주판서(珠板書)임을 단번에 알아차렸다. 라틴어 문장에는 오른쪽에서 왼쪽으로 볼 때 첫 번째, 두 번째 혹은 세 번째 위치에 오는 주판 알 하나는 각각 일, 십, 백 단위라는 설명이 적혀 있었다. 복잡한 계산을 단순화하기 때문에 상인이나 큰 사업가들이나 주판을 사용하였다. 보통사람들은 여전히 훨씬 이해하기 쉽고 자연스러운 로마 숫자를 이용한 간단한 옛 방식으로 계산을 했다. 피사 사람 레오나르도의 글은 거기서 끝나고, 바로 이어서 아리스토텔레스의 도덕론에 나오는 11가지 미덕에 대한 정리가 적혀 있었다. 10가지는 긍정적인 열정의 균형 잡힌 훈련에 대한 내용이고, 마지막 하나는 활동하는 덕으로 모든 것 중 가장 중요한 덕인 정의이다. 정의는 바른 길을

---

†   이탈리아의 수학자. 아라비아에서 발달한 수학을 유럽 국가에서 부흥시킨 최초의 인물이 됨.

사랑하고 선을 행하도록 우리를 이끄는 덕이다. 그러고 나서 '선이란 무엇인가? 태양과 다른 별을 움직이는 사랑이다(이 문장으로 이 신성한 책을 끝낼 것이다)'라고 적혀 있었다.

"바로 이거다! 단테의 『신곡』의 마지막 행이야. 양피지 매트 위에 빠져 있는 부분이야. 안토니아의 말대로, 태양을 움직이게 하는 태양보다 더 높은 차원이고, 시간의 근원으로 시간을 초월한 영원한 현재인 부동의 동자†인 거야."

드디어 그는 단테의 『신곡』의 미완성 자필원고를 쥐고 책상 앞 의자에 앉았다. 그리고 「천국편」의 제13곡을 베끼기 시작했다. 마음이 급해진 그는 빨리 일을 끝내려고 속기 암호를 이용해서 적어 내려갔다. 나중에 다시 깔끔하게 옮겨 적을 시간이 충분히 있을 것이다.

제13곡을 신속하게 마쳤다. 그런데 그는 다시 쓰기를 멈추었다. 내용이 너무 궁금해서 읽고 싶었다. 다음 장을 계속해서 넘겼다. 시인이 『신곡』 안에, 완성된 마지막 시편 어디엔가, 부족한 마지막 시편이 어디 있는지에 대한 어떤 단서라도 남겼을지 누가 알겠는가. 그러나 친필 원고 위에 몸을 숙이고 십자군 기사인 카차구이다와의 만남을 읽던 중, 집 마당 밖으로 그의 앞을 급히 지나가는 검은 그림자가 얼핏 보인 것 같았다. 그리고 옆방 침실로 들어온 것 같았다. 그는 소리 없이 천천히 몸을 일으켰다. 벽에 걸려 있는 칼

---

† 부동(不動)의 동자(動者)란, 자신은 움직이지도 변화하지도 않으면서 다른 존재를 움직이고 변화시키는 존재라는 뜻으로 아리스토텔레스가 규정한 신(神)의 개념.

을 칼집에서 천천히 꺼냈다. 침실로 통하는 커튼을 천천히 젖혔다. 심장이 목구멍으로 튀어나올 정도로 가슴이 쿵쾅쿵쾅 뛰었다. 잔뜩 긴장한 채 안을 먼저 흘낏 살펴보았다. 그리고 검은 옷을 입은 남자를 보았다. 거대한 몸집을 하고 머리카락을 바짝 밀어 버린, 삼십대처럼 강건해 보이지만 쉰 살은 족히 됨직한 남자였다. 집 안에 아무도 없다고 생각하고 정원을 둘러싼 바깥 담장을 넘어왔음에 틀림없다. 그는 침대 가장자리에 등 돌리고 서서, 시인의 침상에 걸린 가죽 휘장 위에 이상한 구성을 새겨 넣은 단테의 그림들을 들여다보고 있는 중이었다. 조반니는 칼을 치켜들었을 때에야 비로소 그 남자가 자신의 존재를 알아차리도록, 발끝으로 살금살금 걸었다. 이윽고 조반니는 그 남자가 갑자기 돌아섰을 때, 이미 단 한 번의 단호하고 재빠른 움직임으로 그를 끝장내기에 충분할 정도로 가까이 다가가 있었다. 긴 겉옷의 깃이 없는 둥근 라인의 스웨터 위로 일종의 목걸이 같은 두 줄의 은사슬이 보였다. 조반니는 그 은사슬 사이의 목에 칼끝을 겨누었다. 그러자 혼비백산한 그 남자는 항복의 표시로 두 팔을 번쩍 쳐들었다.

"당신은 누구요?"

그가 겉보기에 침착해 보이는 조반니에게 물었다.

"언제부터 도둑이 집 안에 있는 사람에게 질문을 하게 되었지?"

루카에서 온 조반니가 말했다.

그 남자가 고양이처럼 잽싸게 펄쩍 뛰어, 옆구리를 굽히고 칼끝을 손으로 잡으면서 공격해 오는 무기를 제압하려고 시도하였다. 그러나 조반니는 돌발 상황에 유연하게 대처했다. 조반니는 칼끝을 목걸이에 바짝 댄 채, 남자를 자기 쪽으로 힘껏 잡아당겨 그가 몸의 균형을 잃고 자신의 발치에 넘어지게 했다. 그런 다음 자유로운 한쪽 손으로 목에 걸린 목걸이를 움켜잡았다. 그렇게 하자 그 남자가 거칠게 움직일수록 스스로 자신의 목을 더 세게 조일 수밖에 없는 상황이 되었다. 그리고 조반니는 남자의 긴 겉옷 밖으로 삐져나온 은메달을 보았다. 메달에는 한 마리 말 위에 두 명의 기사가 새겨져 있었다. 하나이면서 둘인 기사는 수도자인 동시에 그리스도의 병사 즉, 무장한 성직자를 의미한다. 십자군의 상징이었다.

"이번에는 내가 묻겠소, 도대체 당신은 누구요?"

5장

———

 십자군 기사의 입이 홍수로 무너진 제방처럼 벌어졌다. 그는 자리에서 일어서지도 않고 침대 위에 한쪽 팔을 기댄 채 그대로 앉아 있었다. 이윽고 피사의 들판으로 범람하여 밀려 들어오는 아르노 강처럼 그의 말이 방 안으로 쏟아져 나왔.
 "내 이름은 성스런 군대에게 세례를 준 성인과 같소. 나는 프랑스인이오. 그런데 두 살 때부터 스물한 살 때까지 우트르메르에서 살았소. 내 아버지는 자신의 음욕으로 인한 죄의 산물인 나를 속죄의 표시로 어릴 적부터 신전에 데리고 다녔소. 내 어머니는 프랑스에서 죽었다고 들었는데, 어떻게 죽었는지는 모르오. 나는 속죄하는 내 아버지와 함께 바이바르스의 휴전 협정 기간 중 아크리의 산조반니에 있었소. 나의 사춘기는 내내 전쟁만 기다리다 지나가 버렸소. 나는 악에 맞서 싸우다 죽어서 천국에 오르도록 훈련 받았소. 그리고 나는 십자군 기사로 태어나자마자 이교도들을 증오하도록 교육받았소. 나는 죄인의 아들이었소. 어떤 방식으로든 태어난 죗값을 치르면서 살아야만 했소. 그 후 십자군의 해체로 모든 게 끝나 버린 지금 나는 「천국편」의 마지막 열세 곡의 시편을 찾기 위해 여기에 와 있소. 왜냐하면 시편 어딘가에 쥘리엄 드 보쥐가 제라르도 몽레알에게 맡긴 새로운 십자군의 비밀지도가 묘사돼 있기 때문이오."

"당신네 것이 아닌 물건을 찾으려고 다른 사람의 집에 몰래 들어오는 게 당신네 관습이구려."

의사가 물었다.

"단지 당신의 사춘기가 불행했기 때문에, 그리고 이교도들을 처단하는 데 익숙해졌기 때문이오?"

"나는 확신하오."

전직 십자군 기사가 대답했다.

"단테는 우리 모두가 기다리던 숨은 거장일 뿐 아니라 새로운 성지가 어디인지 적혀 있는 9음절 시의 비밀을 알고 있는 몇 안 되는 사람 중 하나라는 걸 확신하오. 여기 라벤나에 그를 개인적으로 만나려고 왔소. 그가 죽지 않았다면 그와 직접 이야기 나누었을 거요. 그가 마지막 여행 중일 때 폼포사 수도원에서 이미 그를 만났지만 짧게 몇 마디 말을 나눌 시간밖에 없었소. 그에게 『신곡』에 대해 묻자, 시인은 이미 끝냈다고 분명히 확인시켜 주었소. 그러고는 사전 동의 없이는 퍼트리지 않기로 베로나 사람인 카네에게 한 약속을 깨뜨리지 않기 위해, 마지막 열세 곡의 시편을 안전한 장소에 숨겨 두었다고 덧붙여 말했소. 나는 이 집 안에 있다고 생각하고 있소. 형식상 그러는 거지 카네의 이해가 뭐 그리 대수겠소. 베네치아에서 돌아오면 공개해야 했을 거요. 그래서 열세 곡의 시편이 어디엔가 비밀 장소에 잘 봉해져 있단 말이오. 그날 저녁 우리는 다른 이야기를 할 수가 없었소. 용병 부대에서 한패가 된 프란체스코 수도회 수사 두 명과 라벤나 사절단, 수행원 등 그의 일행이 그와 함께 있었기 때문이오. 9음절 시는 그렇게 다양한 사람들이 뒤섞여 있는 데서, 게다가 프란체스코 수도회 수사 앞에서 말할 수 있는 내용이 아니오. 그런데 나는 사람이 하느님의 형상을 지닌 것이 사실이듯, 단테가 십자군 비밀기사일 거라고 확신하오······."

"어리석은 말은 그만둡시다."

조반니가 말했다.

그러나 그 작자는 어설픈 표정과 제스처로 자신의 일생에 대해 주절주절 이야기한 뒤 범상치 않은 일 때문에 거기에 온 이유를 설명하기 시작했다.

"무척 중요해요, 심문관. 신성한 성지에 관한 거요. 제발 좀 말귀를 알아들으란 말이오!"

기사가 간청했다. 그는 아크리의 산조반니에서 태어난 죄를 속죄하러 갔었다. 아니, 오히려 거의 죽었었다. 그리고 지금은 순교자들의 천국에 갈 수 있을 거라고 말할 수 있다. 아무튼 어떤 대가를 치르더라도 새로운 십자군을 찾아야 한다는 마음에 전혀 흔들림이 없다는 점만은 확실하다. 그가 이미 죽었다가 그다음 날 아흐메드의 집에서 다시 의식이 깨어났다는 사실이다. 아흐메드는 이집트 기병들의 공격이 있기 전부터 이미 그를 알고 있었다. 그는 이집트 태생의 아랍인이었다. 기사의 아버지가 중병에 걸렸을 때도 치유했던 그는 기적을 이루는 과학에 전념하는 훌륭한 의사였다. 전투가 벌어지기를 기다리며 대기 중이던 그즈음에 그 의사는 성지에서 그렇게 살고 있었다. 의사처럼 도움이 되는 이교도들에 대해서는 증오심을 접고 예외적으로 관대하게 대해야 했다. 그리고 한편 그들 역시 삼위일체를 위해 다신교의 그리스도인으로 취급당하는 것을 감수해야만 했다. 그들은 십자군 기사에게 코로 들이마실 약품이나 장미와 백단향이 들어간 걸쭉한 물, 작은 유리병 안에 있는 것을 냄새 맡으면 기운이 나는 은 매화를 처방해 주는 동안 "삼위일체 다신교 자식!"이라는 말을 듣곤 했다. 그리고 아흐메드는 치료하는 동안 너무 많은 질문을 하지 않았다. 이교도를 증오하여 욕을 하는 것과 치료를 받아 아흐메드 같은 사람의 친구가 되는 것이 동시에 가능했다. 서로가 서로를 존경하면서 동시에 증오했다. 우트르메르에서는 그런 식이었다.

그런데 나중에 이탈리아의 십자군들이 도착하면서 상황이 악화되었다. 제노바인들과 피사인들이 배를 타고 도착했다. 제노바인이나 피사인들은 돈만 두둑이 받으면 무슨 일이든 마다하지 않는 사람들이었다. 그들은 십자군에도 오로지 돈을 벌기 위해 참여했을 뿐이다. 전쟁은 그들에게 더 많은 돈을 벌게 해 주었다. 그들은 돈만 지불할 수 있다면 순교자들을 찾는 광적인 모험가들을 팔레스타인으로 기꺼이 데리고 가고, 결국 죽여 버릴 터키인 노예들을 이집트인들에게 팔았다. 결국 그들에게 전쟁은 일종의 사업에 지나지 않았다. 어쩌면 그들은 전쟁을 원하는 유일한 사람들이었으리라. 그러나 당시 이런 모든 것을 명확히 이해하기에 그는 너무 어렸다. 2년 전, 베네치아인들과 제노바인들은 트리폴리에서 도시가 이미 포위된 것을 보고, 온갖 재물을 배에 실은 다음 프랑스인들이 이집트 기병들을 마음껏 학살하도록 내버려 두었다. 도시는 수개월 동안 부패한 인육에서 풍기는 악취로 인해 견디기 힘든 상황이었다. 그리고 이제 아크리의 산조반니 차례였다.

"그들은 롬바르디아, 움브리아, 라치오 지방 출신으로 사기꾼이나 죄수들이었소."

그가 말을 이었다.

"이탈리아의 부유한 도시에서는 그들을 원하지 않았소. 그래서 그들을 십자군으로 보내 버렸소. 우리는 신전의 마지막 전방부대였소. 이집트의 술탄은 우리를 밖으로 내몰기 위한 온갖 구실을 궁리할 뿐이었소. 우리보다 열 배나 더 강한 적들은 우리를 전멸시킬 수 있을 정도로 막강한 힘을 갖고 있었소. 그 사실을 알고 있는 우리들은 유럽에서 보충 부대가 도착하기를 기다리며 얌전히 있었소. 그런데 유럽에서 시끄럽고 제멋대로인 오합지졸들이 도착했던 거요. 그들은 자기네들끼리 예루살렘을 재탈환하는 영광을 얻을 수 있으리라 착각했소. 한편 그들은 적군을 찾아 산조반니를 돌아다녔소. 자기네들 눈에 이교도처럼 보이는 이들을 다 살해해 버렸소. 심지어는 그리스도인들이었던, 그러나 아랍인처럼 수염을 기르고 이탈리아어로 '예'라는 말을 이해하지 못하던, 바자르의 상인과 근교에 사는 농부들, 그리고 도시에 사는 시리아인들까지 닥치는 대로 죽였소. 하느님께서 억울하게 죽은 이들을 알아보실 거요. 그리고 보복이 있었소. 이백십만 명의 군사들을 이끌고 백여 개의 투석기를 장착한 알아스라프가 도착했소. 도시에 우리는 팔백 명의 기사와 일만사천 명의 보병에 불과했소. 우리가 그리스도에 대한 믿음과 열정으로 기다리며 훈련받았던 전쟁이 벌어졌소.

대량학살이었소. 돌화살이 날아다니고 성벽을 허물고 도시를 태우는 그리스 화약이 터지면서, 4월 한 달 내내 폭약 연기가 자욱했소. 우리는 투석기를 파괴시키기 위해 말을 타고 두 번의 야간 기습 공격을 감행했지만, 두 번 다 실패하고 기사는 삼백 명으로 줄었소. 그리고 한밤중에 일만 명의 터키인 병사들에게 쫓기는 신세가 됐소. 우리 배 위에는 그들을 공격할 투석기가 실려 있었지만 불행하게도 배가 태풍에 침몰하고 말았소. 5월 어느 금요일 동틀 무렵, 알아스라프가 최후의 공격을 감행했소. 그의 군대는 순식간에 외부 성벽을 점령하더니, 왕의 탑과 저주받은 탑을 허물고 산 안토니오와 산 로마노를 돌파하려고 시도했소. 우리는 거기서 영웅적으로 저항했소."

그는 어떻게 전투를 벌였는지, 자신의 아버지와 가장 가까운 친구가 어떻게 죽어 갔는지 조반니에게 이야기했다. 그다음에 그는 터키인들이 어떻게 도시 안으로 밀고 들어왔는지, 또 열다섯 살 남짓 돼 보이는 소녀가 적의 보병에게 장난삼아 죽임을 당한 것에 대해서……. 그리고 그는 더 이상 싸울 일이 없어지자 살기 위해 항구를 향해 도망쳤다. 그리고 그보다 더 절망적으로 도망치던 한 그리스도인에 의해 어깨에 타격을 받았을 때 긴 부두에서 노인과 여자들 사이에서 서로 몸을 밀쳐 대며 달리고 있었다.

드디어 그는 그다음 날 아흐메드의 집에서 기적적으로 의식을 되찾았다.

"이게 우트르메르에서 벌어졌던 일이오."

그가 말을 이었다.

"이집트 술탄의 터키인들과 벌인 맹렬한 전투에서 무사히 빠져나와서, 그리스도인이 내 어깨에 상처를 입혔고, 이집트 태생의 이슬람인 의사가 내 목숨을 구해 주었소. 우리가 생각하는 것보다 훨씬 더 복잡한 세상인 걸 알 수 있소. 그리고 전쟁에는 단순한 규칙만 존재할 뿐이오. 집 앞 마당이 전쟁터로 돌변하는 상황을 설명할 여유는 절대 없소. 모든 게 끝난 뒤 항구에서 나를 발견한 의사는 대학살 이후 의사로서 할 일을 했다고 내게 말했소. 그는 친구의 도움을 받아 나를 자기 마차에 실었소. 온몸의 피가 거의 다 빠져나간 내가 살아난 건 그야말로 기적이라고 말했소. 나는 악당들의 손아귀에 넘겨지지 않도록 의사의 노예인 척하며, 완전히 회복될 때까지 그와 함께 1년을 지냈소. 아흐메드는 현명한 사람이오. 지중해에 면한 그 아시아 지역은 단 한 번도 평화로웠던 적이 없었고, 앞으로도 없을 거라고 그가 내게 말했소. 그 지역은 자체적으로 한 지방이자, 세 지방에 접한 열려 있는 국경이기 때문이오. 그곳에는 콘스탄티노플에서 그리스인들이, 바다 건너서 프랑스인들이, 스텝 지역에서 터키인들이, 사막에서 아랍인들이, 그리고 지금은 심지어 중국에서 몽골인들이 도착했었소. 그런데 늘 충돌 지역이다 보니 문화 교류의 땅이기도 했소.

그는 내게 귀중한 작품으로 가득한 자신의 서고를 보여 주었소. 그곳의 아랍인들은 그 누구의 것도 아닌, 그 땅에서 잊혀졌던 무한한 지식을 담은 보물을 발견하였소. 그리스 철학과 기하학, 인도의 수학, 바빌론과 이집트의 천문학은 세 대륙 사이의 사람들처럼 그곳에 다다른 귀중한 보물이며, 그들이 헌신적으로 전념하여 가꾸고 발달시킨 보물이오. 지금은 전직 노예로 전쟁밖에 할 줄 모르는 이집트 기마병들과 더불어 문화가 쇠락하고 과학과 예술이 스러져 갔소. 그리고 곧이어 우리 같은 야만인들, 바다 건너의 무식한 프랑스인들이 그들을 능가할 것이오. 그는 민족들 사이의 접촉은 오랫동안 그 흔적을 남긴다고 말했소. "전쟁을 포기하게, 베르나르드. 학문의 힘을 기르게"라고 내게 거듭 당부했소. '학문은 어느 나라의 것도 아닐세. 그리스도교 국가의 것도 이슬람 국가의 것도 아닐세. 탐구하는 자의 것이네. 자네 그리스도인들은 여기에서 2백 년 동안 있으면서 자네들이 일으킨 그 모든 살육에서 무엇을 건졌는가? 폐허가 된 성채 말고 대체 남긴 게 무엇인가? 게다가 퇴각하면서 이븐 시나, 알크와리즈미, 알하젠의 책을 훔쳐가 버렸네. 만약에 자네들이 깊이 있게 그 책을 연구하고, 그들의 정확한 의견에 자네들의 의견을 덧붙이고, 우리가 과거의 위대한 다른 민족들로부터 받아들여 끈기 있게 발전시켜 온 지식의 보고를 지속적으로 쌓아 올린다면 더욱 풍부하게 하지는 못한다해도 자네들이 사막에 쏟아 부은 피보다 훨씬 더 자네들의 미래에 유익할 걸세. 자네가 진정으로 자네 민족을 사랑한다면, 베르나르드, 하느님의 우정을 자네에게 선물하고 하느님의 보물이기도 한 지식을 쌓는 일에 전념하게. 대학살과 순교에 대한 생각은 그만 집어치우게.'

만일 내가 거기에 남았더라면, 그는 내게 아랍 글자와 책 읽는 법을 가르쳐 주었을 거요. 기사로 태어난 나는 라틴어조차 잘 모르오. 그래서 내가 아랍어로 책 읽는 법을 배웠다 해도 그 값진 책의 단 한 줄조차 번역할 수 없었을 거요. 무엇보다 어느 말로 번역할 수 있었겠소? 게다가 내가 그곳에 머무는 게 어느새 너무 위험해졌소. 나는 동로마 제국의 배에 승선했소. 어느 정도 그리스인의 피가 흐르는 걸 알고 있던 나는 선장과 친구가 되었소. 나와 아흐메드는 항구에서 작별 인사를 했소. 우리는 가능하다면 한참 뒤에 이슬람의 천국이 될지 그리스도의 천국이 될지 모르지만 아무튼 어느 천국에서든 다시 만나자는 약속을 하며 포옹했소. 나는 프랑스에 돌아와 거기에 있는 십자군과 다시 접촉했을 때 크게 낙담했소. 우트르메르의 우리는 한낱 환상에 불과하다는 걸 알아챘소. 맙소사. 우리가 여전히 서양의 전위부대라고 믿었고, 2백 년 전에 고드프리†, 볼드윈, 보에몽††을 파견했을 때와 똑같은 유럽

....
†   고드프리(1060~1100): 제1차 십자군 원정의 지도자로 예루살렘 함락 후 그곳의 최초의 통치자로 군림했다.
††   보에몽(1058~1111): 제1차 십자군 원정의 지도자로 안티오크를 점령했다.

이 우리 뒤에 버티고 있을 거라 생각했었는데 말이오. 모든 게 달랐소. 거대한 사업의 중심이 세상의 중심이 되었소. 한때 기사였던 이들이 차지할 자리는 별 볼일 없는 변두리에조차 없었소. 셈을 할 줄 아는 보병의 수입은 신전에서 목숨을 내걸고 싸우던 전사일 때보다 더 많아졌소. 십자군의 재정을 지원하던 기부를 현실적으로 더 이상 아무도 하려고 하지 않는다는 걸 알게 됐소.

십자군의 우두머리들이 체포당하기 직전 나는 군대를 버리고 떠났소. 재판이 시작되었을 때 나는 그 어떤 정의로운 왕도 존재하지 않고, 삼삼오오 사람이 모여 사는 곳마다 법은 네 명중 세 명에 의해 이리저리 나뉘고, 조사를 벌이는 정의는 성직자들을 위한 정의에 지나지 않고, 십자군 기사들은 여기 라벤나에서 그랬던 것처럼 거의 항상 용서받게 된 이 땅에 왔소. 곧이어 나는 엔리코 7세의 용병대에 징집되었소. 우구치오네 델라 파올라[†] 용병대장이 이끄는 용병대였소. 그러나 거기도 오래가지 않았소. 십자군 기사였던 내가, 욕설을 퍼붓고 시골 농가나 약탈하고 연주창(連珠瘡)[††]을 앓는 시골 여자를 겁탈하는 것밖에 할 줄 모르는 병사들과 뭘 할 게 있었겠소. 그리고 게다가 나는 다른 그리스도인들을 상대로 싸우도록 훈련받지 않았소. 따라서 순교자의 천국에 들어가리라는 전망 없이 죽을까 봐 두렵기까지 했소. 세상은 내게 너무

[†] 우구치오네 델라 파올라(1250~1319): 교황과 황제 사이의 충돌에 관여한 용병 대장이자 이탈리아의 정치가.

[††] 목 주위에 염주처럼 줄지어 멍울이 생기는 림프샘이 헐어서 터진 부스럼.

어렵소. 십자군 군대가 해체됐을 때 우리 중에서 결혼을 하고 부상자를 돌보는 병원에서 적당한 연금을 받기를 원하던 이들은 그렇게 할 수 있었소. 그래서 지금 이 사람은, 맙소사, 연금을 받는 십자군 기사인 거요."

조반니는 아크리의 산조반니의 이야기를 아주 흥미롭게 들었다. 그리고 처음에는 알 수 없는 이유에서 범죄 현장으로 돌아온 살인자를 현행범으로 잡았다고 생각했으나 이야기를 들으면 들을수록 베르나르드는 단테의 죽음과 아무런 관련이 없다는 확신이 들었다. 그 시점에서 조반니는 그의 말을 끊은 다음 대놓고 그에게 물었다.

"아무튼 스승님을 독살한 게 당신은 아니었군요……"

조반니가 말했다.

베르나르드는 눈이 휘둥그레져서 앞에 앉아 있는 자신의 심문자를 향해 고개를 들었다.

"무슨 말을 하는 거요? 무슨 이유에서 그런 생각을 하는……"

그는 너무 놀라 문장을 채 마치지도 못하고 대답했다. 조반니는 자신이 의구심을 품게 된 이유를 그에게 설명해 주었다. 그러자 베르나르드는 소리치며 고개를 끄덕였다.

"나쁜 놈들! 그놈들이오. 프란체스코 수도회……."

단테의 신앙심에 비추어 볼 때, 게다가 폼포사에 단체로 와 있던 두 명의 프란체스코 수사들도 그렇고…… 조반니는 프란체스코 수도회 수사들이 마지막 시편과 관련이 있지 않을까 의심했다. 그래서 그 참에 베르나르드에게 더 많은 정보를 얻기 위해 질문했다. 그리고 전직 십자군 기사는 수도원장이 참석한 가운데 수도원에서 벌어진 정찬 모임에 대해 이야기했다. 알리기에리와 동행하던 세 명의 사절단원과 그 일행에 합류하여 키오지아†까지 동행한 두 명의 프란체스코 수도회 수사들이 한 테이블에 앉았다. 그리고 베르나르드는 술과 창녀에 대해 떠들어 대던 호위 병사들과 다른 테이블에 앉아 있었다. 그는 한 테이블에 앉아 식사하는 친구들의 어리석은 농담에 끼어들지 않고 주요 인사들이 앉아 있는 다른 테이블에서 시선을 떼지 않고 있었다. 그 테이블에서 정치에 대한 이야기와 성당과 황제에 대해 논쟁하는 소리가 들려왔다. 그런데 그 두 명의 프란체스코 수도회 수사들이 이상해 보였다. 어쩌면 그들은 진짜 프란체스코 수도회 수사들이 아니었을 수도 있다. 다른 사람들의 대화에 거의 끼어들지 않고, 아니 오히려 건배를 청하며 자주 대화를 중단시키더니 급기야 거의 완전 술에 취해 버렸다. 한 명은 키가 크고 말랐고, 토스카나 사투리 억양으로 말했다. 그의 오른쪽 뺨에는 뒤집어진 L자 모양의 흉터가 있었다. 수도사라기보다는 군인에 훨씬 더 가까워 보였다. 다른 사람은 뚱뚱하고 키가 작았다. 지중해 지역 사투리 억양으로 u를 마치 정관사 lu처럼 발음하는 걸 보면 아풀리아†† 혹은 아브루치††† 출신인 듯했다. 또 다른 한 사람은 잘 기억나지 않는데, 시인이 되돌아올

....
† 이탈리아 북부 베네토 지방에 있는 도시로, 베네치아Venezia 남쪽에 위치하고 있다.
†† 이탈리아 동남부에 있는 지방 풀리아의 영어명.
††† 이탈리아 중동부에 있는 지방 아브루초의 영어명.

때를 기다리며 라벤나에서 왔었다. 빠른 시일 내에 그는 품삯을 받고 「천국편」의 처음 스무 곡 시편을 옮겨 적는 일을 하게 될 시인의 제자였다. 「지옥편」과 「연옥편」을 옮겨 적는 일을 이미 베로나에서 맡았었다.

마지막으로 그들은 서로 도와주기로 약속하면서 오래된 친구처럼 작별 인사를 나누었다. 조반니는 시편의 마지막 열세 곡을 찾기 위해 온갖 수단 방법을 다 동원할 것이었다. 그리고 베르나르드는 그것을 찾아내도록 그를 돕게 될 것이었다. 전직 십자군은 수상한 두 명의 프란체스코 수도회 수사들을 수소문하기 위해 모든 방법을 총동원할 필요가 있다고 결론 내렸다. 그는 누군가 새로운 성지를 장악하기를 원했다. 예루살렘에 수세기 동안 묻혀 있던 비밀이 살라딘 요새† 재탈환 이후 십자군에 의해 전해졌다. 시편 안에 비밀스레 숨겨진 지도 덕분에 성지는 안전하게 지켜지고 있었다. 시인은 그 점을 알고 있었다. 고대의 메시지를 지켜야 한다는 걸 분명하게 알고 있었다. 그가 아크리의 산조반니에서 들었던 9음절 시로 적힌 비밀스런 메시지를……. 쥘리엄 드 보쥐, 자신의 아버지, 그리고 시인 단테가 중요한 한 가지 이유 때문에 죽었다고 그는 확신했다.

그는 들어왔던 대로 나갔다. 손으로 집을 둘러싼 담장을 움켜잡으며 뛰어올랐다. 팔로 몸무게를 지탱하며 위로 기어올랐다. 그리고 담장 반대편으로 몸을 던졌다. 조반니는 비록 새로운 신전에

---

† 시리아 북서부에 위치한 살라딘 요새는 십자군 전쟁 기간인 11~13세기 무렵 세워졌다.

대한 이야기가 터무니없는 것처럼 여겨졌지만 힘이 넘치는 그 남자의 민첩함과 강인함에 감탄했다. 그러나 자신의 아버지가 전쟁터에서 비참하게 숨을 거두는 것을 생생히 목격했을 뿐 아니라 자기 자신도 수차례 가까스로 죽을 고비를 넘긴 병사에게는 그 모든 일들이 아무것도 아닌 것을 위해 벌어졌다는 사실이 믿기지 않았다. 결론적으로 수많은 사람들의 희생은 베네치아인들과 프랑스 왕만 부자로 만들었다. 그럼에도 불구하고 우트르메르에서는 정말로 그런 식이었다.

다른 작자가 나갔을 때 조반니는 단테가 마지막 시편을 감추어 둔 장소에 대한 몇 가지 단서를 시 안에서 찾을 수 있기를 기대하며 「천국편」을 다시 읽기 시작했다. 제18곡은 처음부터 충격적으로 다가왔다. 아직 화성천에 머물고 있을 때 단테는 베아트리체를 보았다. 그리고 그녀에게서 밝게 빛나는 신성을 보고 온갖 다른 욕망으로부터 자유로워졌다. '그는 「천국편」에 적혀 있는 걸 보면, 그들의 연애담은 수많은 사람들이 오가는 피렌체 거리에서 서로 바라보고 헛되이 갈망하는 시선에 얽힌 이야기에 불과하다고 생각했다. 그는 단테와 베아트리체를, 갈구하다가 아닌 척 시치미를 떼고 눈 깜짝할 사이에 스치며 지나가는 그들의 시선을 보는 것 같았다. 심지어 단테는 그녀 때문에 천국에서조차 하느님을 거의 잊어버린다. 그리고 지상에서 열렬히 사랑하던 베아트리체를 기쁘게 해 주려고 위험을 무릅쓴다. 그리고 베아트리체는 그를 책망한다. '천국은 내 눈에 보이는 게 전부가 아니에요.'

그리고 드디어 목성천으로 들어선다. 그리고 깜짝 놀랄 만한 광경을 목격한다. 빛과 음악의 향연 속에 노래하면서 공중으로 도약하는, 밝게 빛나는 영혼의 섬광들을 본 것이다. 마치 바닷가 연안의 새들처럼 다양한 모양으로 비행 형태를 만들고는 이따금씩 멈추어 있다. 알파벳 글자 모양을 만드는데, 처음에는 D자를, 그다음에는 I자를 그리고 L자를 만든다. 한 글자씩 만들 때마다 움직임을 멈추고 노래도 그친다. 그러고 나서 다시 다음 글자 형태를 만들기까지 춤을 추기 시작한다. 지혜서의 첫 번째 시행인 'DILIGITE IUSTITIAM QUI IUDICATIS TERRAM 즉, 세상을 심판하는 너희들은 정의를 사랑하라'의 모든 철자들을 쓸 때까지 계속해서 다시 시작하고, 그리고 멈춘다. 마지막 단어의 마지막 철자인 M자를 만들 때, 또 다른 섬광들이 날아와 독수리 머리 형상을 만들었다. 그러면서 고딕 첨탑 같은 M자는 거대한 몸통을 지니게 되었다.

 독수리는 제20곡에 묘사되어 있다. 한쪽 눈으로만 볼 수 있는 옆모습 윤곽을 여섯 개의 섬광들이 만들었다. 한 영혼은 눈동자를, 다른 다섯 개의 영혼은 눈의 주변 윤곽을 그렸다. 그중에서 두 개의 영혼이 다른 영혼의 섬광보다 훨씬 더 반짝였다. 그제야 최근 어디에선가 이와 비슷하게 묘사된 독수리를 본 기억이 났다. 그런데 어디에서?

 그리고 갑자기 기억이 났다. 오른쪽으로 몸을 돌린 그는 자기로부터 한 걸음 거리에 떨어져 있는 그곳을 바라보았다.

6장

저녁기도를 마치고 집에 돌아온 베아트리체 수녀는 조반니가 아직도 서재에 있는 것을 보았다. 그는 궤짝 위에 새겨진 검은 독수리 앞에 무릎을 꿇고 있었다. 오후 내내 그녀는 그에 대한 생각만 했다. 머릿속에서 그에 대한 생각을 떨쳐 버릴 수가 없었다. 왜 그런지 알 수 없었지만 거기에 있는 그를 다시 보자 마음이 행복해졌다. 그녀의 발자국 소리를 듣자마자 그가 몸을 일으켰다. 그가 궤짝을 가리켰다.

"이중 바닥이 있소."

그가 말했다. 처음에 그녀는 얼른 알아듣지 못했다. 그러자 그가 오후에 시편 한 곡만을 옮겨 적었고, 나머지 일곱 편의 곡들을 읽기 시작했다고, 그리고 마지막 스무 번째 곡에서 수수께끼의 열쇠를 찾아냈다고 그녀에게 이야기했다. 궤짝 위에 새겨진 검은 독수리에 대한, 어쩌면 『신곡』의 사라진 열세 곡의 시편들이 거기에, 이중 바닥으로 된 궤짝 안에 들어 있을 것이다. 엄지손가락을 독수리의 눈동자 위에 갖다 대고 검지와 중지를, 그리고 값비싼 보석으로 장식된 눈썹 위에 박힌 첫 번째와 다섯 번째 다이아몬드 위에 올려놓을 필요가 있었다.

"첫 번째와 다섯 번째요."

그가 또한 말했다.

"트라야누스†와 리페우스††…… 누르면 찰칵하는 소리가 들려요. 내가 방금 발견했어요. 그런데 내 등 뒤로 당신의 발자국 소리가 들리자마자 전부 다시 닫아 버렸어요. 그런데 왼손 손가락 끝으로 맨 밑바닥에 숨겨진 종이의 부드러운 감촉이 순간적으로 느껴졌소."

비밀은 계속되었다. 스무 번째 곡에서 드러났다. 거기에서는 독수리에 대해 이야기했다. 은총 받은 영혼의 형상인 밝게 빛나는 독수리를, 시인은 열한 번째 덕인 정의의 영역인 목성천에서 만난다고 상상했다. 단테가 천국에서 보는 독수리의 머리는 궤짝 위에 새겨진 것처럼 옆얼굴 윤곽만을 보여 주었다. 그리고 눈에 띠는 독수리의 눈은, 목성천에서 여섯 명의 지복자들을 의미하는 여섯

………

†   트라야누스(재위 98~117): 로마 황제로 다키아, 나바타이 왕국, 아시리아 등을 속주로 만들었고 로마 제국 최대의 판도를 과시하였다.

††   트로이의 영웅. 트라야누스 황제와 리페우스 둘 다 단테의 『신곡』 「천국편」 제20곡에 등장한다.

개의 값진 보석으로 만들어졌다. 눈동자에 해당하는 보석 하나와 눈썹에 해당하는 다른 다섯 개의 보석이다. 베아트리체 수녀는 그에게 자리에 앉을 것을 권하며 침착하게 설명해 보라고 이끌었다. 그러자 그는 정중히 사양하며 오히려 책상 옆에 있는 의자를 당겨 그녀에게 앉으라고 권했다. 결국 둘 다 선 채로 남았다.

"아무튼 독수리는 황제를 상징합니다."

조반니가 말을 이었다.

"아니면 정의를 상징하는 게 더 맞을까요?"

"독수리는 그저 황제의 상징이 아니에요."

그녀가 정확하게 말했다.

"상징이 아니라, 황제예요. 아니면 적어도 신화적인 독수리의 모습을 한 황제여야만 하죠. 지상의 권력은 영원한 정의를 반사하는 빛에 불과해요. 마치 베아트리체의 지상의 아름다움이 절대적인 아름다움을 반영하는 것과 같죠. 지상의 권력은, 나의 아버지가 신성한 본질에 속하다고 한 우주의 법칙인 정의를 형상화할 때에 한해서만 합법적이죠."

"그래요."

조반니가 말을 이었다.

"나는 제19곡이 정의의 유일성이라는 주제에 대한 설명을 하고 있다고 생각했어요. 눈부시게 찬란한 영혼을 지닌 순교자의 형상인 독수리는 '나'라고 말하는 대신 '우리'라고 말해야 할 거예요. 독수리 울음소리를 내겠지요. 사실 정의는 유일무이한 거예요. 그리고 살아 있을 때 정의를 사랑했던 영혼들은 심지어 스스로 고유한 개체성을 포기했어요. 더욱더 높고 넓은 개체의 본질과 하나가 되기 위해서였죠."

조반니가 다시 무릎을 꿇었다. 궤짝의 비밀 바닥을 다시 열 준비를 했다.

"아무튼 시인과 함께 수천여 개 영혼들의 입이 한 목소리로 이야기하는 것 자체가 정의예요."

"다수로부터 하나를 지향하지요. 결국 수많은 것이 도래하는 하나와 필연적으로 합쳐지고, 그 하나를 지워 버리는 셈이지요."

그는 야고보와 어머니 젬마와 함께 막 집으로 돌아온 피에트로가 방 안으로 들어오는 순간 말을 중단했다. 무릎이 아픈 척하며 조반니가 바로 일어났다. 그들이 주고받은 대화의 마지막 부분을 들었던 피에트로는 끼어들기로 마음먹었다. 그는 중간 키의 젊은 이로 무척 신중한 타입이었다. 그는 방해해서 미안하다고 사과를 했다. 그리고 자신의 아버지가 무척 엄격하게 추구해 왔던 정의에 대해, 자신이 집필중인 책에 대해 이야기하고 싶어 했다. 비록 정의가 변질되고 때때로 왜곡되는 탓에 인간들에게 불가해하게 드러날지언정 인간이 자신의 자유의지에 따라 행동하는 세상에 신성한 정의가 작용하고 있다고 단테는 말했다. 그러고 나서 피에트로는 아버지가 망명 초기에 쓴, '세 명의 여인이 내 마음에 들어왔다'는 시를 인용했다.

"그 시에서 시인의 마음 언저리에서 세 명의 지배자, 세 명의 여인들이 춤추고 있죠."

그가 설명했다.

"그녀들은 권리의 세 가지 형태의 알레고리예요. 첫 번째 여인은 다른 여인들을 생성해 내는 신성한 법으로, 「천국편」에서 독수리로 형상화하여 등장하기도 하죠. 그리고 모든 계율의 의미를 요약해 놓은 '네 이웃을 네 몸같이 사랑하라, 남이 너희에게 해 주기를 바라는 그대로 너희도 남에게 해 주어라'라는 구절로 성경에 적혀 있기도 해요. 이 첫 번째 법의 소산인 다른 두 명의 여인들은, 내 생각에는 일반법과 사법으로, 첫 번째 신성한 법을 특징짓는 기존적인 원칙들을 각 사회에서 요구하는 바에 따라 적용하고 상세히 해석하는 법이죠."

안토니아는 궤짝의 이중 바닥에 대한 이야기를 피에트로에게 해야 할 상황이 아니라고 조반니에게 눈짓으로 전했다. 적어도 조반니는 수녀가 깜빡이며 눈짓을 보낸 이유를 그렇게 이해했다.

"정의의 유일성에 대한 생각에서부터······."

한편 피에트로는 계속 말을 이어 갔다.

"국가별 정부를 넘어서는 통일된 유럽 정부의 필요성까지 적용되지요. 하지만 오늘날 다들 한 번쯤 들어 봤을 법한 활발한 논쟁이 일고 있지요. 관습법과 각 왕국과 공국과 도시의 향토 법 사이의 관계에 대한 논쟁이지요."

"제국의 위기요."

그때 조반니가 말했다.

"나는 특히 이 세상이 혼란스럽다고 이해했소. 각 정부의 시민들은 근처 도시의 법과 양립할 수 없는 자신들만의 법을 만들어 내오. 본질적으로 이 자신만의 법은 그 어떤 관습법도 존재하지 않는 상태에서 사건을 이해하는 기준이오. 프랑스인과 영국인에게는 왕이 있고, 게르만인에게는 황제가 있지만 우리나라에는 왕도 없고 황제도 없고 무정부 상태로 난장판이오. 도시마다 파벌들이 자신들의 법을 이용해 자기편에게 호의적인 잣대를, 반대편에게는 적대적인 잣대를 들이대고 있소. 법을 행사하는 이들은 공공의 이익에 대한 배려는 전혀 하지 않고 명확한 근거도 없이 나쁜 법을 만들어 내지요. 각자 스스로 재판관이고 부자일수록, 그리고 권력이 막강할수록 다른 사람들보다 더 많은 권리를 갖게 되지요."

"나의 아버지는 이런 이탈리아적인 문명의 변형을 아주 싫어하셨어요."

피에트로가 말을 이었다.

"마을 사람들이 서로서로 다 잘 알고 있는 오래된 시골마을 같은 곳에서는, 그리고 마을 사람들이 정직하기로 명성이 자자한 곳에서는, 일반적인 현실이 아직 사소한 것일 때까지만 그런 식으로 법을 행사하는 게 가능할 수 있겠지요. 지금은 더 이상 그렇지 않아요. 예를 들어 피렌체 근교의 오래된 마을 몇 군데는 유럽 전역에 재산을 소유하고 있고 막대한 재산을 관리하고 부자가 되었지요. 반면에 힘들게 먹고 살아가는 소자본가와 장인들의 피해에 대해서는 제대로 평가되지 않았어요. 정당한 법의 전체적인 부재와 권리를 박탈한 끝없는 탐욕이 평화를 사랑하는 사람의 일상적인 삶을 견딜 수 없게 만들어 버렸어요. 그들은 자신이 살아가는 사회의 발전과 학문에 헌신하며 지각 있고 균형 잡힌 삶을 살아가기를 원했어요."

베아트리체 수녀는, 피에트로와 조반니 사이에 즉각적인 이해가 오가는 것을 확인하자 진심으로 행복했다. 그러고 나서 그들은 시편의 복잡한 의미에 대해 이야기했다. 피에트로는 아버지가 쓴 시적 알레고리로 가득한 훌륭한 작품이 성스러운 책이나 예언서, 혹은 심지어 사후의 실제 여행담으로 기이하고 위험하게 이해되는 분위기가 퍼지는 것이 걱정스럽다고 말했다. 비밀스러운 작품으로 이해하는 것은 성당에 대한 공격을 유발시킬 수 있기 때문에 위험했다. 그래서 그는 분명히 정리하고자 아버지의 시편에 대한 코멘트를 준비하려고 하는 중이었다. 이번에는 조반니는 단테가 십자군 기사의 비밀 메시지 관리인 중 한 명이라고 십자군 기사가 떠들고 다니는 이야기를 들은 적이 있다고 이야기했다. 재미있다기보다는 오히려 불쾌하다면서 피에트로는 믿지 못하겠다고 고개를 가로저었다.

그러고 나서 그들은 서로 작별 인사를 나누었다. 조반니는 자신이 묵고 있는 여인숙으로, 피에트로와 야고보는 피에트로의 집으로 갔다.

어머니와 함께 남은 베아트리체 수녀는 그녀를 포옹했다. 그런 다음 그들은 아무 말 없이 서 있었다. 얼마동안 아버지에 대한 이야기를 하게 될지 전혀 알 수 없었다. 그렇게 쓰라린 과거를 되새기며 앞으로의 일을 가늠해 볼 뿐이었다. 이윽고 젬마는 단테의 침실로 들어갔다. 그리고 그가 없는 부부용 침대에 잠시 동안 시선을 고정시킨 채 바라보았다.

"이게 바로 내 삶을 비추는 거울이네."

그녀가 속삭였다.

"텅 빈 신방이야."

그녀는 무척 피곤했다. 그럼에도 불구하고 잠자리에 드는 게 두려웠다. 매일 밤 그랬듯이 쉽게 잠들지 못하리란 걸 알고 있었다. 그녀의 상념은 아이들이 어렸을 적에 아직 빈곤하게 살던 과거에 빠져 있었기 때문이다. 지금 그녀는 피에트로 때문에 행복했다. 그가 베로나에서 시작할 일 때문에, 그리고 그가 결혼하게 될 여인 때문에 기뻤다. 그러나 그녀는 더 이상 그를 다시 볼 수 없을 거라는 생각 때문에 슬펐다. 다른 한편으로 야고보를 생각하면 실망스러웠다. 그는 신중하지 못하고 바람둥이인 데다 너무 충동적이고 생각이 야무지지 못했다. 그러나 그녀는 적어도 아이들 중 한 명은 절대 그녀 곁을 떠나지는 않으리라는 사실이 기쁘기도 했다. 그녀는 라벤나에 잠시 머무는 짧은 시간 이후로 안토니아를 다시 볼 수 없으리라는 생각에 직면할 용기를 아직 낼 수 없었다. 그다음 날 밤으로 그 생각을 계속 미루고 있었다. 심지어는 프랑스 연애 소설과 같은 연애담을 떠올리고, 루카 출신의 그 젊은이가 그녀 주변을 귀찮게 빙빙 돌다가 그녀를 수도원에서 빼내 토스카나로 다시 데려오는 것을 상상했다. 그리고 조카의 군대와 더불어 피렌체에서 다 같이 행복하게 사는 것을 상상했다. 어쩌면 그 생각은 신을 모독하는 것일 수도 있지만 그녀에게는 유익했다. 다행히도 그녀는 결혼식 피로연을 상상한 이후에 곧장 잠이 들었다.

혼자 남은 베아트리체 수녀는 별을 바라보며 정원의 벤치 위에 앉아 있었다. 밤의 무한함이 무의식적이고 불분명하고 막연한 그리움을 불러일으켜 그녀는 말없이 기도를 올렸다. 그녀는 막연하게 느껴지는 그것이 어쩌면 아버지가 「천국편」에서 이야기하려고 시도했던 바로 그 감정일 거라고 생각했다. 하지만 그녀에게는 표현할 수 없는 기다림으로 남아 있었다. 그녀는 이전에 한 번도 가본 적 없는 장소에 대한 일종의 그리움 같은 것을 표현할 단어를 떠올리지 못했다. 아무튼 이따금씩 마치 그녀의 마음속에, 과거에 그녀였던 안토니아와 현재 그녀인 베아트리체 수녀라는 다른 두 명의 여자가 살고 있는 것만 같았다. 아빠의 안전한 팔에 안겨 행복했던 어린 시절을 떠올리며 그가 망명을 선고받았을 때 더 이상 그를 보지 못할 거라는 끔찍한 두려움에 떨던 고통스러운 기억을 떠올렸다. 또 그녀는 '왜 너는 수녀가 되었니?'라고 심술궂은 목소리로 집요하게 자문했다. 열네 살짜리 피에트로와 야고보가 시에서 추방당해 그들 역시 망명길에 올라 도시를 떠나야 했을 때조차 피렌체를 절대 떠나지 않으려 했던 그녀의 어머니 때문이었으리라. 그녀의 어머니는 수녀가 되겠다는 그녀의 생각에 맞서서 암사자처럼 맹렬하게 반대했다. 어머니는 딸이 자신보다 훨씬 더 행복하고 멋진 결혼을 하기를 바랐다. 그러나 피렌체의 젊은이들은 추방당한 사람의 딸을 업신여겼다. 아무도 감히 그녀에게 청혼할 생각을 하지 못했다. 그리고 그녀의 가족이 빈곤해지자, 그나마 무모하게 청혼하려던 구혼자들조차 더 이상 용기를 내지 못했다. 사실 누군가 그녀를 유혹해 보려고 시도한 적이 있기는 했다. 그러나 아무도 그녀와 결혼하고 싶어 하지는 않았다. 좋은 집안의 남자들은 그녀의 처지로 보아 더 이상 잃을 게 없는 여자들처럼 쉬운 여자임에 틀림없을 거라고 생각했다. 그러나 그녀는 그렇게 생각하지 않았다. 그녀는 '단테의 딸'이었다.

'너는 너의 어리석은 자만심 때문에 수녀가 됐을 뿐이야. 소명을 받아서가 아니라 심술을 부리고 괴팍을 떠느라 혐오스런 너의 운명을 선택한 거야'라고 짓궂은 과거의 안토니아가 속삭였다. 그럴 때의 안토니아는 자신만이 아니라 타인들에게도 집요할 정도로 무자비했다. '너에게는 수녀가 되거나 노처녀가 되는 두 가지 길밖에 없었어. 그래서 네 삼촌이 너를 시집보내려던 그 늙은 한량과 결혼한 다음 그가 빨리 죽어 버리기를 기도하는 게 차라리 나았을지 몰라. 그러면 남은 평생 고상하고 자유롭고 팔자 좋은 과부로 살아갈 수 있었을 텐데 말이야.'

베아트리체 수녀는 자신 안에서 피어오르는 생각들에 휘둘리지 않고 근심하지 않았다. 무의미한 단어들의 연쇄 고리를 두려워한다면 그게 무슨 신앙인가? 그녀는 어릴 적부터 그랬다. 늘 신중하게 말을 가려서 하고, 겉모습 뒤에 숨은 비밀스런 원인을 찾으며, 모든 것들과 모든 이들을, 그리고 심지어 자기 자신까지도 거의 영악할 정도로 엄격하게 다루었다. 이후 그녀는 시간과 더불어 집요한 심판관과 함께 살아가는 법을 배웠다. 그 심판관은 그녀가 과거에 단테의 딸이었기 때문이 아니라 지금 수녀임을 알고 있기에 더욱 집요했다. 그러다가 아버지가 죽은 지금, 그녀가 단테의 딸이었다는 사실이 그녀가 하느님의 부름을 받았는지의 진위 여부에 대한 의심을 걷잡을 수 없이 불러일으켰다. '피렌체로부터 떠날 수 있으니까, 아빠한테 갈 수 있으니까 수녀가 된 게 아니었을까?' 그러나 이미 먼 과거의 이야기다. 시간이 흐르면서 참는 법을 배운 탓에 견딜 만한 불만이고, 더 이상 신경 쓰이지 않는 질책이었다. '그런데 조반니는? 그에 대해서는 어떻게 생각하느냐고? 잘생긴 젊은이야, 그렇지? 만일 그가 너의…… 그래, 그렇지…… 그를 알게 됐을 때부터 그에 대한 생각만 하고 있구나. 네가 입고 있는 옷이 수세기에 걸친 어리석음으로부터 너를 보호하기에 충분치 못하구나.'

 조반니에 대한 생각이 독수리와 궤짝에 대한 의문점을 떠올렸다. 그녀는 바로 켜진 등불을 들고 아버지의 서재로 다시 들어갔다. 등불을 궤짝 위 벽에 걸고, 시편을 집어 들어 「천국편」의 제20곡을 다시 읽기 시작했다. 조반니가 말하던 그 시편에 드러나 있는 비밀을 이해하기 위해서 말이다. 아, 물론 그녀 아버지에 대한 분명한 의심은 변신론[†]에 관한 문제였음을 그녀는 이제 기억해 냈다. 베르길리우스, 아리스토텔레스, 호메로스, 아베로에스[††] 없이 무슨 천국이 있을 수 있을까? 하느님은 비록 이교도이거나 그리스도인이 아닐지언정 자신들 동족의 행복 증대에 공헌했던 인간들을 높이 평가하실 것이다. 단테는 이 문제에 대해 신경 쓰지 않을 수 없었다. 「천국편」에서 그는 절대적인 영원에 대해 묵상 중인 베아트리체를 다시 볼 수 있기를 바랐다. 그러나 키케로, 플라

---

† 악의 존재가 창조주인 신(神)의 의지에 반(反)하는 것이 아니라고 주장하는 이론.
†† 아베로에스(1126~1198): 스페인 태생의 중세 이슬람 철학자이자 의학자. 아리스토텔레스의 주석가인 그의 범신론적 철학 사상에서 13세기 이후 라틴 세계에 아베로에스 학파가 탄생했다.

톤, 세네카, 루카누스와 대화하는 것을 등한시할 수는 없었을 것이다. 적어도 말없이 상호간에 생각을 읽어 냄으로써 천사와 대화하는 방식일지언정 말이다. 왜냐하면 결국 따지고 보면, 기꺼이 천국을 함께 나눌 수 있는 사람은 동시대인들 중에 기껏해야 두세 명만 있었기 때문이다.

그래서 신성한 정의에 대해 이야기하는 시편에서 시인은 자신의 의심을 토로하고 대답한다. 하느님의 무한한 자비로 구원받았던 두 명의 이교도[†]에 관한 기적을 지켜본다. 독수리가 자신의 눈에 시선을 고정시키도록 단테를 이끈다. 그 하늘에서 가장 값진 보석이 박혀 있는 눈이다. 독수리의 눈은 여섯 명의 빛나는 영혼으로 이루어져 있다. 눈동자는 다윗의 영혼이고 그 주변에 다섯 명의 영혼들이 원을 그리고 있는데, 그중 두 명은 놀랍게도 리페우스와 트라야누스의 영혼이었다. 이 두 명의 이교도가 이상하게도 천국에 있었던 것이다. 그리고 독수리가 그들에 대해 이야기할 때 다른 영혼들보다 훨씬 더 반짝이고 있었다. 어떻게 조반니가 궤짝 위에 새겨진 독수리에 생각이 미쳤는지 알겠다! 조반니가 말했었다. 엄지를 눈동자에 대고 눈썹의 첫 번째와 다섯 번째에 박혀 있는 가장 반짝이는 보석인 다이아몬드 위에 검지와 중지를 올려놓으면 된다고 했다. 손가락을 갖다 대고 가볍게 눌러 보았다. 『신곡』의 마지막 열세 곡이 어쩌면 거기에 있다! 베아트리체 수녀는 쉽게 작업을 진행했다. 안에서 딱딱한 뭔가가 만져졌다. 궤짝

....
[†] 제20곡에 등장하는 트라야누스와 리페우스를 단테는 어질지만 이교도라고 알고 있었다.

아래 왼쪽으로 왼손을 밀어넣었다. 그러자 종이가 있었다. 그녀는 종이를 끄집어냈다. 그리고 나서 오른손 역시 이중 바닥 안으로 집어넣어 혹시 다른 것이 더 있는지 확인해 보았다. 더 이상 아무 것도 없었다.

"가장 짧은 시편이군, 별거 아니잖아."

안토니아가 빈정대듯 말했다. 베아트리체 수녀는 침묵했다. 좁은 지면의 종이 네 장을 집어 들고 등불에 비추어 들여다보았다.

7장

그는 단테를 열렬히 좋아하는 사람에 불과한데, 그의 전기를 쓰고 싶다고 말했다. 그리고 마주치는 사람이 누가 됐든 질문을 쏟아 내기 시작했다. 그는 한밤중에 여행을 시작해서 아침 중반 무렵에 폼포사에 있는 수도원에 도착했다. 태양이 솟아오르면서 공기는 금방 따뜻해졌다. 그리고 들에 머물던 안개가 낮게 깔리며 축축해졌다. 바람은 잠잠했고, 움직임 없는 대기는 답답했고, 썩은 냄새를 풍겼다. 생각이 꽉 막혔을 때 마냥 날씨가 멈추어 버린 것 같았다. 수도원 담장이 하얀 안개 속에 회색빛 유령처럼 그의 앞에 모습을 드러냈다.

북문으로 들어간 그는 수도원에 봉헌하는 선물을 문지기 수사에게, 그리고 말을 마구간 지기에게 맡겼다. 그리고 성당을 향해 곧장 걸어갔다. 성당 안으로 들어가기 전 그는 우뚝 솟은 탑을 꼼꼼히 살펴보았다. 종탑에는 층층이 점점 넓어지는 창문들이 나 있고, 마지막 층에는 3개의 기둥에 의해 네 부분으로 나뉜 창문이 달려 있었다. 사각형의 종루를 둥글게 감싸고 있는 받침대는 존재의 순환성으로 역류하는 세상의 사위일체를 의미했다. 그리고 한 지점을 향해 원을 그리고 있는 원추형 탑은 하나로 다시 흐르는 다양함을 나타내고 있었다. 그는 중정을 가로질러 미사의 마지막 의식에 참석했다.

마르코 파도바가 지은 '천상의 아베 마리아'를 노래하는 합창단에는 여덟 명의 수도사들만 있었다. 네 명은 노래를 부르고, 나머지 네 명은 화음을 맡고 있었다. 그리고 한가운데에 있는 수도원장 자리는 비어 있었다. 그는 성당 건축 구조를 흘낏 살펴보았다. 종탑이 있는 북쪽 방향으로 성당 옆면이 복원 작업으로 인해 막혀 있는 게 눈에 띄었다. 그의 시선이 성당 남쪽 방향으로 향했다. 그러다가 프레스코화에서 멈추었다. 피에트로 성인의 서툰 시도를 묘사한 그림이었다. 그는 자신의 스승인 예수가 했던 것처럼 물 위를 걸으려 하고 있었다. '신을 흉내 내는 인간의 어리석은 시도로군' 하고 그는 생각했다.

미사가 끝나자 후진(後陣)† 가까이에 있던 사제단 회의장 안으로 수도사들이 모여들었다.

"만나서 반갑습니다. 저는 조반니, 루카에서 온 조반니입니다

---

† 제단 앱스(apse)라고도 하며, 제단 후방에 돌출된 반원형 혹은 다각형의 옥실.

……"라고 그는 그들 중 한 명에게 자신을 소개했다. 그러나 거만한 분위기를 풍기는 나이 든 그 수도사는 그의 인사에 대꾸조차 하지 않았다. 조반니는 이상한 분위기를 감지했다. 합창단 석에 여덟 명의 수도사들만 있었던 것과 마찬가지로, 수도원에서 열 명씩 수용하고 있는 것 같았다. 그에게 숫자 10은 썩 좋지 않은 징조였다.

"만나서 대단히 반갑습니다! 저는 조반니, 루카에서 온 조반니입니다."

그는 이번에는 세련된 분위기를 풍기는 중년의 수도사에게 다가가 다시 한 번 사교성 있게 인사를 건넸다. 그는 자신이 단테의 전기를 쓰고 싶어 하는, 말하자면 단테를 열렬히 좋아하는 사람에 지나지 않는다고, 시인이 거기 폼포사에 왔었다는 걸 잘 알고 있다고 말했다.

"저는 파치오 신부입니다."

신부가 단테에 대해서는 아는 바가 없어서 그에게 해 줄 말이 없을 것 같다고 대답했다. 신부는 단테에 대해 이야기하는 걸 들은 적은 있지만, 유감스럽게도 두세 차례 그곳에 왔었다는 시인의 얼굴을 단 한 번도 본 적이 없다고 말했다. 그러자 조반니는 어쩐 일로 아침 미사에 그렇게 적은 수도사들만 참석했는지 신부에게 물었다. 그러자 파치오 신부는 시선을 들어 하늘을 바라보더니 씁쓸한 미소를 지었다.

"그래, 그림자는?"

그가 대답했다.

"그림자를 셈하셨소, 젊은이? 지상에서 하느님 왕국의 마지막 날이 머지않아 완성될 거요. 천년왕국은 이미 여기에 있소. 당신이 오늘 본 것 이외에 다른 모든 것도 있다면 말이오. 이 수도원을 구성하는 대부분은 그림자뿐이오. 기록에는 나와 있지만 아무도 그들을 본 적이 없소. 특히 여름에 당연히 건강에 좋지 않은 공기가 베네딕트 성인에도 불구하고 한 가지 규칙으로만 그들을 유인하지요. 페라라나 혹은 라벤나에 가 보시오. 그곳에서 적어도 한 명 이상은 그들을 만나게 될 거요. 그러나 입고 있는 옷차림이나 행동거지 때문에 단번에 알아보기는 어려울 거요. 이런 식으로 계속된다면 폼포사도 언젠가는 최후를 맞이하게 될 거요. 성부께서 언젠가는 수도원을 닫아 버리실 테니까."

신부는 한숨을 내쉬며 그렇게 말했다. 그러고 나서 어깨를 들썩이며 뭔가 혼잣말을 중얼거리며 가 버렸다.

조반니가 넓은 회랑을 가로질러 성당의 다른 쪽으로 나왔다. 수도원에는 두 개의 식당이 있었다. 그중 큰 식당은 수도사들을 위한 식당이고 작은 식당은 방문객을 위한 것이었다. 마지막으로 그는 호위 병사들과 라벤나 사절단이 함께 식사를 했을 작은 식당에 들렀다.

"아직 식사하기에는 이른 시간입니다."

식당 홀을 지나가던 요리 담당 수도사가 그에게 말했다. 조반니는 자신을 소개한 뒤 베네치아로 향하던, 피렌체에서 온 시인이 식사 때 무엇을 먹었는지 물었다.

"콩 수프, 닭고기 조금, 그러나 여기서 우리네 산지오베제[†]로 만든 와인을 마시기도 했지요."

그의 의도를 오해한 수도사는 포도주 이름을 언급할 때 얼굴이 환해지면서 대답했다. 그러자 조반니는 시인을 기억하는지, 그날 수도원에서 다른 사람들도 식사를 했는지 그에게 물었다. 수도사는 베르나르드로부터 이미 들은, 지나가는 길인 수도사 두 명에 대한 이야기를 확인해 줄 뿐이었다. 프란체스코 수도회 수도사 두 명인데, 한 명은 키가 크고 마르고, 다른 한 명은 키가 작고 통통했다.

"그리고 키가 큰 신사 한 분이 있었지요."

수도사가 말했다.

"어쩌면 기사였던 것 같아요. 검은 옷을 입고 거의 대머리처럼 보일 정도로 머리를 짧게 깎았죠. 그들은 호위 병사들과 다른 테이블에 앉아 있었어요. 그리고 식사가 끝나고 시인과 몇 분 동안 이야기를 나누었지요. 다들 그다음 날 아침에 다시 출발했어요. 아침 이후 베네치아의 사절단이 도착했을 때 여기에 모였지요. 프란체스코 수도회 수사 두 명이 일행에 합류했던 것 같아요. 그들 역시 베네치아로 가는 길이었거든요."

"그 프란체스코 수도회 수사들은 어땠나요?"

조반니가 물었다.

"프란체스코 수도회 수사들이 어떤 사람들인지 아시잖아요. 그

---

† 이탈리아 중서부 지방인 토스카나와 피에몬테 지역에서 주로 재배되는 토종 포도 품종인 산지오베제라는 명칭은 '주피터의 피'라는 의미를 지니고 있다.

들은 그리스도교를 믿는 신앙생활의 고행을 기꺼이 즐겁게 받아들이지요. 제 생각에 그들은 좀 심하게 유쾌해 보였어요. 말하자면 고행을 한다기보다는 즐겁게 받아들이는 면이 좀 더 많다고나 할까요. 신나게 건배하고 부어라 마셔라 하던 걸요. 제가 보기에 시인도 그들 때문에 조금 성가셔 하는 것 같았어요. 그들끼리 서로 수도회명이 아니고 세례명으로 불렀던 걸로 기억해요. 키 작은 수도사의 이름은 체코이고 아브루초 출신이었어요. 그가 베네치아에서 짧은 여행을 한 뒤 볼로냐로 돌아갈 거라고 내게 말했기 때문에 기억해요. 볼로냐 대학에서 가르치고 있는 제 친구인 프란체스코 수도회 수사에게 보내는 메시지를 전해 달라고 그에게 주었거든요."

그렇게 해서 지금 조반니는 그 두 명의 프란체스코 수도회 수사들을 찾아 어디로 가야 할지 알 것 같았다. 그가 이를 베르나르드에게 이야기하면 그는 당장 함께 출발하자고 조반니에게 요청했을 것이다. 볼로냐에는 그의 친구 브루노 다 란차노가 있었다. 학교 동창인 그는 마찬가지로 의사였다. 그들은 그 친구 집에 머물 수 있을 것이었다. 조반니는 이야기를 좀 나누고 싶다면서 수도원장을 만나게 해 달라고 수사에게 말했다. 그러나 애석하게도 그곳에는 수도원장이 없었다. 마지막 수도원장은 엔리코 신부였는데, 일 년 전에 성당 너머에 있는 성당 부속 묘지에 묻혔다.

"그럼 그 후임으로 누가 왔소, 수도원장이 아니라면?"

조반니가 물었다.

"폴렌타니† 가문과 교황 성하께서 아끼시는 수도원장 후보로 비나토 신부가 있소. 또 다른 수도원장 후보는 에스테 페라리 가문의 친구인 파치오 신부요. 그런데 그 내막을 들춰 보면, 내 생각에, 파치오 신부는 라벤나에서 벌어진 베네치아인들의 전쟁에서 당연히 도움을 주기를 열렬히 바랐을 거요. 에스테는 폼포사를 장악하기 위해, 그리고 파치오 신부는 엔리코 신부의 후계자 계승을 위해서 말이오."

수사는 에스테 페라리 가문과 아비뇽의 교황 사이의 불화와 진퇴양난에 빠진 수도원의 상황에 대해 이야기했다. 감시 형태에서 벗어나 수도사 개인에게 맡겨진 수도사의 삶은 타락했고, 전쟁에서 돌아온 십자군 기사들과 다른 수도회에서 쫓겨난 박해자와 망명자들이 관대한 태도를 취하는 폼포사에 모여들고 있는 상황이었다. 그리고 나서 수사는 조반니가 바친 봉헌에 대한 답례로 뭔가 먹을 것을 주었다. 그들은 제비콩, 늙은 암탉으로 만든 수프를 함께 먹으며 다른 이야기도 나누었다.

그들은 산지오베제로 만든 와인도 마셨다. 식사가 끝나갈 무렵, 그가 의사라는 걸 알게 된 수사는 그에게 약초 제조실에 들러 보라고 조언했다. 안뜰에 출입구가 나 있는 그 약초 제조실은 이방인들을 언제나 대대적으로 환영한다고 했다. 수도원 내부 벽을 따라 산책을 한 뒤에 조반니는 재판소 옆에 있는 약초 제조실로 향했다.

"만나서 반갑습니다, 저는 조반니, 루카에서 온 조반니입니다."

† 라벤나의 오래된 귀족 가문.

수도원의 약초 담당 수사는 온갖 재료의 향신초와 약초에 정통한 아고스티노 신부였다. 조반니는 그에게 엄청나게 많은 질문들을 쉴 새 없이 쏟아 냈다. 조반니가 특히 독초에 관심을 보이는 것 같아서 수사는 의심을 품었다. 단테의 행적을 좇아 거기에 왔다고 방금 이야기한 사람치고는 질문이 평범하지 않고 너무 주제넘다는 생각이 들었다. 그러자 조반니는 자신이 의사이기 때문에 약초와 독초에 대해 관심이 있을 뿐이라고, 즉 시인과는 아무런 관련이 없다고 설명했다.

"당신은 시인이 독살당했다고 의심하시는 거죠? 여기 수도원 식당에서 독살당했을 거라는 거죠?"

약초 담당 수사가 중얼거렸다. 너무나도 직접적인 질문에 깜짝 놀란 조반니는 무슨 대답을 해야 할지 몰랐다. 약초 담당 수사가 계속해서 말했다.

"그날 아침 내가 성당 안에 있는 동안 비소가 사라졌소. 사실 누구든지 드나들 수 있었을 거요. 내 일을 도와주던 수련 수사만 여기에 있었소. 자주 게으름을 피우는 불쌍한 소년이었지. 그리고 그 대가는 혹독했지요. 내가 자리를 비울 때마다 자기 편한 대로 게으름을 피운 대가였는지, 바로 그날 라벤나의 사절단의 식사 시중을 들고 난 뒤에 독살당해 죽고 말았소."

"뭐요? 수련 수사가 독살을 당해 죽었다고요? 아니, 몇 살이었는데요?"

"열여덟 살……"

"독이라…… 그 아이를 노린 독은 아니었겠지요. 그렇지 않나요? 아무튼, 어쩌면…… 그 아이는 남은 음식을 가져갔겠지요, 그렇죠?"

조반니가 물었다.

"늘 그렇게 하곤 했지요. 시중 든 대가로 받은 품삯이었어요."

아고스티노 신부가 대답했다.

"누가 여기서 시인을 독살할 동기를 가지고 있었을까요?"

조반니가 물었다.

"에스테 집안에 호의적인 형제들은 단테의 임무를 실패로 돌아가게 하는 데 온갖 관심을 기울였지요."

수사가 대답했다.

"베네치아와 라벤나 사이에 벌어진 전쟁은 당연히 페라리 집안에 이익이 됐을 겁니다. 그들은 이 수도원 역시 자신들의 손아귀에 넣기 위해 잠자코 지켜보면서 기다렸지요. 시인이 열정적으로 설득할 때면 정확하고 세련된 논리로 유명했어요. 평화에 대해 이야기할 때 그는 늘 확신에 차 있었어요. 그의 임무가 좋은 결과를 내는 건 당연히 그럴 만했지요. 그러니 여기에서도 누군가 당연히 그를 멈추려 했을 겁니다."

"파치오 신부님?"

조반니가 슬쩍 암시하듯 말을 던졌다.

"파치오 신부님."

약초 담당 수사가 확인하듯 대답했다.

"저는 그분을 모릅니다. 방금 그를 보았지만 그럴 사람 같지는 않아요."

"직접 대놓고 행동할 타입은 아니지요. 그건 분명해요. 하지만 자객을 고용했을 수도 있죠."

약사 수사가 힌트를 주었다.

"프란체스코 수도회 수사들?"

그러자 조반니가 물었다.

"그들은 진짜 프란체스코 수도회 수사들이 아니었소."

수사가 말했다.

"그 어떤 프란체스코 수도회 수사도 동료 수사가 체코라고 부르게 놔두지 않을 거요. 어쩌면 그들은 자객이었을 수도 있죠. 그리고 이 모든 정황에도 불구하고 파치오 신부가 꾸몄다는 가설만은 제외하겠소. 어쩌면 에스테 가문에서 직접 그들을 보냈을 거요. 아니면 베네치아인들이 보냈거나……. 솔직히 난 아무런 생각이 없어요. 나는 누가 알리기에리 선생이 죽기를 바랐는지 알 정도로 선생을 잘 알지 못해요."

문제가 복잡해졌다. 아무튼 그 수도사들의 뒤를 좇을 필요가 있었다. 그들이 진짜 수도사이건 아니면 사기꾼이건 그들을 붙잡아 심문할 필요가 있었다. 만약에 그들이 자객이었다면 베르나르드와 함께, 혹은 혼자서 볼로냐로 출발하는 것이 그들을 보낸 자의 정체를 밝혀내기 위한 유일한 방법이었다.

마지막으로 약사 일을 담당하는 수사에게 감사를 표하고 비나토 신부에 대해 물었다. 매일 오후 수도원 북쪽 담장 근처 공동묘지로 엔리코 신부의 무덤을 찾아가는 그를 볼 수 있을 거라고 했다. 조반니는 자기 말의 상태를 살펴보기 위해 잠시 마구간에 들른 뒤 엔리코 신부를 찾아 나섰다. 커다란 흰색 비석 행렬이 두 줄로 늘어서 있는 묘지 사이를 천천히 걷기 시작했다. 담장 아래에 있는 그 묘지에는 수도원에서 오래 전, 혹은 최근에 사망한 이들이 잠들어 있었다. 가슴에 손을 십자 모양으로 포개고 있는 모습을 비석 위에 새겨 넣은 엔리코 신부의 묘지가 있었다. 가장 오래되고 가장 단순한 형태의 비석 위에는 귀도 성인이나 은둔자 마르티노와 같은 다른 유명인들의 이름이 적혀 있기도 했다.

"죽은 이들 가운데에서 무엇을 찾으시오, 젊은이?"

묘에서 튀어나온 듯한 목소리가 말했다. 조반니는 몸을 돌리자 수도사의 상반신이 보였다. 키가 큰 수도사가 고대 석관 뒤에서 불쑥 모습을 드러냈다. 그 모습이 마치 그 스스로 석관에서 걸어 나온 것 같았다. 미사 중에 안 보이다가 미사 이후 아침 나절에 모습을 보였던 나이 들고 거만한 분위기를 풍기던 그 사제였다. 조반니는 단지 단테에 대해 이야기를 나누고 싶다고 대답했다. 그리고 만약 비나토 신부님이라면 흥미로운 이야기를 해 주실 수 있을 거라고 말했다. 그러자 그는 관 위로 올라갈 때 이용하는 계단으로 내려왔다.

"여기는 항상 달팽이가 들끓는군."

그가 말했다.

"달팽이들이 이 신성한 곳에 사셨던 위대한 분들에 대한 기억을 더럽히고, 분비물로 그 분들의 이름을 지워 버리는군. 나는 매일 이 시간에 여기 온다오. 수도원의 미래를 지켜 달라고 귀도 성인에게 기도하고, 무덤들을 청소하기 위해 오는 거지."

비나토 신부가 말했다. 그날 그들은 정치에 대해 토론을 벌였다. 단테는 흥분하여 유럽과 이탈리아에 대한, 아비뇽의 교황과 제국의 위기에 대한 자신의 의견을 피력했다.

"시인은 대단한 능력을 지닌 이야기꾼이었소. 그와 이야기하다 보면 순식간에 딴 세상에 들어가게 되지. 그는 몽상가요. 역사는 자신만의 필연적인 과정을 거친다고 그는 이야기했소. 그래서 비록 인간들의 개별적인 계획이 그 과정을 항상 받쳐 주지 않을지라도, 반드시 거쳐야 하는 과정이 늦춰질 뿐이지 결국에는 반드시 이루어지기 마련이라고 했소. 그는 '이탈리아는 유일한 단일 조직 체계를 이룰 것이고, 단 하나의 언어를 말하게 될 것이고, 이베리아 반도부터 콘스탄티노플까지 유럽 전역을 아우르는 위대한 그리스도교 통일 제국의 일원이 될 것이고, 카를로마누스 시절처럼 그리스도교 공화국은 공통법의 체제 하에 단일 국가를 형성할 것이다'라고 말했소. 그리고 계속해서 '그렇게 되기 위해서 두 가지 전제조건이 필요하다. 프랑스의 카페 왕조는 독일 제국과 비교하여 적절히 재평가되고, 교회는 정신적인 지도자라는 절대적인 본연의 역할로 복귀하기 위해 일시적인 자신의 권력과 교황령의 영토를 버리는 것이다······'라고 말했소. '국가의 추이는, 권리의 보편성을 보장하는 중앙 체제에 종속되지 않으면, 이로운 것은 하나도 없고 끝이 없는 분쟁만을 야기할 뿐이다'라고 이야기했소. 대단한 몽상가요. 이론상으로야 그렇지만 절대 이루어지지 않을 거요. 예를 들어, 독일 제국과 프랑스는 절대 의견 일치를 볼 수 없을 거요. 그리고 카페 왕조의 왕과 영국의 왕이 프랑스 심장부 안으로 쳐들어오려는데 가만히 있겠소? 시인들은 불가능한 세상을 만들어 낼 줄만 알지. 하지만 이 세상은, 하나뿐인 실제 세상은 우리가 엄연히 두 발을 딛고 살아가는 아주 구체적이고 현실적인 세상이오. 그러니 이 방법이든 아니면 또 다른 방법이든 세상에 맞추어 살아갈 궁리를 해야 하는 거요."

조반니는 마지못해 그가 옳다고 인정했다. 시대가 그랬다. 평화로운 이탈리아와 유럽을 꿈꾸는 것, 공평한 법에 의해 다스려지고 정의에 입각한 세상을 꿈꾸는 것은 지나치게 관념적이었다. 라벤나 역시 베네치아와 리미니를 경계해야만 했다. 베네치아인들과 베로나인들은 파도바와 대립했다. 이탈리아의 도시들은 다른 도시에서 온 망명자들로 가득했다. 피스토이아의 흑색당원들과 피렌체의 백색당원들은 볼로냐에서 친구가 되었다. 어쨌든 당신들은 그런 세상을, 문화적이고 활발하고 평화로운 유럽을 절대 보지 못할 거라고, 그러나 그렇기 때문에 꿈꿀 가치가 없는 건 아니라고 비나토 신부의 말에 대해 조반니는 결론지었다. 그러나 입 밖으로 내지 않고 혼자 속으로만 생각했다. 그리고 조반니는 화제를 바꾸기로 결정했다.

"우연히 들었어요."

그가 말을 이었다.

"여기 수도원에서 최근에 장례식을 거행했다면서요. 그날 저녁 테이블 시중을 들던 수련 수사의 미스터리한 죽음이……"

"소화불량이었을 거요, 아마도."

비나토 신부가 서둘러 대답해 주었다.

"그 아이는 식탐이 강했소. 목구멍이 탐욕의 본거지잖소. 그 아이가 숨을 거두기 전에 참회할 시간과 용기를 가졌기를 바랍니다. 그의 영혼에 평화가 깃들기를……"

그리고 그는 십자가를 그었다.

"독살로 죽었을 수도 있지 않나요?"

비나토 신부가 그를 매섭게 노려보았다. 그리고 아무런 대답도 하지 않았다. 이번에는 신부가 화제를 바꾸었다.

"고해성사하기를 바라시오, 형제여? 당신도 양심의 가책을 없애야 할 게 있으실 테고, 매순간이 고해성사하기에 좋은 때죠."

"어두워지기 전에 서둘러 출발해야 합니다."

조반니가 대답했다.

"그렇다면 붙잡지 않겠소."

수도사가 말했다. 그리고 조반니에게 손을 내밀었다. 마치 이미 수도원장이라도 된 듯, 조반니에게 자신의 손등에 작별 인사의 입맞춤을 하도록 하기 위해서였다. 이 행동은 더 이상 그 가여운 수련 수사의 죽음에 대한 추측만 할 수 없다고 암시하는 진실이었다. 만약에 페라리인들과 베네치아인들이 단테를 제거하기 원했다면, 그리고 수련 수사를 독살하기에 이르렀다면, 비나토 신부는 이를 알고 싶어 하지도 않았을 인물이다. 앞으로 뻗은 손 등 위로 모기가 한 마리 내려앉아 물었다. 조반니는 모기가 충분히 피를 빨고 날아갈 때까지 잠시 기다린 후 서둘러 입술을 갖다 댔다. 수도원장 후보가 몸을 돌리고 재수 없게 시간만 버렸다고 혼자서 툴툴거리면서 급히 멀어져 갔다. 소년이 죽었다. 시인도 역시…… 만약 하느님께서 그렇게 원하셨다면, 그럴 만한 이유가 있어야만 한다.

"너희들은 복되도다……."

조반니는 앞으로 살아가게 될 거친 세상에 대해 망연자실해져서는, 잠시 동안 꼼짝 않고 서 있었다. 그의 마음속에 물 위를 걷겠다고 무모한 시도를 하던 피에트로 성인의 그림이 떠올랐다. '그들 역시 사람이야.' 조반니가 생각했다. '어쩌면 그들이 항상 성스럽기를 기대한다면 우리가 실수하는 것일 테지.' 그는 모기가 자신도 물기 전에 때려잡았다. 몸을 비스듬히 하고 날아다니던 모기들 중의 한 마리였음을 그는 알아챘다. 그리고 그는 가야 할 필요가 있었음을 기억했다.

8장

그다음 날 늦은 아침이 되어서야 조반니는 라벤나에 도착했다. 그는 산테오도르의 사제관에 머물고 있던 베르나르드를 곧장 찾아갔다. 베르나르드는 손님 방에서 테이블 위에 몸을 굽히고 시편을 펼쳐보고 있었다. 조반니는 그에게 폼포사에서 알게 된 바를 이야기했다. 그들은 가능한 한 신속하게 볼로냐에 가서 진짜 혹은 가짜 프란체스코 수사들을 찾아야만 했다.

"여기 머무는 게 더 나을 거요."

그러나 베르나르드가 대답했다.

"『신곡』의 마지막 열세 곡을 찾기 위해서라면 말이오. 십자군의 보물이 훨씬 더 중요하오. 특히 위험하다면, 그리고 누군가가 우리보다 먼저 그 보물을 찾아낼 수 있다면, 시인을 살해한 이들은……."

"하지만 당신이 내게 해 준 이야기대로 범죄가 일어난 거라면, 그렇다면 자객들의 흔적을 뒤쫓으면 어쩌면……."

"범죄는 분명 누군가 시인이 비밀을 밝히려는 것을 저지하기 위해 벌였소!"

전직 십자군 기사가 조반니의 말을 가로막았다.

"아무튼……."

"아무튼 당신은 가시오, 나는 여기에 남을 거요. 내겐 끝마쳐야 할 더 중요한 임무가 있소."

함께 떠나자고 그를 설득하는 조반니의 계속된 시도에 우트르메르의 생존자는 꼼짝할 수 없다고 단호하게 대답했다. 그리고 이번에는 그가 단테를 자신의 비밀 동료라고 생각하게 된 이유를 조반니에게 설명하면서, 라벤나에 남아 열세 곡을 함께 찾자고 조반니를 설득했다. 그가 스무 살 때 죽어 버렸다고 생각했던 의욕을 그에게 다시 불러일으키고 그의 마음에 다시 희망을 갖게 한, 신성한 작품 『신곡』의 글에 자신이 어떻게 바로 현혹당했는지 조반니에게 이야기했다.

"『신곡』은 글의 힘으로 유럽에서 전투를 벌인 십자군 기사가 그리스도교 세상을 구원하기 위해 쓴 작품이오. 우리는 메마른 땅의 옹색한 삼각지대에 있는 낡아 허물어져 가는 성벽을 지키기 위해 그곳에 있었소. 그런데 진짜 최전선은 반대로 부패할 대로 부패해서 악취가 진동하는 이 찌든 세상에 있다는 것을 알았소. 내가 이것을 금방 알아챈 것은 아니었소. 그러나 「지옥편」의 제1곡을 읽고 나서, 나는 그 책에서 분출되는 에너지는 신성한 불에 의해 지펴진 게 아닐까 하는 의심이 들었소. 내게서 희미해져 가는 위대한 계획 선상에서 단테는 제일 중요한 자리를 차지하고 있소. 이제 내게는 시간이 얼마 없소. 그래서 구원이라는 끈기를 필요로 하는 작업에 적은 몫이나마 내 역할을 할 수 있게 해 달라고 매일 하느님께 기도하오."

나중에 조반니에게 설명한 제1곡의 내용은 시편 안에 전율스런 비밀이 감추어져 있다는 사실을 더욱더 분명히 확신하게 했다.

"단테는 사람들이 살아가는 세상 한복판에서부터 출발하오." 그가 말을 이었다.

"그리고 세상 끝에 다다르오. 그런데 사람들이 살아가는 이 세상 한복판에는 알다시피 예루살렘이 있소. 그리고 만약에 시인이 길을 잃어버리는 어두운 숲이 예수께서 악마의 유혹을 받으셨던 곳인 올리브 산이라면? 단테가 길을 잃어버리는 계곡이, 고지대에 있는 템플 평원이 펼쳐져 있는 올리브 산†과 모리아 산 사이에 있는 키드론 계곡의 일부인 여호사밧 계곡이라면? 깊은 숲을 빠져 나와 예루살렘에 입성하기를 원하는 순례자 앞을 막아서는 세 마리의 맹수, 스라소니, 사자, 암늑대가 등장하오. 이 맹수들은 인간을 유혹하는 악의 상징으로 각각 음욕, 자만, 탐욕을 의미하오. 그리고 이 세 가지 상징은 모든 십자군 기사가 따르는 선의 상징인 순결, 복종, 청빈을 위협하는 것이기도 하오. 이게 다 우연에

....
† 감람산이고도 함.

불과하다고 여기시오? 게다가 단테 앞에 모습을 드러낸 이성의 알레고리인 베르길리우스가 어느 날 악마를 지옥에 빠뜨리는 사냥개 베르트라구스가 우주의 질서를 재확립하러 올 거라고 말하오. 그러면 그리스도인들은 경의를 표하러 성스런 장소를 찾아올 수 있소. 그런데 일단은 신전에 들어가는 것을 막고, '다른 여행'을 할 필요가 있다고 말하고 있소. 베르트라구스는 누구요? 다른 여행이 뭐겠소?"

"베르트라구스가 누구지요?"

조반니가 다시 물었다.

"베르트라구스는 롤랑의 노래에 적혀 있어요. 카를로마누스의 꿈에 등장했지요."

그가 계속 말을 이었다.

"그 고대 시 작품 말미에 왕국을 구하기 위해 황제의 원군으로 개입하는 앙주 왕가의 테오도릭의 예시로 등장하고 있소. 그런데 몇몇 십자군 기사들에게 예루살렘의 합법적인 마지막 왕은 반대로 앙주 왕가의 카를로였소. 그래서 베르트라구스는 쌍둥이 별자리 아래에서 태어난 앙주 왕가의 후계자에 대한 예언이오. 만약에 '펠트로와 펠트로 사이에'라는 표현이 '펠트로 형제 사이에' 즉 '카스토르와 폴룩스[†] 사이에'를 의미한다면, 바로 별자리에 이름을 붙여 준 쌍둥이를 여기에서는 전통적인 펠트 모자[††]로 적어서

....
[†]   제우스와 레다의 쌍둥이 자식으로, 각각 쌍둥이 별자리의 알파성과 베타성을 의미한다.
[††] 펠트로는 펠트, 즉 천으로 만든 모자를 의미한다.

암시하고 있는 거요. 앙주 왕가의 후계자는 그리스도교도들을 성스런 도시에 다시 데리고 갈 것이오. 한편 성스런 장소에 접근 불가능하기 때문에 다른 여행을 할 필요가 있소. 이 다른 여행은 시인을 에덴으로, 그리고 에덴에서 다시 하느님에게로까지 안내하게 될 것이오. 지상 낙원은 새로운 신전을 상징하오. 십자군 전쟁에서의 패배 이후 십자군 기사단의 비밀 형제들이 예루살렘에서 찾아내고, 한 세기가 넘도록 소중하게 지켜온 무엇인가를 그곳에 옮겨 놓았소."

"그럴 수도 있을 테지요."

조반니가 이의를 제기하였다.

"하지만 그것을 찾아내기가 어렵소. 그리고 나는 단테가 이전에 일곱 가지 비밀단체의 일원이었다고 여기지 않소. 그는 어둠이 아닌 빛을 사랑했소."

"그러면 515는? 515에 대해서는 무슨 말씀을 하시겠소?"

베르나르드가 반복해서 말했다. 그는 아라비아 숫자로 515라고 읽게 되는 숫자를 증명하는 데 열중해 있었다.

"그리고 십자군을 박해한 왕과 십자군을 해체한 교황의 경우를 볼 때, 「지옥편」에서 프랑스의 왕 필리프 4세와 클레멘스 5세[†] 교황을 다시 쫓아내는 비밀에 싸인 인물은 누구겠소? 분명히 시인이 이 시편들을 썼을 때는 사건이 이미 발생한 상황이니까, 포

---

† 프랑스 왕 필리프 4세에 의해 교황(재위 1305~1314)이 되었고, 그의 강요로 1309년 아비뇽으로 교황청을 옮겼다. 또한 프랑스 왕에 대한 모든 조처와 칙령을 철회하였으며, 성당 기사단 해체도 승인하였다.

스트이벤트 예언†인 셈이오. 그리고 누가 「지옥편」에서, 비참한 정략가이자 신성을 모독하는 왕국과 교황청을 의미하는 거인과 창녀를 침몰시켜 버렸소? 5-1-5, 다섯 글자, 한 글자, 다섯 글자인 JACOB-E-MOLAY, 즉 Jacques de Molay인 자크 드 모레이는 위대한 십자군 기사요. 그는 1314년 3월 11일 클레멘스 5세에 의해 선고받은 이후, 필리프 4세에 의해 화형 기둥에 매달려 목말라하던 마지막 영웅기사였소. 그가 바로 그들, 즉 클레멘스 5세와 필리프 4세에게 사형을 선고하는 인물이오. 그리고 그는 자신을 산 채로 불태워 버릴 불이 준비되는 동안 교수대 위에서 사형선고를 내렸소. 사람들이 말하기를, 그는 평온하게 화형당할 기둥이 있는 곳에 도착해 옷을 벗고, 셔츠 차림으로 서서 자신을 결박하는 데도 전혀 두려워하지 않고, 단지 노트르담을 향해 서서 성모 마리아를 행해 기도할 수 있도록 손을 앞으로 하고 죽게 해 달라고 사형집행인에게 청했다고 전해지오. 그는 화형식이 거행되는 광장에서 큰 소리로, 아주 빨리 자신의 죽음에 책임이 있는 이들이 처단당할 거라는 저주를 예언처럼 했소. 일종의 메시지였소. 그는 군중들 속에 그 형을 집행할 비밀 단체의 일원들이 있다는 것을 알고 있었소. 그리고 사실 채 몇 달이 지나지 않아 실제로 그런 일이 벌어졌소. 클레멘트 교황이 한 달 후에 그리고 필리프 왕이 그 해가 가기 전에 죽었다면, 단순한 우연일까요? 교황은 독살

....
† 포스트이벤트post-event(=라틴어로 포스트 에벤툼post eventum) 예언 : 현실에서 이미 벌어진 일을, 앞으로 벌어질 일이라고 예언하는 것을 말한다.

당했고, 왕은 혼자 사냥을 나갔다가 사고로 죽었소. 사냥꾼에게 쫓기는 대신, 영리한 멧돼지가 그를 안장에서 떨어뜨리려고 말 아래로 파고들었소."

"이 모든 것은 암시에 불과해요."

조반니가 말했다.

"그런데 다시 말하지만 증명 불가능하지 않소. 당신이 말한 그대로라는 무슨 증거라도 있소?"

"계획된 거요."

베르나르드가 주장했다.

"당연히 이 모든 사건 배후에는 계획된 의도가 있어야만 하오. 그렇지 않으면 내가 살아남은 게 말이 안 되오. 쥘리엄 드 보쥐, 나의 아버지, 나의 옛 친구 그리고 시인 단테 모두 개죽음 당한 게 되어 버리는 거요."

"많은 사람들이 그렇게 죽어요."

조반니가 다시 반박했다.

"특별한 대의명분과 상관없이 그렇게 없이 죽어 가요."

그러나 조반니는 거의 혼잣말하듯 낮은 목소리로 말했다.

그리고 베르나르드는 들었다는 티를 내지 않았다.

마침내 조반니는 산 비탈레 근처에 있는 자신이 묵는 여인숙으로 돌아왔다. 은밀한 만남에 익숙한 사람의 장난기 가득한 미소를 지으며 여인숙 주인이 그에게 두건으로 얼굴을 가린 젊은 여자가 찾아왔다고 알려 주었다. 그의 누이라는 그녀는 그의 방 안에서 그를 기다리겠노라고 단호한 어조로 말하며 고집을 피웠다. 여인숙 주인은 마지못해 동의했다. 그렇게 아름다운 눈을 가진 여인에게 차마 안 된다고 말할 수가 없었기 때문이다. 원래 가격에 적당한 추가 요금을 더해서 그런 종류의 비밀스런 만남에 더 적합한, 더 넓은 침대가 딸려 있고, 시끄러운 공중변소로부터 멀찍이 떨어져 있고, 우물이 있는 안뜰로 향해 있는 일 층 방을 제공할 수 있었다. 젊은 여인은 이른 오후부터 거기에 있었다. 그러나 바로 그 순간 여인숙 주인은 그녀를 들어오도록 한 것이 과연 잘한 일인지 알 수 없었다.

"내 누이요? 잘 하셨소. 곧 그녀를 봐야겠소!"

"그런데 어느 방인지 알려 주시오."

조반니는 좁은 건물의 계단을 뛰어올라갔다. 그리고 일 층에 있는 자신의 작은 방을 찾아서 노크를 하고, 열쇠로 잠겨 있지 않은 문을 열었다. 수녀의 베일을 쓰는 대신 자신의 어머니의 단순한 검은 드레스를 입은 안토니아가 창문 아래 옷 궤짝 위에 앉아 있었다. 손에는 읽고 있던 성무일도서가 들려 있었다. 무릎 위에는 종이가 얹혀 있었다. 짧고 검은 머리를 한 각진 얼굴에는 칼날처럼 날카롭게 반짝이는 시선의 에메랄드빛 눈이 빛나고 있었다.

"『신곡』의 자필 원고가 사라졌어요."

그녀가 바로 말했다.

"그리고 야고보는 당신을 의심하고 있어요. 누군가 정원을 통해 집 안으로 들어왔어요. 어제 밤 도둑맞았어요. 「지옥편」과 「연옥편」 원고까지 전부요. 피에트로는 울고불고 난리가 나고 나의 어머니는 기절하셨어요. 당신 어젯밤에 어디에 있었나요?"

"폼포사의 수도원에서 돌아오는 길에 타고 오던 말에 문제가 생겨서 한밤중에 라벤나까지 걸어왔소."

그는 당황한 기색이 역력한 채 머리를 긁었다.

"어렵소."

그가 말했다.

"무슨 일이 벌어지고 있는 건지 이해하기가 어렵소. 어쩌면 누군가 「천국편」을 없애 버리고 싶어 하는지도 모르겠소. 또한 한편으로 살인의 가능성은 더 확실해지는 것 같소. 당신의 아버지가 거기에 머물던 그날 폼포사의 약초실에서 비소를 도둑맞았소."

"맙소사, 끔찍하군요! 그런데 누가요? 그리고 무엇보다 왜요? 누군가 말을 두려워하나요?"

"쓰여진 말이 여전히 남아 있다는 게 문제요. 당신 아버지가 한 말은 수천 년 동안 살아남아, 누군가 흔적을 지워 버리고 싶어 하는 악행을 후대에 전할 거요."

조반니는 베르나르드와의 만남과, 페라리인들에 대해 폼포사에서 알게 된 것에 대해 안토니아에게 이야기했다. 그러나 『신곡』의 원고 분실과 관련 가능성이 있는 설득력 있는 범죄 동기에 대해서는 이야기하지 않았다. 또한 『신곡』의 처음 두 개의 노래편, 즉 「지옥편」과 「연옥편」 그리고 「천국편」의 처음 스무 개의 시편에 해당하는 자필원고에 대한 베르나르드의 관심 역시 제외시켰다. 왜냐하면 그는 이미 그 원고의 복사본을 가지고 있고, 문학에 대한 지나친 열정에 사로잡힌 것 같지는 않기 때문이었다. 그런데 베르나르드는 단테가 두 가지 비밀을 알고 있었으리라는 가정을 염두에 두고 있었다. 첫 번째 비밀은 십자군이 감수한 종교적 박해와 관련된 것이고, 두 번째 비밀은 십자군 기사단이 아크리의 산조반니에서 가져와 여전히 감추어 놓고 지키고 있는 무엇인가에 대한 것이다. 베르나르드는 무슨 비밀인지 설명하지 못했다. 어쩌면 그도 알지 못하는 것일 수도 있었다, 하지만 『신곡』에 얽힌 범죄와 분실이 서로 관련성이 있다면 정치적인 동기는 확실히 두 번째 비밀에 대한 것일 터였다.

"프랑스의 왕이오?"

얼굴이 창백해지면서 안토니아가 물었다.

"필리프 4세는 십자군을 해체했지만, 이미 세상을 떴지요. 그리고 지금 필리프 5세는 전혀 다른 문제에 직면해 있어요. 그가 나의 아버지의 『신곡』에 대해 전혀 아는 바가 없으리라고 여겨지진 않지만……. 그리고 만약에 바로 십자군 기사였다면요? 적어도 그 베르나르드라는 사람은, 이미 그가 한 짓을 볼 때……."

"베르나르드는 당신 아버지와 이야기를 나누었소. 그는 『신곡』이 완성됐다는 걸 알고 있었소. 그는 단지 마지막 열세 곡의 시편을 구하고 싶었을 뿐이오. 그날 저녁, 내가 그 시편들을 찾은 이유도 마찬가지요. 말이 나온 김에, 궤짝의 이중 바닥에서 뭔가 찾은 게 있었소?"

"궤짝 맨 아래 바닥에서요."

안토니아가 말했다.

"이미 알려진 『신곡』의 몇몇 단편 메모를 찾아냈을 뿐이에요,

다른 것 없었어요."

그리고 그녀는 무릎 위에 올려놓고 살펴보고 있던 작은 지면의 종이 네 장을 그에게 건네주었다.

첫 번째 종이에는 다섯 행만이 적혀 있었다.

> 매우 가볍고 날쌘 표범 한 마리가……
> ……내 앞에 사자 한 마리가 나타나는……
> ……그리고 암늑대가 엄청난 탐욕으로……
>
> ……사냥개가 와서 그놈을 고통스럽게
> 죽일 때까지……[†]

「지옥편」이 제1곡에 등장하는 불가사의한 동물 네 마리에 대한 시행이라는 걸 알 수 있었다. 조반니는 라벤나에 도착하기 전날 밤에 꾸었던 꿈이 생각났다. 그는 시인과 함께 이야기 나누고 싶었고, 그 구절에 대한 설명을 듣고 싶었던 게 기억나자 우울해졌다. 그냥 영원한 미스터리로 남게 될 것이기 때문이었다. 한편 두 번째 종이에는 또 다른 다섯 행의 시가 적혀 있었다. 연옥의 제33곡과 아주 유사한 미스터리한 내용으로, 그에게 베르나르드가 막 이야기했던 교회와 왕국을 해방시키게 될 515의 사건을 예언하고 있다.

---
† 같은 책. 「지옥편」 1곡 중. p. 10, p. 12.

온갖 장애와 방해물에서 벗어난 별들이
이미 가까이 있어 우리에게 시간을 주니
하느님께서 보낸 5백과 열과 다섯이
도둑 창녀와, 그리고 그녀와 함께
죄를 지은 거인을 함께 죽일 것이오.†

세 번째 종이에는 「천국편」의 제18곡의 다섯 행이 적혀 있었다. 전직 십자군 기사가 첫 만남 때 읽었던, 목성천의 영혼들이 지혜서의 첫 번째 시행에 등장하는 처음 세 철자를 만들고 있다는 내용이었다.

거룩한 영혼들은 빛 속에서
날아다니며 노래를 불렀고
D나 I 또는 L자의 모양을 이루었다……

……나중에는 그 글자들 중 하나가 되더니
잠시 동안 멈추었고 침묵을 지켰다.††

마지막으로 네 번째 종이 위에는 라틴어로 단 한 줄의 글귀만 적혀 있었다. 그의 기억으로는, 베르길리우스의 『아이네이스』에

----
† 　같은 책. 「연옥편」 33곡 중. p. 403.
†† 　앞의 책. 「천국편」 18곡 중. p. 515.

적혀 있는 구절로, 헥토르가 아이네이아스의 꿈속에 나타나 트로이의 페나테스†를 맡긴다는 내용으로 보였다.

Sacra suosque tibi commendat Troia Penates.††

"무슨 뜻이지요?"
안토니아가 물었다.
"시편에 등장하는 가장 미스터리한 장소를 열거해 놓은 것 같은데요. 암호 메시지 같아요. 그런데 누구를 위한 것일까요? 베르길리우스의 이 시 구절은 다른 시행들과 관련이 없어 보이는데요."
조반니는 이해할 수가 없었다. 쓸데없이 생각들을 이리저리 궁리해 보았다. 처음 두 텍스트는 분명히 관련이 있었다. 지상 너머의 저 세상의 처음과 끝을 여행할 때 등장하는 두 가지 예언으로, 처음 것은 「지옥편」에, 그리고 그다음 것은 「연옥편」에 등장한다. 카페 왕조의 요구와 교회의 수세기에 걸친 야망을 줄이면서, 유럽에서 질서를 재확립하게 될 베르트라구스 혹은 공작인 복수자의 도래를 공표하는 구절이다. 사자의 권력에 대한 갈망, 암 늑대의 권력에 대한 갈망, 거인의 권력에 대한 갈망, 그리고 창녀의 권력에 대한 갈망이 상징하는 카페 왕조와 교회는 현세의 독수리 깃발 아래 그리스도교의 단합이라는 신성한 계획을 가로막는 강력한

---

† 로마의 가정에서 모시는 식량 저장고의 신.
†† '성스런 트로이가 너에게 그의 페나테스 신들을 맡긴다'라는 의미.

두 가지 방해 요소이다. 그리고 카페 왕조의 마지막 왕권이 붕괴하고, 교황이 어느 왕처럼 자신의 영지를 더 이상 갖지 않을 때 수수께끼에 쌓인 복수자는 올 것이다. 지옥의 처음 시편과 연옥의 마지막 시편에 천국의 중간 부분에 적혀 있는 구절이 더해졌다. 천국은 마치 신약성서가 구약성서의 계시인 것처럼 펼쳐지는 미스터리이다. 하늘의 전령이 하는 예언은, 목성천의 신성한 차원에서 정의를 지향하고 사랑하는 영혼들이 만들어 낸, 독수리 형상이 나타나는 장면에서 드러났다. 이는 독수리가 거두는 최후의 승리이고, 그리스도의 정의가 실현하는 최후의 승리이다. 그리스도교 시대와 천년 왕국이 도래한 것이다. 그런데 정체를 알 수 없는 복수자는 누구일까? 대체 누가 시인 단테에게 암호로 된 이 메시지를 남겼을까? 베르길리우스의 시행은 반대로 그의 계승자에게 남기는 것 같다. 마치 헥토르가 아이네이아스에게 불길에 휩싸인 도시의 기억을 전하듯이, 기억을 물려주기 위해 『신곡』을 아들에게 남긴 것이다. 그런데 아이네이아스는 카이사르의 조상이기도 하다. 그리고 최초로 독수리에 얽힌 비밀과 머지않아 도래할 제국과 역사가 항상 준비해 온 우주적 계획을 밝혀낼 영웅이다. 아이네이아스에서 카이사르까지, 카이사르에서 그리스도까지, 그리스도에서 베르트라구스까지……. 암호로 된 메시지는 직접 공작에게 향하는 것일 수도 있었다. 암호문을 해독해야만 했던, 그리고 비밀스런 계획의 후계자가 되어야만 했던 누군가에게 보내는 직접적인 메시지일 수도 있었다.

"어쩌면."

그가 넌지시 말했다.

"당신 아버지는 이미 도둑맞은 적이 있었을 거요. 그는 어쩌면 「천국편」을 없애 버리고 싶어 하는 누군가에 대해 알고 있었소. 그렇지 않으면 왜 출발하기 전에 마지막 시편들을 감추었겠소? 그는 이 글귀들을 통해 마지막 시편들을 찾아내는 사람에게 기억과 메시지를 지키라고 권하고 싶은 거요."

"어쩌면 그 십자군 기사의 말이 옳을 지도 몰라요."

안토니아가 말했다.

"나의 아버지가 비밀 단체의 일원이었고, 그리고 이 글귀들은 어떻게 해석해야 하는지 알고 있는 누군가에게 쓴 글이지요."

그녀는 손에 얼굴을 묻었다. 그녀의 삶에서 생전 처음으로 알게 된 절망감에 괴로워하며 울기 시작했다. 아버지의 죽음은 그녀를 위기에 빠뜨렸다. 처음으로 모든 것을 의심하는 지경에 이르게 된 것이다. 심지어 수녀가 된 자신의 선택까지도 의심스러워졌다. 어쩌면 그녀는 수도자로서의 성소가 전혀 없었을 것이다. 혹은 아버지의 죽음을 계기로 다시 모였던 가족이 다들 떠난 지금 외롭게 혼자 남았다는 사실에 충격을 받아서 그랬을 수도 있다. 피에트로는 베로나에, 어머니와 야고보는 다시 피렌체로 떠나갈 것이고, 그녀는 세상을 뜰 때까지 라벤나에서 시인의 무덤과 기억을 지키게 될 것이다. 더욱 의미 있는 관계들이 허물어지면서, 현실과 다른 일종의 우화 같은 삶은 이제 점점 더 한낱 아름다운 꿈에 불과하다는 허탈감으로 다가왔다. 아무것도 아닌 동화 속 공주나 별로 주목받지 못하는 엑스트라 같은 무의미한 삶이었다. 완성되지 못한 『신곡』에 얽힌 범죄 사건과 분실 때문에 그녀는 세상에서 그 누구보다도 더 그녀를 사랑했던 사람인 아버지에 대한 의구심을 품게 되었다. 그리고 난 뒤 그녀가 갑자기 머리를 들었다. 그리고 번뜩이는 칼날 같은 시선으로 그를 매섭게 노려보았다.

"자, 이제 내게 젠투카에 대해 말해 봐요!"

그녀가 말했다.

"당신이 루카 출신인 걸로 보아, 내 아버지가 당신의 도시를 사랑하게 만든 그 정체를 알 수 없는 여인에 대해 분명히 알고 있을 테니까."

그렇다. 조반니는 그녀를 알고 있었다. 그것도 그냥 알고 있는 정도가 아니라 아주 잘 알고 있었다.

"그녀의 가족은……."

그가 말했다.

"그녀의 가족은 망명 직후 단테가 그 도시에 머무는 동안 그의 방문을 받았소."

"어쨌든 그녀가 내 아버지의 루카 출신 정부는 아니었겠지요?"

안토니아가 물었다.

조반니는 그녀가 마음 상하지 않도록 웃음을 꾹 참았다.

"아니었소."

그가 대답했다.

"젠투카는 이제 서른 살 정도 됐소. 스승님께서 루카에 계실 때 그녀는 사춘기 소녀에 불과했소. 내가 스승님을 알게 된 것도 그때였소."

"자, 이제 때가 됐군요."

그녀가 다시 말했다.

"당신이 정말로 누구인지 말할 때가 됐어요. 장례식 전날 밤 당신을 만났을 때부터 의구심이 들어서 다른 생각을 도통 할 수가 없었어요. 나의 아버지 침대 머리맡에 드리워진 휘장 위에 사각형으로 적어 놓은 시행 중 세 번째 기둥에 대해 설명할 때가 됐군요. 첫 번째 기둥에는 우골리노 백작과 그의 네 아이들에 대한 일화가 적혀 있어요. 그 시 속에 자식들이 슬퍼하지 않도록 유배를 선고받은 것을 애써 감추는 내 아버지의 고뇌가 어려 있음을 읽어 낼 수 있었어요. 나의 아버지가 네 명이 아니라 세 명의 아이를 두고 있고, 공작은 두 명의 아이를 두고 있는 게 다르지요. 두 번째 줄에 젠투카의 이름이 등장해요. 그러고 나서 예수께서 자신의 변모를 지켜보도록 자신과 함께 데리고 간 세 명의 사도들인 피에트로 (베드로), 야고보, 조반니(요한)와 베아트리체가 등장하는 「연옥편」의 두 시행이 적혀 있죠. 이 기둥에서 시인은 자신에 대해, 아버지로서의 자신의 감정에 대해 말하는 것 같아요. 그리고 거기에 적혀 있는 베아트리체 수녀, 피에트로, 야고보는 실질적으로 시인이 사랑하는 아이들이지요. 그런데 여기에는 네 개의 이름이 등장해요. 그리고 네 번째 아들의 이름이 그래서 조반니이어야만 하지요. 그리고 그 젠투카의 이야기와 관련이 있는 조반니의 이야기는 십중팔구 루카 출신의 사람에 대한 이야기인 거예요. 자, 이제 내가 당신을 알았을 때부터 어떻게 생각해 왔는지 짐작하시겠어요? 내가 당신을 얼싸안고 '나의 형제여'라고 불러야 할까요? 내 해석이 맞는다면, 당신은 내 아버지의 비밀에 싸인 네 번째 아들이에요. 그렇다면 도대체 당신의 어머니는 누구인가요? 그리고 당신의 어머니가 젠투카가 아니라면 이 루카 출신의 부인인지, 어린아이인지가 왜 이 시 속에 등장하는지 알 수 있겠군요? 자, 말해 봐요. 그리고 제발 부탁인데 아무것도 속이지 말고……."

조반니는 온몸의 피가 얼어붙는 것처럼 오싹했다. 안토니아에게 다가가 그녀의 머리를 가만히 쓰다듬었다. 그리고 그녀의 손을 꼭 잡았다. 그리고는 잠시 생각을 정리하기 위해 몇 분을 침묵 속에 있었다. 어떻게 이야기를 해야 할지 몰랐다. 그녀에게서 떨어져서 등을 보이며 돌아섰다. 그러고 나서 다시 몸을 돌렸다. 드디어 말하기로 마음을 먹었다. 그의 목소리가 천천히 밖으로 나왔다. 마치 마른 종이가 스치는 소리처럼…….

9장

"나는 모르오, 안토니아. 나도 모릅니다. 나도 그것을 시인에게 물어보려고 온 거요. 바로 그 때문에 여기 라벤나에 있단 말이오. 서류상, 그렇소. 공식 문서상으로 나는 그의 아들이오. 게다가 만약에 내가 정말 그의 아들이라 해도 난 그 사실을 절대 알 수 없을 거요. 단지 내 어머니만이, 내가 그 사실을 알기를 원했다면 내게 말해 줄 수 있었겠지요. 하지만 지금은 더 이상 그럴 수 없소. 그리고 적어도 내 어머니는 그 사실을 확실하게 부정할 수 있었을 거요. 내 생각에는 정말로 어떤 상황이었는지 당신에게 이야기할 수 없소.

나는 내 어머니가 이미 임신한 채 결혼하기 위해 피렌체를 떠나 루카에 도착하던 해에 태어났소. 나를 결실로 얻은 젊은 시절의 경박한 행실을 바로잡기 위해 내 어머니는, 첫 번째 결혼생활을 통해 이미 두 아이를 얻은 중년의 홀아비 상인과 결혼하기 위해 루카로 왔었소. 그의 후계자인 큰아들의 이름은 필립보이고, 두 번째인 딸은 아델라시아였소. 내 어머니의 남편은 상인이자 환전상이었소. 그는 거의 항상 프랑스의 디종에 머물면서 그곳 시장에서 비단을 팔고, 환전에 투자하고, 부르고뉴 출신의 정부들 집에 들락거렸소. 그러다가 이따금씩 루카에 돌아오곤 했소. 그는 내 어머니와의 사이에 또 아이 둘을, 랍포와 마틸데를 두었소. 프랑스에 얼마나 많은 아이들을 두었는지 아무도 모르오. 나는 그의 아들이 아니었소. 그리고 나는 스무 살이 되도록 제대로 된 신분도 없었소. 내 이름은 조반니요. 조반니, 그게 다요. 아버지의 성도 모른 채 이 세상의 모든 개자식들이 그렇듯 어머니의 성을 갖다 붙여야 했소. 나는 똑똑한 젊은이였소. 지금은 다 태워버렸지만 소네트를 썼소. 그리고 도시에서 굉장히 명망 높은 의사의 견습생이었소. 애석하게도 아버지가 없던 나는 그 누구의 후계자도 아니었고, 여자들이 결혼하고 싶어 할 만한 신랑감도 못됐소. 친구나 신뢰할 만한 사람, 그리고 기회가 된다면 정부로는 괜찮지만 말이오. 죽을 때까지 비밀로 남아 있어야 하는 비밀스런 사랑의 모험을 몇 번 한 적 있소. 그런데 단테가 베아트리체를 향해 썼다는 '그렇게 달콤하고 그렇게 순수한 여인, 그대는 사랑의 지혜를 지니고 있소'[†]라는 시를, 나는 젠투카를 생각하면

[†] 단테의 운문과 산문을 엮은 소품 『신생 Vita nuova』(1295년)에 나오는 구절.

서 읽었소.

단테가 젠투카 덕분에 내 고향 루카를 좋아하게 된 후 내 평생 단 한 번도 가져 본 적 없던 것을 나에게 그냥 주려고 한 것은 어쩌면 친절하고 고상한 시인이 내게 선행을 베풀어 준 거요. 적어도 나는 수 년 동안 그렇게 믿어 왔소. 젠투카는 아름다웠소. 말로 형언할 수 없을 만큼 아름다웠소. 그녀와 시선이 마주치는 건 재앙이오. 발 밑에 땅이 흔들리고, 영혼이 산산조각 나며 허물어지고, 화산에서 뿜어져 나오듯이 비이성적인 용암이 분출해서 정신을 차릴 수가 없게 되오. 열다섯 살의 그녀는 아직 신부의 면사포를 쓰지 않았었소. 그녀는 자신의 부모님에게 유예 기간을 청했소. 살아가면서 남편과 아이들을 사랑할지 혹은 특히 당신처럼 그리스도의 길을 선택할지 좀 더 잘 생각해야만 했기 때문이오. 우리가 이야기를 나누었던 그날 그녀는 진지했소. 그녀의 집에 나의 가장 절친한 친구인 그녀의 오빠와 내가 들어섰소. 우리는 서로를 바라보았소. 그리고 나는 그 누구의 아들도 아니었고, 절대 결혼할 수 없었기 때문에, 차라리 그리스도를 질투하는 길을 택하겠다고 그녀에게 말했소. 왜냐하면 내겐 관습대로 신부의 아버지를 찾아가 지참금에 대해 머리를 맞대고 의논해 줄 아버지가 안 계시기 때문이었소.

당신의 아버지이자 나의 스승님인 그가 루카에 와서 루니지아나 지방의 말라스피나 일가와 왕래가 빈번하던 그때, 내 나이 스무 살에 나는 조반니 알리기에리가 되었소. 그는 모로엘로 후작의 뒤를 따라 도시에 들어왔소. 아주 존경받을 만한 사람이 말을 타고 그곳에 온다는 사실만으로 그를 따랐던 것 같소. 어머니는 부끄러워했지만 아무튼 젊은 피렌체 여인들의 아름다움을 칭송하는 풍자시에 어머니의 이름이 들어 있었기 때문에, 그는 나의 어머니를 알고 있었던 셈이오. 한 번은 그가 젠투카를 찾아왔을 때 나는 그를 알게 되었소. 나의 연애담을 들은 그는 내가 사랑하는 여인과 결혼할 수 있도록 내게 자신의 성을 선물해 주었소.

나는 열다섯 살에 그의 유명한 첫 작품 『신생』을 읽었소. 그리고 그 책은 내게 큰 도움이 되었소. 그 나이에는 누구나 이상한 순간을 겪기 마련이오. 바로 그 전날까지 목마를 가지고 놀던 어린 아이였다가, 그다음 날 몸이 악마의 지배를 받게 되는 거요. 몸 안에 불꽃같은 전율이 이는 느낌이 들지요. 아직 무슨 일이 벌어지는지 모르지요. 어른들이 아무 말도 안 해 주지요. 어쩌면 그들 역시 열다섯 살 나이에 무슨 일이 벌어지는지 전혀 몰랐었기 때문일 거요.

나는 『신생』을 읽고 진정한 친구를 찾아냈소. 기분 나빠하는지 보려고, 그리고 몇 분 동안이지만 자신이 더 세다는 것을 과시하려고, 내가 좋아하는 것을 망가뜨리고 나서 으스대는 멍청한 놀이 친구가 아니었소. 신생은 그런 친구가 아니었소. 신생은 정직하고, 한 소녀를 만난 한 소년에 대해 이야기하고 있소. 그 소녀가 세상에서 가장 아름답다고 믿고 있는 소년은 그녀 앞에만 서면 무슨 이야기를 해야 할지 몰라 전율하고 침묵하지요. 그녀 앞에서, 천사의 지성을 갖춘 그녀 앞에서 그는 얼마나 보잘것없는 물질 덩어리에 불과한지 이야기하지요. 그러나 이런 감정을 막지는 않아요. 진정한 용기가 무엇인지 보여 주지요. 그리고 그런 감정에 이름까지 붙여 주지요. 사랑이라고. 그리고 근본적으로 신성한 에너지만이 가능한 것처럼 사랑은 강력한 힘이라고 말하지요. 사랑은 세상을 충만하게 하는 에너지의 일부이고 그 사랑 때문에 우주에서 태양, 별, 행성들이 움직이지요.

그가 나와 이야기하러 왔을 때 내가 얼마나 흥분했는지, 그리고 이제는 어른이 된 신생의 소년을 만나 어떻게 변했는지 보는 게 얼마나 기대됐는지 몰라요. 베아트리체나 젠투카를 사랑할 수 없다면 어떻게 되는지 알고 싶었어요. 나에게 신생이 얼마나 중요한 사람인지 그에게 말했어요. 그러자 그는 무척 기뻐했어요. 그에게 귀도 귀니첼리의 시가 그러했었기 때문이지요. 그의 시가 얼마나 많은 큐피트의 화살을 쏘아 댔는지, 시들을 고스란히 기억하고 있었지요. 예를 들면 '불꽃같은 눈부신 열정으로'라는 구절을 떠올렸지요. 여러 해 동안 그 시구절만 기억하고 있었다는군요. 내 사랑에 너무 집착한 나머지, 그의 앞에서 조심스럽지 못하게 다 말해 버리고 말았어요. 나는 더 이상 견딜 수 없었고, 자살을 생각하기도 했어요. 그녀가 다른 사람의 것이 된다는 생각을 하자 미칠 것만 같았어요. 심지어 하느님조차 믿지 못하는 지경에 이르렀다고 그에게 고백했죠. 그러자 그가 나에게 자기 이야기를 들어 보게라고 말했어요.

우리는 집 정원에 앉아 있었어요. 태양은 땅이 쩍쩍 갈라질 정도로 무섭게 내리쬐고 거의 헐벗은 초원 위에는 말라비틀어진 풀이 달라붙어 있었어요. 그가 내게 하늘을 보라고 말한 뒤 "뭐가 보이니?"라고 물었어요. 내가 "빛이오"라고 대답했지요. "빛에 눈이 멀 것 같아요."

"그렇지."

그가 내게 말했어요.

"이제 눈을 감아 보렴."

그래서 나는 눈을 감았어요. 그러자 그가 말을 이었어요.

"몸 위로 내리쬐는 온기가 느껴지니 뼛속까지 사지를 덥혀 주지?"

"그러네요."

그가 내가 대답했어요.

"어떻게 느끼지 않을 수가 있겠어요?"

"네가 처음에 본 빛과 같은 거란다."

내게 말했어요.

"너를 관통하는 빛이 이렇게 너를 충만하게 비추고 있는 셈이지. 똑같은 빛인데 눈을 멀게도 하고 몸을 따스하게 해 주기도 하지. 눈으로 본 빛처럼 인식되는 감각에 현혹되지 않는다면 귀니첼리가 말한 대로 단 한 가지를 알게 된단다."

"그게 뭐죠?"

그에게 내가 물었다.

"사랑이란다."

그가 내게 대답했다.

"창조를 통해 태양과 달 그리고 행성을 움직이는 게 사랑이지. 너의 영혼과 나의 영혼을 살찌우는 세상의 영혼인 사랑이 네 안에 스며드는 거란다. 우주의 한 모퉁이에서 우리가 하느님에 대해 알 수 있는 건 이게 다란다. 네가 느끼는 사랑은 하느님의 우주에 대한 사랑의 섬광 하나에 불과하단다. 그리고 나 단테 알리기에리는……."

그는 장난스럽게 엄숙한 목소리로 말을 이었소.

"피렌체에서 태어난 나는 관습에 의해서가 아니라 우리 피부에 막 닿은 세상의 성스런 영혼 앞에서, 자네 루카 출신의 조반니는 내 혈육이 아닌 영혼의 아들이고, 그리고 너를 사랑하는 여인과 결혼할 수 있다고 선언한다. 그러나 그녀 역시 자네를 원해야 한다는 조건이 전제되어 있네."

그는 나를 공증인에게 데려가 서류를 작성하였고, 그때부터 내 이름은 조반니 필리우스 단티스 알라게리이 데 플로렌티아[†]가 되었지요. 이윽고 우리는 함께 젠투카의 아버지 집에 갔어요. 마침내 그는 그녀와도 이야기하고 싶어 했어요. "내 아들 조반니는……." 그가 그녀에게 말했어요.

"너를 사랑하게 됐다. 그리고 어쩌면 너도 그렇겠지. 그런데 이렇게 암울한 시기에, 하느님이 정해 준 신부마냥 자신을 사랑하는 남자를 만나서, 그 남자를 사랑하게 되고, 그와 결혼하게 되는 경우는 무척 드물단다. 네가 특히 이 점을 염두에 두길 바란다."

젠투카는 기뻐서 눈물을 흘렸어요. 심지어 자신이 이렇게 행복해도 되는지 깜짝 놀랐지요. 그녀와 대화를 나눈 뒤 새로운 내 아버지는 아주 만족해서 나왔소. 그는 결과를 알고 싶어서 초조해하

[†] '피렌체의 단테 알리기에리의 아들 조반니'라는 의미.

는 나에게 한숨을 내쉬며 말했소.

"루카는 대단히 아름다운 도시구나, 애야. 산 마르티노가 경배하는 예수님의 얼굴만큼 아름다워. 한 가지 확실한 건 루카에서는 기적이 가능하다는 거야!"

반대로 루카에서도 기적은 불가능했소. 결혼 약속이 체결되었고, 심지어 당신 아버지는 말라스피나가 호의에 대한 답례로 그에게 주었던 농지를 내게 양도했소. 그녀의 지참금은 균형을 맞추어 계산되었지만 결혼식은 거행되지 않았소. 내 어머니 남편의 후계자인 필립보가 이에 반대했소. 젠투카는 그가 장남이기 때문에 그의 결정에 달렸다고 말했소. 필립보는 주요 인사들을 친구로 두었는데, 그 친구들 중에는 산치타의 구엘프 흑색당원들도 있었소. 본투로 다티는 당시 루카에서 합법적이고 비합법적인 상업에 대한 모든 것을 결정하였소. 단지 악의로 나를 괴롭히고, 나이 서열상 나보다 먼저 태어났다고 나를 억압하려는 어리석은 우월감 때문에, 젠투카와의 결혼을 훼방 놓는 필립보의 어리석은 계획에 그는 도움을 주기로 동의했소. 그때 피렌체의 망명자들이 도시에 머무는 것을 금지하는 시의 포고령이 떨어졌소. 그런데 피렌체 시의 선고가 단테와 그의 아들들에 대한 것이다 보니, 나는 피렌체에 한 번도 가 본 적도 없으면서 피렌체 망명객이 되어 버렸소. 결국 떠날 수밖에 없는 상황으로 몰린 스승님은 나에게 선택을 하라고 하였소. 당신 아들 형제와 함께 행동하여 나도 루카를 떠나거나, 단테의 아들로 나를 증명해 준 서류를 찢어 버리는 것이오. 둘 중 어떤 선택을 하든 젠투카와의 결혼 제안은 무효가 되었소. 필립보가 개인적으로 다른 공증인의 도움을 받아 돈으로 우리가 약속했던 '예'를 '아니오'로 바꾸어 버렸기 때문이오.

어느 날 밤 나는 도시에 있는 그녀의 집 담장을 기어올라 인사를 했소. 그녀의 발코니로 올라가 덧문 너머로 그녀를 불렀소. 그리고 그녀에게 공부를 더 하기 위해 볼로냐에 갈 거라고 말했소. 그녀는 루카로부터 도망칠 구실을 찾는 대로 내가 있는 곳으로 뒤따라오겠다고 말했소. 나는 그녀에게 나와 함께 도망치자고 제안했소. 그러나 그것은 정숙하지 못한 행동일 뿐 아니라 뒤따라온 사람들에게 금방 잡히고 말 거라는 걸 그녀는 알고 있었소. "필립보와 결혼하지 마시오"라고 그녀에게 말했소. '그건 생각조차 하지 않아요'라고 그녀가 대답했소. 우리는 포옹한 뒤 영원한 작별을 고하는 순간에 눈물을 흘리며 처음으로 키스를 했소. 삼년 후에 황제 엔리코 7세가 이탈리아로 내려왔을 때 본투로와 구엘프 흑색당은 루카로부터 도망쳤고, 나는 죽어 가는 내 어머니의 임종을 지키기 위해 도시로 돌아왔소. 거기에서 필립보를 다시 보았소. 그는 정치적 혁명에서 살아남았고, 부르고뉴에서 죽은 아버지의 사업을 물려받은 뒤 더 강해져 있었소. 그의 옆에 그의 아내가 있었는데, 그녀는 놀랍게도 젠투카가 아니었소. 내가 떠난 뒤 젠투카는 수련 수녀로 클라라 여자 수도원에 들어갔고, 그 후 수녀들과 함께 로마에 순례를 떠났으며, 두 번 다시 돌아오지 않았다고 그가 말해 주었소.

내 어머니는 극한의 인내심을 발휘하여 최후의 고통을 참으며 나에게 애써 미소를 지으며 인사를 건네셨소. 나는 울면서 어머니의 비밀을 살피려 했소. 어머니의 과거는 열쇠로 굳게 잠근 나무 서랍 안에 들어 있었소. 그리고 오직 악마만이 그 서랍 열쇠가 어디로 사라졌는지 알고 있소. 나는 그 작은 서랍을 챙겨들고 세상 어딘가에 있을 젠투카를 찾아 떠났소. 나는 그녀를 볼로냐에서 의외로 쉽게 찾을 수 있었소. 우리가 약속했던 대로 말이오. 그녀는 내가 출발했을 바로 그 즈음에 도착했소. 그리고 내 공부 친구인 브루노는 내가 돌아올 때까지 그녀를 집에 묵게 했소.

그날은 정말 멋졌소. 내가 만일 나의 인생을 사랑했다면 그날처럼 열렬히 사랑했던 적은 결코 없었을 것이오. 우리의 눈은 눈이 말할 수 있는 모든 것을 이미 말하고 있었소. 욕망, 수줍음, 마음의 동요, 항복, 믿음 그리고 절망을 이야기했소. 우리는 말로 이야기할 수 있는 모든 것을 서로 이야기했소. 천천히 우리의 몸은 밀랍으로 만든 조각상처럼 녹아들었소. 우리는 사제 한 명과 네 명의 증인이 있는 자리에서 결혼했소. 우리는 행복했소. 우리는 정말 행복했소. 그러나 항상 그렇게 행복하지만은 않을 거라는 생각이 들었소. 우리는 작은 집을 한 채 소유하고 있었고, 나는 정말 열심히 일했고, 자연히 돈벌이도 좋았소. 안정적인 의료 기술을 지닌 외과의로 명성도 쌓았소. 그러나 젠투카의 마음속에 피어오르는 동요를 아무도 알지 못했소.

어느 날 집에 돌아오니 그녀는 더 이상 없었소. 모든 게 정리되어 있었고, 그녀만 사라졌소. 볼로냐 여기저기를 다 찾아다녔고, 나중에는 아무 생각도 없이 루카를 향해 떠났소. 볼로냐나 루카에 없다면 그 어딘가에 있을 텐데, 그 어딘가가 어디일지 도통 알 길이 없었소. 그런데 루카로 가는 길에 피스토이아에 머무를 때 필립보의 부하 두 명이 나를 따라와서는, 나는 아직도 루카에서는 망명객의 신분이라 내가 그 도시로 들어가려는 시도만 해도 즉각 체포하여 죽여 버릴 거라고 위협했소. 란차노 출신이 내 친구 브루노가 나를 위해 대신 찾아보기로 결정했소. 그는 루카로 가서 젠투카를 찾아보았소. 그러나 그는 빈손으로 돌아왔소. 아무도 그녀에 대해 이야기해 줄 것이 전혀 없었던 거요. 심지어 그녀의 부모는 그의 목을 조르려 했다는 거요.

나는 더 이상 그녀에 대한 소식을 듣지 못했소. 그녀가 지금 어디에 있는지 나는 모르오.

볼로냐로 돌아온 나는 작은 나무 상자의 자물쇠를 억지로 열어서, 피렌체에 계신 스승님께서 내 어머니에게 바치신 시를 찾아냈소. 그녀를 열렬히 사랑하는 당신 아버지가 자신의 고통스러운 사랑에 대해 자애롭기를 청하는 시에는 온통 어머니의 이름인 비올레타가 적혀 있었소. '오, 사랑의 그늘에 숨어 있는 비올레타 혹은 화환으로'라는 글귀요.

나중에 나의 어머니는 피렌체를 떠났는데, 그때 이미 임신한 상태였소. 어머니는 루카의 상인과 결혼했고, 그리고 내가 태어났소. 당신의 아버지, 아니 어쩌면 우리 아버지라고 불러야 할 그분은 베아트리체에 대한 자신의 사랑을 세상에 공포하셨소."

"젠투카는 9년 전에 사라졌소. 나는 더 이상 그 집에 머물 수가 없었소. 3년 동안 그녀가 다시 나타나기를 기다리고 난 뒤 피스토이아로 옮겨왔소. 그리고 내 아버지를 알기 위해, 혹은 그의 성씨를 당신에게 되돌려주기 위해 라벤나에 왔소. 내 비밀을 당신에게 털어놓지만, 피에트로와 야고보는 이 사실을 알아서는 안 되오. 젬마 부인도 절대 안 되오. 하지만 당신은 괜찮소. 왜냐하면 나와 당신은 따지고 보면 무척 닮았기 때문이오. 그리고 당신은 당신 아버지에 대한 비밀을 알아야 하기 때문이오.

당신 아버지가 베아트리체를 사랑하기 전에, 그리고 당신 어머니와 결혼하기 전에, 제일 먼저 사랑했던 여인은 나의 어머니 비올레타였소. 『신생』은 내 어머니에 대한 사랑을 그린 것이지, 다른 여인에 대한 사랑을 묘사한 작품이 전혀 아니었소. 다른 사랑과 달리, 아직 화려한 열정이 남아 있는 첫 사랑이었소. 그런데 그 두 분 사이가 어떻게 끝났는지 확실하게 말해 줄 수 있는 건 아무것도 없습니다. 아무튼 이런 상황이오. 내가 그분의 아들이라면 내게 해 준 것 이상 더 잘해 줄 수는 없었을 거요. 그리고 내가 그분의 아들이 아니라면 그분이 내게 보여 준 큰 사랑은 감히 신의 사랑에 비교할 만한 것이오.

내가 그분을 알았을 당시, 그 분은 경제적으로 무척 어려운 상황이었소. 모든 것을 다 잃고 얼마 안 되는 돈으로 생활하고 계셨소. 그 분을 손님으로 대접하는 귀족이 없을 때는 수도원에 묵으셔야 했소. 거의 아무것도 드시지 않고 책에 대해서만 욕심을 내셨소. 수도원이나 주요 인사들의 집에서 필요한 만큼의 책들을 구하셨소. 그럼에도 불구하고 새로운 인생을 시작할 수 있도록 자신이 가진 모든 것을 내게 주셨소. 내가 사랑하는 여인과 결혼할 수 있게 하기 위해 그 모든 것을 다 주셨단 말이오. 마치 내 삶을 통해 본인의 삶을 보상받기 원하셨던 것처럼 말이오. 그분은 열두 살 어린 나이에 부모님의 결정으로 당신 어머니와 결혼하셨소. 그분은 내가 젠투카와 결혼하기를 바라셨소. 그리고 그분은 당신이 베아트리체, 피아, 프란체스카와 같은 많은 여인들의 운명을 피하기를 바라셨소. 이게 당신과 내가 연결된 점이오. 나를 위해 그리고 당신을 위해, 자신과 내 어머니와 다른 모든 이의 눈물로 얼룩진 길과 다른 천국에 이르는 길을 꿈꾸셨소.

 그 꿈은 짧았지만 그 분은 그 꿈을 꾸어야만 했소.

 내게 남은 사랑의 공허함은 절대 그분 탓이 아니오."

2부

단테의 아들 야고보와 피에트로는 시인이었다.

그들 몇몇 친구의 설득으로 그들이 할 수 있는 만큼, 불완전하게 끝나 버린 아버지의 작품을 대신하기를 바라게 되었다. 이 일에 있어서 다른 형제보다 훨씬 더 열심인 야고보에게 감탄할 만한 예지가 떠올랐다. 그가 무분별한 추측을 자제하고 문제에 집중하자 열세 곡이 어디에 있는지 떠올랐다.

— 조반니 보카치오의 「단테에 대한 찬미가」 중 일부

1장

첫 가을비가 내리면서 흐린 날이 계속되었다. 추억처럼 가벼운 고통을 연기하는 무언극같은 비가, 집 중정에 서 있는 마디가 많은 비틀린 올리브 나무 위로 소리 없이 쓰다듬듯 내렸다. 영원한 작별의 시간이 침묵 속에 다가왔다. 아무도 감히 입을 떼지 못했다. 피에트로는 급히 해야 할 일이 있었다. 법 공부에 파고들던 볼로냐로 가야만 했던 것이다. 반대로 안토니아, 야고보, 어머니 젬마는 그들 중 누군가에게는 영원한 작별이 될 수도 있는 출발 시간을 정해 두지 않고 자꾸 뒤로 미루면서 시간을 붙잡고 싶어 했다.

친구이자 공증인인 피에트로 자르디니가 아버지의 시를 베로나의 카네에게 헌정하기 위해 야고보와 함께 부족한 마지막 열세 곡의 시편을 미완성인 채로 남겨 놓지 말라고 조언했을 때 야고보가 특히 반가워하며 좋아했다. 물론 다른 그 누구도 이 제안을 유감스럽게 생각하는 이는 없었다. 그 두 사람 중 한 명이라도 정말로 그 일을 완성할 만한 수준이어서는 아니고 그저 다 함께 라벤나에 몇 달 동안 더 머물 수 있는 동기를 만들어 주기 때문이었다.

매일 오후 두 형제는 작품을 구상하며 시간을 보냈다. 하늘의 지도를 구상하고, 아버지의 서고에서 찾아낸 가장 저명한 천문학자들의 글을 읽고 단테의 문체를 흉내 내며 억지로 11음절의 시를 적어 보려고 시도했다. 그러나 결국 원전 같아야 한다는 부담감에 억눌려 너무 과장되거나 구태의연한 방식으로 아름다운 개념만을 표현한, 혼이 담기지 않은 몇 줄의 시만 나올 뿐이었다.

시간은 그렇게 흘렀고, 그들은 아직 몇 달 더 라벤나에 남아 있었다. 야고보는 베아트리체에 대한 그의 아버지의 열정처럼, 그에게 열정을 불러일으킬 수 있고 영감을 주는 뮤즈인 사랑에 빠질 여인을 도시에서 찾기 시작했다. 그는 돌아다니다가 폴렌타 가의 친구인 귀부인, 재래시장에서 빵집을 하는 여인, 라벤나의 부유한 중산층 여인과 같은 무척이나 아름다운 여인들을 보았다. 첫 번째 여인은 나름 품위 있었으나 은근히 허영심이 있고 이따금 교태를 부렸다. 두 번째 여인은 묘지 구덩이를 파는 인부마냥 말이 거칠었다. 세 번째 여인은 크리스마스 제단처럼 자기 몸을 치장하는 데 많은 시간을 들였다. 그러던 어느 날 운하의 다리를 내려오다가 우연히 한 소녀와 마주쳤다. 품위 있게 옷을 차려입은 소녀는 그가 지나칠 때 그의 시선을 피하며 얼굴이 붉어졌다. 그녀는 자신이 찾던 이상형과 일치했다. 그런 이유에서 그는 그녀를 사랑하게 되었다. 그녀에게 구애를 하기 시작하자 그녀는 무척이나 쌀쌀맞고 무관심한 태도로 그를 대했다. 그녀의 이런 태도는 자신이 쉬운 여자가 아니라는 것을 드러내기 위한 것이었다. 이따금씩 그가 너무 의기소침해지지 않도록 약간의 관심을 보이기도 했다. 그러나 그런 행동은 그의 구애를 즐기기 위함이지 둘 사이의 관계에는 전혀 변화가 없었다. 한 달 후 야고보는 그녀를 사랑하는 일을 그만두기로 했다. 장사꾼 흥정하듯 밀고 당기는 그 놀이에, 친구가 이야기하던 시는 국 냄비의 국물처럼 다 증발해 버렸기 때문이다. 그는 자신의 아버지가 그 유명한 시에서 썼듯이, 사랑에 능한 여인이 아직 있다면 기필코 찾아야 한다고 결론 내렸다. 그러나 절대 끝까지 찾지도 않고 별로 찾기를 원하지도 않으면서 매달렸다.

안토니아는 야고보가 복잡한 성격임을 잘 알고 있었다. 항상 젬마와 베아트리체를 섞어 놓은 듯한 여자를 찾았다. 긍정적이면서 강하고, 동시에 종교적인 여인을, 가정주부 마돈나를, 천사이면서 폭군인 여인을 찾았다. 그리고 그는 이 헛되고 힘겹고 성과 없는 양면성을 지닌 자신의 뮤즈를 찾는 일을 힘겨워했다. 하지만 피에트로는 달랐다. 훨씬 단순하고 진지하고 온순하고 내성적이었다. 결국 그는 아버지가 그를 위해 물색해 둔, 그리 아름답지는 않지만 친절하고, 사려 깊고, 역시 내성적인 피스토이아 출신의 여인과의 결혼을 받아들였다. 야고보는 아직 어린 소녀였지만 안토니아는 그녀가 무척 마음에 들었다. 자신의 형제에게 딱 맞는 동반자였다. 그들을 보고 있으면 둘 사이의 은밀한 조화가 밖으로 드러나는 걸 알아챌 수 있었다. 그 두 사람 사이에 열정은 없었지만 서로를 존중했고, 이해했으며, 깊은 신뢰가 있었다. 그들은 서로 사랑하지는 않았지만 어느새 친밀함으로 서로를 대하고 있었다. 아서왕의 소설에 등장하는 운명적인 커플인지의 여부는 확실하지 않지만, 그들 사이에는 안정감과 평온함을 발산하는 견고한 결속이 있었다. 아버지는 피에트로를 위해 올바른 선택을 했다. 반대로 야고보에게는 그 어떤 결정이 강요되었을 것이다. 그리고 아버지도 이를 알고 있었다. 아버지는 젊은이가 성숙해지기를 기다리며 아무것도 그에게 강요하기를 원치 않았다.

안토니아는 자신이 알고 있는 것을 속으로만 간직한 채 가족들과 이야기를 조금 하는 만큼 자주 아버지에 대해 생각했다. 근래에 그녀는 종종 야고보의 운명에 대한 염려를 떨쳐 버리지 못했다. 그를 위한 모래시계가 얼마 남지 않은 것처럼 느껴졌고, 어두운 숲에서 헤매는 그의 삶의 시간이 얼마 남지 않은 것처럼 여겨졌다. '시간이 조금밖에 없고, 나를 더 이상 보지 못하게 될 것이오'라고 말하는 듯했다. 그리고 이제 그녀는 조반니에 대해 알고 있다. 그리고 그와 무척 가깝다고 느꼈다. 인간 희극의 최고 전문가인 단테는 다른 두 형제를 위해 썼던 것과는 또 다른 줄거리를 그들 둘을 위해 궁리했다. 방법에 있어서 다를지언정 그녀와 조반니는 그녀의 아버지가 그랬던 것처럼 이제 거짓 속에 살지 않아도 되게 되었다. 그럴싸한 그의 삶은 뭔가 세상에서 잘못되어 가고 있음을, 변화할 필요가 있음을 확신하게 만들었다. 그가 칸그란데†에게 이야기했던 것처럼, 혼자서 애쓰는 사람들을 불행에서 끄집어내고 더 행복한 상태로 이끌기 위해 『신곡』을 썼다. 그래서 희망 없는 고통으로부터 한 걸음씩 빛과 음악으로 가득한 천상까지 승천한다. 우주의 사랑을 자신의 네우마[††]에 맞추어 플루트를 연주하게 될 때까지 말이다.

조반니의 이야기 이후 그녀는 납득하기 힘들지만 아주 편안한 상태가 되었다. 그즈음 느끼던 불안감은 진정되었고, 평상시와 다른 에너지로 가득한 명랑함을 보이기까지 했다. 그녀는 더 이상 의심하지 않았다. 스스로 자신의 계약서에 최종 승인한다는 서명을 했다. 드디어 자신이 선택한 삶에 만족하며, 달콤한 억압, 감각의 평화, 관조적인 행복을 느꼈다. 단지 아이들을 볼 때 모성애를 느껴 보지 못한 것 때문에 이따금 애석해했다. 그리고 이따금씩 영혼의 불균형을 곤혹스러워했다. 그러나 그리움은 짧은 고통에 불과했다.

조반니의 이야기에서 그녀가 감지한 비밀스런 계획대로라면, 신의 섭리는 형제라고 추정되는 그뿐만 아니라 그녀에 대한 것이기도 했다. 그녀의 선택이 전적으로 자유로운 선택이 아니었다면 그녀의 가족에게 벌어진 사건들에 의해 영향을 받았고, 누가 계획했든지 그녀의 운명은 얽힌 사랑의 운명이었을 것이다.

그녀가 울리비의 산스테파노 수도원에서 이런 종류의 생각에 골몰해 있는 동안, 구월이 끝나갈 무렵의 어느 날 지저분하고 다

[†] 1277년부터 1387년까지 라벤나를 이끈 스칼라 가문의 대표적인 인물.
[††] 중세 서양의 성가 악보에 쓰던 기호.

리를 절뚝거리는, 몸집이 거대한 늙은 말이 끄는 나병 환자를 실은 마차가 수도원 문 앞에 와서 멈춰 섰다. 그녀는 먼저 바퀴 소리와 딱따기 소리, 그리고 이어서 남루한 몰골의 마차를 온갖 방법으로 쫓아내기 위해 애를 쓰는 문지기 여자의 고함 소리를 들었다. 그 마차에서 온몸을 붕대로 칭칭 감은 한 여인과 남자아이가 내렸다. 그리고 그들은 그녀에 대해 물었다. 아래층으로 내려가자, 문지기 여자가 기다란 싸리비를 손에 들고 그들을 쫓아 버리려고 애쓰는 게 보였다. 그녀는 용기를 내어 수도원 면회실에 편히 앉으라고 문둥병에 걸린 여인에게 말했다. 함께 있는 아이는 몸집으로 보아 여덟아홉 살 정도 되어 보였다.

"놀라게 해 드려서 죄송합니다."

이상한 방문객이 말했다.

"요즘 같은 시기에 여인의 몸으로 행락객 옷차림으로 이탈리아를 돌아다닌다는 건 신중하지 못한 짓이죠."

그리고 그녀는 얼굴을 감싸고 있던 붕대를 풀게 했다. 그러자 강렬한 푸른 눈과 치렁치렁 늘어진 긴 금발 머리를 한 아름다운 젊은 여인의 얼굴이 드러났다. 주의 깊게 그녀를 바라보아야만 눈가에 작은 주름 몇 개 혹은 이마에 얼핏 보이는 주름 한 줄이 이제 막 서른 살을 넘긴 나이임을 짐작할 수 있었다.

"이 넝마를 두르고 사람들을 쫓는 딱따기를 두들겨 대야 산적 패거리와 병사 집단을 멀리 떼어 놓을 수 있어요. 다들 나병 환자인 걸 알면 머리 떨어져 있거든요. 당신만 빼고요."

그녀가 미소를 지으며 말했다.

이탈리아 중부와 남부 사이에 있는 아펜니노 산맥을 무사히 가로지르기 위해 나병 환자나 수녀처럼 보이는 옷을 입는 여인은 과연 누구일까. 안토니아는 깜짝 몰랐다.

"실례합니다."

다른 여인이 말했다.

"제 이름은 젠투카입니다. 제 남편 조반니를 찾고 있어요. 그가 여기에 머물렀었다는 걸 알아요. 당신의 아버지를 만나기 위해 여기에 왔었다고 알고 있어요. 어쩌면 그를 아셨을 텐데요."

"그는 며칠 전에 볼로냐로 떠났어요. 베르나르드라는 친구와 함께요."

"드디어 그가 자신의 아들을 알기를 바랐는데……."

그녀는 긴 여행이 수포로 돌아갔다는 실망감과 피곤함에 한숨을 내쉬었다.

그러고 나서 젠투카는 자신의 가족들에 의해 볼로냐에서 어떻게 납치당했는지에 대해 이야기했다. 그들은 자신을 루카에 다시 데려가서, 첫 번째 부인이 세상을 떠난 필립보에게 시집보내려고 했다. 그런데 그녀의 부모들은 그녀가 이미 결혼했음을, 게다가 임신까지 했음을 알게 되었다. 그리고 다행히도 필립보는 자신의 부친이 비올레타 부인에게 한 것처럼 관대하지 못했다. 그는 경멸에 찬 눈길로 그녀를 바라보며 파혼을 선언했다. 시인이 조반니에게 결혼에 도움이 되라고 준 시골집에서 그녀는 아들을 낳았다. 그리고 베아트리체 수녀는 아이가 할아버지를 무척 닮았음을 알아챘다.

"부탁드립니다."

젊은 루카 여인이 말했다.

"잠시 동안 어린 단테를 맡아 주시기를 부탁드립니다. 우리가 타고 온 마차를 피스토이아 출신의 제 친구가 끌고 왔습니다. 그녀 역시 우리처럼 나병 환자로 변장을 했어요. 저는 그녀와 함께 조반니를 찾아 볼로냐에 가려고요. 그리고 제 아들을 데리러 다시 여기로 돌아올 거예요. 볼로냐에서 조반니를 찾지 못하면 단테를 데리고 피스토이아로 가서 그를 기다리겠어요. 거기에 그의 집이 있다고 들었어요. 언젠가는 그가 돌아오겠지요. 저는 거기에서 제 친구인 구이토네 알파니의 미망인인 체칠리아네 집에 있을 거예요. 피스토이아에서 제 친구만이 제가 누구인지 알아요."

그런데 그 에피소드를 베아트리체 수녀는 아무에게도 말하지 않았다. 그리고 특히 어디에서 왔는지 도통 정체를 알 수 없는, 그리고 올리비의 산스테파노 수녀원에 잠시 맡겨진 그 어린 소년에 대해 더 자세한 정보를 물을라치면 애매하게 대답을 회피하곤 했다. 그녀는 심하다 싶을 정도로 애정을 쏟아 아이를 돌보면서 항상 데리고 다녔다.

"부족했던 모성애를 버려진 아이한테 쏟아 붓고 있는 셈이네요."

길모퉁이에서 약재상이 비아냥거리며 말했다. 그런데 그에게는 인종차별주의자라는 평판이 늘 따라다녔다. 그는 아리스토텔레스와 보에치오 디 다차[†]의 책을 읽고, 자기 상점 선반 위에 가지런히

[†] 13세기의 덴마크인 철학자.

정리돼 있는 약초마냥 생각을 깔끔하게 정돈해 두어야 직성이 풀리는 인물이었다. 하늘에 있는 별은 북극성을 중심으로 네 개씩 빙 둘러서서 있어야만 한다고 그는 생각했다. 반대로 겉으로 보기에 전혀 지리학적인 질서 없이 흩어져 있는 것처럼 보인다는 사실은 그에 따르면 단지 다음과 같은 사실을 의미하는 것에 불과했다. 즉, 세상이 잘못 만들어졌거나 하느님께서 특히 유클리드의 기하학을 좋아하지 않으신다는 뜻이었다.

2장

조반니와 베르나르드는 황급히 볼로냐로 떠났다. 『신곡』의 마지막 열세 곡의 시편들을 찾을 때까지 라벤나에서 움직일 의도가 없던 프랑스인을 설득하기 위해 루카 사람에게 필요했던 시간만큼만 허비했다. 조반니는 알리기에리의 집에서 벌어진 절도 사건에 대해 베르나르드에게 이야기하고 나서야 비로소 그를 설득할 수 있었다. 살인자가 인류의 역사로부터 『신곡』을 제거해 버릴 의도가 있는 것으로 여겨졌기 때문에, 만약 도둑이 이미 『신곡』의 마지막 열세 곡의 시편들을 찾아냈다면, 그 시편들이 영원히 분실될 가능성이 있다고 그를 설득했다. 이 이야기를 들은 베르나르드는 오히려 출발하지 못해 안달이 나서 그를 진정시키느라 진땀을 뺄 정도였다.

더욱 안전한 여행을 위해 그들은 십여 대의 마차와 소그룹의 기사들이 함께하는 피렌체 상인들 일행에 합류했다. 그들은 급하게 길을 서두르지 않았다. 여행을 시작하고 하루가 지난 뒤 그들은 이몰라에 도착했다. 그곳에서 하룻밤을 묵고 그다음 날 출발하기로 하였다. 베르나르드는 여행 내내 자신의 말을 마차 한 대에 묶고 말 위에 앉아 팔 다리를 늘어뜨린 채 상념에 빠져 있었다. 무슨 생각을 하고 있는지 모를 일이었다. 한편 조반니는 이틀 동안 매매 거래 협상가인 메우초 다 포지본시라는 사람, 뚱뚱하고 유쾌한 직물 상인과 나란히 말을 탔다. 눈 끝이 살짝 올라간 교활한 눈매를 가진 직물 상인은 다른 상인들과 캄파냐의 시장과 롬바르디아의 상점에 들른 다음 돌아가던 중이었다. 그는 장사가 안 되고 사업이 기울고 있어서 한때 잘나가던 때 같지 않다고 이야기했다. 그는 실제 거래되는 물건이 얼마 없어 근근이 장사를 꾸려 나갈 뿐이고, 제대로 된 시장이라기보다는 투기판에 가깝다고 말했다. 거래하기에는 빈약하지만 은행가에게는 몸집 좋은 암소이기 마련이라며 언제까지 이런 상황이 계속될지 스스로에게 자문했다.

"만약 이렇게 계속된다면……"

그가 말을 이었다.

"얼마 안 가 우리 소상인들은 빈털터리가 되는 위기를 맞이하게 될 거요."

사실 사업이 기우는 것 같았다. 프랑스의 왕이 장려한, 파리에서 열리는 장은 지금 아주 활발해졌다. 그런데 필리프 4세가 십자군 기사단의 재산을 보증금 명목으로 받아간 이래로 이탈리아 은행가들이 일부 자유로워졌다. 그리고 그의 아들인 필리프 5세 역시 어쩌면 타당한 이유일 테지만 대체로 이탈리아인들을 무척 불신했다. "롬바르디아인과 유대인은 믿어도 좋다"라는 말은 오래된 뜬소문처럼 들렸다.

대은행가들은 금에 비해 은의 가치를 낮게 평가했다. 그들은 받을 때는 금으로 받고 줄 때에는 은으로 지불했기 때문이다. 그렇다 보니 적은 양의 거래에도 오른 가격은 대규모의 투자에도 그대로 유지되었으며, 그런 까닭에 부자들에게는 이익이고 가난한 이들에게는 손해였다. 피렌체인들은 자신들의 어음, 수표, 보증서로 시장을 장악했다. 종이에 종이로 지불하며 영국의 왕에게, 이탈리아의 자치도시에, 그리고 피렌체 시에 빌려 주었다. 한마디로 말해서 모직물을 만드는 장인들과 그것을 파는 상인들의 입장에서는 매년 주문이 줄어드는 반면, 피렌체의 바르디가와 페루치가는 머리가 돌 지경의 어마어마한 이자로 영국 왕의 목을 졸랐다.

"구엘프 흑색당은 교황의 집들을 관리하는, 독일 황제의 눈에 보이지 않는 적들이오. 하느님, 저희를 그들로부터 굽어 살피소서!"

그다음 날 어찌된 영문인지 모르지만 대화는 단테에 대한 이야기로 끝났다. 메우초는 그의 명성을 익히 알고 있었고, 「지옥편」의 시편 두 곡을 읽었다. 단테 역시 구엘프 흑색당의 사악한 행동의 희생자임을 그는 잘 알고 있었다. 구엘프 흑색당은 시인들을 좋아하지 않는다. 그리고 단테가 그들은 식사 후에 더 배고파하는 게걸스런 짐승마냥, 돈에 굶주린 종교로 이탈리아 자치도시 사회를 오염시키고 저주받을 탐욕을 끝도 없이 부린다고 한 건 맞는 말이었다. 언젠가 엉킨 매듭은 빗에 걸리기 마련이라고, 비누 거품처럼 점점 불어나는 빚의 이자는 언젠가는 터져 버릴 거라고, 그리고 악인들과 함께 죄 없는 자들 모두가 대가를 지불하게 될 거라고 그는 말했다. 그런데 죄인들은 더욱더 그러할 것이다. 왜냐하면 파브리아노의 종이 위에 숫자를 쓰려고 엎드린 암적인 그들 존재는, 밀을 빻으려고 맷돌을 돌리며 막대기를 건너는 나귀보다 더 멍청하다는 것을 너무 늦게 알아차리게 될 것이기 때문이다.

"밀가루로는 빵을 만들지요. 그러나 그들 창자 기름으로는 비누 조각도 만들 수 없소."

그다음 날 늦은 오후 그들은 볼로냐에 도착했다. 그리고 조반니와 베르나르드는 밤을 보낼 여인숙을 찾았다. 다음 날 아침 그들은 브루노가 고객들을 방문하러 나가기 전에 그의 집에 갈 것이다. 그런데 베르나르드는 바로 잠자리에 들지 않았다. 먼저 한 바퀴 돌아보기로 결정했다. 그래서 그는 반쯤 취한 사람들 틈 사이에 있는 테이블에 앉으려고 가리센다의 선술집 안으로 들어갔다. 그는 적포도주를 한 잔 주문하고, 그것을 아주 천천히 홀짝거리며 마셨다. 그리고 그는 술에 취한 학생들이 "그가 술을 마시고 또 마실 것이다"라는 노래를 하는 테이블에서 들려오는 떠들썩한 소리에 방해를 받아 간헐적으로 끊기는 어두운 상념에 빠져들었다. 그는 생각을 반추해 볼 시간이 많았던 여행을 마친 그날 우울했다. 그리고 지금 그 젊은이들의 지각없는 유쾌함과 왁자지껄함이 그를 더욱더 우울하게 만들었다. 그는 자기 나이 오십이 얼마나 빨리 왔는지 생각했다. 어리석은 삶을 살아왔다는 생각이 들었다. 아흐메드의 집에서 다시 깨어나지 않았다면 그의 생은 분명 짧았을 테지만 나름대로 완성된 삶이었을 것이다. 성지에서 순교자로 세상을 떴을 테니까……. 그것으로 충분했을 것이다. 어느 날 유럽 전역의 광장에서 벌어진 민속 축제에서 혹은 이탈리아 상인, 프랑스 상인, 독일 상인, 플랑드르 상인으로 붐비는 장터에서, 무훈을 이야기하는 서사시의 신앙심 깊은 영웅 기사로서 위대한 업적을 쌓는 영광을 꿈꾸던 어릴 적 자신의 이상을 기억했다. 그는 롤랑이나 퍼시벌 같은 기사가 되기를 꿈꾸었다. 반대로 아크리의 산조반니에서 오월의 그 끔찍했던 목요일, 모든 것이 너무 급격히 실패로 돌아갔다. 첫 번째 전투가 이미 결정적인 패배로 끝나고 있었다. 시작도 못해 보고 그의 꿈은 스러져 갔다. 그의 세상은 거기에서 무너졌다. 그런데도 어찌된 영문인지 그는 살아남았다. 그는 남은 삶 동안 언어를 모르는 나라에서 유령처럼 떠도는 이방인으로 여행하게 되었다. 적어도 아흐메드에 의해 목숨을 구하지만 않았더라면……. 이제는 이슬람교도를 죽이는 것이 저 세상에서 행복하기 위한 좋은 전략이라고 더 이상 믿지도 않게 되었다. 도대체 무엇을 위해 싸웠던가? 아무튼 그는 무기력하게나마 기사단의 서원을 계속해서 지켰다. 아니, 오히려 초반에는 더욱더 자만했다. 어쨌든 그는 그 무엇보다 순결의 서원이 부담스러웠다. 그는 선술집의 그 젊은이들은 분명하게 세상의 중심에 있다고 느꼈다. 그러나 그들이 무슨 꿈을 꾸는지 모를 일이었다. 공증인이 되기를, 적어도 많은 돈을 벌기를, 그리고 최대한 즐기기를 꿈꿀지도 모른다. 그들에게 그가 어떻게 살아왔는지 이야기한다면 그는 그저 늙은 멍청이로 보였을 것이다. 유럽은 변화하고 있었다. 아니면 늘 그랬을지도 모른다. 그는 다른 세상만 알 뿐이다. 그는 우트르메르에서 태어났다.

한편 한 독일인 학생이 '태어난 조국의 달콤한 대지여'를 노래하기 시작했다. 그는 비너스의 형벌로 비탄에 빠진 마음에 대해 노래하는 마지막 4행을 특히 강조하면서 불렀다. 다른 모든 이들이 그를 따라 노래를 불렀다.

"이블라†에 꿀벌이 얼마나 많은지, 도도나††에 나뭇잎들이 얼마나 많은지, 대서양에 물고기들이 얼마나 많은지, 버림받은 사랑의 고통이 얼마나 큰지."

표범처럼 우아하게 움직이며 테이블 사이를 돌아다니는 한 여인이 있었다. 선술집의 창녀가 분명한 그녀는 서른이 넘어 보였다. 검은 눈과 검은 머리카락 그리고 아주 하얀 피부의 그녀는 몸에 꼭 맞는 드레스를 입고 있었다. 양 옆구리는 꽉 끼고 아래로 내려가면서 분출하는 분수마냥 팍 퍼지는 드레스는 노출이 너무 심해 커다랗고 단단한 가슴이 훤히 드러났다. 그녀는 학생들이 앉아 있는 테이블과 거리를 두고 있었다. 그들은 그녀에게 너무 어리거나, 대체로 돈이 없었기 때문이다. 그녀는 이따금씩 단골손님 옆

....
† 다양한 종류의 꽃과 벌들로 유명했던 시리아의 고대 도시.
†† 제우스의 신탁소가 있던 그리스 북서쪽에 있는 고대 도시.

에 앉아서 그의 머리를 쓰다듬고 실없는 말을 하며 눈웃음을 지었다. 그녀는 무척 아름다웠다. 적어도 베르나르드에게는 그렇게 보였다. 젊은이들이 그녀를 저속한 별명으로 부르며 음란한 농담을 던졌다. 어느 순간 갑자기 베르나르드는 시야에서 그녀를 잃어버렸다. 그녀가 그의 등 뒤로 사라졌다. 그러고 나서 갑자기 그녀가 그의 무릎 위에 앉아 있었다.

그는 돌덩어리마냥 경직되었다.

"여기서 혼자 뭐해, 자기야? 생각하는 거, 이제 그만 집어치워."

그는 대답하지 않았다. 그녀가 일어섰다. 그의 손을 잡고 자신에게로 끌어당겼다. 그도 일어섰다. 그리고 그녀가 위층으로 올라가는 계단 쪽으로 자신을 잡아끄는 대로 내버려 두었다. '뒤에 있는 사탄을 조심하라'고 그의 머리가 말했다. 그러나 그의 몸은 달랐다. 그의 몸은 더 이상 그의 생각을 따르지 않았다. 그녀가 손쉽게 조정할 수 있게 만들어진 온순한 도구가 되어 버렸다. 그들은 계단 위로 사라졌다. 학생들 중 한 명이 그들 뒤에서, 그들을 비껴가도록 빈 사발을 던졌다.

"늙은 암탉이 맛난 스프를 만들지, 응?"

"사랑이 있는 곳에 빈곤함이 있다. 오늘 돈 열 냥, 내일 열 냥, 그러다 돈이 떨어지면 누가 지불해 주나?"

반대로 조반니는 그들이 잡은 여인숙 방으로 곧장 쉬러 갔다. 그는 무척 피곤했던 터라 아직 옷을 입은 채 침대 위에 드러누웠다. 하지만 기름 등잔을 켜 둔 채로 두었다. 눈을 감을 수가 없었다. 출발하기 전에 안토니아가 보여 준 작은 지면의 종이 네 장에 적힌 새로운 비밀에 대한 생각을 떨쳐 버릴 수가 없었다. 베르트라구스와 500, 10, 그리고 5에 얽힌 비밀, 독수리에 대한 비밀, 궤짝의 이중 바닥 안에서 찾아낸 단테의 글 속에 담겨 있을 가능성이 있는, 겉으로 드러나는 부분과 초자연적인 부분의 연관성을 생각했다. 베르트라구스가 와서 암 늑대를 죽일 것이다. 사냥이다. 민첩하고 강한 사냥개이다. 그리고 암 늑대가 상징하는 탐욕을 사람의 모습으로 형상화한 것이 구엘프 흑색당이다. 인간성을 부패시키는 구엘프 흑색당은 거칠 것 없이 뻔뻔하고 냉소적인 부자들이다. 그들을 세상에 토해 놓은 악마의 품 안으로 그들은 다시 밀쳐 떨어질 것이다. 515를 의미하는 독수리의 후계자인 공작이 와서 창녀를 죽일 것이다. 그리고 새로운 골리앗이 오늘날 타락한 악의 창조자 때문에 더럽혀진 왕좌를 물릴 것이다. 그리고 목성천에서 빛으로 감싸인 성스러운 창조물이 날아다니고, 노래하고, 알파벳을 만들어 낸다. 목성천에서 마침내 하늘의 계획과 뜻이 드러난다. 즉 역사의 소용돌이 속에 구현된 정의의 시대로, 하늘의 뜻이 지상에서 사람의 모습으로 형상화된다. 정치로부터 침해당하고 사제들로부터 배신당한 계명 즉 모세의 계명, 그리스도의 계명이 세상에 돌아올 것이다. 역사는 끝날 것이고 선과 악이 영원히 새끼 양의 품 안으로 흘러 들어갈 것이다. 그런데 『신곡』을 읽는 이에게 집착에 가까울 정도로 반복적으로 전하려는 그 메시지는 도대체 왜 비밀스런 장소에 숨겨 놓은 종이 위에 적혀 있었을까? 단테가 전하려고 한 메지시의 수신자는 누구였을까? 그리고 그 메시지를 발견한 사람에게 무엇을 전해야만 했을까?

　불현듯 시인의 낡은 노트에서 찾아낸 주판 서적에 관한 메모가 생각났다. 어쩌면 언급된 문제의 열쇠는 숫자에 관계된 것이 아닐까. 아라비아 스타일을 모방해서 쓴 그 위치에 따라, 통합의 숫자인 1의 상이한 가치에 대한 것이었다. 베르나르드도 언급했듯이, 오백 십 그리고 오를 의미하는 로마 숫자 DXV는 아라비아 숫자로 5-1-5라고 적는다. 그런데 「천국편」 중 지혜서의 첫 번째 행이 쓰여 있고 독수리에 대해 이야기하는 시편에서 영혼들은 처음 세 글자, D나 I나 L위에서 멈추어 있다. 그가 알고 있기로는 한 단어 혹은 한 문장의 처음 세 글자는 몇 가지 추측을 수비학(數秘學)[†]적 관점에서 표현하기 위해 숫자로 변형한 글자이다. 그리고 D+I+L이라는 글자에는 DLI의 글자와 똑같은 알파벳이 등장한다. DLI는 로마 숫자로 아라비아 숫자 551에 해당한다. 다섯-다섯-하나…….

　그는 자리에서 일어났다. 펜과 잉크가 든 작은 가방과 종이를 집어 들고 책상에 앉았다. 그리고 상응하는 아라비아 숫자와 글자들을 썼다. 바로 그랬다. 시인의 침대 머리맡에 있던 매트에는 수수께끼 같은 숫자의 단서들이 그려져 있었다. 그런데 어떻게 이 생각을 미처 떠올리지 못했을까? 단테의 침대 휘장에 적힌 「지옥편」의 시행들은 상대적으로 1, 5 그리고 5였고, 「연옥편」의 시행들은 5, 1 그리고 5였다. 또한 「천국편」의 시행들은 5, 5 그리고

[†]　숫자가 사람, 장소, 사물, 문화 등에 관한 숨겨진 의미와 연관성을 공부하는 학문.

1이었다. 아무튼…….

 ? = 1-5-5
 DXV = 5-1-5
 DLI = 5-5-1

마침내 어두운 숲에서 꾸었던 이상한 꿈이 기억났다. 무시무시한 맹수 세 마리는 세 개의 L 자로 시작하는 이름을 지녔다. Lynx, Leo, Lupa 거기에 베르트라구스가 더해진다. 이 맹수 이름들의 첫 단어는 다른 경우와 마찬가지로 로마 숫자 L+L+L+V를 가리킨다. 세 번의 50 더하기 5, 빠져 있던 CLV[†]이다. 이를 다른 경우에 그랬던 것처럼 자릿수별로 다시 적으면 바로 155이다. 이렇게 해서 시리즈가 완성되었다. 바로 휘장에 적힌 시행의 숫자 그대로이다.

 LLLV = 1-5-5 지옥
 DXV = 5-1-5 연옥
 DLI = 5-5-1 천국

이것은 어쩌면 『신곡』을 이해하는 중요한 단서가 될 것이다. 한 개의 1과 두 개의 5를 가지고 만들 수 있는 숫자 조합은 이 세

---

† 로마자로 155를 의미한다.

가지뿐이다. 십 단위부터, 십에서 백까지, 왼쪽에서 오른쪽까지의 단위를 단계별로 옮기기를 계속해서 만들어진 조합이다. 단테의 집에서 그날 저녁 피에트로가 말했던 것처럼, 1로 합해지는 여러 가지의 '1로 환원'에 대한 도표를 그려 놓은 것으로 보인다. 게다가 숫자의 합계는 항상 11이다. 그리고 그 합계의 합계는 33이다. 수비학 도표를 그려 보면 다음과 같다.

33	11	11	11	33
11	1	5	5	11
11	5	1	5	11
11	5	5	1	11
33	11	11	11	33

그는 이 결과에 깊은 인상을 받았다. 매트와 궤짝 안에 있던 시행들은 똑같은 일련의 숫자들을 가리켰다. 그리고 뭔가 특별한 의미를 나타내는 시리즈였다. 33은 평범한 숫자가 아니었다. 단테의 『신곡』의 핵심 숫자였다. 세 개의 11음절 시로 구성된, 3행 연구 즉 3행 절로 총 33음절이고, 각각의 「지옥편」, 「연옥편」, 「천국편」이 33곡의 시편으로 이루어져 있다. 정의를 의미하는 숫자 11이 3개인 것은 신성을 가리키는 까닭에, 33은 그리스도 시대를 의미하는 신성한 숫자이고 신의 정의를 의미하는 숫자이다. 백부터 십

단위까지 숫자 1의 추이는 세상의 복잡한 혼돈으로부터 이성의 세상까지, 마지막 피조물부터 신의 존재에 이르기까지, 첫 번째 실체부터 창조까지 아우르는 저 세상의 세 왕국을 가로지르는 여정을 숫자로 표현한 것 같다. 베르트라구스와 공작에 대한 예언은 따라서 목성천에서 정의의 단위를 표현하는 독수리로 실현된다. 어쩌면 정확한 사건에 대해 언급하지는 않는다. 그러나 우주 질서의 실현, 그리스도교의 미래 통합, 그리고 카를로 마누스가 세운 신성한 공화국을 단일한 중앙집권 하에 국가 화합을 이루는 것에 대해서만 이야기한다.

　이해할 수 없는 것은 1과 두 번의 5, 이 숫자들이 고집스러울 만큼 집요하게 반복되고 있는 의미였다. 다섯 개의 옥석, 즉 다섯 명의 선한 영혼으로 둘러싸여 있는 독수리의 눈동자로 다윗이 등장하고 트라야누스, 리페우스에 대해 이야기하는 시편으로도 다시 되돌아가는 숫자들이었다. 조반니는 알게 된 사실에 흥분하기도 했지만 불만족스럽기도 했다. 왜 단테는 자신의 『신곡』 속에 그렇게 수수께끼 같은 메시지를 감추어야만 했을까? 그리고 이 모든 게 그의 죽음과 무슨 관련이 있었을까?

3장

 여인의 이름은 에스터였다. 그녀가 일 층에 있는 자기 방으로 베르나르드를 끌어들였다. 그런 다음 그녀는 그에게 테이블 위에 있는 서랍을 가리켰다. 그 서랍에는 구멍이 하나 뚫려 있었는데, 10센트부터 그 이상의 액수에 해당하는 돈을 집어 넣을 수 있었다. 돈은 많이 집어넣을수록 좋았다. 3센트는 하루치 방값을 포함한 기타 비용이고, 2센트는 그녀의 몫이고, 5센트는 우발적으로 일어날 수 있는 일련의 행동에 대한 보증금에 해당했다. 방은 넓었다. 불이 붙은 화로가 있고, 그 화로 위에 얹혀 있는 냄비에서는 물이 끓고 있었다. 바닥에 있는 널찍하고 큰 대야에는 찬물이 반쯤 들어 있었다. 그리고 방구석 침대에 더럽게 얼룩진 이불이 덮여 있었다. "얼룩 가죽으로 뒤덮인"[†]이라는 구절이 그의 머릿속

에 떠올랐다. 얼룩진 가죽을 뒤집어쓰고 있는 단테의 표범은 타락한 음욕의 상징이다. 분명한 표식이다. 아직 시간이 있을 때 도덕적인 파멸의 그 장소에서 빠져나와야만 했다. 그러나 어느새 자신의 손이 서랍 안으로 동전을 집어넣는 형상으로 보였다. 그는 아무 말도 하지 않았다. 그저 자신에게 벌어지고 있는 일에 놀라 끊임없이 주변을 둘러볼 뿐이었다. 그 모든 일들이 마치 자신이 아닌 다른 사람에게 벌어지고 있는 일처럼 여겨졌다.

　벽에 매달린 횃불이 방구석에서 빛나고 있었다. 그 불빛으로 인해 그들의 그림자가 반대편 벽에 어른거렸다. 그는 연옥에서 음욕에 빠진 자들을 불태우던 불꽃에 대해 묘사한 시인 단테가 떠올랐다. 또 다른 표식이다. 마지막 동전이 떨어지는 소리를 듣고 에스터는 단 두 번의 재빠른 동작으로 신속하게 옷을 벗었다. 마른 몸 위로 불쑥 솟아오른 엉덩이와 불그스름한 가슴을 드러낸 채 그녀는 허리 아래까지 내려오는 긴 팬츠만 입고 있었다. 깜짝 놀란 베르나르드는 그녀의 가슴을 무력하게 바라보며 멍하니 서 있었다. 그녀가 그에게 다가와 천천히 그의 옷을 벗기기 시작했다. 그러다 십자군 기사의 마크가 새겨진 메달과 오른쪽 어깨 아래 커다란 상처를 보았다. 생각에 잠긴 그녀가 고개를 숙이며 동작을 멈추었다.

　"처음이오…… 처음……."
　자신도 무슨 말을 하는지 알아듣지 못할 정도로 아주 작은 목소

----

† 　단테의 『신곡』 「지옥편」 제1곡에 나오는 구절.

리로 베르나르드가 더듬거리며 말했다. 그가 더욱 크게 반복해서 말했다.

"창녀랑 하는 게 처음이란 말이오."

"나는 창녀가 아니에요."

마음이 상한 그녀가 휙 뒤돌아서서 몇 걸음 떨어지며 대답했다.

"아니라고? 음…… 실례했소. 나는 그런 줄만 알고……."

그는 무척 당혹스러워했다.

"난 혼자 몸이고, 먹여 살릴 어린 아이가 둘이나 있어서 이 일을 하고 있을 뿐예요."

그녀가 침대로 다가오며 슬픈 얼굴로 말을 이었다.

"나는 가난한 어머니예요. 그래요…… 단순한 창녀가 아니지요."

거친 모로 된 더러운 이불을 걷어서 모퉁이 바닥에 내던진 그녀가 여행용 가방을 열고 모직 천을 꺼냈다. 그녀의 의도를 얼른 알아챈 베르나르드는 침대 위에 모직 천을 까는 그녀를 도왔다. 그러고 나서 깨끗한 시트 아래로 들어간 그녀는 왼쪽에 그의 공간을 남겨 두고 오른쪽 침대 위에 누웠다. 베르나르드는 바지를 벗었다. 그 역시 팬티 차림이 되었다. 그는 비어 있는 왼쪽 시트 아래에 자리를 잡았다. 에스터가 그의 상처 위에 머리카락을, 그다음에는 머리를 부드럽게 기댔다. 한쪽 가슴이 그의 팔에 닿았다. 그녀에게서 좋은 향이 났다. 라벤더 향이었다. 그녀는 오른쪽 팔을 그의 다른 어깨에 둘렀다. 흥분했다기보다는 무척이나 당황한 그는 꼼짝도 하지 않았다.

"당신은 기사예요?"

"기사였소……."

"그럼 상처는?"

"아크리의 산조반니에서……."

어떻게 생긴 상처인지는 말하지 않았다. 그리고 이번에는 그녀에게 자신에 대한 이야기를 해 달라고 부탁했다. 그러자 그녀는 자신은 어릴 적부터 무척 아름다웠지만 굉장히 멍청했다고 고백했다. 한데, 백작의 훌륭한 아들이 평민인 자신에게 반하고 말았다고 한다. 그녀는 어리석게도 자신의 아름다움을 믿었다. 그리고 결국에는 백작 도련님이 어렸을 적부터 수많은 계약서와 서명, 그리고 밀랍 인장으로 혼인을 약속했던 대공비나 자작부인들 대신에 자신과 결혼할 거라고 믿었다. 그는 그녀에게 '사랑한다'는 진부한 말을 늘어놓으며 둘이서 함께 멀리 도망치자고 했다. 그런데 첫 번째 아들이 태어나자마자 상황이 달라졌다. 그녀는 더 이상 그의 모습을 볼 수 없었다.

"당신이 알아서 해결해."

그가 그녀에게 말했다. 그리고 그는 몇 푼의 돈을 그녀에게 쥐어 주었다. 갓 태어난 아기를 겨우 일 년 남짓 키울 수 있을 만한 돈이었다.

그녀는 모든 것을 혼자서 해결해야 했다. 하지만 상황이 좋지 않았다. 일자리를 구하기도 어려웠고, 어쩌다 운 좋게 일자리를 만나도 하나같이 형편없는 돈벌이에 지나지 않았다. 해서 그녀는 빚을 갚기 위해 이 일을 시작했던 것이다.

"그리고 지금은 보시다시피 여기서 이러고 있죠……."

그녀가 말을 끝냈다. 그녀가 낳은 둘째 아들은 정확히 누구의 아들인지 자신도 알지 못했다. 지나가던 군인의 아들일 수도, 판사의 아들일 수도, 신부의 아들일 수도 있었다. 그녀는 자만심 때문에 벌을 받았고, 그리고 벌을 받을 만하다고 여겼다. 거기에서 그녀는 벌을 받고 있었다. 왜냐하면 자신의 아름다움이 신의 선물이고, 세상의 악에서 자신을 지켜 줄 거라고 믿었기 때문이었다. 과거에 그녀는 자기 자신에 대해 스스로 만족했었다. 그리고 지금은 오만했던 자신의 죗값으로 인해 다른 사람들의 경멸을 받고 있다고 여겼다. 지금 하는 이 일을 하면서 그녀는 모욕을 온몸으로 받아 냈다. 죄스런 아이들이 딸려 있고, 베르나르드 역시 그녀를 부를 때 사용한 그런 추한 이름을 지닌 그녀와 결혼할 사람은 아무도 없었다. 그런데 그녀의 잘생긴 두 어린 사내아이들은 그녀의 직업이 무엇인지 절대 알 수 없을 것이다. 그녀는 돈을 따로 모으고 있는 중이었다. 충분히 돈을 모으면 볼로냐를 영원히 떠나 아무도 그녀를 알지 못하는 어느 바닷가 마을로 가서 새 삶을 시작할 계획이었다. 그곳에서는 그가 불렀던 것처럼 그녀를 '창녀'라고 부르는 사람이 아무도 없을 것이다.

"글쎄, 솔직히 말하면 나는……"

베르나르드는 바로 그 순간에 어떻게 하다 자기가 망할 놈의 십자군 기사 역할을 하게 되었는지 의아한 생각이 들었다. 그는 또 하필 여기에서 무기력한 여자를 보호해야 한다는 충동을 느끼는 게 과연 적절한지 자문해 보았다. 그는 그녀를 창녀라고 부른 것에 대해 어느 정도 미안한 마음과 죄책감을 느꼈다. 그래서 그는 그녀의 머리카락을 쓰다듬으며 꼭 안아 주었다. 두 사람은 서로 포옹한 채 이야기를 나누었고, 그렇게 거의 한 시간이나 시간이 지났다. 그 역시 자신의 삶에 대해 이야기했다.

"그렇게 여기까지 떠돌아 왔소."

그런 다음 그는 그녀에게 이렇게 말했다.

"내가 모아 놓은 돈이 조금 있으니 우리 함께 새 삶을 시작할 수 있소."

그리고 그 순간 흥분이 당혹감을 압도하기 시작했다. 그는 그녀의 긴 팬티를 벗겼다. 그런 다음 그녀의 엉덩이와 허벅지, 그리고 안쪽 가슴을 애무하기 시작했다. 그녀의 몸 곳곳에서 쏟아 내는 감동의 전율이, 작은 충격이 손에서부터 그에게 고스란히 전해져 왔다. 지금까지 그녀는 한 번도 이런 느낌을 가져 본 적이 없었다.

그때였다. 누군가, 아니 십중팔구 어느 술주정뱅이가 방문을 거칠게 두드리기 시작했다.

"내 차례야!"

복도에서 그 놈팽이가 고래고래 고함을 질러 댔다.

"내 차례야. 젠장 언제부터 내 차례인데……. 벌써 반 시간째 기다리고 있다고, 에스터."

여인이 유감스런 얼굴 표정을 지었다.

"안타깝네요, 베르나르드."

그녀가 말했다.

"당신의 시간이 다 됐어요. 다음 기회가 있을 거예요……."

솔직히 따지고 보면 그녀는 약간 감성적인 고객인 그만큼 안타까워하지는 않았다. 그녀는 그런 고객들을 한눈에 알아채는 걸 배웠다. 그들은 비록 그녀가 많은 시간을 허비하게 만들고 이론적으로 일한 시간에 대한 화대를 절반으로 깎이게 만들지만, 종종 아무 일도 하지 않은 채 끝나는 이점도 있었다. 그리고 보증금 5센트는 순수한 벌이가 된다. 그녀는 위험을 무릅쓰게 되지 않기를 선호했다. 꽤 많은 돈을 모은 지금 그녀는 괜스레 욕심내서 일하다가 또다시 아이를 갖게 되기를 원하지 않았다.

한편 다른 작자가 불러 댔다.

"에스터."

그는 거의 울부짖고 있었다.

"에에스터어어."

베르나르드가 일어섰다. 그리고 그는 반쯤 풀어 헤쳐진 팬츠 차림 그대로 문을 향해 위협적으로 다가갔다. 그러면서 그 더러운 오입쟁이를 흠씬 두들겨 팰 준비를 하고 있었다.

"죄송합니다, 부인……."

그러나 문을 열자 그 작자는 베르나르드가 손가락 하나 까딱 하기도 전에 그의 품 안으로 쓰러졌다. 술에 취해 완전히 뻗어 버린 것이다. 어린 그는 술통 바닥까지 들이마셨던 것이었다. 베르나르드가 그 작자의 겨드랑이 아래로 손을 집어 넣어 부축했다. 그리고 그 작자의 얼굴을 보기 위해 그로부터 떨어졌다.

"맙소사!"

베르나르드가 그를 알아보고 소리쳤다.

조반니는 자신이 발견한 것을 곰곰이 따져 보며 뜬눈으로 밤을 새웠다. 궤짝에서 찾아낸 종이들과 단테의 침대 머릿맡에 있던 매트 위에 적힌 시편들은 의미를 알 수 없는 복잡한 수비학적 수수께끼를 만들었다. 뒤쫓아야 할 단서라는 것만 알고 있었다. 그러나 어떻게 알아낼 수 있을까? 어쩌면 마지막 열세 곡의 시편들을 숨겨 놓은 비밀장소를 가리키는 단서일지도 모를 일이었다. 하지만 전혀 다른 비밀이 숨겨져 있을 거라는 강한 의심이 들었다. 왜냐하면 암호가 『신곡』의 시행들 사이에 숨겨져 있었기 때문에, 무엇보다도 제일 미스터리한 구절로 된 다른 시행들의 암호 가능성도 배제할 수 없었다. 조반니는 처음 만났을 때 베르나르드가 그에게 이야기했던 것을 처음으로 진지하게 생각했다. 새로운 성전과 9음절 시. 그는 베르나르드에게 이에 대한 설명조차 묻지 않은 채 전혀 말도 안 되는 소리라고 여겼었다. 그런데 거기에 분명히 암호임에 틀림없는 모든 증거를 지닌 메시지가 있었다. 그리고 베네치아로 떠나기 전 어쩌면 위험에 빠졌음을 알고 있던 시인은, 그 메시지에 대해 언급하는 단서를 집 안 가득 남겨 놓았을 것이다. 그의 작품 속에 적혀 있는 숫자 도표는 말하자면 숫자로 된 수비학적 단서이다. 단테가 집 안에 몰래 남겨 놓은 또 다른 단서 없이는 아무도 이 도표를 해독할 수 없을 것이다. 그의 자식들이 메시지의 첫 번째 수신자일 것이라는 가능성이 조반니의 머릿속에 제일 먼저 떠올랐다. 적어도……

헐레벌떡 들어오는 베르나르드를 보았을 때는 이미 아침이었다. 조반니는 밤 사이에 자신이 알아낸 것을 그에게 이야기하고 싶었다.

"어쩌면 어디에 있는지 알아낸 것 같소······."

그런데 베르나르드가 그의 말을 가로막았다.

"빨리, 빨리······ 우린 가야만 하오. 나랑 당장 갑시다. 내가 자객 중 한 놈을 찾아냈소."

조반니가 옷을 입는 동안 전직 십자군 기사는 몇 가지 특별한 내용은 생략한 채 어제 있었던 일을 그에게 이야기했다. 그는 가리센다에 있는 선술집에 갔었다. 그리고 그곳에서 폼포사의 수도원에서 본 키 작은 수사와 마주쳤다. 체코라는 이름의 그 수도사는 조반니의 볼로냐 친구 브루노처럼, 아브루초 지방의 란차노 출신이었다. 어쩌면 브루노는 그를 본 적이 있거나 그에 대한 이야기를 들은 적이 있을 것이다. 그는 더 이상 수도사 복장을 하고 있지 않았다. 하지만 베르나르드는 그를 한눈에 알아보았다. 베르나르드는 그를 붙잡아 심문했다. 그는 베르나르드의 팔에 안겨 기절했다. 베르나르드는 선술집 위층에 있는 여인숙에 있는 방으로 그를 데려다 주었다. 그가 말하던, 정체를 알 수 없는 사투리 이외에는 별다른 정보를 캐낼 수 없는 상태였다. 그러나 L자가 거꾸로 된 형태의 흉터를 가지고 있는 그의 동료의 정체만큼은 알 수 있었다. 피스토이아 출신의 테리노라는 이름의 그자는 누구인지 알 수 없는 사람에게서 일한 대가를 받아 체코와 나누기로 했었다. 그런데 그만 그의 흔적을 놓치고 말았다. 그들은 함께 볼로냐에 도착했다. 그리고 나서 테리노가 대장과 협상하러 간 뒤 돌아오지 않았다. 체코는 그가 돈을 가지고 케카 디 산프레디아노라는 자신의 동반자가 있는 피렌체로 갔을 거라고 주장했다. 베르나르드가 체코에게 신발을 신기고 일으켜 세우기 위해 부축하는 동안 체코는 어리석게도 테리노를 믿는 실수를 저질렀다는 말만 되풀이했다. 베르나르드는 그가 밖으로 나오지 못하도록 방문 밖에서 열쇠로 잠그고 그 자리를 떠났다. 그리고 조반니를 부르러 왔다. 다시 깨어났을 때 란자 출신의 그자는 머리가 맑아져서 심문하기가 좀 더 수월할 것이다.

그들은 자신이 묵고 있는 여인숙에서 멀지 않은 스투디움 구역의 가리센다에 있는 선술집에 눈 깜짝할 사이에 도착했다. 거리에는 매섭게 몰아치는 차가운 바람이 아주 세차게 불었다. 선술집으로 들어간 그들은 위층으로 올라갔다. 일 층 층계참에 카운터가 있었다. 그러나 카운터 뒤에는 아무도 없었다. 베르나르드는 카운터를 지나쳐 안쪽에 있는 서랍을 열었다. '내가 분명 열쇠를 여기에 넣어 두었는데……' 그는 점점 더 흥분해서 한참 동안 서랍 안을 뒤졌다. '열쇠가 안 보여, 누군가 가져간 게 틀림없어! 서둘러야 해!'

그들은 재빠르게 이 층으로 올라갔다. 조반니는 열쇠가 아직 바깥 열쇠 구멍에 꽂혀 있는 채로 활짝 열려 있는 방문까지 베르나르드를 뒤쫓았다. 방은 텅 비어 있었고, 체코는 그림자도 보이지 않았다. 그의 흔적을 애타게 찾았지만 아무 소용이 없었다. 그의 물건이 어지럽게 흩어져 떨어져 있는 구석 바닥에 놓인 커다란 보따리만 제외하면 아무것도 없었다. 보따리 안에 중요한 거라고는 바닥에 하얀 가루가 남아 있고 반쯤 비어 있는 작은 앰플 병과 베르나르드가 가지고 있는 메달과 비슷한 메달이 있을 뿐이었다. 십자군 기사의 상징인 말 한 마리에 두 명의 기사가 새겨진 메달이었다. 조반니가 자신의 동료에게 메달을 보여 주었다. 화가 난 베르나르드의 이마에 주름이 졌다.

"배신한 십자군 기사……"

거의 혼잣말하듯 그가 중얼거렸다. 아래층 안마당에서 고함 소리가 들려와 그들의 생각을 방해했다. 그들은 재빠르게 아래층으로 내려갔다. 몇몇 사람들이 건물 전체를 태워 버릴 것처럼 맹렬히 타고 있는, 장작더미에 붙은 불을 끄기 위해 물통을 들고 분주히 왔다 갔다 했다. 마당에 있는 물레방아가 돌아갈 정도로 강하게 부는 바람에 불길은 점점 더 거세어졌고 불붙은 나무와 불꽃이 날렸다. 회오리바람이 불면서 재가 날렸다. 잠시도 쉬지 않는 지옥의 태풍은/난폭하게 영혼들을 몰아붙이며/뒤집고 흔들면서 괴롭히고 있었다.[†]……라는 구절이 이유를 알 수 없지만 베르나르드의 머릿속에 떠올랐다. 지옥의 음란함으로 가득한 폭풍우이다. 그리고 바로 그의 입술 밖으로 육체의 죄를 지은 영혼들을 불태우는 화염에 대한 연옥의 시편들이 나왔다. 그곳 절벽은 바깥으로 불꽃을 내뿜었고/그 끝에서 바람이 위로 불어 불길을/굽히면서 좁은 통로를 만들어 주었다. 그는 죽은 후에 영원히 계속되는 벌인 신의 존재와 표징에 대해 곰곰이 생각했다. 자신의 욕망을, 그리고 자신이 택한 소명에 반하는 죄를 참회해야 했지만 그럴 수 없었다. 일 층 창문에서 잠깐 동안 아주 깜짝 놀란 에스터

[†] 단테의 『신곡』「지옥편」 제5곡에 나오는 구절.

가 얼굴을 내미는 게 보였다. 그는 바로 그녀의 방으로 그녀를 찾아가 그녀에게 용기를 북돋아 주기 위해 달려갔다. 조반니가 자신의 망토로 기둥 옆에 붙은 불을 끄는 것을 거들려고 마음먹고 있는 사이 베르나르드가 그의 시야에서 사라졌다. 베르나르드가 에스터의 방에 도착했을 때 방문은 열려 있었지만 그녀는 더 이상 없었다. 물이 가득 찬 넓은 대야와 냄비를 본 베르나르드는 창문을 열고 화염 한가운데로 차례대로 물을 들이부었다.

베르나르드가 아래층으로 다시 내려왔을 때 불꽃은 거의 꺼져 가고 있었다. 꺼져 가는 화염 속에 커다란 뭉치 하나가 보이기 시작했다. 시커멓게 탄 남자의 몸뚱이가 장작더미 한가운데에 있었다. 베르나르드가 시신에서 떨어진 허리띠 금속 버클을 땅에서 주웠다. 검게 그을린 버클을 닦았다. 한 마리의 말에 탄 두 명의 기사가 한눈에 들어왔다. 란차노 출신의 체코임을 알려 주는 신분 확인이었다.

그들은 브루노의 집에 늦게 도착했다. 이미 오후였다. 그리고 브루노는 집에 없었다. 메가라 출신의 아내 질리아타와 다섯 살짜리 외동딸 소피아만 있었다. 질리아타는 조반니를 따스하게 맞이해 주었다. 그리고 자신들이 사는 대저택에 있는 손님 방 두 개를 바로 준비하기 시작했다.

"젠투카에 대한 소식을 들으셨나요?"

그녀가 물었다. 조반니는 최근 근황과 얼마 전에 한 라벤나 여행에 대해 이야기했다. 질리아타는 볼로냐에서의 마지막 만남 이후 그들은 더 이상 새로운 소식이 없다고 덧붙였다. 그녀가 방을 준비하러 간 사이 어린 소피아는 베르나르드에게 신기한 도깨비와 요정 이야기를 하기 시작했다. 그리고 베르나르드는 재미있다는 표정을 지으며, 이따금씩은 지루해하며 끈기 있게 아이의 이야기를 들었다.

그들은 식당 테이블에 앉아 브루노를 기다렸다. 질리아타는 조반니에게 자신의 남편과 그들의 볼로냐 친구들의 근황을 이야기했다. 그녀는 그들과 함께 가장 멋진 시간을 보냈다. 굴리엘모의 해부학을 가르쳐 준 살리체토 출신인 몬디노 루치와 함께한 공부, 그리고 아베로에스 학파의 일원인 스승과의 비밀스런 경험, 해부학, 해외의 값진 저서를 베네치아로부터 가져오고 아랍어에서 번역했던 유대인 학자와의 접촉에 대해 이야기했다. 질리아타는 남편을 도와주기 위해 아비센나†의 언어를 배웠다. 그리고 그녀는 손에 넣은 아랍의 최근 서적을 조반니에게 보여 주었다. 이븐 알 나피스의 혈액 순환에 관한 연구 서적이었다.

조반니는 그의 친구들이 약간 샘이 났다. 자신은 작은 시내에서 존경받는 의사로 일하기에 충분할 정도로 배운 의학 기술을 별로 활용할 여지가 없는 시골의 음습한 지역으로 혼자 추방당했다. 반면, 그들은 열정을 되살리고 다함께 무리지어 몰려다니며 어울릴 수 있는 도시에 그대로 남아 있었다. 한편 질리아타는 볼로냐에서

---

† 아비센나(980~1037): 이슬람 세계의 아리스토텔레스 학문의 대가로, 중세 유럽의 철학 및 의학에 많은 영향을 끼쳤다.

도 분위기가 바뀌고 있는 중이라고 그에게 알려 주었다. 편협해진 교회가 점점 더 완고해지고 있었다.

"전부 프리드리히 2세 탓이에요."

그녀가 말했다.

"위대한 황제가 되지 못했기 때문이 아니에요. 아니, 오히려 바로 그랬기 때문이에요. 그 황제 이전에는 수도사들이 이슬람의 과학 서적을 찾아 톨레도로 달려가곤 했어요. 그들을 통해서 아랍어로 쓰인 그리스의 치료법과 이슬람의 주요 치료법을 라틴어로 잘 번역한 서적들이 도착했거든요. 게다가 황제가 세속인들에게 통용되도록 과학을 장려했을 때부터 교회가 방어하기 시작했어요. 적은 호엔슈타우펜†이었어요. 왜냐하면 호엔슈타우펜이 과학을 탐구했기 때문에 과학도 그에게는 적이었어요. 그렇게 크레모나 출신인 제라르드의 열정이 이교도라고 의심하고 사냥하는 숨 막힐 듯한 이런 분위기로 퇴락했어요. 교회가 프리드리히가 세상을 뜬 지 꽤 오래됐다는 것을 알아차리는 데 시간이 얼마나 걸릴지 모를 일이에요."

그녀는 아베로에스 학파의 일원인 스승이 이단으로 의심받아 자취를 감추고 숨기 위해 도시를 떠나야만 했을 때 브루노가 자비를 들여 자신의 연구를 심화시켰다고 이야기했다. 지금 그는 순환계에 대한 연구를 하고 있는 중이었다. 그리고 네 가지 감정 상태와 예민한 정신에 대한 갈레노스†의 모든 이론이 근거 없다고 의

....
† 12~13세기 독일과 시칠리아의 왕가.

심했다. 그리고 자신의 연구 결과를 출판하는 데 신중을 기하였다. 의사나 자연 과학자를 화형대로 보내려면 시샘하는 동료의 밀고 한 번이면 충분했다. 그래서 그들 사이에 과학이 발전되도록 개인 연구 발견을 공유하는 것이 어려웠다. 그리고 시신에 대한 연구가 너무 위험해졌기 때문에 연기되어야만 했다.

조반니는 초조하게 브루노를 기다렸다. 자신의 최근 연구 결과를 그에게 이야기하고 싶어서 마음이 급했다. 조반니는 성서부터 하느님 아버지까지, 라틴어 고전부터 고대와 현대의 철학까지 아우르는 해박한 지식을 지닌 친구가, 베르트라구스와 공작에 대한 묵은 수수께끼에 대한 설명을 해 주고, 새로운 수수께끼를 해독하도록 그를 도와줄 수 있을 것이라고 확신했다.

브루노가 집에 돌아왔을 때 그들은 마치 오랜만에 만난 두 형제 마냥 반갑게 포옹하였다. 질리아타가 저녁식사를 준비했다. 식사를 마친 뒤 그녀는 아이를 재우러 갔다.

"잘 자요, 조반니!"

그녀가 인사했다.

"기운 내세요! 두고 보세요. 젠투카가 살아 있다면 언젠가는 반드시 다시 모습을 드러낼 거예요."

소피아는 엄마의 귀에 대고 베르나르드가 가 버릴지, 혹은 그다음 날 아침까지 거기에 남아 있을지 물었다. 질리아타는 다음 날

---

† 고대 그리스의 의사로 실험생리학을 확립했으며, 중세와 르네상스 시대에 걸쳐 유럽의 의학 이론과 실제에 절대적인 영향을 끼쳤다.

아이가 자기 이야기를 다시 할 수 있을 거라며 안심시켰다. 아이가 아버지에게 뽀뽀하며 밤 인사를 했고, 전직 십자군 기사에게 손을 흔들어 인사했다. 아이는 자신에 대해 베르나르드의 삶에 대해 아주 오래 전 터키인을 상대로 싸운 십자군 기사의 삶에 대해 이야기해 주는 엄마와 함께 사라졌다.

4장

 조반니, 베르나르드, 브루노 세 사람만 남았다. 그들은 테이블 주변에 둘러앉아 있다. 조반니가 친구에게 라벤나에서 벌어진 일에 대해 이야기했다. 단테의 죽음, 그의 의심, 자필원고의 분실, 궤짝의 비밀 바닥 아래에서 발견된 종이 네 장에 대해 이야기했다. 그러고 나서 아침에 벌어진 사건인 란차노 사람인 체코의 끔찍한 최후에 대해 이야기했다. 브루노는 9월 초순경 란차노 출신의 체코라는 사람이 볼로냐에서 돌아다니는 걸 봤다고 말했다. 브루노가 아는 바에 따르면 그는 수상한 인물이었다. 친구는 아니지만 타지에 있는 동향 사람들 사이가 그렇듯이 서로 인사를 하고 지냈다. 그가 본 그 체코라는 인물은 권모술수에 능한 자였다. 그는 합법적인 사업과 비합법적인 사업 사이의 경계에 있

는 영역을 자주 넘나들었다. 그는 온갖 종류의 거래에 연루된 중개인이었다. 그리고 한 번은 십자군 기사들과도 거래를 했다. 십자군에 대한 애정에서가 아니라 피렌체의 대기업을 대신해서 물건을 운송하는 일이 엄청난 돈벌이 수단이 될 수 있을 거라는 정보를 들었고, 마침 십자군 기사단의 군함이 누리는 세금 공제 혜택을 자신들의 사업에 써먹을 수 있다고 판단했기 때문이었다. 엄청난 규모의 대상 일행이 란차노의 시장을 지나서 풀리아 지방의 브린디시로 가서 배를 타게 된다. 이 체코라는 작자가 하는 일은 항상 깨끗하다고만은 할 수 없는 종류의 일이었다. 적어도 그의 고향에서 떠도는 그에 대한 풍문은 그랬다. 십자군이 해체되었을 때 그가 재판을 받았다는 말이 나돌았다. 그는 십자군 용병을 하다가 체포되었던 것이다. 그때만 해도 그는 살아 있었다.

조반니는 밤 사이에 자신이 발견한 궤짝 안에 감추어져 있던 종이에 대해, 그리고 『신곡』의 구절 속에 숨어 있는 숫자들에 대해 이야기했다. 그는 숫자가 적힌 네모 칸을 브루노에게 그려 준 뒤 무슨 의미일지 짐작 가는 게 있는지 물었다. 모두 목성천에서 드러나는 정의에 대해 알레고리로 나타낸 것 같았다. 그런데 그는 왜 그 숫자들이, 1과 5 더하기 5가 적혀 있는지 이해하지 못했다.

"다윗과 다섯 개의 옥석이야!"

브루노가 부르짖었다.

"그래 분명해. 다윗과 골리앗에 관한 성서 구절을 설명하는 아우구스티누스 성인의 서른두 번째 설교야. 그 설교에서 5와 10은 율법의 상징으로 설명되거든. 내가 기억하는 대로 옮겨 보면, 사무엘상에 적혀 있는 것처럼 다윗이 강바닥에서 주운 돌멩이 다섯 개를 투석기로 던지는데, 그중 딱 하나의 돌이 거인을 쓰러뜨리게 되지. 다윗은 예수의 조상이자 원형이고, 골리앗은 사탄의 이미지야. 히포의 주교†에 따르면 다섯 개의 옥석은 다섯 권의 모세 율법서적을 의미하지. 그리고 다윗이 초원에서 기도하며 연주하는 십현 악기마냥 시나이에서 모세가 직접 받은 십계명에도 숫자 10이 등장하지. 아우구스티누스 성인에게 5와 10은 율법을 의미하지. 그런데 필리스틴†† 사람인 거인을 죽인 돌은 한 개야. 왜냐하면 고대 율법은 서로 주고받는 걸 원칙으로 하는 사랑이라는 유일한 계명을 전하는 신약성서로 전환되지. 1, 5 그리고 10은 지켜야 할 계명에 관련된 거야. 십계명으로 소중히 간직되는 고대의 약속과 모세오경의 책 다섯 권, 그리고 사랑의 계명 하나를 담고 있는 신약과 관련된 숫자일 거야."

그때 조반니는 '내 마음에 드는 세 여인들'이라고 한 피에트로의 말이 떠올랐다. 이 말은 그리스도 정의를 통합하고 천국에서 독수리로 상징되는 신성한 법률에 대한 해석이었다. 게다가 여러 가지 중에서 단 한 가지, '우리' 대신 '나'라고 말하는 수많은 영혼에 대한 이야기가 떠올랐다.

"물론이지!"

그가 외쳤다.

....
† 성인 아우구스티누스를 지칭한다.
†† 팔레스타인 남쪽에 살던 유대인에 적대적이던 고대 민족.

"『신곡』에서 우리가 가지고 있는 마지막 시편에서, 독수리의 형상을 만들어 내는 많은 영혼들의 목소리를 모아 한목소리로 들려주는 독수리가 자신의 눈을 똑바로 쳐다보라고 시인에게 말하지. 독수리의 눈동자에 해당하는 영혼은 목성천으로 가장 중요한 영혼이야. 시인은 눈동자 주변을 둘러싼 다섯 개의 값진 보석들 안에 있는 다윗의 모습을 우연히 보게 되지. 다윗을 둘러싼 다섯 개의 돌은 아우구스티누스 성인의 말대로 모세 5경 율법서를 의미하지. 맞아! 『신곡』에서는 다윗에 대해 제20곡 시편에서 이야기하고 있어. 이 나라에서 저 나라로 궤를 옮겨 간 사람에 대해 이야기하는 시편이지. 율법이 새겨진 석판에 기록된 언약 궤[†]를 예루살렘에 가져온 자 말이야. 그리고 모든 나라를 위해 암 늑대를 사냥할 베르트라구스에 대해 언급하는 거야."

"언약 궤!"

베르나르드가 갑자기 생각났다는 듯이 흥분해서 외쳤다. 조반니가 단테의 숫자 도표가 그려져 있는 종이를 집어 들고 주의 깊게 살펴보기 시작했다.

"그렇다면 베르트라구스는 다윗을 암시하는군."

잠시 후에 조반니가 말을 이었다.

"고대 계약 토라[††]에 대한 아우구스티누스의 숫자 5는, 무수히

[†] 하느님과 이스라엘 민족의 계약의 표로 지성소에 안치하였던 것으로, 하느님이 인간에게 나타남을 상징하며 그 안에는 제사장 아론의 지팡이와 만나 및 십계명이 적힌 판이 들어 있다.

[††] 모세 5경 즉 「창세기」·「출애굽기」·「레위기」·「민수기」·「신명기」를 의미한다.

많은 형태로 존재하는 루시퍼의 모습 중에서 『신곡』에 등장하는 사악한 맹수 세 마리 중 한 마리인 암 늑대 사냥과 관련이 있어. 사실 이 암 늑대와 비슷한 수많은 맹수들이 있다고 말하지. 태어날 때부터 베르트라구스를 감싸고 있는 미스터리한 펠트로[†]에 대해 설명해 볼까? 다윗 목자에 대한 암시를 볼 때, 펠트로는 압축된 모직 천이지만 양치기들이 주로 사용하던 직물을 의미하는 건 아니야."

"다시 불러낼 수 있을 테지."

브루노가 말을 이었다.

"다윗 목자가 이끄는 양떼들 안에 정의를 다시 세울 것을 선언하고, 맹수들인 스라소니·사자·암 늑대가 상징하는 악을 이 땅에서 사라지게 할 에제키엘(에스겔) 선지자를 다시 불러낼 거라는 암시일 거야. 다윗이나 그의 후계자 그리고 그리스도의 후계자가 그 세 마리 맹수들을 물리치게 될 거야."

"만약에 다윗이 베르트라구스라면……."

조반니가 말을 이었다.

"다윗이 악마적인 맹수들로부터 자신의 양떼를 지키는 개를 상징하고 있는 게 맞아. 율법서 다섯 권이라는 돌멩이로 무장한 다윗 마일스는 필리스틴 사람 골리앗과 여전히 대결하고 있어. 골리앗이 필리페 4세의 이미지로 패배를 의미하는 반면 다윗 마일스는 「연옥편」에 나오는 구절에서 515라는 숫자로, 즉 새로운 골리

....
[†] 영어로 펠트, 즉 모직이나 털을 압축해서 만든 부드럽고 두꺼운 천을 의미한다.

앗을 죽이도록 하느님께서 세우신 자로 선포되었지. 그래! 다윗 마일스가 이스라엘 군대 대장인 다윗 공작이 되는 거야. 그리고 둘 다 각각 독수리의 눈동자에 해당되고, 신성한 법의 수호자이고, 메시아 시대를 열고, 그리스도의 모습을 한 다윗 왕임을 선언하는 거지. 그래서 베르트라구스와 공작에 대한 예언은, 정의의 일치를 표현하는 독수리가 등장하는 목성천에서 드러나게 되지. 숫자 알레고리는 다윗이라는 성스런 인물에 대해 언급하는 거야. 양떼의 목자, 이스라엘의 장군, 그리고 마지막으로 왕이라는 세 겹의 옷을 걸친 다윗은, 더 나아가 그리스도의 모습으로 점차적으로 실현되는 33을 의미하지. 이성을 대변하는 베르길리우스의 예언에 따라 세상이라는 어두운 숲속에서 신학을 의미하는 베아트리체의 예언대로 새로운 시나이 산 정상에서, 그리고 마침내 정의의 하늘에서 이 모든 과정이 펼쳐지는 거지."

"언약 궤!"

베르나르드가 그의 말을 잘랐다.

"이게 바로 숨겨진 메시지요. 위대한 책 속에 잃어버린 궤를 다시 찾기 위한 단서가 봉인돼 있소. 다윗이 예루살렘에 옮겨온, 그리고 솔로몬이 신전을 짓도록 한 그 궤에 대한 단서 말이오."

브루노와 조반니가 의심스러운 기색으로 그를 향해 몸을 돌렸다.

"우리는 예루살렘에 있었소."

그가 계속 말을 이었다.

"우리는 신전을 지키는 이들이었지. 그곳을 다시 찾은 최초의 십자군 기사들이었소. 나부코도노소르†가 도시를 파괴하지 직전 포위당했을 때 위대한 사제들이 그곳에 궤를 숨겨 놓았소. 솔로몬 신전이 있던 곳에 세워진 팔각형의 모스크 안에 말이오. 거기 근처에 주님의 부대라는 이름으로 불리던 우리 부대가 있었소. 궤는 십계가 적혀 있는 판을 지키는 두 천사를 금으로 새겨 넣은, 엄청난 힘이 깃든 신성한 물건이오. 그 뚜껑 위에 새겨진 그 두 천사 사이에 위대한 조상의 땅, 아버지의 땅으로 돌아가는 길을 가리키는 하느님의 군대가 묘사되어 있소. 우리 부대의 기사들은 성스런 도시에 남아 있는 동안 그곳에서 신전을 지켰소. 나중에 살라딘이 결정적으로 그리스도인들을 예루살렘에서 내쫓아 버렸소. 그래서 십자군 기사단은 다른 곳으로 옮겨 갈 수밖에 없었소. 다른 곳 어디로? 그걸 알 수가 없소. 부대의 최후와 더불어 전설이 될 운명이오."

브루노와 조반니는 혼란스러웠다. 베르나르드는 그들에게 현실인지 상상인지 구별하기 어려운 그 이야기에 대해 확신을 가지고 이야기했다. 베르나르드는 단테의 도표에 부여할 수 있는 의미를 설명하기 시작했다.

"9음절의 시에 대한 비밀 메시지를 파악할 수 있는 하나의 단서요. 불어, 프로방스어, 그리고 시칠리아에 살던 노르만인들이 쓰던 노르만어가 뒤섞인 혼합어인 우트르메르의 불어로 쓴 일종의 시에 대한 수수께끼가 분명하오. 나는 아크리의 산조반니에서 이

---

† 영어명 '네부카드네자르Nebuchadnezzar'. 빌론의 왕으로 솔로몬 신전을 파괴한다.

것에 대해 이야기하는 걸 들었소. 우리가 패배하던 날을 생생하게 기억하오. 저주받은 탑을 향해 우리를 이끌기 전에 영웅 기사 쥘리엄 드 보쥐가 제라르도 몽레알에게, 잘 알아듣지 못했는데, 9…… 뭔가를 보호하라고 명령을 내리는 걸 나는 들었소. 그의 말은…… 절로 끝났소. 그래서 나는 9음절시라고 생각했소. 한마디로 말해서 십자군 기사단이 율법 판과 궤를 함께 옮겨 놓는 장소에 세워질 새 신전이 어디인지 알려 주는 지도와 같은 아주 비밀스런 시란 말이오. 이제 여기를 보시오……."

그가 조반니가 그린 정사각형을 가리켰다.

1	5	5
5	1	5
5	5	1

"정사각형은 지도를 설명하는 거요."

그가 말을 이었다.

"텍스트는 『신곡』에 숨어 있소. 조반니가 정리한 도표가 그 단서요. 『신곡』의 각 노래편, 즉 「지옥편」 「연옥편」 「천국편」은 33곡의 시편으로 이루어져 있소. 각 시편은 다양한 수의 3행 연구(聯句)로, 그리고 각각의 3행 연구는 33음절로 이루어져 있소. 이 정사각형은 숫자 1에 해당하는 3행 연구는 33음절의 첫 번째, 중간, 그리고 마지막 음절을 가리키는 거요. 이제 첫 번째 시편의 처음 11

음절, 여섯 번째 시편의 두 번째 11음절, 열한 번째 시편의 마지막 11음절을 뽑아 내야 합니다. 각 노래편의 첫 번째, 열일곱 번째, 그리고 서른세 번째 시편이오. 그 시편 각각에서 첫 번째 3행 연구, 가운데에 있는 3행 연구, 그리고 마지막 3행 연구를 찾아야 하오. 따라서 각 3행 연구에서 첫 번째, 열일곱 번째, 그리고 서른세 번째 음절을 찾아야 해요. 각 3행 연구에서 3음절을, 각 시편당 9음절, 즉 9음절 시를 얻을 수 있소. 보호하라던 9 음절 시는…… 바로 이거요."

베르나르드가 자리에서 일어나 자신의 『신곡』 복사본을 가지러 갔다. 반면에 조반니와 브루노는 의심스러운 기색을 하고 서로 바라보았다.

"그런데 단테는 이것을 누구한테 배웠을까요?"

조반니가 물었다. 베르나르드는 대답하지 않았다. 그는 자리로 돌아와 앉더니 『신곡』의 첫 번째 시편부터 시행들을 옮겨 적기 시작했다. 조반니가 서른네 곡의 시편으로 첫 번째 노래편에서, 전체 작품의 서언에 해당하는 첫 번째 시편을 건너뛰어야 할 필요가 있다고 이의를 제기했다. 베르나르드는 본인 생각에 제외시켜야 할 시편은, '왕의 기치(旗幟)†가 지옥으로 향한다'라고 적힌 루시퍼에 대한 마지막편이라고 대답했다. 첫 번째 시행에 적힌 사탄의 깃발은 신과 인간의 법 영역 밖이므로 그 시편을 제외했다. 아무튼 그는 「지옥편」부터 시작했다. 첫 번째 제1곡, 첫 번째 3행 연

---

† 군대에서 쓰던 깃발.

구, 가운데 3행 연구, 그리고 마지막 3행 연구를 추렸다. 해당하는 음절들을 옮겨 적고, 몇 개의 자음을 지우고, 그 자리에 다른 자음을 써 넣었다. 자음 다음에 모음을 조합하는 문법 규정에 따라 음절을 만들었다. 그리고 마지막으로 추려 낸 시편 전체를 적어 내려갔다.

Nel mezzo del cammin di nostra vita
mi ritrovai per una selva oscura
ché la diritta via era smarrita.

Rispuosemi: Non omo, omo già fui,
e li parenti miei furon lombardi,
mantoani per patrïa ambedui.

che tu mi meni là dov'or dicesti,
sì ch'io veggia la porta di san Pietro
135e color cui tu fai cotanto mesti.

우리 인생길의 한중간에서
나는 올바른 길을 잃어버렸기에
어두운 숲 속에서 헤매고 있었다.

그는 대답했다: 전에는 사람이었으나,

지금은 아니다. 내 부모는 롬바르디아
사람들로 모두 만토바가 고향이었다.

방금 말하신 곳으로 안내하시어
성 베드로의 문과 당신이 말한
그 슬픈 바들을 보게 해 주십시오.†

"자, 이게 첫 번째 9음절이오. Ne l'un t'armi e i dui che porti……."

"아무 뜻도 없지 않소."

조반니가 이의를 제기했다.

"내가 벌써 말했잖소."

베르나르드가 대답했다.

"9음절 시는 우트르메르의 불어로 썼다고……. 약간 어색하긴 해도 우리에게 익숙한 표현으로 설명해 보면 이렇소. 먼저 arimer는 티로의 뱃사람들이 쓰던 불어 동사로 '가득 채워 넣다', '배 바닥에 화물을 싣다'라는 뜻이오. 그리고 이 동사의 재귀동사 형태는 '숨다'라는 의미가 되오. 따라서 이 문장의 뜻은 대략 '하나 속에 너는 숨는다, 그리고 입고 있는 둘'이라는 뜻인 거요. 비밀이 하나에 숨어 있다는 소리요. 내 말이 이해가 가오?"

하지만 조반니는 의구심을 떨쳐 내지 못했다. 브루노는 흥미를

---

† 같은 책, 「지옥편」 제1곡 중. p. 9, p. 11, P. 14.

느꼈는지, 베르나르드에게 이야기를 계속하라고 청했다. 전직 십자군 기사는 제17곡을 가지고 다시 작업했다.

"Ecco la fiera con la coda aguzza,
Äche passa i monti, e rompe i muri e l'armi!
ÄEcco colei che tutto 'l mondo appuzza!"

Or te ne va; e perché se' vivo anco,
Äsappi che 'l mio vicin Vitalïano
Äsederà qui dal mio sinistro fianco.

così ne puose al fondo Gerïone
Äal piè al piè de la stagliata rocca,
Äe, discarcate le nostre persone,

"보아라, 저 꼬리가 뾰족한 짐승을,
산을 넘고, 성벽과 무기들을 부수며,
온 세상에 악취를 풍기는 놈을 보아라!"

그런데 살찐 푸른색 암퇘지가 그려진
하얀 주머니를 매단 영혼이 말했다.
그대는 이 구덩이에서 무엇을 하는가?

그렇게 게리온은 깎아지른 절벽의
발치 가까이 바닥에 내려앉았고
우리 몸의 짐을 내려놓자마자†

그리고 마지막으로 제33곡을 정리했다.

<u>La</u> bocca sollevò dal fiero pasto
quel peccator, for<u>ben</u>dola a'capelli
del capo ch'elli avea di retro guas<u>to</u>.

<u>Ai</u> Pisa, vituperio de le genti
del bel paese <u>là</u> dove 'l sì suona,
poi che i vicini a te punir son len<u>ti</u>,

<u>tr</u>ovai di voi un tal, che per sua opra
in anima in Co<u>ci</u>to già si bagna,

e in corpo par vivo ancor di so<u>pra</u>.

그 죄인은 잔혹한 식사에서 입을
떼더니, 자신이 망가뜨린 뒤통수의

---

† 같은 책. 「지옥편」 제17곡 중. p. 100, p. 102, P. 105.

머리카락으로 자신의 입을 닦았다.

아, 피사여, 시 소리가 울려 퍼지는
아름다운 나라 사람들의 수치여,
이웃들이 너를 처벌하는 데 더디다면,†

그대들 중의 하나를 보았는데, 자신의
죄로 그 영혼은 코키토스에 잠겨 있지만,

육신은 아직도 위에 살아 있는 모양이다,

그러고 나서 휘갈겨 쓰고, 지우고, 다시 쓰고, 단어의 세로 마디를 나누면서 다음과 같은 첫 번째 3행 연구로 정리해 냈다.

ÄNe l'un t'armi e i dui che porti
e com zà or c'incoco(l)la(n). Né
l'abento ài là: (a) Tiro (o) cipra

브루노는 베르나르드의 방식에 따라 임의적으로 시를 정리해 나가는 중에, ecRomza, tiTrocipra에서 몇몇 자음을 잘라 버리는 이유를 그에게 물었다. 베르나르드는 두 경우 모두 자음과 모음이

----
† 같은 책. 「지옥편」 제33곡 중. p. 195, p. 198, P. 200.

합쳐져 음절을 이루는 규칙을 벗어나서 각각 R과 T자음 하나씩을 생략해 버릴 수 있다고 대답했다. 자음이 쌍으로 오는 경우에 한해서 적용되는 음절 형성 규칙에 따른 것이었다.

그리고 나서 그는 시행에 대해 설명했다. 'e com zà or c' incoco(l)la(n)에서 comme ç는 여전히 불어로 '그러므로'라는 의미요. 그래서 두 번째 시행은 '입고 있는 둘, 그러므로 우리에게 두건을 뒤집어씌우고 있다'는 뜻이오. 즉, 우리를 그들의 두건으로 가리는 거요.「천국편」제9곡에서 세라핌† 천사들에 대해 이야기하는 '그러므로 여섯 날개로 수도복을 삼는……'이라는 구절을 당신들이 알고 있는지 모르겠소. 두건은 수도승들의 두건 달린 망토를 의미하는 것이지만,『신곡』에서는 천사들이 입고 있다고 이야기하고 있소. 즉, 세라핌이 여섯 날개의 망토를 뒤집어쓰고 있다고 노래하고 있소. 내 생각에 이 정도면 충분히 명확하다고 여겨지는데……."

"언약 궤!"

브루노가 부르짖었다.

"두 명의 케루빔††! 궤가 출애굽기에 묘사돼 있네, 조반니. 순금을 덧입힌 아카시아 나무 상자일세. 뚜껑 양쪽 끝에 금으로 만든 케루빔 두 명이 새겨져 있네. 베르나르드가 말한 대로, 상자 전체

----

† 최상급의 천사로 좌우, 상하 6개의 날개를 가진, 동안(童顔)의 사람 모습으로 표현한다.
†† 구약성서에서 하느님의 보좌나 성스러운 장소를 지키는데, 황금의 케루빔이 '언약 궤'에 배치된다.

를 뒤덮고 있는 그들 날개로 단단히 하나로 연결되어 있는 모양이 새겨져 있어. 얼굴은 안쪽으로 향하고, 회유하는 듯 시선을 낮추고, 수도복으로 뒤집어씌우고……. 즉, 그들의 날개로 궤 전체를 뒤덮고 있어."

"입고 있는 두 개로 된 하나 속에 너는 숨고, 그렇게 그들의 날개로 우리를 수도복으로 뒤덮는다."

베르나르드가 정리했다.

"Né l'abento ài là: (a) Tiro (o) cipra. 즉 '거기에서 쉬지 못한다', 티로에서 (혹은) 시프라에서요. abento는 시칠리아에 살던 노르만인들이 쓰던 말로 도착지, 휴식이라는 뜻이오."

"그래요."

브루노가 말했다.

"시칠리아에서 아직도 통용되는 말이오. 그런데 조반니, 자네는 첼로 달카모†가 쓴 '대비'라는 시를 기억하는가? 'Per te non ajo abento notte e dia, 당신 때문에 밤낮 평화를 찾을 수 없소'라는 시 말일세. 이 시에 나오는 abento는 '도착, 상륙'이란 의미로 라틴어 advetus에서 유래하지."

"아무튼 정리해 보면, Né là hai riposo, né sei arrivato, riposi là: a Tiro o a Cipro 즉, '당신은 거기에서 잠들지 못했고 도착하지도 못했다. 거기에서 쉬어라, 티로에서 혹은 시프로스에서'요. 시프로스는 불어로 키프로스를 의미하고……. e는 a로, 규칙적으

---

† 8세기 시칠리아 시인.

로 이탈리아어화됐소."

베르나르드가 결론지었다.

"살라딘이 예루살렘을 정복했을 때 십중팔구 궤는 무사히 옮겨졌소. 그리고 무장한 이슬람에 맞서 성공적으로 저항했던 유일한 십자군 도시는 레바논에 있는 티로[†] 항구였소. 이슬람교도들에게 포위당했던 적도 있소. 아무튼 아주 안전한 장소는 아니었소. 살라딘은 그곳을 다시 탈환하려고 시도했을 거요. 이곳을 방어하는 데에 그리스도교 세계 전체가 동원되었소. 심지어 필리프 존엄왕[††]과 사자왕 리처드[†††]까지 나서야 했소. 사자왕은 프랑스 왕에 비해 더 늦게 도착했는데, 왜 그랬는지 아시오? 비잔틴인들을 몰아내면서 키프로스를 정복하느라 늦었기 때문이오. 십중팔구 당시 서양을 향해 성지에서부터, 즉 티로에서부터 키프로스까지 궤를 옮기며 벌어진 전투였을 거요. 궤는 티로, 키프로스 그 어느 섬에도 머물지 않았소. 이제 그 궤가 어디에 있는지 말해야 할 때가 거의 됐소."

베르나르드는 「연옥편」의 제1곡을 신중히 살펴보았다.

Per correr miglior acque alza le vele
omai la navicella del mio ingegno,
che lascia dietro a sé mar sì crudele;

[†] 레바논의 베이루트에서 88킬로미터 거리에 있는 도시.
[††] 프랑스 카페 왕조의 7대왕 필리프 2세의 별칭.
[†††] 1190년 프랑스왕 필리프 2세와 신성로마 황제 프리드리히 1세와 제휴하여 3차 십자군을 편성하고 출정한 영국 왕 리처드 1세의 별칭.

Com'io l'ho tratto, saria lungo a dirti;
de l'alto scende virtù che m'aiuta
conducerlo a vederti e a udirti.

Quivi mi cinse sì com'altrui piacque:

보다 편한 물 위를 달리기 위하여
내 재능의 쪽배는 돛을 활짝 펼쳤으니,
그토록 참혹한 바다를 뒤에 남긴 채,

내가 어떻게 인도했는지 말하자면 길지만,
하늘에서 내려온 덕성이 나를 도와 당신을
보고 당신의 말을 듣도록 안내합니다.

그곳에서 다른 분이 바라는 대로
그분은 나에게 띠를 둘러 주셨는데,[†]

   그는 다음 연에서 멈추었다 그리고 per cell(e) e cov(i) irti qui 라고 썼다.
   "키프로스에서부터, '독방, 지하 동굴, 그리고 접근할 수 없는 바위굴을 지나, 여기에.'"

....
†   같은 책. 「연옥편」 제1곡 중. p. 209, p. 211, P. 214.

그가 번역했다.

"여기 어디? 이제 곧 어디인지 알 수 있을 거요!"

행복에 겨워 그가 소리 질렀다. 베르나르드는 아직 확신이 서지 않아 낮은 목소리로 반복해서 이의를 제기하는 조반니를 못마땅한 듯 바라보았다.

"누가 단테에게 9음절 시에 대한 이야기를 해 주었을까요? 아주 비밀스런 시가 아니었나요?"

"어쩌면 단테는 정체를 감춘 위대한 십자군 영웅기사였을 거요."

베르나르드가 대답했다. 더 이상 참을 수 없을 정도로 잔뜩 흥분한 그는 자신이 살아온 이유라고 믿고 싶은 그 소망의 근거를 밝혀내고 싶은 욕구로 인해 마음이 조급해졌다.

"이제 거의 다 밝혀냈는데, 기쁘지 않소? 미스터리를 거의 다 풀었단 말이오······."

그가 여전히 큰 소리로 말했다. 깜짝 놀라 눈이 휘둥그레진 브루노와 조반니가 그를 바라보았다.

"쉿······!"

조반니가 말했다.

"질리아타와 어린 소피아가 자고 있어요."

"내 생각은 더 이상 막연하지만은 않소."

베르나르드가 목소리를 낮추어 말했다.

"이 시들이 어떻게 시인이 손에 들어왔는지에 대해 분명히 알 겠어."

"그럼 누가 그를 죽였지요? 그의 죽음으로 무슨 이익을 보았을까요? 왜 『신곡』의 자필원고를 사라지게 했을까요?"

"어쩌면 누군가 수수께끼마냥 알 수 없게 적힌 비밀 메시지조차 세상에 드러나는 걸 원하지 않았겠지. 그래서 시인이 그 메시지를 완성하지 못하게 방해했을 테지."

브루노가 하품을 하며 넌지시 말했다.

"베르나르드, 우리가 내일 이 연구를 계속할 수 있을까요?"

피곤해하는 브루노에게 불편을 끼치고 싶지 않은 조반니가 속삭이듯 말했다.

"원할 때 다시 계속할 수 있지. 사실 지금은 나는 자러 가야겠어. 정말 피곤해. 내일은 학교 근처를 한 바퀴 돌아볼 수 있어. 재미있는 사람들을 만나게 될 거야. 안 그런가, 조반니?"

브루노와 조반니가 일어섰다.

"아무튼 궤에 대한 이 이야기는 아주 흥미롭네요."

가볍게 기지개를 켜며 브루노가 말했다.

"대단히, 대단히 미스터리한 이야기요! 게다가 누가 알겠어요, 만약에 우연히⋯⋯."

"대단히, 대단히 충격적입니다!"

조반니가 동의했다. 안녕히 주무시오. 내일 봅시다. 그러나 베르나르드는 그 자리에서 꼼짝하지 않았다. 고개조차 들지 않았다. 그는 「연옥편」 제1곡의 마지막 시행들을 종이 위에 적고 있었다.

5장

 질리아타가 제일 먼저 일어났다. 그녀는 식당 테이블에 여전히 앉아 있는 베르나르드를 보았다. 그는 종이 뭉치 위에 엎드려 잠들어 있었다. 양초는 다 녹아 있었다. 그녀가 방 안으로 들어가자 갑자기 잠에서 깬 그가 황급히 몸을 일으켰다. 그가 종이 뭉치 위에 엎드려 잠들었던 탓에 왼쪽 뺨 위에는 커다란 잉크 얼룩이 묻어 있고 종이 한 장이 달라붙어 있었다. 그 전날 밤 조반니와 브루노가 자러 간 뒤에 혼자 남은 그는 9음절 시를 해독하며 몇 시간을 보냈다. 이미 해석 가능한 모든 시행들을 다시 검토하고 나서 작업을 마무리하던 중 그는 잠이 들었다.
 질리아타가 들어오고 난 잠시 후 조반니와 브루노가 잠자리에서 일어났다. 그리고 어린 소피아는 아버지와 함께 식당으로 들어

서자마자 아침 인사를 하러 베르나르드에게 곧장 갔다.

"아저씨가 십자군이었던 거 정말이에요?"

"그래, 아주 오래전에……"

"그럼 리카르도 부오르 디 레오네를 봤어요?"

"아니, 그는 다른 십자군 부대였단다."

"얼굴에 난 상처는 어떡하다 생긴 거예요?"

"마지막 전투에서 불화살에 맞아서……"

"그런데 어제는 왜 없었어요?"

"어쩌면 한밤중에만 보이기 때문일 거야. 아크리의 산조반니를 꿈꿀 때만 말이야."

"그런데 아저씨는 아크리의 산조반니에서 무슨 책을 찾았어요?"

"책?"

"예, 책이요……. 우리 엄마가 아랍인이 쓴 책을 교황님께 드리려고 십자군들이 가지고 오려고 했다던데요……."

질리아타가 머리카락 안으로 손을 쑤셔 넣었다.

"언젠가는 이 아이가 우리 모두를 이단재판소에 세우겠네!"

그들은 달콤한 포카치아를 먹었다. 그러고 나서 늦은 아침 세 사람은 볼로냐 시내 대학로 근처로 산책을 나갔다. 그런데 전직 십자군 기사는 일찍 그들과 헤어졌다. 사실 산타스테파노 구역을 걸어가는 도중에 그들 세 사람은 금발 머리를 곱게 빗어 넘긴 남자와 마주쳤다. 프랑스인으로 전직 십자군 기사인 듯한 그는 옷을 잘 차려입고 있었다. 그는 벨트에 커다란 칼을 차고 흰색 긴 겉옷 위에 화려한 붉은 망토를 걸치고 있었다.

"댄!"

서로 스쳐 지나가는 순간 베르나르드가 반갑게 그를 불렀다. 그런데 상대방은 베르나르드의 반가운 기색에 화답할 분위기가 아니었다. 그는 걸음을 멈추고 베르나르드를 찬찬히 바라보았다. 과연 누가 자신을 알아보았는지 궁금해하면서, 그러나 동시에 상대방에게 무례가 되지 않도록 주의하면서 바라보았다.

"베르나르드, 나 베르나르드야. 아크리의 산조반니에서⋯⋯ 나를 기억하겠나?"

그가 기억할 수 있도록 전직 십자군 기사 베르나르드가 말했다.

"아, 베르나르드⋯⋯"

여전히 잘 기억이 나지 않아 당황하면서 다른 십자군 기사가 대답했다.

"우트르메르에서 나의 형제이자 전우였던 다니엘 드 세인트브룬. 자네, 아직 살아 있었군. 이슬람 노예 병사들과 프랑스 왕의 위협으로부터 어떻게 살아남았어? 어디 보세⋯⋯" 베르나르드는 그에게 친구들을 소개했다.

"아, 그래. 물론이지, 산조반니에서."

드디어 다른 십자군 기사가 기억해 냈는지 반가워했다.

"자네를 바로 알아보지 못해 미안하네. 그때의 기억은 싹 잊고 싶은 슬픈 기억이라서⋯⋯."

그렇게 해서 베르나르드는 정오경에 곧장 브루노의 집에서 다시 보자며 조반니와 브루노에게 양해를 구한 뒤, 다니엘과 같이 지난 시절에 대해 이야기 나누기 위해 가 버렸다. 둘만 남은 조반니와 그의 친구는 대학 구역으로 들어섰다. 브루노는 지나다니는 모든 이들을 알고 있는 것 같았다. 그는 누군가와 잡담을 나누기 위해 이따금씩 걸음을 멈추었다. 그는 주로 단테의 죽음에 대해 대화를 나누었다. 한편 말트라베르시와 스카키시 사이에서 벌어진 전투에 대한 활발한 논쟁이 벌어지기도 했다. 그러고 나서 마지막 행정관의 무자비함과 잔혹한 인물인 풀치에리 데이 파올루치 다 카볼리†에 대해 이야기했다. 단테는 「연옥편」에서 카볼리에 대해서 언급하기도 했다. 카볼리는 이십여 년 전 피렌체의 집정관은 구엘프 흑색당의 마음을 얻기 위해 대가를 치렀다. 백색당원을, 그리고 백색당원의 단순한 친구였던 사람조차도 잔혹하게 없애 버림으로써 우아한 푸줏간다운 면모를 갖추었다. 볼로냐에서도 그들 흑색당은 기대를 저버리지 않았다. 최근에 죄인인 스페인 남학생에게 사형을 선고하며 분개했다. 그 학생은 사랑에 빠진 양가집 규수를 납치하는 죄를 지었다. 상류층 계급의 볼로냐 집안들은 과도한 형량이라며 분개하는 척했다. 그들에게 많은 외국인 학생들은 좋은 돈벌이가 되는데, 그 사건을 계기로 외국인 학생들의 발걸음이 뚝 끊길까 걱정됐기 때문이었다. 하지만 속으로는 다들 자신의 딸들을 위해 더욱 안심했다. 그러고는 너무 심할 정도로 엄격하게 심판된 사형 선고가 집행되는 동안 맨 앞줄에 앉아 지켜보았다. 아무튼 사실 따지고 보면 스페인 학생들은 아주 소수에 불과했다. 한 명을 죽임으로써 백 명에게 본보기를 보이는 것은

---

† 13~14세기에 살았던 밀라노 피렌체 모데나 볼로냐의 집정관으로 구엘프당의 주요 인물.

크게 손해 보는 일은 아니었다. 납치당했던 소녀는 집에 틀어박혀 있다가 형이 집행되는 바로 그날 스스로 목숨을 끊으려 시도했다고 중얼거렸다. 그녀의 약혼자는 그녀의 그런 행동이 심히 꼴사납다고 여겼다.

조반니가 브루노에게 사람들이 조반니 델 베르길리우스라고 부르는 사람을 알고 있는지 물었다. 단테의 자식들이 시인의 서류 뭉치 사이에 있는 라틴어로 적은 전원시를 찾아냈다. 그런데 그 전원시는 그 이름을 가진 이에게 보내는 것이었다. 시인의 자식들이 조반니에게 그 시를 그 이름을 가진 이에게 전해 달라고 부탁했다. 브루노는 자신이 무척 아끼는 환자들 중 한 명과 이야기를 나누는 중이었다. 그 환자는 다양한 상상병을 앓고 있는 키가 크고 마른 사람으로 라틴어로 쓰인 시를 좋아한다고 말했다. 그는 전원시를 썼는데, 「몹소 시라코시오」라는 목가적인 이름으로 시를 발표했다. 그는 프란체스코라고 불리는 법학과 학생과 함께 동행하고 있었다. 문법학자는 그 학생을 장래가 촉망되는 학생으로, 강약약 격의 헥사미터, 즉 6보격 시행의 천재라고 브루노에게 소개했다. 그 학생은 피렌체 출신이지만 지금은 부모님과 함께 교황령인 아비뇽에서 살고 있었다. 집안은 구엘프 백색당 집안이었다. 그 학생의 아버지 페트라코 선생은 단테와 아주 잘 아는 사이였고, 시인의 망명 초기 시절 아레초에서 함께 지냈다. 몹소는 시인의 죽음에 가슴이 찢어지는 듯한 슬픔을 느낀다고 애도를 표했다. 그는 두 편의 전원시를 지었다. 그중 한 편은 단테에게 라틴어로 서사시를 쓸 것을 권하고 있는 내용이다. 그러나 라벤나에 있던 시인은 그 권유에 대해 아무런 대답이 없었다.

"실례합니다, 몹소 선생."

적절한 어조로 말하려고 애쓰면서 조반니가 물었다.

"귀하께서는 트리나크리아† 밖에서 조반니 델 베르길리우스라고 불리는 분이 아니시오?"

"트리나크리아 밖에까지 그렇게 유명하다고는 생각되지 않습니다. 물론 빈민가에서 인기 있는 것도 원치 않아요. 나는 일부러 라틴어로 시를 씁니다. 숙련공이나 당나귀 몰이꾼이 삼거리에서 단테의 『신곡』을 읊어 대듯이 내 시를 주절 대는 걸 원치 않기 때문이오. 단테는 여자들이나 쓰는 말로 시의 수준을 떨어뜨렸소. 라틴어로 쓴 시만이 시의 최고봉에 오를 수 있소. 그렇지 않은가, 프란체스코?"

"아니, 저기요."

약간 당황한 조반니가 말을 이었다.

"내가 라벤나에서 단테의 자녀들로부터 조반니 델 베르길리우스라는 분에게 전해야 할 단테 시인의 전원시를 받아 가지고 있기 때문에 물어본 거요. 빈민가에서 그리고 제가 자주 어울리는 여자들 사이에서 그렇게 잘 알려진 분이어서가 아닙니다."

"당장 주시오."

몹소가 손을 뻗으며 위압적으로 명령했다. 조반니는 가방에서 천 두루마리를 꺼내 그에게 넘겨주었다. 몹소는 굶주린 이가 아

---

† 고대 로마 시대에 시칠리아를 칭하던 라틴어 명칭.

직 따듯한 보리 케이크를 싸고 있는 헝겊을 허겁지겁 벗기듯이 두루마리를 펼쳤다. 그리고 눈에 눈물이 그렁그렁한 채 읽기 시작했다.

Velleribus Colchis praepes detectus Eous[†]

"내게 답장을 쓸 줄 알았소. 나는 헥사미터, 즉 6보격 시행으로 시를 쓰는 유일한 사람이오."

그가 말하고 난 뒤 단테가 자신에게 보낸 라틴어로 된 전원시를 단숨에 읽어 내려갔다.

"당신들은 이해하지 못할 거요, 이해 못할 거요……."

그는 같은 말을 반복할 뿐이었다. 그리고 이따금씩 단테의 글을 읽기 위해 말을 멈출 뿐이었다.

"단테는 내게 이야기하고 싶어 했소."

이윽고 그가 말했다.

"폴리페모스[††]가 있는 한 그는 여기 볼로냐에 올 수 없었소. 단테는 풀치에리 다 카볼리를 그렇게 불렀소. 그자가 행정관인 한 시인은 이 도시에 발을 들여놓을 수 없었소. 사실 그자가 피렌체의 구엘프 흑색당에게 돈을 주었을 가능성이 있소. 탐욕스럽기가 마치……"

[†] 동틀 무렵 부지런한 새가 황금 양털의 털을 찾아낸다는 의미.
[††] 그리스 신화에 나오는 외눈박이 거인 키클롭스의 우두머리.

"안타깝군요!"

브루노가 말했다.

"파올루치의 권한은 기한이 다 된 것 같아요. 귀도 노벨로 다 폴렌타로 교체되어야 할 거요. 라벤나의 실질적인 권력자인 그는 단테 시인의 후원자이기에, 단테는 대단히 호의적인 도시 분위기 속에 오랫동안 머물며 영광을 누릴 수 있었을 거요."

"어쨌든 여기 볼로냐 대학에서는 단테를 칭송할 수 없을 거요."

몹소가 말했다.

"라틴어로 쓴 그의 걸작품 하나 없는데. 생각할수록 더…… 그러나 선한 하느님께서 그렇게 원하셨다면 다른 누군가가 그에게서 월계관을 빼앗아 올 거요. 그렇지 않나, 프란체스코? 나는 생각할수록 화가 나요. 어째서 그는 위대한 라틴어 시인이 될 수 있었는데, 왜 현대 토스카나어로 글을 쓰기로 결정했는지 이해가 안 가요. 아시겠소? 처음에는 그는 베르길리우스의 헥사미터, 즉 6보격 시행으로 자신의 시를 짓기를 원했소. 아, 그렇게 했더라면! 그랬더라면 오늘날 그의 깊이 있는 신념으로 보아 그는 아주 위대한 시인으로 평가받았을 거요. 그런데 그는 불행하게도 생각을 바꾸었소. 자신의 진주를 돼지 목에 걸어 주기로 결정한 거요. 그래서 오늘날 대장장이와 장사치들이 엉망진창으로 그의 시를 읊어 대는 꼴을 보게 되는 거요. 대장간에서 철을 두드려 대거나 혹은 상점 선반을 정리하면서 그의 시를 서툴게 읊어 댄단 말이오. 성스런 시의 뮤즈가 그 소리를 들으면 경악해서 어디로 숨어 버릴지 모를 일이오."

이런 이야기를 하는 동안 그와 함께 있던 젊은 프란체스코는 그의 신체적 고통을 과하게 흉내 내고 있었다. 조반니는 점점 더 자신의 아버지처럼 여기기 시작한 단테의 편을 들기로 마음먹었다.

"아니오. 그분이 라틴어 속어로 글을 쓰기로 결정한 건 현명한 선택이었소."

조반니가 말했다.

"그분의 정치사상과도 일치하는 선택이었어요. 그분은 미래를 생각하셨어요. 더 이상 라틴어가 쓰이지 않고, 이탈리아인들이 공통어를 필요로 하게 되었을 때를 생각하셨지요. 마치 프랑스인들처럼……. 그래서 다른 언어가 사라진 곳에 라틴어 속어는 새로운 언어로 부상하게 될 거요."

"이탈리아인들이오?"

마치 아주 이상한 말이라도 들은 것처럼 몹소가 물었다.

그러고 나서 지나가던 다른 사람이 아스콜리 사람인 체코†라며 이름을 밝힌 뒤 이야기에 끼어들었다. 그 역시 단테의 『신곡』에 대해 우습게 생각하는 뭔가가 있는 것 같았다. 그러나 시의 형식이 아니라 단테의 정치 신념에 대해 할 말이 있는 듯했다.

"제일 나쁜 건 말이오."

그가 말했다.

---

† 아스콜리의 체코라는 이름으로 더 유명한 프란체스코 스타빌리(1269~1327)라는 실존 인물이 있었다. 그는 시인, 의사, 철학가, 천문학자로 십자군 기사에 입단하였고, 이슬람교도 점성술사인 알카비치오와 사크로보스코의 책에 대해 논평했다. 종교재판에서 화형선고를 받았다.

"민중을 계몽시키는 게 아니라 잘못된 이론으로 계몽한다는 점이오. 알카비치오와 사크로보스코 같은 이교도 천문학자들의 이름을 절대 언급하진 않지만 결국 짐작할 수 있게 글을 썼단 말이오. 단테는 날조된 신념을 퍼뜨린 가짜 예언자요. 한 가지만 이야기하면, 어떻게 산 채로 몸 전체가 수정 구슬을 통과할 수 있겠소. 그런데 글을 모르는 민중들은 그 이야기를 믿어 버릴 위험이 있소. 그렇게 위험한 믿음을 주입시키는 거요."

"위험하다니요? 누구에게요?"

브루노가 물었다.

"그리고 간단히 말해서……."

아스콜리의 체코가 말을 이었다.

"그 위대한 신비주의자가 주장하는 숙련된 점성술학이 모든 분야에 스며들었다는 거요. 아주 간단한 예를 하나 들어 보시겠소? 좋소, 시가 어떻게 시작하더라? 우리 삶의 여정 한가운데에서 ……라는 시행을 예로 들어 봅시다. 만약에 우리 삶의 여정 한가운데가 서른다섯 살이라면, 단테는 나이 칠십에 세상을 떴어야 합니다. 그런데 그의 나이 쉰여섯 살에 숨을 거두었으니, 또 자신이 죽을 때조차 미리 알지 못했으니 내 말에 동의해야 할 거요. 당신들은 이런 자가 믿을 만한 점성술사인 것 같소?"

"아니, 그는 점성술사가 아닙니다. 시인이에요……."

조반니가 반박했다.

"그럼 자네가 언제 죽을 건지 이야기해 보시게, 젊은이. 자네가 그보다 더 신중한 점성술사라면 말일세."

조반니 델 베르길리우스가 그에게 대답했다.

"그거야 쉽죠. 신의 화신인 화성이 칠백다섯 번 회전하고, 목성이 일백열두 번 회전하는 사이를, 약간의 계산을 하는 걸로 충분……"

"내 추측으로는 십여 년의 시간 주기를 이야기하는 것 같은데……"

머릿속으로 약간의 계산을 한 뒤 브루노가 말했다.

"그리고 단테는 십사 년이나 계산 착오를 했소, 아무튼……"

"어쨌든, 당신은 시인의 너무 이른 죽음을 괴로워하는군요."

"이제 준비하시오. 당신들 모두 내 장례식에 초대받았소!"

조반니는 볼로냐에서도 시샘하는 학자들과 잔혹한 정치인들 중 수많은 권력자들이 매한가지 이유로 시인을 죽이고 싶어 할 거라는 사실을 곰곰이 생각해 보았다.

"누가? 학자들이?"

둘만 남았을 때 브루노가 말했다.

"그들이 하는 산술 계산은 불가능한 과학일 거야. 숫자 1의 무한한 연속일 뿐이야."

그들은 점심식사 시간에 집에 돌아왔다. 그들은 베르나르드가 떠난 지 얼마 되지 않았다는 소식을 질리아타에게 들었다. 그들보다 먼저 집에 돌아온 그는 조반니에게 몇 자 적어 메모를 남기고 자신의 물건을 챙겼다. 그는 일찍 돌아오지 않을 거라고 했었는데, 도대체 어디에 갔었는지 모를 일이었다. 그는 여러 해가 지난 뒤 볼로냐에서 만난 옛 친구 댄과 함께 사라졌다. 조반니는 종이를 집어 들어 펼쳤다. 종이에서 동전 하나가 바닥으로 떨어졌다. 그는 동전을 집어 들었다. 베네치아 공국의 화폐였다.

그는 메모를 읽어 내려갔다.

친애하는 조반니

이렇게 가서 미안하오. 선량한 당신 친구들에게 특히 어린 소피아에게 인사 전해 주시게.

지난밤 나는 메시지 해독을 끝냈소. 이제 다윗이 예루살렘에서 가져간 모세의 판과 함께 성스런 궤가 어디에 숨겨져 있는지 알고 있소. 산스테파노에서 내가 만난 친구는 옛 전우로, 오늘 순례자 일행과 출발한다고 하오. 나는 그와 함께 출발해서, 여정을 어느 정도 함께한 뒤, 새로운 성전까지 나 혼자 순례를 계속할 거요.

피스토이아의 테리노와 산프레디아노의 케카를 기억하시오. 당신의 탐구를 위해 행운을 비오. 내 일이 끝나면 당신이 어디 있는지 알아보기 위해 볼로냐로 돌아올 거요. 베네치아 공국의 화폐를 동봉하니 내 부탁 하나 들어 주기 바라오. 란차노 출신의 체코가 살해당한 가리센다 선술집에 에스터라는 여자가 있소.

그녀는 창녀가 아니고 두 아이의 어머니요.

더 가치 있는 삶을 살 자격이 있는 여자요. 그녀에게 이 화폐를 전해 주오. 전직 십자군 기사인 베르나르드가 주는 거라고 전해 주오. 그리고 그녀에게 말해……

뭐, 당신이 원하면 그녀에게 전하시오. 내가 돌아오면 그녀에게 청혼하러 갈 거라고.

고맙소, 친구. 빠른 시일 내에 다시 보기를 바라며……

— 베르나르드

6장

조반니는 모든 것을 다 그만두고, 도둑이 아직 찾아내지 못했기를 간절히 바라며 사라져 버린 『신곡』의 열세 곡 시편을 찾기 위해 라벤나로 돌아갈 뻔했다. 그리고 이제 막다른 골목에 다다른 것으로 판단되는 조사를 그만둘 뻔했다. 최종적으로 피스토이아로 돌아가기 전에, 피렌체에 들러 흉터가 있는 다른 자객의 흔적을 찾아보는 게 모든 음모의 배경을 파헤칠 수 있는 유일한 가능성처럼 여겨졌다. 그럼에도 불구하고 이에 대한 생각을 하면 할수록 단순한 가설처럼 받아들여지기도 했다. 사실 피스토이아 출신의 테리노라는 자는 어디든지 있을 수 있었다. 어쩌면 볼로냐에서 꼼짝하지 않았을 수도 있다. 적어도 란차노 출신의 체코를 제거한 자가 바로 그였거나 혹은 반대로 살인에 대한 온갖 단서를 지워 버리기 위해 보내진 또 다른 해결사가 둘 다를 불에 태워 살해했을 가능성도 있었다. 피렌체로의 여행은 아주 쉽게 문제를 해결하기에 좋은 가능성을 제시했다.

잠시 동안 베르나르드를 뒤따라가는 방안에 대해 궁리해 보았다. 하지만 그러기 위해서는 적어도 그가 어느 방향으로 갔는지 알아야 했다. 그래서 전직 십자군 기사의 방법을 쫓아서 다른 9음절 시를 해독해 보기로 했다. 먼저 프랑스인이 『신곡』에서 이미 찾아낸 시행들과 3행 연구를 다시 적어 보았다.

> Ne l'un t'armi e i dui che porti
> e com zà or c'incoco(l)la(n). Né
> l'abento ài là: (a) Tiro (o) cipra
>
> Äper cell(e) e cov(i) irti qui…

그다음에 「연옥편」의 제1곡 시편의 마지막 3행 연구부터 17음절과 33음절을 다시 적기 시작했다.

> oh meraviglia! ché quale elli scelse
> l'umile pianta, dotal si rinacque
>
> 오, 놀랍구나! 그 겸손한 풀을 꺾자, 꺾인 자리에 순식간에 새 풀이 돋아났다.†

그리고 제17곡의 첫 번째, 가운데 그리고 마지막 3행 연구를 적었다.

Ricorditi, lettor, se mai ne l'alpe
ti colse nebbia per la qual vedessi
non altrimenti che per pelle talpe,

Già eran sovra noi tanto levati
li ultimi raggi che la notte segue,
che le stelle apparivan da più lati.

L'amor ch'ad esso troppo s'abbandona,
di sovr'a noi si piange per tre cerchi;
ma come tripartito si ragiona,

독자여, 기억해 보시라. 혹시 높은
산에서 그대가 안개에 둘러싸여
두더지 꺼풀을 통해서만 보다가,

벌써 마지막 햇살이 우리 위로 높직이
비추었고, 곧이어 밤이 뒤따라

....
†   같은 책, 「연옥편」 제1곡 p. 214.

사방에서 별들이 나타나고 있었다.

거기에 지나치게 몰입하는 사랑은
우리 위 세 둘레에서 속죄하는데,
어떻게 셋으로 나누었는지†

Chequeriperpegiachetilapia(n)na. 전혀 아무런 의미도 없는 문장이다. 그는 제33곡을 다시 옮겨 적기를 계속했다.

"Deus, venerunt gentes", alternando
or tre or quattro dolce salmodia,
le donne incominciaro, e lagrimando;

Ma perch'io veggio te ne lo 'ntelletto
fatto di pietra e, impetrato, tinto,
sì che t'abbaglia il lume del mio detto,

Io ritornai da la santissima onda
rifatto sì come piante novelle
rinnovellate di novella fronda,

....
† 같은 책. 「연옥편」 제17곡 중. p. 305, p. 307, P. 310.

"하느님, 이방인들이 왔습니다." 여인들은
눈물을 흘리며 때로는 셋이, 때로는 넷이
감미로운 성가를 번갈아 노래하기 시작했다.

하지만 그대의 지성이 단단하게
돌이 되고 흐릿하게 물들어 있어서
내 말이 빛에 눈부셔 하는 것으로 보아,

나는 성스런 물결에서 돌아왔고,
새로운 잎사귀로 새롭게 태어난 나무처럼
순수하게 다시 태어났으니,[†]

결과는 도통 무슨 의미인지 알 수 없었다. 의미를 가지고 있는 단어 한 쌍도 찾아볼 수 없는 두 줄의 시행이었다.

Chequeriperpegiachetilapia(n)na

Dedoldoma(e)i(m)toiomeda

그래서 「천국편」의 제1곡으로 다시 시도해 보았다.

La gloria di colui che tutto move

....
† 　같은 책. 「연옥편」 제33곡 중. p. 402, p. 404, P. 407.

per l'universo penetra, e risplende
in una parte più e meno altrove.

Trasumanar significar per verba
non si poria; però l'essemplo basti
a cui esperïenza grazia serba.

d'impedimento, giù ti fossi assiso,
com' a terra quïete in foco vivo".
Quinci rivolse inver' lo cielo il viso.

모든 것을 움직이시는 분의 영광은
온 우주에 침투하지만 어떤 곳에는
많이, 또 다른 곳에는 적게 비춘다.

인간의 능력을 초월한다는 것은 말로
표현할 수 없겠지만, 은총이 그런 경험을
허용해 주는 자에게는 이 예로 충분하리라.

그대가 아래에 앉아 있다면, 생생한 불꽃이
땅에서 잠잠한 것처럼 놀라운 일일 것이오."
그리고 하늘을 향해 얼굴을 돌렸다.†

마지막으로 「천국편」 제17곡을 가지고 해 보았다.

Qual venne a Climenè, per accertarsi
di ciò ch'avëa incontro a sé udito,
quei ch'ancor fa li padri ai figli scarsi:

che in te avrà sì benigno riguardo,
che del fare e del chieder, tra voi due,
fia primo quel che tra li altri è più tardo.

che l'animo di quel ch'ode, non posa
né ferma fede per essempro ch'aia
la sua radice incognita e ascosa,

지금도 아버지들이 자식에게 신중하도록,
자신에 거스르는 말을 듣고 확인하기
위해 클리메네에게 갔던 자처럼

그는 너에게 너무나도 너그러워서
여느 사람들과 달리 너희 둘 사이에는
요구하기 전에 먼저 호의를 베풀 것이다.

....
† 같은 책, 「천국편」 제1곡 중. p. 411, p. 413, P. 416.

들는 사람의 마음이란, 잘 모르거나
모호한 뿌리에서 나온 예들이나,
확고히 신뢰하지 않기 때문이다.[†]

이번에 추려진 시행들은 좀 더 납득할 만했다.

    Lapevetrarobadimeso
    Qualco(n)sichechiedochepersa

첫 번째 시행을 두 가지 가능성으로 궁리해 보았다. l'ape v'è tra roba , dime s'ò, 혹은 l'ape ve tra(r)rò, badi me' s'ò…… 두 번째 시행은 더욱더 명확한 것 같았다. qualcos'i' che chiedo ch'è persa. 어쨌든 베르나르드가 어울리지 않는 음절 묶음에서 정확한 지형에 관한 단서를 찾아냈다면, 그 단서는 그가 해독해 낼 수 없는 두 줄의 시행에 담겨 있는 게 틀림없었다. 이 암호를 풀어 내는 데 브루노 역시 뾰족한 수가 없었다. 그는 다음과 같이 가정해 보았다.

    Che queri per pegi' à cheti la piana
    de dol doma. E i' toio me da

[†] 같은 책. 「천국편」 제17곡 중. p. 506, p. 509, P. 511.

　　　　la pève tra roba, dime s'ò
　　　　qualcos'i' che chiedo ch'è persa.

　그러나 위와 같이 다시 적어 봐도 별다른 소득은 없었다. Queri는 '찾다'라는 라틴어 속어이다. 위 시행은 '네가 최악으로 찾게 되는 것은 이미 분명한 사기로 잘 길들여져 있다. 나는 다양한 것들 사이에 있는 교회로부터 벗어난다. 내가 요구하는 사라진 뭔가를 나에게 말해 다오'라는 의미로 정리된다.
　"분명한 사기는……."
　부르노가 말했다.
　"율리시스의 계략이 승리를 거둔 트로이에서 있었어. 즉, 사실은 어디에 있는지 아무도 모른다는 거지. 베르나르드가 소아시아 전역을 샅샅이 훑고 다니리라고 생각되지는 않아. 두 번째「마카베오서」에서 말하기를, 노아의 방주는 똑같은 계율 아래 하느님의 모든 백성이 단결하게 되는 날까지 감추어져 있을 거라는군. 성경에 쓰여 있는 대로 믿는다면 그날까지 하느님께서 아무도 방주를 찾아내지 못하게 직접 지키신다는 거지. 그리고 '하느님의 모든 백성'은 모세의 율법에 근거한 유일신을 믿는, 유대인 그리스도인 이슬람인 모두를 의미하지. 아무튼 그날은 아득히 먼 훗날인 것 같아."
　그의 마음이 평안해졌다. 볼로냐에서 해야 할 일이 아직 한 가지 더 있었다. 에스테르에게 가서 베르나르드의 베네치아 공국 화폐를 전해 주는 일이다. 바로 그날 저녁 그는 가리센다에 있는 선술집으로 가서 적포도주를 시키고 테이블에 앉았다. 유학 온 걸로 보이는 독일인 학생들이 있었는데, 그들은 한 학생을 놀려 대고 있었다. 그 학생은 선술집의 창녀에게 반했다가 모든 학비를 그녀에게 쏟아 붓고 빈털터리가 됐다는 걸 한눈에 알아챌 수 있었다. 학생들이 그를 보고 괴로운 사랑 연가를 애절하게 불러 대고 있었다.

> Quot sunt apes in Hyble vallibus,
> quot vestitur Dodona frondibus……

조반니는 테이블 사이를 돌아다니는 그녀를 보고 자리에서 일어났다. 그는 그녀에게 다가가 그녀가 혹시 에스터인지, 맞는다면 몇 분 시간을 내줄 수 있는지 물었다. 오른손에 쥐고 있던 베네치아 공국 화폐를 본 그녀는 운이 좋은 날이라고 생각하면서, 바로 자신의 방으로 올라가자고 그를 초대했다.

"선불이에요."

방에 도착하자마자 그녀는 옷을 벗기 시작하며 말했다.

"이번은 예외일 거요."

조반니가 대답했다.

"그리고 옷을 다시 입어요."

시간 낭비할 여유가 없다고 그녀가 반박했다.

"나 역시 그럴 시간 없소."

조반니가 대답했다.

"이틀 전날 밤에 여기 왔었던 오십대의 용감한 전직 십자군 기사를 기억하시오? 베르나르드라는 사람을?"

그녀에게 그가 물었다.

"아, 그래요. 순수한 마음을 가진 프랑스 사람이오. 딱 한 번 여기에 왔었어요. 그 사람은 동년배의 다른 이보다 훨씬 더 근면성실해 보였어요. 그런데 한참 동안 보이지 않네요."

"그렇소. 베르나르드가 당신에게 공화국 화폐를 전해 주라고 했소. 하지만 당신이 몇 가지 정보를 대신 이야기해 주었으면 싶소. 당신한테는 전혀 쓸모없지만 나에게는 무척 중요한 정보요."

반드시 비밀을 지키겠다고 그녀에게 약속하며 그는 란차노 출신의 체코와 얼굴에 흉터가 있는 피스토이아 출신의 테리노가 그녀의 고객이었는지, 그리고 그에 대한 무슨 소식을 들었는지 물었다. 시간이 곧 돈인 그녀는 거사를 치르느라 시간을 버릴 필요가 없고 공국 화폐는 한 시간 후에도 여전히 공국 화폐이기에 별 부담 없이 그에게 대답했다. 둘 다 그녀의 단골 고객이었는데 체코라는 사람은 죽었다고 말했다. 누군가 선술집 마당에서 그를 불태워 죽였다. 테리노는 일주일 전에 그녀를 찾아왔었다. 그는 누군가로부터 많은 돈을 받아야 했는데, 오히려 자신을 죽이려고 한다고, 그래서 볼로냐에서 도망쳐야 한다며 겁에 질려 있었다. 그는 화대를 지불할 돈도 없었다. 그래서 공짜로 해 달라고 간청했지만 그녀는 매몰차게 거절했다. 떠나 버린 그는 더 이상 모습을 보이지 않았다. 그녀가 아는 건 그게 다였다.

"혹시 그가 어디로 갔는지 아시오?"

조반니가 물었다.

"몰라요."

에스터가 대답했다.

"분명 여자 친구가 있는 토스카나의 피렌체로 갔을 거예요. 아니면 집이 있는 피스토이아에 갔거나. 다른 건 몰라요. 자, 이제 공화국 화폐나 내놔요."

그다음 날 조반니는 시내에서 포지본 시 출신의 메우초를 만났다. 그는 상인으로 다음 날 아침 자신의 행단을 이끌고 피렌체로 향하는 길을 떠날 거라고 조반니에게 이야기했다. 브루노의 집에 돌아온 조반니는 짐을 꾸리고 자러 가기 전 친구에게 작별 인사를 했다. 그리고 새벽닭이 울 무렵 토스카나 상인 행렬과 만났다. 남쪽으로 향하는 성문을 나서서 아펜니노 산맥을 향해 길을 떠났다.

폐허가 된 작은 집 안에 있던 두 여자가 계곡 아래로 지나가는 그들을 바라보았다. 길고 긴 마차와 말 행렬은 더디기만 한 것 같았다. 두 여인 중 한 명인 체칠리아가 하품을 했다.

"이제 뭐할까?"

그녀들은 그 전날 저녁에 도착했지만 볼로냐로 들어갈 수 없었다. 여러 곳의 성문으로 진입을 시도했지만 통행 허가 절차는 철저했다. 나병 환자들은 출입금지였다. 그래서 그들은 모습을 바꿀 장소를 물색했다. 그러는 사이 저녁기도 시간이 되고, 도시 안으로 들어가는 성문은 닫혔다. 할 수 없이 허물어져 가는 그 오두막에서 밤을 지내는 수밖에 없었다. 떠돌이 양치기들을 위한 지저분하고 낡은 오두막이었다.

"두 번째로 준비한 복장으로 갈아입자."

젠투카가 정했다. 산티사이아 성문에서 세리들이 고개를 저으며 자기들끼리 중얼거렸다. 단 한 번 좋은 대가를 지불하면 성 안으로 들어가는 데 필요한 복잡한 절차를 단숨에 처리해 버릴 수 있다고……. 그러나 그들이 젊을 때에는 잘 알아채지 못하는 것들이 있기 마련이다. 맙소사! 남편이 있는 두 젊은 여자가 눈까지 붕대를 감고 동틀 무렵 집으로 돌아가고 있다. 어디에서 밤을 보냈는지 아무도 모른다. 그녀들뿐이다. 허름하고 지저분한 마차와 멍청한 경주마를 이끌고서 말이다.

글쎄. 음욕이라는 페스트를 옮기는, 알프스 산맥 남쪽 즉, 이탈리아의 젊은이들은 다들 자기네 집으로 되돌려 보내거나 아니면 목매달아야 하는데…….

말세로다, 이런 사람들이 판치다니!

7장

순례자들은 내륙을 향해 가고, 반대로 베르나르드와 다니엘은 남쪽으로 가는 배가 출발하는 항구 도시 앙코나로 가서 아드리아 해 방향으로 갈라지는 지점인 파노에서 그들은 헤어졌다. 사실대로 말하자면 다니엘은 말을 아끼고 베르나르드는 우트르메르에서 보내던 시절을 회상하기만 했다. 어쩌면 옆의 친구 베르나르드는 우트르메르를 영원히 지워 버리고 지중해 구석 어딘가에 녹슨 닻이나마 내리고 살다가 그곳에 묻히고 싶어 할지 모른다. 전쟁에서 패배하던 날 다니엘은 기적적으로 목숨을 건졌다. 자신의 말이 치명적인 상처를 입고 적군들이 서 있는 곳에서 몇 미터 떨어지지 않은 곳에 고립되었을 때 그는 공포에 질려 버렸다. 십자군들이 전열을 가다듬기 위해 뒤로 물러섰을 때 그는 터키 병사들이 자신을 향해 다가오는 광경을 목격했다. 그는 모든 무기를 떨어뜨리고 도시 내부를 감싸고 있는 성벽 앞에 있는 물웅덩이로 몸을 던졌다. 그는 자칫하면 익사할 뻔했다. 그는 물속에서 갑옷과 투구를 벗어 던졌다. 머리가 자꾸 가라앉아 숨이 막혀 익사할 뻔했던 그 끔찍한 기억은 자꾸만 악몽으로 되살아났다. 수영해서 산 안토니오 성문에 도착할 수 있었던 그는 막 닫히고 있는 다리에 매달렸다. 그리고 나서 항구로 도망친 다음 십자군 배에 승선하였다. 유럽에서의 초기 나날들은 무척이나 힘겨웠다. 그러나 그는 아크리의 산조반니에서의 그 경험은 가능한 한 빨리 잊어야 할 과거임을 곧 이해했다. 십자군이 해체되기 전에 그는 부대를 떠났지만 몇몇 옛 전우들과 이따금 연락을 하고 지냈다. 그는 결혼을 한 다음 부르고뉴에서 알게 된 상인들과 함께 토스카나로 내려갔다. 그리고 장사를 하며 이탈리아를 돌아다녔다. 이제 과거와 관련된 것이라고는 아무것도 남지 않았다. 완전히 단절된, 그리고 다시는 되살아나지 않는 기억 저편 어딘가에 묻어 버린 과거는 그의 끔찍한 악몽 속에서만 이따금씩 떠오를 뿐이었다. 베르나르드는 과거에 대한 이야기를 꺼내는 일이 다니엘을 힘들게 한다는 것을 알아차렸다. 다니엘 역시 우트르메르에서 환상에 빠져들었을지도 모른다고 베르나르드는 결론지었다. 거기 우트르메르에 있던 사람들은 다들 똑같이 느꼈을 것이다. 마치 전혀 다른 인생을 산 것 같다고…….

그런데 베르나르드는 그것에 대해 이야기하고 싶었다. 그는 옛 친구 댄을 또렷이 기억했다. 아크리의 산조반니에 있는 젊은이들 사이에서 그는 강하고, 잘생기고, 단호하고, 친절하고, 카리스마 넘치고, 그리고 타고난 지휘자였다. 보쉬 역시 그를 높이 평가하는 것 같았다. 어쩌면 그는 그 영웅 기사가 유일하게 친근하게 대하는 젊은이였다.

"이런 젊은이는 반드시 성공할 거야!"

당시에 그는 그렇게 말했다. 다니엘을 놓고 자신의 영혼을 걸고 악마와 내기라도 했을 것이다. 그와 같은 젊은이는 먼 훗날 위대한 영웅 기사가 될 충분한 자질이 있었다. 조반니는 죽은 다니엘의 말 근처에 있는 터키인들을 보았을 때 다니엘의 운명이 다했다고 여겼다. 그가 우트르메르에서 죽었다고 여겼다. 조반니는 그리스도에 대한 믿음으로 순교한 다니엘이 부러웠다. 그런데 꿈처럼 다시 나타난 그가, 오랫동안 스러진 채로 남아 있던 희망을 다시 불러일으키며 지금 여기 있다.

베르나르드는 무척 궁금했다. 그래서 다니엘에게 쉴 새 없이 질문을 해 댔다. 그러나 친구는 조금 성가셔하는 것 같았다. 그는 베르나르드의 시선에서 지칠 줄 모르고 피어오르던 감탄의 눈길이 되살아나는 것을 읽어 냈다. 그리고 그를 실망시킬 수밖에 없음에 마음이 씁쓸했다. '자네가 그렇기를 바라는 대로가 아닐세, 베르나르드.' 그는 생각했다. '자네가 기대하는 대로 안 될 거야……' 사실 다니엘은 볼로냐에서 그를 다시 만난 게 그다지 기쁘지만은 않았다. 어쩌면 그 역시 베르나르드를 바로 알아보았지만 속마음은 그가 아니기를 바랐다. 그날 산스테파노에서 돈 한 푼 없는 자가 빚쟁이를 만난 것 같았다. 기대에 미치는 인물이 되지 못한 자신이 베르나르드의 무한한 신뢰를 저버린 것 같았다. '나는 한낱 장사치에 불과하네. 그게 다야. 사고팔면서 단순하게 살아가. 평범하기 짝이 없는 삶이지. 그래도 돈은 많아. 이곳저곳 돌아다니느라 거의 보지 못하는 아내와 세 명의 아이도 있어. 나는 영웅도 아니고 순교자도 아니야. 온갖 방법으로 돈 벌 궁리나 하며 살고 있어. 내 젖먹이 아이들은 성지에 있던 우리처럼 허황된 소리를 들으며 자라서는 안 되지. 그 아이들은 자신의 미래를 위해 투자할 돈을 갖게 될 거야. 그래, 그렇게 되어야지……' 베르나르드가 묵은 이야기를 들추어 내는 동안 다니엘은 흘려들으며 생각에 잠겨 있었다. 어두운 회색빛의 동쪽 하늘이 바다를 우울하게 물들였다. 서쪽 해안가 뒤로 보이는 마이엘라†는 동면중인 용처럼 보였다. 머리를 다리 사이에 놓고 꼬리는 바다를 향해 뻗고 있는 듯한 모습이었다.

"이야기하는 거 들어 본 적 있나?"

이윽고 베르나르드가 그에게 물었다.

"새로운 신전과 9음절 시에 대해 말일세. 자네 언약의 궤에 대해 뭔가 알고 있나? 십자군이 패배한 이후에도 비밀스레 지켜지고 있는 감추어진 메시지의 비밀을 말이야."

'그래.' 그때 다니엘은 생각했다. '우리 부대가 숨겨 놓은 엄청난 돈에 얽힌 비밀을 알고 있지. 팔레스타인과 레바논에서 우리는 엄청난 양의 돈을 담보로 우리의 목숨을 걸고, 죽기로 맹세했지.

....
† 이탈리아 아브루초 지방에 있는 단층 지괴(斷層地塊).

만족할 줄 모르는 필리프 4세의 수중에 있는 영지와 병원 자산을 병합하는 것으로도 부족해서 탐욕스럽게 자신의 재산을 긁어모으던 교황의 기부금은 점점 쌓여 갔지. 우리는 그런 교황의 땅과 재산을 지키기로 맹세했어. 왕과 교황의 탐욕을 부추기던, 피렌체 화폐와 베네치아 공국 화폐, 금화와 은화의 은밀한 거래, 그리고 강물처럼 흘러넘치던 돈에 얽힌 비밀을 알고 있네.'

 그러나 그는 아무 말도 하지 않았다. 그저 어깨를 한 번 들썩했을 뿐이다. 그들은 동쪽 바다와 남쪽 바다를 바라보았다. 저 아래에 그리스가 있었다. 그리고 왼편으로 저 멀리 아득한 곳에 잔혹한 역사의 중심부가 있었다.

 조반니는 허물어진 지붕이 쌓여서 새로운 담이 만들어질 정도로 허름한 산프레디아노의 어느 오두막에서 케카의 흔적을 다시 찾았다. 그곳에 살던 가난한 사람들은 온 가족이 방 하나에 모여 살았다. 이탈리아에서 가장 부유한 도시에서 극심한 빈곤의 실체를 보는 건 충격이었다. 유럽에서 가장 부유한 은행가의 저택에서 몇 걸음 떨어지지 않은 곳에서 이렇듯 비참한 현장을 목격하는 것은 매우 불편한 감정을 불러일으켰다. 동정에 앞서 세상이 불공평하다는 생각이 들면서 기분이 언짢아졌다. 올트라르노를 향해 오래된 다리를 가로지르던 중에 이미 다 보고 말았다. 다리 왼쪽으로 있는 산조르조와 산미니아토 언덕 아래로 제국의 모든 왕에게 돈을 빌려 주고 교황의 재산을 관리하던 바르디의 호화스런 성벽과 거주지가 보였다. 그리고 오른쪽으로 물방앗간과 산타트리니타 다리 너머에는 회반죽도 바르지 않고 낡고 허물어져 가는, 벽에 금이 많이 가서 위험해 보이는 작은 집들이 다닥다닥 붙어서 있었다. 그는 한쪽에 사는 사람들은 자신의 부를 다 누리기 위해 수천 년을 살아도 부족한데, 다른 쪽에 사는 사람들은 당장 그날 먹을 양식도 없다는 생각을 했다.

그는 혼자서 서민들이 사는 구시가지 안으로 들어가지 않았다. 기부를 한 시튼 수도회 소속 부제(副祭)의 안내를 받으며 들어섰다. 그들은 햇빛도 비치지 않고 담벼락이 계속되는 그물처럼 얽혀 있는 골목길로 접어들었다. 메스꺼울 정도로 지저분하고 비좁은 길을 가로질러 갔다. 사람들이 사용하는 화장실은 낡아서 엉망이었다. 사람들이 분주히 지나다니는 대로변에서 대변을 보고 있는 늙은 여자의 벌거벗은 엉덩이를 그는 보았다. 어느 집 모퉁이에서는 오줌을 누는 어린 아이들도 보았다. 심지어 웅덩이 안에 방치된 노인의 시신까지 보았다. 시신은 닳아 해진 누더기와 파리로 뒤덮여 있었다. 이윽고 새 담장 아래에, 돼지와 닭들이 땅바닥을 긁어 대고 있는 공터가 펼쳐졌다. 돌멩이를 쌓고, 나무 대들보를 올리고, 회반죽을 발라 최대한 옆집 담장에 기대어 지은 집은 정확하게 몇 층짜리 집인지 언뜻 구별이 되지 않았다. 나무를 올린 지붕 위에 짚을 덮어 놓은 집은, 비라도 내리는 날이면 안팎이 별반 차이가 없어 보였다.

케카는 못생긴 여자가 아니었다. 그렇지만 그들은 그녀를 보고 불쾌한 인상을 받았다. 그녀는 못처럼 바짝 마르고, 가슴도 거의 없고, 남자처럼 옷을 입고 있었다. 검은 머리카락과 거친 피부를 지니고 있었고, 코는 갈고리같이 길게 뻗어 있었다. 사실 억울하다는 듯이 입을 삐죽 내밀지 않으면 얼핏 보았을 때 귀여운 외모일 수도 있었다. 아무것도 쓰여 있지 않은 텅 빈 책처럼 도통 감정을 드러내지 않는 그녀는 굳은 표정의 마스크를 쓰고 있는 것 같았다. 다른 누구와 비교해도 별다른 개성이 없고 도통 아무것도 듣지 못하는 듯한 인상을 주기도 했다. 더 이상 여자 같지도 않고 그렇다고 남자도 아닌, 무감각해질 대로 무감각해진 그런 여인은 소금 기둥에 불과하다고 할 수 있다. 고통스러운 경험으로 퇴락했거나 혹은 일상의 고단함에 너무 일찍 찌들고 스러졌기 때문일 수도 있다. 그녀가 일하고 있는 어둡고 지저분한 방 안으로 조반니가 들어갔을 때, 그녀는 일정량의 양모를 빗질하며 자신의 아버지와 어머니, 그리고 다른 직공들의 일손을 거들고 있는 중이었다. 케카의 아버지는 그들을 보자마자 무척이나 퉁명스럽게 반응했고, 저주를 퍼부어 대느라 잠시 일손을 멈추었다. 조반니는 질문 몇 가지만 하면 된다고 단호하게 말했다. 그러나 젊은 여자는 피스토이아 사람인 테리노라는 이름을 듣고는 대답하기를 거부하며 눈을 흘겼다. 그녀는 문반대 방향으로 몸을 돌리고 다시 일을 하기 시작했다.

"내가 최근에 볼로냐에서 그를 만났소."

조반니가 거짓말을 했다. 그러자 케카가 되돌아와 그를 향해 섰다.

"그리고 그를 더 이상 볼 수 없었소."

그가 계속했다.

"그러다가 그가 여기에 있을 수 있다는 걸 알게 됐소."

"그를 못 본 지 삼 년째예요. 그리고 지금 그가 어디에 있는지 나는 몰라요."

여자가 야멸차게 대답했다.

"그와 사귄 건 오래 전 일이고, 삼 년 전에 이미 끝난 이야기예요. 그가 피렌체로 돌아올 이유가 없어요. 그리고 이 도시에 발을 다시 내딛었다고 해도 나한테 올 이유가 전혀 없죠."

그리고 그녀는 단호하게 몸을 돌려 아버지에게 신호를 보낸 뒤 조용히 자신의 일에 다시 몰두했다.

그는 오래된 다리를 건너 실망한 채 돌아왔다. 또다시 공치는 여행이었다. 만약에 한 번도 가 본 적이 없는데도 불구하고 추방당한 피렌체 방문이 가능했다면, 좀 더 이 도시에 남아 있었을 것이다. 망명에 대한 향수가 밀려왔다. 향수를 느낀다는 게 뭔지 알 것 같았다. 프라이아노 성문 높이에 맞추어 낡은 성벽이 둘러서 있는 곳에서 산타트리니타 다리를 등 뒤로 하고 뒤돌아섰다. 그리고 올트라르노 구역 중심부를 향해 장인들의 상점 사이를 걸어갔다. 그러다 어딘지 모를 광장에 도착했다. 호위병이 틀림없는 열두 명의 무장 보병에 둘러싸여 말을 타고 가는 두 명의 귀족 행렬과 마주쳤다. 마구와 훌륭한 옷차림으로 보아, 그리고 무장한 병사들이 뒤를 따르는 걸로 보아 조반니는 자신을 향해 다가오는 이 두 사람이 분명 정치계의 거물이거나, 재계의 거물이거나, 아니면 두 분야 모두의 실력자로 상당히 중요한 인물임을 즉각 알아챘다. 그런데 그 기사 두 명 중 한 명을 알아본 조반니는 너무 놀라서 심장이 목구멍 밖으로 튀어나오는 줄 알았다. 지금 망명 중인 루카의 구엘프 흑색당의 나이 든 우두머리인 본투로 다티였다. 그는 수시로 법에 영향력을 행사하고, 엄청난 액수의 돈을 움직이고, 판사에게 뇌물을 주고, 도시 집정관을 부패하게 만들고, 좀 더 수익성이 좋은 계약을 가로챘다. 그의 당원들 일당과 이부형제인 필리프는 모두 그의 편이었다. 그리고 필리프는 루카에서 피렌체 화폐가 새어 나가는 것을 막기 위해 그에게 호의적으로 대했다. 그런 그가 지금 여기에 있다. 자신의 제일 측근인 피렌체의 구엘프 흑색당에 둘러싸여 있다. 조반니는 본능적으로 시선을 바닥으로 떨어뜨린 채 숨다시피 했다. 만약에 본투로가 그를 알아보았더라면 사단이 났을 것이다.

그런데 광장 가장자리 땅바닥에 앉아 자기 앞에 모자를 뒤집어 놓고 동전을 모으기 위해 류트를 연주하던 불구자 한 명이 귀족 두 명이 지나갈 때 갑자기 4행시를 읊기 시작했다.

> 당신들의 이름은 불멸의 명성을 누리리라
> 음유시인이 당신들을 속이는 시에서,
> 만약에 당신들 모네 나으리와 본투로 나으리가,
> 형제에게 하듯이 음유시인에게 돈을 준다면.

적은 액수의 푼돈조차 넣지 않고 일행 중 여자 한 명이 스쳐 지나갔다. 두 명의 권세 높은 나으리들은 아주 못생긴 어릿광대의 입에서 나온 '형제'라는 말에 오히려 웃기 시작했다. 한 명은 절름발이 흉내를 내며 놀리기 시작했다.

"정말이군, 딱 자네 형제야. 두 방울의 물처럼 딱 닮았어. 히히 힛……."

본투로가 아닌 자가 말했다. 그러자 마음이 상한 길거리 음유시인은 갑자기 두 번째 4행시를 읊기 시작했다.

> 모네 나으리에게 바칠 시는 없다네.
> 하지만 지네스트라와 피오르달리소에게 목이 졸려서,
> 천국에서 당신의 비체 부인을
> 불법 점유하여 내가 즐길 때까지…….

기사가 웃음을 멈추었다. 그러자 본투로와 모든 일행이 다 함께 멈추었다. 그는 몸을 굽혀 자신의 경비병에게 뭔가를 속삭였다. 두 명의 무장 병사가 음유시인에게 다가갔다. 그러고는 그가 광장 가장자리에 기절해 쓰러질 때까지 전례가 없을 정도로 주먹질과 발길질을 퍼부어 대기 시작했다. 그러고 나서 다시 두 기사의 행렬로 돌아왔다. 조반니는 응급 처치를 하기 위해 불쌍한 어릿광대에게 바로 다가갔다. 모네 나으리가 틀림없는 작자가 이 광경을 흘낏 보고 본투로에게 낮은 목소리로 말했다. 그들은 그를 좀 더 잘 보려고 몸을 숙였다. 순간 조반니는 루카의 흑색당이 이제 그를 알아보았다는 생각에 공포에 사로잡혔다. 두 명의 귀족들이 자기네 폭력배 일당과 수군거리며 멀어져 갔다.

조반니는 기절한 어릿광대의 등과 머리를 들어 올렸다. 그러고는 그가 정신을 차리자 이렇게 물었다.

"좀 어떠시오?"

"괜찮아요!"

그가 치아 하나를 뱉어 내며 대답했다.

"말하지 마시오."

그에게 조반니가 말했다.

"아!"

어릿광대가 대답했다.

"나같이 미천한 예술가에게는 돈이나 매를 번다는 건 매한가지로 좋은 일이오. 돈을 준다는 건 공연이 관객의 마음에 들었다는 뜻이고, 매타작을 한다는 건 내 말이 정확하게 과녁을 꿰뚫었다는 뜻이니 말이오. 돈이나 매 둘 다 정반대되는 성공의 인장인 셈이오. 내 말을 믿으시오, 선량한 양반. 즉흥시를 선사하는 나 같은 사람에게 최악의 것은 사람들의 무관심이라오."

그는 피가 섞인 침을 뱉었다. 그리고 말을 계속했다.

"저런 구엘프 흑색당한테 돈을 받으려면 혀로 밑을 닦아 주어야 할 거요. 여기 피렌체에서 몽둥이찜질을 당하는 건 예술가로서 '최고'라고 인정받는 거요. 다시 말해, 가장 권위 있는 문학상을 받는 셈이오. 최고의 시인들은 다들 구엘프 백색당이거나 기벨린당(황제파)[†]이오. 그리고 그들 모두는 망명해 버렸소. 여기 이 도시에 단 한 명도 남지 않았소. 당신은 피렌체 사람이시오, 나으리?"

....
†   중세 말기 로마의 교황과 신성로마 제국의 황제가 대립 시 황제를 지지한 당파.

"오늘은 내가 이 영광스러운 도시에 처음 온 날이오."
조반니가 대답했다.
"시작치고는 나쁘지 않군요."
"이 도시는 은행가, 상인, 장인, 그리고 거지들의 도시지요."
음유시인이 말을 이었다.
"보니파시오 8세 교황은 피렌체 화폐를 엠페도클래스†의 네 개의 원소 다음에 있는, 제5원소라고 불렀어요. 제5원소 즉 공기, 물, 땅, 불, 그리고 피렌체 금화는 자연의 모든 사물을 만들지요. 세상은 이 다섯 가지로 이루어져 있소. 존경받는 우리 도시에서는 두 가지가 절대 빠지지 않소. 조폐국에서 만들어 내는 돈과 가난뱅이들이오."
"그렇게 불쾌한 것에 대해 무슨 이야기를 하시는 거요?"
조반니가 물었다.
"당신을 두들겨 팬 저 귀족들에 대해 무슨 이야기를 한 거요?"
"저 귀족은……."
음유시인이 대답했다.
"이름이 모네요. 영국의 플랜태저넷 왕가와 프랑스의 카페 왕가, 지네스트라 가문과 피오르달리소 가문에 돈을 빌려 주는 굉장히 부유한 은행가 집안 사람이오. 막강한 권력을 휘두르고 끝이 없을 정도로 많은 도시 주변 영지를 소유하고 있소. 피렌체에서

....
† 엠페도클래스(기원전 493년경~430년경): 시칠리아 섬에서 출생한 고대 그리스의 철학자로 세상의 모든 만물은 바람·불·물·흙 등 4개의 원소로 이루어졌다고 주장했다.

가장 아름다운 여인과 결혼했지만 그녀가 그를 그다지 사랑한 것 같지는 않다고들 하지요. 그런데 그 누구의 사랑도 쓸모없이 만들 정도로 혼자서 자기만 사랑하는 그는 엄청난 권력가에 거만하기 짝이 없었소. 그의 아내의 이름은 비체요. 그런데 그 비체 부인이 시인의 긴 구애에 무감각하지 않았다고들 험담하지요. 그 시인은 중산층의 대금업자인 알리기에리 2세의 아들이라지요."

"당신이 말하는 그 사람이⋯⋯ 혹시 베아트리체의 남편이오?" 조반니가 물었다.

"남편이었지요. 그녀가 숨을 거두면서 그를 떠났거든요. 아무튼 단테의 『신곡』을 아시오? 모네 씨는 자기 아내와 사랑에 빠진 시인에 대해 이야기하는 걸 듣기만 해도 불같이 화를 낸다지요. 그는 모든 사람들을 자기 발 아래 복종시키는 일에 익숙한 사람이오. 그는 자기 부인도 그러기를 원했을 거요. 마치 자기 소유의 집이기라도 한 것처럼 말이오. 그리고 자기 물건에 대한 그의 질투심은 엄청나요. 만약에 적어도 두 사람 사이에 연애가 구체적으로 이루어졌다면 그는 단테와 비체†를 합법적으로 살해하고도 남았을 인물이오. 마치 잔치오토가 파올로와 프란체스카에게 했던 것처럼 말이오. 그리고 자신의 권력을 더 강력하게 할 수 있는 결혼을 다시 태연하게 하고도 남았을 거요. 그런데 절대로 그럴 수 없었소. 플라토닉한 사랑이었기 때문이오. 자기 부인이 무척 아름답다고 떠들고 다닌다는 이유만으로 사람을 죽일 수는 없지 않소.

....
†   베아트리체의 애칭.

아무튼 그들 부부는 슬하에 프란체스카라는 딸 하나를 두었소. 비체 부인은 아주 젊어서 저 세상으로 갔소. 아기를 낳고 악화된 건강이 다시 회복되지 못했소. 모네 씨는 아주 잘 감추었지만 시인의 일에 개입한 게 분명하오. 피렌체에서 단테를 쫓아내는 데 그의 입김이 큰 역할을 했을 거요. 그는 주술을 부리는 권모술수의 대가요. 그는 절대로 위험한 정치판에 직접 모습을 드러내지 않소. 대신 그늘 속에 모습을 감춘 채 사람을 조종하고 자신이 원하는 대로 다른 사람을 다루고 파멸시킬 줄 알지요. 그는 구엘프 흑색당 중에서도 철저한 구엘프 흑색당원이오. 이제 막 여기서도 『신곡』이 유행하기 시작했소. 시인이 망명 중에 썼다는 그 책의 두 번째 노래편의 결론 부분이 피렌체에 막 도착했소. 그것을 본 사람은 얼마 되지 않지만, 어느새 「연옥편」의 제33곡에 대한 이야기가 돌고 있어요. 그다음에 모네 씨의 부인과 함께 단테가 천국에서 신(神)과의 직접적인 합일의 체험을 하게 된다는 힌트가 있다지요. 모네 씨의 약점이죠. 만약에 이에 관한 문제로 주먹질과 발길질이 퍼부어진다면 시인의 신성화는 보장되는 셈이오. 모네 씨는 한 여인의 사랑을 마치 돈으로 살 수 있는 물건처럼 생각했고, 일단 산 다음에는 칼집 안에 얌전히 있다가 시합을 벌일 때나 나오는 검처럼 여겼소. 그러나 이 세상에는 돈으로 살 수 없는 물건들이 많소. 사랑, 생명, 진정한 우정, 시(詩)의 선물, 성령……"

루카 출신의 젊은이는 생각했다. 그렇군! 피렌체에서도 페라라, 베네치아, 폼포사, 볼로냐에서와 마찬가지로 살인자의 역할을 할 가능성이 있는 후보자가 등장했다. 그런데 이 경우에는 적어도 열정 동기였다. 정신적인 사랑에 대한 질투심, 은유적인 시샘 혹은 더 나쁘게는 일종의 시간증(屍姦症)처럼 죽은 사람을 두고 벌이는 경쟁인가? 사람을 살해하기에는 약하지만 단테의 「천국편」을 없애 버리기에는 충분한 동기이다. 조반니는 절름발이 시인이 다시 일어서도록 도와주고 그에게 목발을 건네주었다.

"당신은 그 신사를 진정시킬 수 있소."

조반니가 말했다.

"내가 「천국편」을 제20곡까지 읽었소. 포옹 장면은 전혀 없소. 훨씬 덜 천국적인 셈이지요. 시선, 단지 시선과 대화만……. 시인과, 그가 사랑하는 천사는 눈으로 대화합니다. 그는 그녀의 시선 속으로 뛰어들지요. 그녀는 사랑으로 가득 채우고 더욱더 아름다워져요. 더욱 아름다워진 그녀를 보는데, 더욱 강렬한 아름다움에 그의 눈은 익숙해지지요. 그렇게 하늘에서 하늘로 가지요. 그는 그녀에 취하지요. 그리고 점진적으로 무한하게……."

"그런데 이런 일이 자주 벌어지지는 않지요."

웃으면서 어릿광대가 반박했다.

"혹은 어쩌면 말상을 한 나는 평생 한 여인과 시선이 마주쳐 사랑에 빠지는 일이 절대 없을 거라고 믿기 때문에 말했던 거요."

"아, 어쩌면 반대로 단지 은유적인 거예요."

조반니가 대답했다.

"시인은 복된 영혼들의 왕국을 그렇게 상상했겠지요. 일종의 확대된 사랑에 빠진 걸 보여 주지요. 사랑에 빠졌을 때 온몸을 휘감는 몽롱한 상태가 무한한 힘에 의해 계속되지요. 그리고 그 상태가 영원할 것처럼 여겨지겠지요."

그들은 아르노 강을 향해 함께 천천히 걸었다. 어릿광대는 도시를 둘러보도록 안내자 역할을 하며 조반니의 친절에 보답했다. 아타프론테 성을 향해 오래된 다리 너머로 그를 데려갔다. 그들은 산피에로스케라조 교회 근처를 지나갔다. 그리고 거기에서 귀족들의 새 저택이 있는 광장에 도착했다. 피렌체 안쪽은 정말로 훌륭했다. 모든 거리가 포장되어 있고 숙박 시설, 탑, 수십 개의 교회가 곳곳에 있었다. 그들은 시인의 낡은 집 앞을 지나게 되었다. 그 작은 집은 카스타냐 탑 앞에 있었다. 그리고 나서 그들은 산조반니 교회와 확장 공사를 위해 비계(飛階)로 둘러싸여 있는 산타 레파라타 교회에 다다랐다. 그들은 그곳에서 인사를 나누었다. 어릿광대는 오르토 데이 세르비 교회로 가고, 반대로 조반니는 도처에 있는 성지를 벗어나 자신의 숙소로 돌아가기 위해 산타 마리아 노벨레 교회 방향으로 향했다.

그는 단테가 태어나고 쫓겨난 도시, 즉 단테의 도시에 있었다. 그는 고민해야 했다. 머릿속에 떠오르는 수수께끼를 풀기 위해 애써야 했다. 그에게 벌어진 사건들에 대한 설명을 찾아야만 했다. 수확 없는 헛된 여행에서 본투로와의 만남은 그에게 과거의 상처를 다시 기억하게 했다. 그리고 베아트리체의 남편, 단테의 집, 시인이 이미 약혼자가 있는 소녀와 시선을 마주치고 전율을 느꼈던 작은 교회를 생각했다. 물론 다른 이는 자신의 입장에서는 '전혀 아무것도 아닌' 것이라고 말했을 것이다. 그리고 잊으려고 시도했을 것이다. 다른 이는 연애사는 대체로 동등한 가치를 지닌 가능성들의 묶음이라고, 시간은 한 개의 사랑을 실현시키고 천 개의 사랑을 지워 버리는 자기 일을 해 나갈 뿐이라고 말했을 것이다. 그리고 사랑은 육체의 애정이고, 그래서 마치 시간이 지워 버린 수천 개의 가능성처럼 잊혀지게 되는 거라고, 시인도 아니고 아버지도 아닌 다른 이는 말했을 것이다. 그런데 시인은 세상이 혼돈에 의해 지배당한다고 생각하는 그들을 지옥에 두었다. 시인은 사랑이 하늘, 행성, 별들을 움직인다고 말했다. 사랑은 인간의 역사이고 절대 우연이 아니라고 쓴다. 그리고 젠투카에 대한 생각이 그의 머릿속에 떠올랐다. 반대로 그녀는 자기를 잊어버렸을지 누가 알겠는가.

그는 갑자기 아펜니노의 깊은 숲이 떠올랐다. 라벤나로 가는 도중에 길을 잃은, 그리고 더 이상 빠져 나올 수 없을 것만 같던 어두운 숲이었다.

그들은 멀리 보이는 언덕을, 그리고 사랑하는 이의 발치에 잠든 포세이돈처럼 잔잔한 바다를 바라보았다. 가벼운 미풍에 녹색의 나뭇잎을 빗어 넘긴 코르출라 섬†은 그를 반갑게 맞이하기 위해 곱게 단장한 듯했다. 밝은 섬광을 반짝이면서 주변을 비추고 있는, 여전히 한여름인 것 같은 태양 아래 섬의 무한한 아름다움이 빛나고 있었다. 마음이 초조한 베르나르드는 갑판에 올랐다. 충분한 대답을 듣지 못한 오래된 궁금증들이 떠올랐다. 다니엘이 표현

---

† 아드리아 해에 위치한 크로아티아 섬.

하지는 않았지만 9음절 시와 성전에 대해 훨씬 더 많이 잘 알고 있을 거라고 그는 확신했다. 당시 그와 같은 군대 계급에 속했던 사람은 필연적으로 알아야만 했다. 그럼에도 불구하고 그는 굳게 닫힌 다니엘의 입을 열게 할 방법을 찾아내지 못했다. 그가 슬며시 일정한 주제를 건드리려고 시도하면 다니엘은 평상시보다 더 굳게 입을 닫고 침묵해 버렸다. 불가사의한 십자군의 동향에 대해 알아내려는 시도가 번번이 실패하자 그는 다니엘이 죽음 앞에서도 절대 밝혀서는 안 되는 엄청난 비밀을 간직하고 있다고 확신하기에 이르렀다. 그는 이에 대해 점점 더, 그리고 자주 확신하게 되었다. 그를 무장 해제시키려고 유도하다가 자신이 알고 있는 바를 이야기할 뻔했다. 그러나 그는 말하지 않았다. 알 수 없는 무언가가 그를 제지하였다. 그는 다니엘의 반응을 살펴보기 위해 단테에 관한 이야기를 꺼냈다. 그러나 다니엘은 시인의 이름을 언급하자 경직되더니 더욱더 의미심장한 표정을 지으며 침묵할 뿐이었다. 그러더니 얼른 화제를 돌렸다. 적어도 단 한 번 아주 짧은 순간이나마 그의 시선 속에 모호한 감정이 드러나는 걸 알아챌 수 있는 기회였다. 그는 자신에게 맡겨진 비밀을 배신하게 될까 두려웠을까? 베르나르드 자신도 모든 것을 알고 있음을, 그리고 어릴 적 친구 같은 그와 함께 비밀을 밝힐 수 있음을 어떻게 다니엘에게 이해시킬 수 있을까?

한 번은 베르나르드는 다니엘이 어떻게 반응하는지 보기 위해 결국 9음절의 첫 번째 시행 'Ne l'un t'arimi e i dui che porti 즉 하나 속에 너는 숨는다. 그리고 입고 있는 둘'을 읊어 대기 시작했

255

다. 그러나 상대방은 꿈쩍도 하지 않았다. 그래서 이번에는 프랑스어로 'Denz l'un t'arimes et les dui ki tu ports'라고 다시 흥얼거렸다. 그러자 놀랍게도 그가 놀라움과 강한 호기심을 드러내며 시를 듣고 있는 것 같았다. '그럼 그렇지'라고 베르나르드는 생각했다. 그리고 언젠가는 그가 굴복하고 자신이 알고 있는 모든 것을 베르나르드에게 말할 거라고, 그리고 베르나르드가 알지 못하는 마지막 9음절에 대한 이야기도 해 줄 거라고 확신했다. 베르나르드는 댄 역시 새로운 성전을 향해 가고 있는 게 아닌가 하는 의심이 들었다. 그런데 베르나르드는 그에게 자신의 목적지를 단 한 번도 이야기한 적이 없었다. 베르나르드가 코르출라 섬에 대해 이야기하자 그는 이렇게 대답했을 뿐이다.

"이런 우연이 있나. 나도 코르출라 섬에 가네."

그리고 이제 그들은 그곳에 도착했다. 뱃머리에서 멀리 보이는 코리파이 섬과 코르푸 섬과 언덕들을 보았다. 기적처럼 댄이 저절로 돌아가는 바퀴마냥 입을 열더니 아크리의 산조반니에 대해, 그리고 지중해 끝 저 아래에서 회자되는 이야기에 대해 말하기 시작했다.

"비밀일세."

그가 말을 시작했다.

"언약의 궤뿐만이 아닐세. 그리스도와 막달레나의 무덤일 수도 있네. 어쩌면 자네가 낭독한 시 'les dui qui tu ports 즉 너를 이끄는 두 사람'은 그들을 이야기하는 것일세. 그리고 그 묘지 두 개에 대한 메시지는 다윗의 민족을 영원히 이어 가는 왕실의 피인 그들의 후손과 관련이 있어. 어디엔가 그리스도를 계승하는 비밀에 싸인 황제가 있을 걸세. 그의 정체는 비밀이지. 세상에서 딱 두 사람, 위대한 스승과 위대한 지도자만이 그의 정체를 알고 있지. 그런데 지금은 시를 보관하고 있는 이가 누구인지 더 이상 아무도 몰라. 만약에 비밀이 필리프 4세의 잔혹한 고문을 당하면서도 지켜졌다면 말일세. 지상의 왕들은 그 비밀을 밝히는 데 전혀 관심이 없네. 그 비밀은 모든 왕들의 정당성을 무너뜨려 버릴 테니까. 언약의 궤는 시간이 멈출 때, 즉 세 가지 유일신교가 관습법 아래 통일될 때 비로소 다시 발견될 거라고 성경에 쓰여 있네. 그때에 고통 받는 인류를 증거하는 다윗, 그리스도, 마호메트의 후손이 예루살렘에서 세상의 왕을 신성시하게 될 걸세. 어떤 경우에도, 심지어 언약의 관리인이 죽더라도 이 일은 벌어질 거라는군. 이 메시지는 어느 책에 적혀 있네. 하늘의 손이 지상에 남겨 놓았다는 마지막 성경인 그 위대한 책이 어느 책인지는 아무도 모른다지. 이 책에 담겨 있는 성스런 시구와 비밀스런 지도는 불가사의한 방식으로 적혀 있어서 그 암호를 해독하는 데 수 세기가 걸릴 거라는군. 한편 다윗 왕가는 세대를 거쳐 대물림되고 있다네. 나는 우트르메르에서 이 이야기를 하는 것을 들었는데, 사실 여부는 나도 모르네. 내 생각에 인류 역사에 의미를 부여하는 온갖 다른 이야기들처럼 이 이야기도 사람을 끄는 매력이 있는 것 같아서 자네에게 이 이야기를 한 걸세. 사실인지 아닌지의 여부는 다시 말하지만 나도 모르네."

베르나르드는 흥분했다. 그리고 심지어 그 신성한 책이 어느 책인지를 자신이 알고 있다고 막 말하려는 참이었다. 어쩌면 그와 조반니, 그리고 브루노가 그 사실을 알고 있는 유일한 사람들일 수도 있었다. 그런데 그는 그 비밀을 애써 지켰다. 그리고 아무 말도 하지 않았다. 본토와 섬 사이의 잔잔한 물길 속으로 들어선 배가 케르큐라 섬†에 정박하려는 참이었다. 왼쪽으로 에피루스의 야생 산과 숲이 우뚝 솟아 있었다. 위험한 바위와 작은 섬이 점처럼 뒤덮여 있는 만(灣)이 보였다. 해적의 이상적인 은신처 같아 보였다. 반대로 오른쪽에는 코르푸 섬의 길게 뻗은 언덕들이 누워 있었다. 배는 물 밖으로 보이는 암초를 피하며 천천히 항구를 향해 다가갔다. 섬의 지휘관의 수비병 한 명이 앙주 왕가의 봉신인 타란토††의 원칙에 따라 배를 관리했다. 그는 항로를 점검하고 세금을 걷기 위해 배 위로 올라왔다. 댄이 일하는 이탈리아 장사꾼 일행의 비서가 병사들과 함께 배에 올라와서 경기병에게 댄을 지목했다. 다니엘은 인장이 찍힌 허가증을 몸에 지니고 있었다. 그는 허가증을 펼쳐 경비병 중 한 명에게 보여 준 다음 베르나르드가 자신과 일행이라고 말했다. 그리고 그는 풀리아 사투리를 말하는 기사의 갑옷 시종과 수다를 떨기 시작했다.

다들 땅에 내렸다. 두 명의 전직 십자군 기사들은 항구 근처에 있는 여인숙으로 향했다. 그러고 나서 베르나르드는 거의 아무도

---

† 그리스 서해안에 있는 섬과 그 항구 도시인 코르푸의 그리스명.
†† 이탈리아 동남부 타란토 만에 면한 항구 도시로, 기원전 8세기에 그리스인에 의해 세워진 해군 기지.

모르게 혼자서 외출했다. 항구로 돌아온 그는 부둣가에서 어부들과 그리스어로 이야기를 나누었다. 본토로 건너가는데 삯이 얼마인지, 그리고 구체적으로 누구와 이야기 나누어야 하는지 물었다. 잠시 흥정을 하던 그가 가격을 제시했다. 어부들은 바다 상태를 살펴볼 필요가 있다고 말했다. 게다가 해적들을 마주칠 위험도 있었다. 섬 남쪽에서 항해를 하는 게 유리했다.

그는 선금을 지불하기 위해, 그리고 장소와 정확한 날짜를 정하기 위해 다음 날 다시 오겠다고 말했다. 그는 가을이 깊어 가고 겨울이 슬슬 시작되기 전 가능한 빨리 떠나고 싶었다.

8장

 누군가 방문을 시끄럽게 두드리는 바람에 그는 화들짝 놀라 잠에서 깼다. 하지만 잠결이었던 터라 자신이 어디에 있는 건지 한참 동안 감을 잡지 못하고 있었다. 심지어 침대가 닿아 있는 벽이 오른쪽인지 왼쪽인지조차 알 수 없었다. 문 밑으로 가는 빛줄기가 스며 들어왔다.
 "여시오!"
 "잠깐만 옷 좀 입고요······."
 그는 자리에서 일어나 바지와 셔츠를 입기 시작했다. 그는 먼저 창문을 열고, 그런 다음 방문을 열었다.
 "조반니 알리기에리요?"
 문밖에 선 두 사람 중 하나가 물었다.

"루카 출신의 조반니요."

그가 대답했다.

"알리기에리는 아니오······. 그럼, 이만······."

"잠깐 우리를 따라오시오. 주인님께서 당신을 만나고 싶어 하십니다."

조반니는 그들이 비록 평복을 입고 있었지만, 그 전날 모네와 본투로의 행렬에서 보았던 서른 살 남짓의 두 병사임을 알아볼 수 있을 것 같았다. 키가 크고 근육질의 다부진 몸에 다소 공격적인 얼굴 표정을 하고 있는 그들은 함께 대화하고 싶은 생각이 들지 않는 바로 그런 유형의 사람들이었다. '이들과 상대하느니 그 주인과 이야기하는 게 훨씬 낫겠군.' 그는 생각했다. 서둘러 옷을 입은 그는 몇 분 후 길에 서 있었다. 그들이 한 명은 그의 왼쪽에, 또 다른 한 명은 그의 오른쪽에 서 있는 탓에 조반니는 마치 두 명의 간수 사이에 낀 도둑 같아 보였다.

"아름다운 도시요, 피렌체는······."

그는 경직된 분위기를 깨 보려고 말을 걸었다.

"그렇소."

둘 중의 한 명이 대답했다.

"나는 루카 출신이오······. 당신들은 루카에 가 본 적이 있소?"

"아니오."

그들이 한 목소리로 대답했다.

"당신들은 피렌체 사람이오?"

"아니오."

그러나 조반니는 그들이 어디 출신인지 묻지 않았다. 그들은 전혀 대화할 의사가 없음이 분명했다. 그들은 나무로 된 집이 세워져 있는 폰테베키오†를 가로질러 갔다. 빠른 걸음으로 침묵 속에 걸으면서 그들은 올트라르노††로 돌아왔다. 그들은 일종의 저택 겸 요새인 곳에 그를 데려다 주었다. 어마어마하게 큰 대문 양옆에 두 개의 탑이 서 있고, 형형색색의 유리로 장식된 넓은 창문이 시선을 압도하는 건물이었다. 넓디넓은 중정으로 들어서자마자 주변을 둘러싼 담장 위로 집무실과 접견실, 경비대만 있음을 간파했다. 한데, 집 주인의 거주 공간은 숨겨져 있었다. 입구 안쪽에 있는 홀의 창문 너머로 보이는 공원 같은 정원 저편 어디에 있을지 모를 일이다. 그들은 넓은 계단을 지나 위층으로 그를 올려 보냈다. 응접실로 안내되었을 때 그는 밖에서 보았던 유리로 된 창문을 알아보았다. 절반쯤 닫혀 있는 창문으로 도시의 전망을 볼 수 있었다. 정면에는 아르노 강이 강가에는 폰테베키오가 있었고, 십여 개의 탑과 교회 종들이 보였다.

응접실의 실내 장식은 수수했다. 벽에는 그리스도가 비유를 들어 설명한 이야기를 그린 멋진 프레스코화가 벽에 그려져 있었다. 재능에 대한 비유와 돌아온 탕자 그리고 선량한 사마리아인을 그린 프레스코화가 모네의 등 뒤와 손님의 정면에 보였다. 금과 루비로 뒤덮인 나무로 만든 일종의 왕좌 위에 앉아 있던 모네 씨는 그

---

† 이탈리아 중부 토스카나 주 피렌체에 있는 다리.
†† 아르노 강 왼쪽에 위치한 피렌체 구시가지 중심부.

에게 자기 앞에 앉으라고 신호를 보냈다. 값진 독서대 위에 장부를 펼쳐 놓고 있는 중이었다. 그 오른쪽에는 아라비아 숫자로 빽빽하게 계산한 종이가, 종이 뒤로는 열 개의 기둥이 달려 있는 거대한 주판이 놓여 있었다.

"그래서 당신은······."

모네 씨가 거의 대놓고 직설적으로 말했다.

"알리게에리 시인의 사생아군요. 적어도 본투로 씨가 그렇다고 말하던데······."

"글쎄, 정확하지는 않군요."

조반니가 대답했다.

"솔직히 말해서 나는 누구의 아들인지 모르오. 내 어머니의 이름은 비올라······."

"아, quella ch'e sul numer de le trenta[†]라는 시에 나오는 비올라······. 우리는 다 알고 있소. 나와 본투로는 항상 다 알고 있지요. 그런데 이것 보시오. 내가 당신에게 이야기할 게 하나 있소. 당신이 이 도시를 자유롭게 돌아다니는 걸 다티 씨가 알면 썩 달가워하지 않을 거요. 그래서 이를 금지해야 한다는 결과가 나오는 거요."

"적절하지 않군요."

그가 대답했다.

"내가 알리기에리의 아들이라고 공증하는 서류는 폐기되었소, 게다가······."

....

[†] 단테의 작품 『신생』에 나오는 구절로 '삼십이라는 숫자에 대한 그것'이라는 뜻.

"그래요?"

"게다가 시인은 세상을 떠났소."

모네 씨는 눈썹을 움찔하더니, 다른 생각에 빠진 사람처럼 그를 초점 없는 눈으로 빤히 쳐다보았다. 그리고 그에게 물었다.

"어쩐 일로 여기에 오셨소, 조반니 씨?"

그의 눈을 들여다보던 루카 사람은, 모네의 시선이 불현듯 호수 위에 떠다니는 가라앉은 얼음덩어리처럼 차가워졌음을 알아차렸다. 그는 갑자기 거짓말을 했다.

"늑대들의 소굴……. 아니, 어쩌면 암 늑대들의 소굴이라고 말해야 하나……. 아무튼 이 피렌체에 가 달라고 부탁한 볼로냐 상인을 대신해서 왔소."

모네 씨는 경멸스럽다는 듯 그를 흘낏 바라보았다.

"상인은……."

조반니가 말을 이었다.

"사업의 미래를 걱정하며 회사 이윤을 어떻게 투자할지 확신이 없었소. 불경기가 닥칠 기미를 느낀 그는 피렌체 재정 상태는 어떤지 분위기를 알아보라고 나를 여기에 보냈소. 어쩌면 그의 말이 옳다면, 먼저 여기에서 벌어지는 일이 결국에는 이탈리아 나머지 지역에서도 벌어질 거라고 그는 확신하고 있소. 당신이 해 줄 만한 조언이 있으시오?"

모네 씨는 그에게 딱하다는 시선을 던질 수밖에 없었다.

"볼로냐에도 우리 지점이 있소. 거길 찾아가 보시오. 거기에서 좀 더 정확한 조언을 들을 수 있을 거요. 그리고 당신은? 당신은 지금까지 무엇을 알아내셨소? 이 도시에 머물면서 어떤 정확한 관찰을 하셨소?"

"솔직히 말해서……."

조반니가 대답했다.

"정확한 생각을 하기에 단 하루는 너무 짧지 않소. 두 가지 정도의 부정적인 징후를 알아챘을 뿐이오. 무엇보다 먼저 내가 어린 시절을 보낸 루카와 비교할 때 빈부 차가 훨씬 더 심한 것 같소. 부자들은 항상 더 부자가 되고, 가난뱅이들은 점점 더 가난해지는 것 같소. 내 생각에는 나쁜 징후요. 아시오? 의학과 자연철학을 전공한 나는 사회를 하나의 유기체처럼, 그리고 돈을 각 신체 조직에 영양분을 공급하는 혈액처럼 관찰하는 경향이 있소. 어느 곳은 과다하고 또 다른 곳은 결핍되는 악순환이 계속되면, 나 같은 의사에게는 좋은 징후가 아니오. 일부 조직에 괴저(壞疽)가 발생하고, 결국 조직 전체에 영향을 미치게 되지요. 또 다른 부정적인 단서는 돈의 황제인 권력가가 자신의 일인 풍자시를 읊는 어릿광대를 때려 주려고 길에 멈추는 걸 본 거요. 만약 운수대통한 부유한 권력가가 불쌍하고 우스꽝스러운 시인을 상대로 화를 낸다면 배려심이 부족하다는 신호이지요. 시인에 대한 배려와 존중 이전에, 자기 자신의 운명에 대해 그리고 그 운명을 결정짓는 분인 하느님에 대한 존중이 부족한 거요. 역사상 거만한 권력층은 대단한 걸 이루어 낸 적이 없소. 그런 사람은 과도한 자기 확신이라는 위험스러운 판단을 내릴 뿐이오. 나는 이런 사람들과 사업하는 데 단한 푼도 낭비하지 않을 거요. 나를 파견한 상이에게 다른 지역에 투자하라고 조언할 거요."

"너무 서둘러 평가하지 마시오."

모네 씨가 대답했다.

"풍자에도 한계가 있는 법이오. 나는 죽은 이들을 놀리는 건 악취미라고 여기오. 게다가 내 아내 같은 여인에 대한 정당하지 못한 풍자일 때는 특히 더 그렇소. 불과 얼마 전에 세상을 떠난 사람을 두고, 주변 사람들에게 물어보시오. 성인의 명예를 걸고……."

"더 이상 논쟁의 여지가 없는 취향이지요."

조반니가 대답했다.

"시인을 매질하는 건……. 우리는 단지 사람에 불과하다는 것을 상기시키고, 다른 한편 고대인들이 믿던 것처럼 신의 시기심을 꺾는 신성한 역할을 하는 게 바로 풍자요. 우리의 결점을 들추어내는 게 풍자요. 그리고 우리를 먹여 살리는 대지와 단절하는 위험을 무릅쓰는 우리를 조롱하면서 우리를 되돌아보게 하는 게 풍자요. 겁을 주고 영원히 침묵하게 만드는 위험을 야기하느니, 이따금씩 과한 풍자를 허용하는 게 더 낫다고 나는 생각하오."

"차라리 나를 모욕하시오!"

모네 씨가 말했다.

"선량한 영혼의 내 아내를 모욕하지 말고……. 당신 아버지여야 한다고 말하는 피렌체에서 쫓겨난 그 시인처럼……."

"단테 알리기에리."

"단테 알리기에리, 그렇소."

"당신은 그분을 싫어한다면서요."

"전혀 중요하지 않은 오래된 이야기요."

모네 씨는 갑자기 비애에 사로잡혀 오른손 손톱을 빤히 들여다보았다. 그는 창문 너머 눈 아래에 펼쳐진 도시를 내려다보며 이내 마음을 진정시켰다.

"오래된 이야기요."

그가 되풀이해서 말했다.

"그리고 오래 전에 극복했소. 그의 영혼이 편히 쉬기를, 그가 쓴 천국에 있기를……. 사람들이 내게 그 『신곡』이 완성되지 못해 안타깝다고 말합니다. 솔직히 말해, 나는 그 책이 전혀 마음에 들지 않소. 너무 강한 적의와 심한 울분을 드러내는 책이오. 그리고 그의 집안보다 훨씬 더 고귀하고 존경받을 만한 우리 집안의 이름을 더럽혔소. 그러지 말았어야 했소. 신성한 교황들을 「지옥편」에 등장시키고 있소. 이는 신성하고 중요하게 여기는 교회와 같은 제도권을 모독하고 불신을 키우는 짓이오. 그는 뒤떨어진 역사의 낡은 관념에 따라 궁한 사람들에게 돈을 빌려 주는 이 땅의 소금 같은 존재인 우리를 고리대금업자로 낙인찍었소. 우리는 사업을 시작하는 데 돈이 필요한 사람들에게 피렌체 화폐를 빌려 주는 거요. 그리고 그들이 돈을 벌어들인 뒤에 우리에게 빌려간 돈을 되갚는 건 전혀 나쁜 일이 아니지 않소. 우리 없이는 지난 세기에 이룬 놀라운 발전을 상상할 수 없소. 교회의 훌륭한 인물들은 낡고 편협한 사고방식을 극복했소. 즉 이자를 받고 돈을 빌려 주는 것을 금하고 신성한 상품인 시간을 파는 것을 금지시켜야 한다던 사고방식을 떨쳐 버렸단 말이오……. 'Nummus non parit nummos 즉, 돈이 돈을 다시 만들어 내지 않는다'라고 이야기하며, 그들은 설교대에 서서 낡은 학설을 고수하는 이들을 혼내 주었소. 그런데 여기 피렌체에, 내가 젊었을 적에 비범한 설교가가 한 명 있었소. 사물의 이치를 이해하고 산타 크로체 교회에서 신학을 가르치던 프랑스인이었소. 그는 부를 이해하는 일에 무척 명석했던 데 반해 가난을 경험하는 일에 있어서는 무척 종교적인 사람이었소. 랑그도크†에 있는 세리냥 출신의 프랑스인이었는데……."

"혹시 피에르 리유?"

"바로 그요. 피에트로 디 조반니 올리비!"

"혹시 현재 조반니 교황이 몇 년 전 이단자라고 사형선고를 내리고, 시신이 끔찍하게 부패하도록 방치됐던 그 사람 아닌지요?"

"교황은 프란체스코 수도회 종교인들을 썩 좋아하지 않는다고 알려져 있지요."

"나도 싫소. 부패가 좀 더 진행된 상태라면……."

"그런데 그는 자신의 경제관념이 아니라 독선적일 정도로 강경한 자신의 신앙 이론 때문에 선고받았다고들 말하지요."

"그래, 피에르 리유는 이자를 받고 돈을 빌려 주는 것에 대해 뭐라고 말했나요?"

"그는 유일하게 합법적인 돈벌이는 노동의 대가뿐이라는 고리타분하고 편협한 관점을 극복했소. 그는 뭔가 다른 게 있다고 말했소. 향후 이윤을 예측하는 능력과 투자로 인해 발생할 수 있는

---

† 프랑스 남부에 있는 옛 지방.

위험 요소를 예상하는 상인의 능력이 그런 거요. 그런데 시인은 저주받을 탐욕, 구엘프 흑색당의 만족을 모르는 탐욕을 제외하고는 이 어려운 시대의 많은 부분을 이해하지 못했소."

"제 생각은 좀 다릅니다."

조반니가 대꾸했다.

"탐욕 자체에 대한 논쟁을 다룬다면 나는 전적으로 단테의 의견에 동감하오. 'Nummus non parit nummos, 즉 돈이 돈을 다시 만들어 내지 않는다'에 대해서는 당신과 같은 생각이오. 지나간 구시대적인 구호요. 하지만 당신이 말했던 대로 당신 은행가들은 사업하는 장사꾼들에게 돈을 빌려 주지요. 그리고 당신들이 아니고 그들이 부를 창출해 내요. 그런 경우에 투자 가치를 평가하고 발생할 여지가 있는 실패 위험을 감수했던 당신들의 능력에 대한 보상으로 창출된 부의 일부가 당신네 몫으로 되돌아온다는 것에 동의하오. 그런데 돈에서 만들어지지 않은 돈이오. 반대로 언제부턴가 순수한 환전 투기, 화폐에 대한 투자, 과도하게 증가하는 부채, 돈에서 만들어진 돈에 대해 떠들어 대기 시작했소. 반면 민중들은 돈보다는 빚이 더 많고, 더 이상 물건을 살 돈도 없소. 아무도 구입할 수 없다면, 만들어 내는 자는 도대체 누구를 위해 만드는 거요?"

"상황이 그렇게 간단치가 않소."

모네 씨가 대답했다.

"위기는 항상 있었소. 순환하는 위기는 언젠가는 끝나기 마련이오. 만약에 미래를 걸고 투자를 하고, 다시 벌어들인 부를 늘리기 위해 계속해서 재투자하려면 낙관주의자여야 할 필요가 있소. 이봐요 젊은이, 비관주의는 악보다 더 나쁜 거요. 불신을 낳을 뿐 얻는 게 없소. 불신은 재난의 어머니요. 위기에 대해서만 말하면 결국 위기가 닥치기 마련이지. 이 종말론적인 프란체스코 수도회 종교인들은 빈민들이고 세상의 종말이라는 건 한낱 이야기에 불과하오! 북유럽에 기근이 닥쳤지만 벌써 지나갔소. 우리는 적응 단계에 있소. 나는 당신네 시인들이 예상하는 온갖 파멸이 닥칠 거라고, 황금 소를 숭배한 사람들이 성서 속에 등장하는 신의 형벌을 받을 거라고 보지 않소. 시인과 프란체스코 수도회원만큼 경제를 무너뜨리는 자는 아무도 없소. 그들은 가난뱅이이고 실패자들이기 때문에 세상에 기아를 촉발시키기를 원하는 거요. 보이시오? 나는 하루 종일 일합니다. 나는 부자요. 그래요, 그런데도 그 부가 내 것이 아닌 것처럼 살아간다오. 내가 살아 생전 밟아 보지 않을 유럽의 일부 지역에도 내 땅이 있소. 그러나 내겐 당신은 상상도 하지 못할 책임감을 느끼고 있소. 나는 돈이 있소. 나는 많은 이들의 운명인 셈이오. 당신이 들어오기 전에 내가 하던 계산, 내가 내려야 할 결정, 이 모든 것이 많은 사람들의 삶을 바꾸게 될 거요. 돈은, 이보오, 이 세상을 움직이는 거요."

"그러나……."

조반니가 말했다.

"태양과 행성의 움직임은 아니지요."

"달에서부터 여기까지, 나를 믿으시게. 거의 모든 것을 움직인다네."

"살 수 없는 것은 제외하고요."

"달에서부터 여기까지 거의 모든 것을 살 수 있소."

그리고 그는 서랍을 열어 피렌체 금화를 한 움큼 집어 들고 조반니 눈앞에 있는 테이블 위에 올려놓았다.

"가지시오."

그가 말했다.

"당신이 내일 아침 전에 피렌체를 떠난다면 이 금화는 당신 거요."

조반니는 동전 하나하나에 그려진 바티스타를 바라보았다. 상당한 액수에 해당하는 금화가 적어도 스무 개 정도나 되었다. 그러나 그는 움직이지 않았다. 그는 놀라움을 숨기려고 애썼다.

"단테는······."

그가 말했다.

"당신 아내에게 사랑에 빠졌었소. 그리고 이곳 사람들은 그녀가 그의 구애에 무관심하지 않았다고 말하더군요."

"어느 여자에게나 세상에서 가장 아름답다고 말해 보시오. 그 말에 감격하지 않을 여자가 단 한명이라도 있나······"

"시인이 이 도시에서 쫓겨나는 데 당신도 일부 기여했다고 말하더군요."

"그 판결을 읊은 이는 굽비오† 출신의 외지인이었소. 나는 그가 누구인지도 모르오. 게다가 시인의 망명은 이 운 좋은 도시의 보호자인 조반니 바티스타의 뜻이었소. 당신에게 이미 말했듯이 나

----
† 피렌체가 속한 토스카나 지방 옆에 있는 움브리아 지방에 있는 도시.

는 단테가 마음에 들었던 적이 단 한 번도 없소. 그런데 당신은 무엇 때문에 그가 내 주의를 받을 만큼 그렇게 중요한 사람이어야만 한다고 생각하는 거요? 그는 허접한 시로 내 아내를 귀찮게 하던 불쌍한 인간에 불과하오. 이게 다요. 나는 그를 진지하게 생각해 본 적도 없고, 나나 우리 가족 전체에 위험한 인물이라고 여긴 적도 없소. 이탈리아가 하나이고 모든 사람들이 동일한 언어로 말하게 되기를, 교회가 일시적으로 자신의 권력을 포기하게 되기를, 유럽이 단일 정부로 통일되기를 꿈꾸었던 그는 선지자이고 이상주의자였소."

"그는 하나의 정부가 정의롭게 통치하는 평화스러운 세상을 꿈꾸었소."

"그러나 그 세상이 바로 이 세상이오. 주변을 둘러보시오, 조반니 선생. 여기는 늑대가 양을 잡아먹는 세상이오."

"그러나 늑대는 늑대이고 양은 양이지요."

조반니가 대답했다.

"바로 그 때문에 경제라는 동물이 절대로 너무 진화하지 않는 거요."

모네 씨가 빈정거리듯 말했다.

"우리는 서로 전쟁을 벌이는 유럽의 군주들에게 자금을 대 주고 있소. 전쟁 도발자들은 항상 있기 마련이오. 십자군의 무릉도원은 말할 필요도 없지요. 그렇게 빨리 해체되어 안타깝소. 이탈리아에는 무수히 많은 도시들 간에 충돌이 있었고, 이 때문에 지금까지 부가 번창했소! 양심이 편하기 위해서 모르는 척할 수 있소. 하지만 지난 세기에 이룬 대부분의 화려한 번성은 사랑보다는 증오의 결실이었음이 사실이오. 지상에 하느님의 왕국 즉, 모든 그리스도인이 기다리는 천년왕국과 우주의 평화가 오고, 시간이 끝날 때 신의 정의가 구현되는 승리는 길고 지루한 후퇴 단계에 불과하오. 하느님은 가능한 한 그것들로부터 우리를 멀리 떼어 놓고 있소."

조반니는 낙담하여 머리를 숙였다.

"호혜(互惠)에 대한 그리스도적인 생각을 짓밟는 사업이란 걸 이야기하는 거요."

"나는 재능에 대한 비유를 알고 있소. 하느님께서 내게 다섯 달란트를 주시면 나는 그것을 열 달란트로 만들어야 하오. 만약에 내가 재산을 배로 늘렸다면 나는 내 주변에 있는 사람들의 부와 행복에 기여한 거요. 이게 바로 나의 윤리관이오."

"그렇다면 주변을 좀 둘러보시오, 모네 씨. 산프레디아노 구역을 걸어 보시오. 그러면 당신을 둘러싸고 있는 자들의 현재 행복에 대해 알게 될 거요."

"나는 무지한 사람들과 자기 자신에 대해 돌볼 줄 모르는 하층 계급 사람들의 불행에 대해 책임감을 느끼지 않소. 하지만 유럽 전역에 얼마나 되는지 당신이 상상할 수 없을 정도로 많은, 나를 위해 일하는 모든 이의 행복에 대해서는 보장할 수 있소."

조반니는 대답하기를 그만두었다. 테이블 위로 손을 뻗어 달랑 세 개의 금화만 집어서 자신이 메고 있던 가죽 부대 안으로 집어넣었다.

"내가 여행하는 데 필요할 거요."

그가 말했다. 모네 씨는 그대로 앉아서 그의 손가락 끝을 쥐었다.

"안녕히 가시오, 선량한 양반."

그가 가소롭다는 듯이 말했다. 조반니는 몸을 돌려 문을 향해 두 걸음을 걸었다. 그리고 멈추어 다시 뒤로 돌아왔다.

"단테는 사람들이 말하는 대로 말라리아에 걸려 죽은 게 아니오. 독살당했소. 당신은 모든 걸 다 알고 있소. 말해 보시오. 당신도 그 일과 관련 있소?"

그는 손에 꼭 쥐고 있던 커다란 손수건으로 손을 닦는 모네 씨를 바라보았다. 서 있는 조반니는 앉아 있는 그의 못마땅해하고 있었다.

"어찌 됐든 그는 죽었소."

모네가 한숨을 쉬며 말했다.

"fiat voluntas Dei!†"

"Et santi iohannis††······."

루카 사람이 중얼거렸다. 바로 그날 늦은 아침에 그는 떠났다.

---

††††††††

† '하느님의 뜻이 이루어졌다'는 의미.
†† '그리고 성 요한······'이라는 의미. 조반니가 '죄를 회개하라'고 외치던 세례자 요한의 이름을 언급하며 모네에게 간접적으로 회개하라고 말한 것으로 이해할 수 있다.

9장

　라벤나에 있는 베아트리체 수녀에게 가을은 느린 회복 기간처럼 천천히 지나갔다. 예기치 못한 아버지의 죽음으로 인한 상처는 여전히 아물지 않고 그대로 남아 있었다. 이전에 아버지가 항상 테이블에 팔을 올려놓고 튼튼한 나무 의자 위에 앉아 있던 집에 들어설 때마다 그녀는 매번 아버지의 부재를 실감했고 극심한 고통이 그녀를 관통했다. 펜과 종이, 그리고 잉크가 놓여 있는 테이블이 아버지가 글을 쓰던 거기에 있었다. 이따금씩 아버지는 손에는 돋보기를 들고 독서대 위에 놓인 자필 원고를 펼쳐 보며 서재 책상 위에 몸을 숙이고 있었다. 그리고 테이블 위에 펼쳐져 있거나 안에 표시를 해서 덮어 놓은 책들이 여기저기 널려 있었다. 심지어는 침대 위에도 책이 놓여 있었다. 그리고 책들을 선반 위에

다시 꽂아 두는 사람은 거의 예외없이 그녀였다. 대체로 아버지는 그녀에게 아무 말도 하지 않았다. 그저 애정이 가득 담긴 눈으로 고개를 끄덕였다. 아버지와 그녀는 잘 이해한다는 시선을 서로 주고받곤 했다. 두 사람 사이에 말은 거의 필요치 않았다. 그녀는 적어도 연옥의 제1곡이 시작되면서 『신곡』을 제일 먼저 읽는 첫 번째 독자였다. 그것이 그녀의 중요한 역할인 셈이었다. 『신곡』의 시편이 한 곡 한 곡 완성될 때마다 옆 테이블에 가지런히 놓여졌다. 그러면 그녀는 그것을 집어 들고 읽었다. 그리고 이따금씩 아버지에게 코멘트를 하기도 했다. 그녀가 조용히 미소를 지으면 아버지는 그녀가 작품을 마음에 들어한다는 것을 이해하곤 했다.

이따금씩 그녀에게 비밀을 털어놓을 때면 아버지는 그녀를 베아트리체라고 부르기도 했다. 이제 그 서재에 들어가면 방은 적막하니 텅 비어 있다. 그녀는 어머니를 포옹하고, 다시 뿔뿔이 흩어지게 될 그녀의 가족들과 이야기를 나누었다. 그리고 또 다른 향수로 인해 괴로워했다. 형제들은 11음절 시를 쓰고, 쓴 시를 열변을 토하며 계속 읊어 댔다. 그러나 천국의 제21곡 시편은 절대 끝나지 않았다.

그러다가 다행스럽게도 그 아이가 그녀에게 왔다. 그녀는 아이에게 산수와 천문학을 가르치는 데 시간을 할애했다. 어린 단테는 사랑 그 자체였다. 끝없는 호기심으로 질문을 해 댔다. 한 번은 그녀가 조반니에 대한 이야기를 하고 말았다. 그러자 아이는 그녀가 자기 아버지를 알고 있다는 것을 알아채고, 그에 대한 모든 것을 알고 싶어 했다. 무적의 거인이었는지, 용기 있고 친절했는지…….

아이는 그가 왜 다른 아빠들처럼 매일 저녁 엄마가 있는 집으로 돌아오지 않는지 그 이유를 그녀에게 물었다. 그것은 그의 잘못이 아니라고, 그는 아이가 태어난 것을 전혀 알지 못하고 있었다고 아이에게 대답했다. 만일 그가 아이가 태어난 걸 알았더라면, 아이 친구들의 아빠처럼 아빠의 역할을 열심히 했을 것이라고 말해 주었다. 이윽고 상황을 이해한 아이는 그녀와 굳은 약속을 했다. 만약에 아이가 아직 라벤나에 있을 때 조반니가 나타나면, 베아트리체 수녀가 아이에게 아빠라는 걸 알려 주기로 했다. 단, 아빠에게는 아이가 그의 아들이라는 사실을 말하지 않은 채 말이다. 그렇게 해서 아이는 자기 아빠보다 유리한 입장에 있을 수 있게 된다. 그리고 자신이 누구인지 드러나기 전에 꼼꼼히 아빠를 살펴볼 수 있을 것이다.

"너의 아빠라는 걸 네가 알아챌 수 있도록……"

그녀가 아이에게 말했다.

"내가 그가 있는 데서 '원하는 대로 모든 것을 할 수 있는 곳에서 그렇게 원했으니†'라고 말할게, 알겠지? 이게 신호니까 이 시를 잘 기억하렴. 그러면 너는 아빠라는 걸 알지만, 우리는 아빠에게 그 사실을 말하지 않을 거야. 그리고 너는 네 아빠로 괜찮은지 보기 위해 아빠를 시험해 볼 수 있을 거야. 그리고 네 마음에 별로 들지 않으면 우리 둘 사이의 비밀로 남는 거야."

단테는 그 생각이 아주 마음에 들었다. 아이는 그 순간이 오기

....
† 'vuolsi cosi cola dove si puote/cio che si vuole'로 「지옥편」 제5곡에 나오는 시행.

를 초조하게 기다리면서 사건이 벌어지는 걸 상상하고 미리 예상하기 시작했다. 한편 베아트리체 수녀는 피보나치 수[†]를 이용한 계산, 톨로메오의 천문학, 라틴어 문법 기초를 아이에게 가르쳤다. 그러는 동안 그녀도 자신의 상념에서 벗어났다. 모든 상념에서, 아니 솔직히 말해서 딱 한 가지만 빼고. 사실 그녀를 괴롭히며 갉아먹는 나무좀 하나가 있었다. 그녀의 마음을 차지한 비밀 하나가 그녀를 편히 쉬게 놔두지 않았다. 그녀는 『신곡』의 빠진 시편들이 어디에 있는지 발견했다. 그러나 그것을 손에 넣을 수는 없었다. 어느 날 갑자기, 열세 곡의 시편이 시인의 침대 뒤에 놓여 있는 매트 뒤편에 있다는 것을 알아챘다. 독수리가 새겨진 궤짝 안에서 찾아낸 네 장의 종이에 쓰여 있는 베르길리우스의 시를 생각하다가 찾아내기에 이르렀다.

Sacra suosque tibi commendat Troia Penates.

즉, '트로이가 너에게 그의 페나테스 신들을 맡긴다'라는 구절이다. 로마의 집 안에는 대체로 벽면에 개방된 감실(龕室)을 만들고, 그 안에 라레스와 같은 페나테스를 모셔 두었다. 그리고 그들의 집은 고대 로마 주택 구조로 지어졌다. 고대의 라라리움[††]을 찾을 필요가 있었다. 십중팔구 주랑(柱廊)[†††] 중정인 페리스틸룸 구석

[†] 예를 들면 1, 1, 2, 3, 5, 8, 13, 21, …처럼 앞의 두 수를 합한 수로 나열된 수열.
[††] 라라리움 lararium: 고대 로마인의 집 안에 있었던 가정의 수호신 라레스를 모신 사당.

어딘가에 있을 것이다. 아버지의 침실이 고대 주랑이 세워져 있는 곳을 향해 놓여 있었기 때문에 그녀는 바로 매트 뒤를 살펴볼 생각을 했다. 그리고 실제로 라라리움을 찾아냈다. 벽에 움푹 패여 있는 구멍 안에 더러워진 대리석 상자가 있었다. 상자 양 옆의 조각에는 예루살렘에 언약의 궤를 가져오는 다윗의 이야기가 새겨져 있었다. 『신곡』의 마지막 시편들이 그 안에 들어 있다는 데 의심의 여지가 없었다.

그런데 뚜껑이 잠겨 있었다. 자물쇠는 상하, 혹은 좌우 어느 방향에서 읽어도 똑같은 글자 '사토르'가 적혀 있다. 그 유명한 사토르 회문(回文)[††††]이 적혀 있는 대리석 조각으로 만들어져 있었다.

S	A	T	O	R
A	R	E	P	O
T	E	N	E	T
O	P	E	R	A
R	O	T	A	S

자물쇠를 열려면 비밀 단어를 꾹꾹 눌러야 했다. 단어를 연속적

[†††] 여러 개의 기둥이 나란히 서 있는 공간 부근에 가족들의 거실, 침실과 연결되는 고대 로마 시대 주택의 두 번째 중정 부분.

[††††] 사토르SATOR 회문: 앞에서부터 읽으나 뒤에서부터 읽으나 같은 단어나 어구.

으로 조합하여 만든 비밀 단어였다. 그녀는 지칠 때까지 시도해 보았지만 모두 수포로 돌아갔다. 한 번은 망치로 그 작은 상자를 부셔 버리고 싶은 유혹마저 느꼈다. 그러나 자칫 그 내용물을 망칠까 너무도 두려웠다. 그러나 형제들에게는 아무 말도 하지 않았다. 그녀는 이 비밀을 이야기하고 도움을 받기 위해 조반니의 귀가를 간절히 바랐다. 비밀단어 조합의 단서는 네 장의 종이에 언급된 다른 시편에 숨겨져 있었다. 아무리 궁리해도 머리가 복잡해질뿐 그 어떤 고무적인 결과도 얻을 수 없었다.

마침내 11월 초순경 추운 오후에 정말로 조반니가 도착했다. 숨을 가쁘게 몰아쉬며 집 안으로 들어온 그는, 서재 테이블에서 라틴어 연습문제를 풀고 있던 어린 단테와 산보나벤투라의 책을 읽고 있던 베아트리체 수녀를 보았다. 젬마는 정원에서 자신의 생각에 완전히 빠져 있었다. 그녀는 피렌체에서 자신을 기다리고 있는 골치 아픈 재산 문제에 직면하기 위해 떠나고 싶다는 생각을 하기 시작했다.

"열세 곡의 시편이 어디에 있는지 내가 알아요."

루카 사람이 수녀에게 바로 말했다.

"침대 뒤에 있소. 매트에 적힌 시의 문제 숫자 155-515-551은 궤짝 안에 있는 시에서 가리키는 거요."

"내가 그것을 벌써 알아냈어요."

베아트리체 수녀가 조반니에게 말했다. 그리고 큰 목소리로 "하는 대로 모두 할 수 있는 곳에서 그렇게 원했으니"라고 덧붙여 말하며 조반니를 상당히 어안이 벙벙하게 만들었다. 그리고 그녀는 사토르 회문이 적혀 있는 상자를 보여 주려고 그를 침실로 데려갔다. 어린 단테는 숙제하던 것을 바로 그만두고 방 안으로 그들을 따라 들어갔다. 그러고는 거의 황홀경에 빠진 듯 멍한 표정으로 그를 바라보았다. 조반니는 그가 약간 정신이 나간 꼬마라고 생각했다. 그는 베아트리체 수녀에게 그 아이가 누구인지, 그리고 이렇게 중요한 일을 하는 중에 발에 거치적거리게 내버려 둘 필요가 있는지 따로 물었다.

"귀엽죠, 그렇죠?"

수녀가 말했다.

"우리 아버지랑 조금 닮은 것 같지 않나요?"

"음…… 잘 모르겠소. 그런데 왜, 누구요?"

베아트리체 수녀는 특별히 그녀의 보살핌을 청하며 어느 정체를 알 수 없는 여인이 수녀원에 맡긴 아이라고, 또 아이가 단테를 아주 많이 떠오리게 하기 때문에 아이를 좋아하게 됐다고 설명했다. 그리고 그들이 아직 풀리지 않은 비밀을 알아내려고 애쓰는 동안 그들과 함께 있어도 전혀 나쁠 것 없다고 했다. 그렇게 말하면서 그녀는 벽에서 매트를 걷어 내고 신기한 자물쇠가 달린 상자를 꺼냈다. 조반니는 회문을 읽고 설명하기 힘든 좌절감에 사로잡혔다. 시인은 그것보다 더 어려운 것을 만들 수 없었을 것이다.

"그래, 뭐라고 부르는지 아세요?"

안토니아가 물었다.

"뭐라고 부르냐고요? 거꾸로 읽어도 똑같은 글귀인 회문이오.

아, 아니지. 당신은 저 아이를 뭐라고 부르는지를 물어본 거군요. 아니, 내가 어떻게 그걸 알겠소? 그런데 그런 이야기를 하기에 적당한 순간도 아닌 거 같은데요."

"이름은 단테예요."

그가 입을 열기 전에 수녀가 대답했다.

"아, 음…… 안녕, 꼬맹이 단테, 내 이름은 조반니란다."

그는 한숨을 쉬었다. 그는 베아트리체 수녀가 제정신이 아니라고 생각했다. 그들이 그렇게 찾아 헤매던 열세 곡의 시편을 손에 쥐고 있는데, 그녀는 더 이상 시편에 흥미가 없는 것 같았다. 그가 단테의 글 속에서 찾아냈던 일련의 숫자들과 SATOR라는 회문을 가지고 무엇을 해야 할지 정말 알 수 없었다. 그 글 안에는 그 각각의 자물쇠를 열기 위한 열쇠가 들어 있는 것처럼 여겨졌다. 그런데 열쇠는 숫자이고, 자물쇠는 알파벳으로, 그 둘 사이에는 전혀 아무런 관계도 없다. '음…… 어디 보자. 다섯 개의 글자로 된 다섯 단어……. 아니, 아무런 상관이 없어……. 이십오…… 삼십삼…….'

"지금 꼬맹이 단테가 주전원(周轉圓)† 이론을 배우고 있는 중인 걸 아세요?"

그가 보기에 이상할 정도로 아이는 그를 빤히 지켜보고 있었다. 그런데 지금 조반니는 단지 집중해야 할 필요가 있었다. 그는 자신이 알아낸 것을 안토니아에게 전하려고 라벤나에 돌아왔다. 그

---

† 그리스의 천문학자 프톨레마이오스가 행성들의 역행과 순행을 설명하는 행성의 운동 궤도.

리고 적어도 문제를 해결했다고 믿었다. 반대로 베아트리체 수녀는 매트에 대한 비밀을 혼자서 해결했다. 아무튼 이 모든 걸로 충분치 않았다. 첫 번째 수수께끼를 해결하고 나면 그 뒤에는 더 복잡한 게 아직 숨어 있었다.

그는 늘 가던 여인숙으로 방을 잡으러 가겠다고 말했다. 그러나 그날 밤 그는 눈을 붙이지 못했다.

그다음 날 그는 손에 상자를 들고 머릿속으로 회문을 생각하며 시인의 침대 가장자리에 앉아 있었다. 갑자기 집의 현관문을 시끄럽게 두들겨 대는 소리가 들렸다. 베아트리체 수녀와 아이가 문을 열어 갔다. 그리고 거기에서 낮은 목소리로 이야기하면서 멀어져 가는 소리가 들렸다.

그는 상자를 들고 침실에 남아 있었다. 그리고 새로운 수수께끼를 풀어 내기 위해 궁리하기 시작했다. '그렇지 않으면.' 그가 혼잣말을 했다. '그냥 억지로 상자 뚜껑을 열어 볼 수도 있잖아.' 서재 벽에 걸린 검이 떠올랐다. 그 검을 이용해 열 수 있을 것 같았다. 옆방과 침실을 분리하는 커튼에 거의 도착했다. 그런데 그는 걸음을 멈추었다. 저쪽에서 브루노의 목소리가 점점 가까이 들려오는 것 같았기 때문이다. 아니, 어쩌면 그의 간절한 바람 탓에 그의 목소리가 들렸을까? 브루노야말로 그 비밀을 풀 수 있도록 그를 도와줄 수 있는 사람이었기 때문이다. 그는 귀를 커튼 가까이 갖다 댔다. 그렇다. 바로 그의 친구 브루노의 목소리였다. 어째서 브루노가 라벤나에 왔을지 모를 일이었다. 조반니는 그가 왔다는 사실에 잠시 기뻐했다. 순간 이렇게 말하는 소리가 분명히 들었다.

"젠투카는 볼로냐에 내 아내와 함께 있소. 나는 조반니의 아들을 다시 데려가려고 여기에 왔소."

조반니는 아무것도 듣지 못한 척하려고 재빠르게 뒤로 돌아왔다. '젠투카, 조반니의 아들'……. 꼬맹이 단테!……. 심장이 쿵쾅쿵쾅 뛰기 시작했다. 그는 식은땀을 흘렸다. 이전에 한 번도 느껴 보지 못한 불안과 공포가 엄습해 왔다. 시간이 멈춰 버린 것 같은 몇 초가 지나갔다. 이윽고 커튼이 열리고 안토니아, 브루노, 그의 아들 단테가 들어왔다.

아홉 살짜리 단테, 조반니의 아들……. 그러면 젠투카는…….

그는 아무것도 아닌 척해야만 했다. 시간을 벌어야만 했다.

"브루노, 무슨 바람이 불어서……."

"조반니!"

그들은 서로 포옹했다. 그들이 몸을 떼었을 때 그의 눈은 젖어 있었다.

"살짝 감기에 걸렸어. 이런 추위에 피렌체에서 왔거든. 아펜니노 산맥은 벌써 눈으로 덮여 있어."

그는 미소를 짓고 있는 어린아이의 시선과 마주쳤다. '이 아이도 알고 있군.' 그가 생각했다. 이번에는 그가 희미한 미소를 지었다. '나만 아무것도 모르고 있었군.' 그는 속으로 혼잣말을 했다. '나는 아버지가 된다는 게 무슨 의미인지 전혀 모르는데…….' 그가 느낀 첫 감정은 억누를 수 없을 정도로 부적절하다는 느낌이었다. 그런데 아이가 그의 손을 잡았다. 그리고 자신의 안내자를 찾아낸 맹인처럼 그의 옆에 찰싹 붙었다.

그들은 대리석 상자를 들고 서재로 돌아왔다. 안토니아가 테이블 위에 그것을 올려놓았다.

"어떤가, 조반니? 뭔가 알아냈나?"

"아니, 솔직히 아닐세. 이 이야기는 항상 이렇게 놀라움으로 가득하군."

그러자 브루노는 오랫동안 그 기이한 숫자 조합에 대해 생각했다고 조반니에게 이야기하기 시작했다. 그 숫자들은 다윗의 수자를 이용한 점술에 대한 아우구스투스의 해석과 관련 있다. 그 숫자들은 그리스도론의 우화를 이끌어 내기도 했다.

"한 개의 숫자 1과 그리고 두 개의 숫자 5는……."

그가 말했다.

"오각형 두 개를 서로 역으로 뒤집어서 겹쳐 놓을 때 만들어지는 성스러움의 상징인 별 모양 즉 펜탈파†에 새겨진 숫자일 수 있네."

그리고 그는 원을 하나 그렸다. 원 안에 각각 다른 정사각형에 대해 사선으로 평행면을 지닌 두 개의 정사각형을 그렸다. 그리고 팔각형이 만들어지도록 두 정사각형의 모서리를 연결하였다. 그리고 원 안에 십자가의 상징 역시 그려 넣었다. 팔각형 옆면에 1부터 8까지의 숫자를 써 넣었다. 그리고 성스런 별의 각각의 꼭짓점

---

† 펜탈파pentalpha : 오각형 두 개를 거꾸로 겹쳐서 만들어진 별 모양으로 성스러운 십자가의 상징.

에 아라비아 숫자로 1부터 5까지, 그리고 로마 숫자로 I부터 V까지 적어 넣었다. 처음 여덟 개의 숫자는, 오른쪽 제일 위에 있는 옆면에서 시작해서 오른쪽으로 돌아가면서 숫자가 점점 커지는 방식으로 기록해 두었다. 두 번째 다섯 개의 숫자는, 다섯 개의 꼭짓점을 가진 별을 그리면서 연속적으로 만들어지는 꼭짓점마다 순서대로 숫자를 붙여 나갔다.

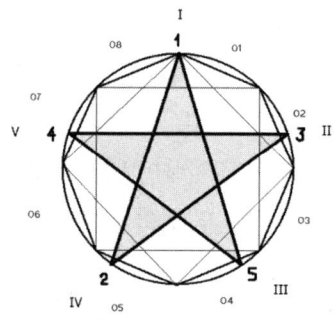

조반니는 아이를 바라보았다. '귀여운 아이로군.' 그는 생각했다. '정말로 할아버지랑 닮았어!'
"펜탈파는……."
브루노가 말했다.
"다섯 개의 감각을 지닌 인간을 상징하네. 그리고 특히 금성의 이미지이기도 하지……."
"나는 이해가 안 가요."
베아트리체 수녀가 물었다.

"왜 펜탈파를 팔각형 안에 그려 넣었는지……."

"팔각형은 금성의 팔 년 주기를 형상화한 거요."

브루노가 대답했다.

"팔각형 안에 있는 오각형은, 태양을 도는 비너스의 이동이 팔 년 동안 다섯 번 일어남을 의미하지요. 그림을 잘 살펴보면 예를 들어, 조반니…… 조반니!"

'단테는 정말로 나의 아버지였어. 나한테 그런 아버지가 있었던 거야.' 그는 생각하는 중이었다. '그리고 이 아이 단테는 내 아들이야, 바로 그랬군…….'

"그래, 그림."

조반니는 말했다.

"그림을 살펴보면……."

'바로 그래서 젠투카가 움직일 수 없었던 거로군, 거기에서……. 그런데 왜 그녀는 떠나 버렸을까?'

"그림을 살펴보면……."

브루노가 말을 이었다.

"8년 주기인 금성의 운동을 설명하고 있지. 생성이 다섯 번 태양과 일직선이 되는 주기지. 팔각형의 여덟 개의 옆면은, 신의 성육신(成肉身)†에 의한 1301년부터 1308년까지의 8년을 나타낸다고 추론하지. 그렇지 않으면 예를 들어 꼭짓점 I에서 금성과 태양이 일치한다고 추론할 수 있지. I부터 V까지 순서에 따라 붙여진 수

---

† 예수가 인류 구원을 위하여 성령에 의하여 마리아에게 사람으로 잉태된 일.

는, 팔각형의 여덟 개의 옆면이 나타내는 연속적인 8년 주기에서 금성이 태양과 일치하는 순간을 가리키게 되지. 만약에 꼭짓점 I이 첫 번째 1년에 해당한다면, 1301년 5월 25일 성육화로부터 시작해서 8년이 지난 뒤 거의 정확하게 출발점으로 되돌아오지. 다섯 개로 이루어진 별의 다른 꼭짓점들은 대략 1302년 10월 말, 1304년 6월 초, 1305년 1월 초순 혹은 마지막 세 번째 달 성육화, 그리고 마지막으로 1307년 8월 중순을 가리키는 거야."

'왜 그녀는 나에게 알려 주지 않았을까?' 루카 사람이 자문했다. 그녀가 다른 작자와 도망쳤다고 결론 내릴 때마다 다시 생각했다. '내가 좀 더 용기를 냈어야 했어.' 그는 속으로 혼잣말을 했다. '그녀가 거기로 돌아왔을 때 어떤 대가를 치르더라고 루카에 가야 했어. 그런데 지금 그녀는 볼로냐에 있어.'

그는 볼로냐에 3년 동안 머물렀다. 한데 그녀는 왜 그에게 메시지 한 장 보내는 걸 시도조차 하지 않았을까? '어쩌면 경제적으로 쪼들렸겠지……. 어쩌면 내가 용기 있게 행동하기를 기다렸을 지도 몰라.'

"이제 살펴보게."

친구가 계속해서 말했다.

"1부터 5까지 아라비아 숫자가 팔각형 위가 아니고, 주변 원 위에 표시된 것으로 보게. 지난 팔 년 동안 연속적으로 다섯 번에 걸쳐 태양과 일직선으로 겹쳐지는 금성을 보게 될 하늘 지점일세. 만일 팔각형이 8년 주기를 표현한다면 원이 황도대(黃道帶)[†]일 거라고 생각하게. 그러면 다섯 개의 상이한 황도대 별자리[‡]에 상응하는 일식을 다섯 지점에서 관찰하게 되는 거지. 제1지점은 5월 25일에 상응한다고 말했지. 아무튼 처음에는 금성과 태양이 양자리†††에서 발견될 걸세. 그리고 나서 금성이 하늘에서 그러한 것처럼, 종이에서 손을 떼지 않고 별의 다섯 꼭짓점을 그리기 위해††††, 항상 약 216도의 중심각 회전시켜야만 하지. 그리고 두 번째 보이는 전갈 별자리에서 금성과 태양을 보게 되고, 세 번째는 쌍둥이 별자리, 네 번째는 염소자리, 다섯 번째는 사자자리이고, 그리고 다시 양자리로 돌아오게 되지. 만들어진 원에 찍힌 구상점 구간을 연결함으로써, 다섯 개의 꼭짓점을 가진 멋진 별 모양이 만들어지게 되지. 이렇게 신성한 별 펜탈파를 하늘에 그리면서 금성이 8년에 걸쳐 태양과 다섯 번 마주치게 되는 거지. 조반니, 내 말을 듣고 있는 건가?

"그럼, 물론이지. 펜탈파라고, 알아. 금성과 관련된……"

"그리고 아무튼 일련의 숫자들 1-5-5, 5-1-5, 5-5-1는, 황도대의 원 위에, 그리고 천문학 달력의 팔각형 위에 있는 사랑의 행

---

†   각각 약 8도의 폭을 지닌 황도의 남북으로, 태양 달 행성 등이 운행하는 천구(天球)의 영역.

††   황도대의 열두 개 별자리는 양, 황소, 쌍둥이, 게, 사자, 처녀, 천칭, 전갈, 궁수, 염소, 물병, 물고기.

††† 양자리는 황도 십이궁의 첫째 자리.

†††† 다음 그림에 표시된 순서로 가능한, 손을 떼지 않고 별의 다섯 꼭짓점을 그리는 펜탈파 퍼즐.

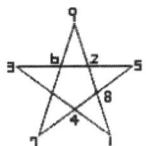

성†의 상이한 위치 세 군데를 나타내는 것일 수 있어. 예를 들어 내가 그린 그림을 보게. 왼쪽에 다섯을 가리키는 로마 숫자 V, 중앙에는 하나를 가리키는 I, 오른쪽에 아라비아 숫자 5가 정렬되어 있지. 이게 비밀을 푸는 열쇠가 될 수 있어. 일반적인 서체 방향대로 왼쪽에서 오른쪽으로 읽는 거야. 그림은 「연옥편」 마지막 시편에서 언급된 5-1-5로 나타낼 수 있지. 자네 내 말이 이해 가나?"

"뭐, 그래. 확실해. 그럴 수 있어……."

"자네, 단테가 피렌체에서 젊은 시절 참여했던 '충실한 사랑'이라는 시인 모임을 알고 있나? 게다가 그는 특별한 방식으로, '세 번째 하늘을 움직이는 그대††……'라는 식으로 비너스의 영향에 대한 주제 발표를 했었지."

조반니는 그 모든 해 동안 젠투카가 아이를 낳았을 수도 있으리라는 생각을 어째서 전혀 하지 못했는지 자책하듯 스스로에게 자문하고 있었다. 마치 그 스스로 이 생각에 거리를 두고 싶었던 것처럼 말이다. '나는 아버지를 찾고 있었는데, 그런데 아버지는…… 나였어…….'

잠시 후에 베아트리체 수녀가 브루노에게 얼룩덜룩한 대리석으로 만들어진 작은 상자를 보여 주었다. 그리고 그에게 SATOR 회문을 가리켰다. 브루노는 그것을 꼼꼼히 들여다보더니 자신이 아는 바로는, 수많은 집과 십자군 교회에 있는 것이라고, 그리고 이

---

† 금성, 즉 비너스는 로마 신화에서 사랑의 여신.
†† 단테의 『향연(1306~1308년 사이)』 2장에 나오는 시행.

미 그 자체로 비밀스러운 이 글자 안에 감추어진 의미가 있음에 틀림없다고 말했다.

"쓰인 글자의 의미[†]는……."

브루노가 설명했다.

"'sator Arepo', 즉 '씨 뿌리는 사람 아레포네가 조심스럽게 바퀴를 끼운다' 혹은 'opera arepus' 즉 '씨 뿌리는 사람이 조심스럽게 자신의 마차에 바퀴를 끼운다'고 해석하는 게 그래도 제일 그럴 듯한 숨겨진 의미일세. 모든 A와 O 글자를 이어서, 팔각형에 대해 그리고 십자군 십자가에 대해 암시하고 있어. A와 O는 알파와 오메가, 글자의 처음과 끝 그리고 성경에 의하면 시간의 시작과 끝이지. 이 두 글자를 이을 때 T를 지나치게 되지. T는 그리스 자모의 열아홉째 글자인 타우, 그리스도교 역사상 중요한 순간인 십자가의 상징일세. 그리고 한가운데에서 그려진 선들은 이으면 팔각형 안에 새겨지는 십자군 십자가가 나타나지."

그리고 그는 설명을 해 나가면서 그림을 그렸다.

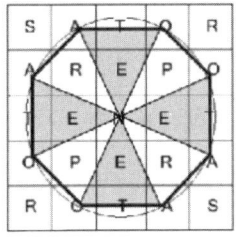

[†] 회문에 적힌 라틴어 SATOR, AREPO, TENET, OPERA, ROTAS의 의미.

"몇몇 사람들에 의하면……."

그는 말을 덧붙였다.

"팔각형은 팔각형 모양의 교회인 쿠폴라 델라 로차의 이미지라는군. 십자군 기사들이 예루살렘에서 지키던 교회였지만 지금은 회교사원이지. 사실 안에 열두 개의 기둥이 세워져 있는 팔각형의 회교사원 지도는 십자군 십자가와 닮은 그리스 십자가를 만들어 내지."

그리고 그는 이 설명 역시 그림을 그려 가며 보여 주었다.

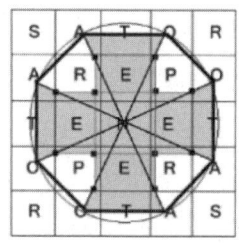

"그런데 그렇게 보는 이유는……."

브루노가 말을 이었다.

"SATOR 회문은 극히 예외적인 상징으로 보는 마술적인 힘 PATERNOSTRO[†], 즉 파테르노스트로를 포함하고 있어. 여전히 십자가를 의미하는, 그러나 완벽하지 않고 이중적인 말의 순서를 바꾼 철자지. 여기서 다시 알파와 오메가, 시간의 처음과 끝을 의

....
† 라틴어로 주기도문.

미하는 A와 O가 다시 관찰되지. 그리고 십자가의 상징인 네 개의 T와 남아 있는 두 개의 A와 두 개의 O를 다시 선으로 이으면 완벽한 팔각형 모양이 만들어지지."

그리고 그는 자신이 말하는 바를 그림으로 보여 주기 위해 다시 한 번 더 스케치를 덧붙였다.

조반니는 아이가 점점 더 감탄하면서 브루노를 바라보는 동안 어린 단테의 시선에서 실망의 흔적을 읽어 냈다. 브루노가 말하는 걸 전혀 알아듣지는 못해도, 아이는 자기 아버지가 영웅같이 보이기를 원했는데 그와 반대로 브루노가 더 영리한 사람이라는 걸 직감적으로 알아챈 것이다.

"그래서 바로 이게 열쇠가 될 수 있는 걸세."

브루노가 말을 이었다.

"『신곡』의 숫자는 팔각형 안에 새겨진 펜탈파, 즉 금성의 순환을 암시하면서 신전이 있는 장소를 가리킬 수 있어. 그 장소는 회문에서 다섯 개의 꼭짓점이 달린 별의 흔적을 간직하고, 북쪽으로 향해 있는 회교사원의 지도 위에 그려져 있어야만 해. 1-5-5라는 숫자의 연속은 이와 같은 위치를 가리킬 수 있지."

그는 아주 정확하게 그림을 그렸다.

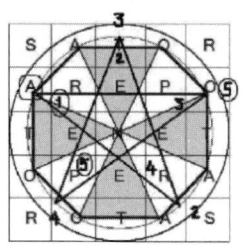

"팔각형 측면에 적혀 있는 별 안의 숫자들은 시간, 연속적인 위치를 가리키고, 그 밖에 있는 것은 반대로 연속해서 일식이 일어나는 위치를 알려 주지. 두 개의 숫자 5, 왼쪽에 숫자 1이 오게끔, 알파 즉 A에서 시작하지. 왼쪽에서 오른쪽으로 읽으면 1-5-5가 만들어지지. 그리고 나서 팔각형에서 오른쪽을 향해 약 1년 반 정도씩 앞으로 나아가는 셈이지."

그리고 그는 종이 위에 그림을 그렸다.

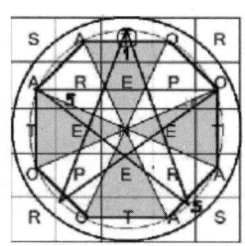

"이제 왼쪽에서 오른쪽으로 나아가면, 앞에 그린 그림은 5-1-5를 나타내지. 마지막으로 팔각형에서 약 1년 반을 회전해 보세."

그리고 그는 그 모양을 스케치했다.

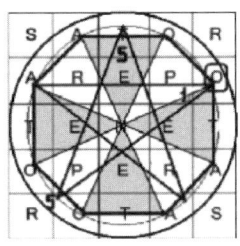

"왼쪽에서부터 보면 5-5-1이 있지. 마지막 가로 줄에 적힌 ROTAS의 O와 A 위에 각각 1을 오게 하면, 다른 두 가지 그림도 가능하지. 그러면 처음에 만들어지는 건 다시 한 번 1-5-5이고, 두 번째로 만들어지는 건 5-1-5이지. 단지 5-5-1 배열의 숫자만 반복되지 않고 유일하게 한 장소만 가리킨다네. 그리고 우리가 전설을 믿고 싶다면, 그 장소는 예루살렘의 십자군의 궤가 숨겨진 장소이지. 한 번뿐인 배열 5-5-1, 즉 reductio da unum[†]을 표현한 「천국편」의 숫자 배열은, 가로로 적힌 AREPO와 세로로 적힌 ROTAS의 O를 가리키는데, 이는 성지의 북동 방향 구석이네."

조반니는 품에서 상자를 꺼냈다. 별의 다섯 꼭짓점에 해당하는 자물쇠 장치에 오른손 다섯 손가락을 갖다 댔다. 중지는 첫 번째

---

† 복잡한 사실을 단순한 하나의 진실로 환원한다는 의미의 라틴어 표현.

줄 SATOR의 T에, 검지와 약지는 두 번째 줄의 AREPO의 A와 O에, 엄지와 소지는 마지막 줄 ROTAS의 O와 A에 갖다 댔다. 상자의 뚜껑이 순식간에 열렸다. 뚜껑을 들어 올렸다. 상자 안에 자필 원고 몇 장이 들어 있었다. 첫 장에 「천국편」 21이라고 적혀 있고, 그 아래에 시인의 것이 틀림없는 시행이 적혀 있었다. 안토니아가 감동으로 떨리는 목소리로 그 시행을 읽어 내려갔다.

> Già eran li occhi miei rifissi al volto
> de la mia donna, e l''animo con essi,
> e da ogne altro intento s''era tolto.
>
> E quella non ridea; ma 《S''io ridessi》,
> mi cominciò, ¶\tu ti faresti quale
> fu Semelè quando di cener fessi:
>
> ché la bellezza mia, che per le scale
> de l''etterno palazzo più s''accende,
> com''hai veduto, quanto più si sale,
>
> se non si temperasse, tanto splende,
> che ''l tuo mortal podere, al suo fulgore,
> sarebbe fronda che trono scoscende.

Noi sem levati al settimo splendore,
che sotto 'l petto del Leone ardente
raggia mo misto giù del suo valore⟩.

나의 눈은 이미 내 여인의 얼굴에
고정되어 있었고, 눈과 함께 내 마음도
다른 모든 것에서 벗어나 있었다.

하지만 그녀는 웃지 않고 말을 꺼냈다.
만약 내가 웃는다면, 그대는 재가
된 세멜레처럼 되어 버릴 것이오.

그대가 보았듯이, 나의 아름다움은
영원한 궁전의 계단들을 거쳐
위로 올라갈수록 더욱더 불타오르고

눈부시게 되어, 만약 절제되지 않으면,
그 찬란함에 그대 인간의 능력은
번개에 부서지는 나뭇가지처럼 되리다.

우리는 지금 일곱째 광휘에 올라왔으니,
그 빛은 불타는 사자의 가슴 밑에서
지금 저 아래 세계를 비추고 있지요.

다들 시인과 함께 일곱 번째 하늘에 있었다. 조반니는 단테에게 행복이란 그러하다고, 삶과 세상과 열여덟 살에 사랑한 여인과 끊임없이 사랑에 빠지는 것이라고 생각했다. 그리고 조반니는 그 사랑이 너무 일찍 찾아왔다면, 어떤 방식으로든 그 대가를 지불했다면, 그 사랑은 나무 잎 위에 떨어진 번갯불처럼 소각되었을 것이라고 생각했다. 화려한 신성 속의 제우스를 본 세멜레† 마냥 몇몇 감정들은 불살라지기도 한다.

베아트리체 수녀는 눈에 눈물이 가득한 채 브루노를, 그리고 조반니를 얼싸안았다.

"그 사람이었어요."

어린 단테가 말했다.

"조반니였어요. 그 분이 무척 똑똑한 거지요? 그렇지요, 안토니아 아줌마?"

그리고 따지고 보면 조반니가 아버지 노릇을 하는 게 걱정했던 것처럼 어렵지 않다고 생각했다. 아이의 마음은 그렇게 후한 점수를 주며 아빠를 영웅으로 여긴다. 우리가 어렸을 적에 이상화했던 어마어마한 인물 수준까지 될 필요가 없다.

"조반니, 당신에게 개인적으로 할 이야기가 있어요."

베아트리체 수녀가 말했다.

"나는 벌써 다 알고 있소."

....

† 제우스와의 사이에 디오니소스를 낳고, 번개의 신 제우스의 장엄한 모습을 보고 싶다는 그녀의 소원을 제우스가 들어 주면서 벼락에 맞아 죽음.

그가 대답했다.

"그리고 내가 개인적으로 할 이야기가 있는 사람은 꼬맹이 단테요."

그래서 다른 사람들은 저쪽 방 침실로 가고, 그들 둘만 남았다.

그들이 무슨 이야기를 주고받았는지 상상하는 건 그리 어렵지 않다. 다른 이들이 서재로 돌아왔을 때 어린 단테는 머리를 자기 아버지의 한쪽 어깨에 기대고 아버지의 팔 안에 잠들어 있었다. 아이는 꽤나 무거웠다.

조반니는 말없이 침묵 속에 견디어 냈다. 단단히 속죄할 필요만 있었다.

3부

라비나노 마을의 재주 많은 한 남자가 이야기했다. 오랫동안 단테의 제자였던 그의 이름은 피에로 자르디노였다. 어느 날 밤이었다. 우리가 동틀 무렵이라고 할 만한 시각에, 앞에서 언급한 야고보가 그의 집에 왔다. 그리고 피에로에게 바로 그날 밤 조금 전에 꿈에 그의 아버지 단테가 나타났다고 이야기했다.
아버지는 아주 하얀 옷을 입고, 길을 밝히는 등불을 들고 그에게 왔다.
그리고 살아 생전 침실로 쓰던 방을 향해 손가락으로 가리키는 듯했다.
한밤중에 어안이 벙벙한 채 피에로는 그와 함께 어디를 가리키는지 보러 갔다.
그리고 거기에서 벽에 걸린 매트를 발견했다. 그것을 살짝 들어 올리자 그 전에 식구들 중 아무도 본 적이 없는 벽에 나 있는 창문 하나를 보았다.
거기에 그런 게 있으리라곤 전혀 알지 못했다. 그리고 거기에서 습기 때문에 곰팡이가 끼인 원고를 찾아냈다. 그들이 찾고 있던 열세 곡의 시편들이었다.
그렇게 해서 작품은 여러 해 만에 드디어 완성되었음을 알게 되었다.

- 조반니 보카치오의 「단테에 대한 찬미가」 중 일부

1장

　라벤나에서의 겨울은 그랬다. 얼어붙어 매달려 있는 안개 물방울이 불투명한 유리로 된 작은 저울 눈금 같았다. 매번 이렇게 추웠던 적이 없었던 겨울 같았다. 매일 밤 집 전체가 냉기와 습기로 꽁꽁 얼어붙었다. 매일 아침 얼어붙은 올리브 나무 가지에서 얼음이 녹아 뚝뚝 떨어졌다. 비탄에 잠기고 고립된 들판에서 세상의 따스한 열기는 종말을 맞이한 것 같았다. 모든 이들의 이야기를 굳게 봉인해서 무한한 어둠 속에 남겨 놓는 겨울이 영원히 계속될 것만 같았다. 화덕을 다시 꺼내고, 벽난로에 불을 다시 지피고, 살아남은 아주 작은 불씨도 다시 살리고, 거의 다 꺼져 버려 희미하게 남아 있는 불씨를 다시 쑤셔 일으켜야 했다. 다행히도 시편의 발견은 베아트리체 수녀가 모두를 불러 모은 그날 저녁 이후 모든 이들의 마음을 훈훈하게 만들었다. 이 사실을 세상에 알리기 위한 방법을 모색해야 했다. 사람들이 열세 곡의 시편을 피에트로와 야고보가 썼을 거라고 생각하는 의구심을 떨쳐 낼 필요가 있었다. 이를 위해 야고보는 깜작 놀랄 만한 이야기를 지어 냈다. 그리고 그 이야기는 하늘의 도움으로 진짜 이야기로 여겨지게 되었다.

아직 어둠이 채 걷히지 않은 이른 아침 야고보가 피에트로 자르디니를 깨우러 갔다.

"빨리, 빨리!"

야고보는 그를 재촉하여 시인의 집으로 데리고 갔다. 야고보가 이야기한 바에 따르면, 그날 밤 자는 동안 낮에 본 오해의 소지가 있는 무의식 속에 풀어 내는 꿈속에 시인의 모습이 등장했다. 꿈은 사물의 본질을 파악하고 육체의 독성과 어두움으로 흐릿해진 우리의 눈을 뜨게 한다.

꿈속에서 천국의 강렬한 빛으로 눈부시게 빛나는 아버지가 그에게 침대 뒤에 한 곳을 가리켰다. 하늘이 그에게 받아 적도록 한 『신곡』의 마지막 시편들이 곰팡이 냄새를 풍기는 오래된 벽 사이에 놓여 있었다. 야고보는 친구를 침실로 데리고 갔다. 그리고 그 친구가 벽에 걸린 휘장을 걷어 올리고 자필 원고를 찾게끔 내버려 두었다. 그렇게 해서 황당한 계획대로 곰팡이가 끼고 망각되어 버릴 운명이었던 열세 곡의 시편들을 발견하는 영광을 그에게 안겨 주었다. 후에 피에트로 자르디니는 자신의 영광스런 이 이야기를 떠들고 다녔다. 열 부 정도의 자필원고 복사본을 만들고, 베로나에 있는 카네의 특사를 부르러 사람들을 보냈다. 가장 값진 원고

샘플이 특사들에게 엄숙하게 전달되었다. 시인이 스칼리제로에게 보내는 원고 복사본 작업을 할 때 부르곤 하던, 라벤나에서 가장 유명한 세밀화 화가가 그림을 그린 원고 샘플이었다.

  그들은 그 시편들을 여러 번 읽고 또 읽었다. 명상하는 영혼들이 머무는 토성천에는 폰테 아벨라나에 산피에트로 다미아니, 카시노에 산베네딕투스, 야곱의 계단, 수도승들의 타락을 비난하는 이야기가 등장한다. 그리고 배경으로 보이는 푸른 하늘에서 행성들이 움직이고 있는 항성천에 오른 시인은 자신의 별자리에 해당하는 쌍둥이 별자리 안으로 들어선다. 그곳에는 베아트리체와 세 명의 성인 피에트로, 야고보, 그리고 조반니가 있다. 그들은 향주삼덕(向主三德)†에 대해 그에게 질문한다. 단테가 하느님에 대한 믿음을 입증하기 위해 통과해야만 하는 진짜 신학 시험 그 자체였다. 피에트로는 믿음에 대해서, 야고보는 소망에 대해서, 조반니는 사랑, 신성한 사랑에 대해서……. 베아트리체, 피에트로, 야고보 그리고 조반니가 등장한다. 안토니아는 제24곡부터 제26곡까지의 시편을 다 함께 읽었을 때 흠칫 놀랐다. 그녀는 그 이름을 들은 형제들이 어떤 반응을 보이는지 알기 위해 그들의 얼굴을 꼼꼼히 살펴보았다. 그러나 피에트로와 야고보는 그리스도의 변용(變容)††을 지켜본 세 성인의 이름이 조반니를 비롯해서 자신들의 이름과 같다고 이야기했을 뿐이었다. 그래서 그녀는 그 시를 제대로

---

†   믿음, 소망, 사랑.
††   마태복음 17장 참조.

이해하고 그 비밀스런 영감의 원천이 무엇인지 알아챈 사람은 자기 혼자뿐이라는 생각이 들었다. "오 성스러운 누이여, 그토록 경건하게 청하니……"라고 그녀를 수녀와 자매 둘 다로 부르면서, 제24곡에서 피에트로가 베아트리체에게 말한다. 「천국편」에서 피에트로 성인은 보이지 않는 것에 대한 믿음이 희망의 본질임을 이야기한다. 그리고 사실 그녀의 형제 피에트로 역시 그러하다. 그녀의 형제는 자신의 운명을 불평하지 않고 받아들이고 순응한다. 그리고 바람에 절대 굽히지 않는 굳건한 탑처럼 강하다. 그는 흔들리지 않는다. 그는 믿음이 강하고 의심하지 않는다. 아니, 어쩌면 의심을 품더라도 절대 그 의심을 드러내지 않는다. 한편 제24곡에 등장하는 야고보 성인은 그리스도의 승리를 분명히 확신하는 희망의 면모를 보여 준다. 불안한 현재와 역사로 힘겨워 보일지라도 미래에 대한 믿음을 지니고 있다. 그녀의 형제 야고보 역시 그러하다. 사실 그는 자신의 삶을 찾아가는 데 순탄치는 않지만 그 삶을 찾는 데 있어서 무척이나 집요하다. 자신을 이끌고 가는 현재가 비관적이어도 절대 굴복하지 않는다. 그는 쉽게 만족하지 않는 젊은이로 스스로에게 많은 것을 요구한다. 그리고 삶이 아무리 팍팍해도 결코 낙담하지 않는다. 영원한 청년처럼 항상 활발한 의욕을 지니고 상황에 뛰어들게 하는 첫 번째 조건은 바로 희망이다. 야고보는 아버지에게 희망에 대해 묻는다. 조반니는 반대로 사랑, 신성한 사랑, 우주의 사랑, 밝게 빛나는 사랑, 사랑의 빛에 대해 묻는다.

> Lo ben che fa contenta questa corte,
> Alfa e O e di quanta scrittura
> mi legge Amore o lievemente o forte.
>
> 이 궁전을 기쁘게 해 주시는 선은
> 나에게 크든 작든 사랑을 가르치는
> 모든 성서의 알파와 오메가입니다.[†]

 아버지에게 사랑에 대해 물어보는 이가 바로 조반니라는 사실이 놀라웠다. 제26곡에서 시인은 사랑이 지향하는 것은 선이라고, 만약에 선한 것이 아니라면 사랑이 아니라고 분명히 말한다. 그는 최고의 선은 세상에서 가장 성스런 영혼이라고, 그리고 '그러므로 사랑 바깥에 있는 모든 선은 그 빛살의 빛에 불과할 정도'라고 단언한다. 조반니에게는 천상의 사랑의 한 줄기 빛은 아니지만 지상의 사랑을 경험할 기회가 주어졌었다. 그에게 운명은 신성함의 경지에까지 인간의 사랑을 승화하여 확대시키는 사랑의 불꽃을 경험해 보도록 허락하였다. 시간이 흐름에 따라 그는 이해했을 것이다. 베아트리체 수녀가 혼자 속으로 말했다. '형제여.' 그녀는 혼자서 결론지었다. '어쩌면 너는 오르막길을 반쯤 올라가고 있을 뿐이야. 그렇지만 네가 산의 정상에 올랐을 때 네 마음속에 얼마나 많은 사랑이 담겨 있을지, 말로 형언할 수 없는 어떤 즐거움이

[†] 같은 책, 「천국편」, 제 26곡. p. 560.

네 나날을 채우게 될지 누가 알겠는가.

　조반니, 브루노, 그리고 어린 단테는 예상보다 훨씬 더 오랫동안 라벤나에 머물렀다. 브루노는 질리아타와 젠투카에게 소식을 전하기 위해 볼로냐로 전갈을 보냈다. 종종 늦은 오후에 그들은 시인의 집에 머물렀다. 베아트리체 수녀는 더 이상 아이를 떼어 놓고 싶어 하지 않았다. 그리고 아이는 아이대로 그녀와 함께 가고 싶어 했다. 브루노는 베르나르드가 그들에게 말했던 것에 대해 계속 생각했다. 그리고 안토니아가 알고 있다는 전제 하에 그녀로부터 무엇인가를 더 알아내고 싶어 했다. 어느 날 그는 혹시 그녀의 아버지가 예루살렘에서 십자군 기사단이나 혹은 다른 비슷한 사람들을 비밀스레 만난 적이 있는지 아느냐고 수녀에게 물었다.
　"아니오."
　수녀가 대답했다.
　"이런 종류의 회동 가능성은 배제하겠어요. 사실 유일하게 알 수 없는 건…… 교황님이 붙잡아 두는 바람에 로마에 머물던 1301년이지요. 아버지는 그해에 대해 아무런 말씀도 하지 않으셨어요. 무슨 일로 로마에 머물렀는지 아무에게도 분명히 밝히지 않으셨어요. 교황님께서는 다른 피렌체 사절단은 다시 피렌체로 돌려보내면서 아버지만 교황님 자신과 함께 바티칸에 머물도록 하셨지요. 늑대마냥 탐욕스런 그 도시에서 누구를 만나셨는지, 그리고 무슨 이유에서 그렇게 오랫동안 그곳에 머무셨는지는 알 수 없어요. 아버지가 프란체스코 수도회 소속 수사로서 성소를 받았다고 사람들은 말하지요. 순결과 복종의 서약을 맹세하고 겸손의 상징인 매듭 끈을 지니고 다니셨다지요."

한편 조반니는 어린 단테와 시간을 보내며 한결 가까워지고 있었다. 어린 단테는 할아버지를 쏙 빼닮은 호기심 가득한 율리시스 같았다. 아버지는 전지전능한 존재라고 여기는 아이들 특유의 선입견 때문인지 아이는 성가실 정도로 그에게 끊임없이 질문을 해 댔다. 근본적인 원리들을 신속하게 배우고 싶어 하는 것 같았다. 대체로 아이는 어머니가 잘 이야기해 주지 않던 것에 대해, 그리고 안토니아 아줌마가 대충 얼버무리며 대답해 주었던 것에 대해 물어보았다. 예를 들어 왜 자신이 태어나게 되었는지, 그리고 태어나기 전에 늘 존재하지는 않았는지를 물었다. 조반니 역시 태어나는 운명을 겪었는지, 항상 존재하는 누군가가 있는지, 그리고 대체로 그다지 원하지 않는데도 죽어야만 하는 이유를 물었다. 아이는 이런 종류의 질문을 해 댔다. 처음에 조반니는 아이를 실망시키지 않기 위해 지혜롭게 대답해 주려고 궁리하고 또 했다. 그러나 결국 포기하고 자기 역시 그 모든 질문에 대해 그다지 아는 게 없다고 고백하기로 결정했다. 한 번은 아이가 그에게 시간에 대해 물어보았다. 왜 오늘은 반드시 내일이 되어야 하느냐고, 이따금씩 아주 멋졌던, 그리고 더 이상 없어서 안타까운 어제로 돌아갈 수는 없느냐고 물었다. 조반니는 얼른 대답해 주려고 애쓰면서 머리를 긁적였다. 그는 만약에 항상 어제라면 결국 모든 게 지루해질 거라고, 그리고 바로 더 이상 없기 때문에 어제가 그렇게 멋진 거라고 아이에게 대답해 주었다. 어느 순간 아이가 잠든 것을 확인하고 그는 가벼운 한숨을 내쉬었다. 그는 조용히 어린 아들의 침대에서 일어나 발끝으로 걸어 방을 나갔다. 그리고 브루노의 방문을 두드렸다.

"들어가도 되겠나?"

머리를 들이밀면서 그가 물었다.

"중요한 일이라도 하는 중이었어?"

"아니야."

브루노가 대답했다.

"그냥 생각 좀 하고 있었어."

손에 『신곡』의 복사본을 들고 브루노는 궁리 중이었다. 단지 베르나르드가 어디로 갈 수 있었는지를 짐작이나 해 보려고, 「천국편」의 마지막 시편을 가지고 그 책에 담겨 있다고 추정되는 비밀 메시지를 완성하는 중이었다. 그는 『신곡』 마지막 시편의 첫 번째, 중간 그리고 마지막 3연 구행을 옮겨 적었다.

Vergine madre, figlia del tuo figlio,
umile e alta piu che creatura,
termine fisso d' 'etterno consiglio,

che, per tornare alquanto a mia memoria
e per sonare un poco in questi versi,
piu si concepera di tua vittoria.

A l' 'alta fantasia qui manco possa,
ma gia volgeva il mio disio e ' 'l velle
si come rota ch' 'igualmente e mossa,

동정녀 어머니여, 당신 아들의 따님이여,
창조물 중 가장 겸손하고 높으신 분이여,
영원하신 뜻에 의해 확정된 끝이시여,

조금이라도 저의 기억으로 되돌아가고
조금이라도 이 시구들에서 울려 나와,
당신의 승리를 더 잘 깨닫게 해 주소서.

여기 고귀한 내 힘은 소진했지만,
한결같이 돌아가는 바퀴처럼 나의
열망과 의욕은 다시 돌고 있었으니,†

이 중에서 마지막 9음절 시, Verpiuglio cheporia ami(s)sa를 추려 냈다. 브루노는 베르나르드가 출발한 뒤에 같이 살펴보았던 다른 시행들을 임시로 해석한 것을 조반니에게 보여 주었다. 그는 「연옥편」의 제17곡 시편에서 추려 낸 9음절 시에서 falpe가 alpe와 각운을 이루는 음절 하나를 복원했다. 이때 소리를 내는 주요

----
† 같은 책, 「천국편」, 제33곡, p.602, p.604, p. 607.

단어 alpe는 '험하고 높은 산'이라는 의미다. 이 소리는 다른 단어인 tALPE를 통해 시 안에서 완벽하게 반복되고 있다. 전체 단어를 적은 시행을 다음과 같이 정리해 볼 수 있다.

> Chequeriper(al)pegiachetilapiana
> Dedoldoma…

이 문장이 의미를 지니도록 띄어 쓰면 다음과 같다.

> Che queri per alp(e) e gia chet ' i ˙ la piana
> de dol doma.

그가 이 문장의 의미를 다음과 같이 설명했다. "Cio che cerchi sui monti e gia quieto, riposa gia nella piana domata dall'inganno, 즉 네가 산에서 찾는 것은 어느새 조용히, 이미 기만으로 길들여진 평야에 드러누워 있다."

그리고 나서 그는 다음 문장에 대한 이해를 시도하였다.

> (e)itoiomeda
> Lapevetrarobadimeso
> Qualcosichechiedochepersa
> Verpiuglio cheporia ami(s)sa

그의 생각에 따르면 위 문장은 다음과 같이 풀어 써야만 했다.

E ito io meda
lape ve traro. Badi me' s'
qualcos' i' che chiedo, ch' per saver:
piu gli o che poria amissa.

그가 다시 한 번 조반니에게 설명했다. "Ed essendoci andato (ito), io vi trascinero (ve traro) il lapis medus (meda late). Osserva meglio (badi me') se c'e qualcosa che chiedo, che e per sapere: l'ho messa via, cioe nascosta (amissa) piu che poteri, 즉 그리고 내가 거기로 가서 메다의 돌을 그대에게 끌고 간다. 나는 물어볼 뭔가가 있는지 알아야 할 뭔가가 있는지 잘 살펴본다. 나는 할 수 있는 한 최대한으로 감추어진 그것을 밝혀냈다. 위대한 시인이 궤를 옮겨다 놓은 비밀의 장소는 지금 험한 산으로 둘러싸인 평원인 거지. 플리니우스†가 보석 세공사들이 장님의 눈이 번쩍 뜨일 정도로 화려하게 장식했다고 이야기하듯이, 화려하게 황금 줄이 쳐진 검은 돌인 메다의 돌 뒤에 그 궤가 묻혀 있지. 돌을 의미하는 단어 Lapis는 토스카나어 lapide로 일반 명사화하면서, 여성 라틴어 명사에서 속어로 된 거야. 수수께끼는 한 가지 질문에 주의를 집중하도록 메시지 사용자를 초대하면서 끝이 난다

----
† 고대 로마의 문인이자 정치가.

네. 뭔가를 감추기 위해서가 아니고 알려 주기 위한 수수께끼를 던지는 질문인데, 9음절 시의 작가가 가능한 모든 것을 감춘 질문이기도 하지. '알기 위해 질문하다'는 뜻의 라틴어 quaerere는 '찾아보다'라는 뜻도 있어. 그리고 앞에서 이야기한 'Che queri per alpe 산에서 찾는 것'에서 수수께끼는 단순하게 queri라는 동사에 주의를 집중하라고 암시하는 것일 수도 있어. 그 스스로 알기 위해서 질문한다는 걸로 보아서 말이야. 무엇을 알기 위해서일까? 누구에게? 누구에게 알기 위해 질문할까? 적어도 신탁에 대한……."

'Quot vestitur dodona frondibus, 즉 도도나에 많은 나무 잎들이 얼마나 많은지'…… 가리센다의 선술집에서 들었던 'Dulce solum natalis partie, 즉 태어난 조국의 달콤한 대지여"라는 시구가 조반니의 머릿속에 떠올랐다. 에피루스에 있는 도도나는 제우스의 가장 오래된 신탁이 있는 곳이다.

"De Dodoma 로군!"

그가 말했다.

"Che queri per alp(e) e gia chet' i' la piana de Dodoma 말이야. 자음이 연이어 올 때 음절을 이루기 위해 자음을 생략하는 것에 대해 베르나르드가 말한 것 기억나나? 자음 하나를 지워 버려서, dedoldoma가 de Dodoma가 된 거야. 비음을 바꾸어 에피루스에 있는 'Donona 즉 도도나의 평원'이 된 거야. 산에서 찾는 것은, 어쩌면 예루살렘에 있는 모리아 산일 수 있어. 지금은 반대로 도도나 평야에서 쉬고 있는 거야. 이렇게 알기 위해서 물어보러 가는 장소이기도 해서 '찾아보다'는 뜻의 quaerere라는 라틴어를 사용한 거야. 그리고 목성천에서 『신곡』의 숫자에 얽힌 수수께끼가 풀리는 까닭도 그래. 신성한 정의를 표현하는 제우스, 즉 목성은 단테가 다윗을 만나는 곳이지."

"그래, 바로 그거야!"

브루노가 말했다.

"도도나에 있는 제우스의 떡갈나무, 가장 오래된 신탁의 사제들이 나뭇잎이 바스락거리는 소리와 새들이 날아가는 모습을 보고 신탁을 해석하던 곳이지. 거기가 새로운 예루살렘일까? 물론 아무도 생각지 못한 의외의 장소인 건 분명하군."

그는 완성된 9음절 시 전체를 다시 옮겨 적었다.

Ne l' n t' rimi, e i dui che porti
e com za or c' ncoco(l)la(n). Ne
l' bento ai la: (a) Tiro (o) Cipra;

per cell(e) e cov(i) irti, qui. Che queri
per alp(e) e gia chet(i) i ˙ la piana
de Dodoma. E ito, io meda

lape ve tra(r)ro. Badi me' s'
qualcos' ' che chiedo, ch' per saver:
piu gli o che poria amissa.

브루노는 이를 이해할 수 있게 다음과 같이 정리해 적어 보았다.

Nell' uno ti nascondi con i due che porti
e che ci ammantano cosi (con le loro ali).
Ne li hai riposo: a Tiro o a Cipro;

ma qui, attraverso caverne e covi inaccessibili.
Cio che cerchi sul monte e gia quieto nella piana
di Dodona. Ed essendoci andato, io vi trascinero su

il lapis medus. Osserva meglio se c'
qualcosa che chiedo, che e per sapere:
l' o occultata piu che potrei.

두 개의 날개가 달려 있는 하나 속에 너는 숨는다.
그렇게 우리에게 옷을 입힌다(그들의 날개로).
티레[†]에서 혹은 키프로스[††]에서, 너는 거기에서 쉬지 못한다

그러나 여기, 동굴과 접근하기 어려운 만을 지나,
네가 산에서 찾는 것은 어느새 도도나 평야에서 조용히

....
[†] 고대 페니키아 항구도시.
[††] 지중해 동부에 있는 섬나라.

쉬고 있다. 그리고 거기로 간 내가 그대를 끌고 간다.

메다의 돌 위로. 나는 잘 살펴본다.
알기 위해서, 물어볼 뭔가가 있는지,
할 수 있는 한 최대한으로 감추어진 그것을.

그들은 꿈을 꾸고 있는 것만 같았다. 꿈이 아니고서야 시편의 비밀스런 세 구절 안에 담겨 있는 시편, 3연 구행, 음절들을 도면 번호에 따라 합하자 말이 되는 혼합된 일련의 시행들이 만들어지고 그 시행들이 의미를 지니는 것이 우연일 수 있을까? 작가가 의도한 계획과 상관없이 이런 일이 일어날 수 있다는 게 과연 가능할까? 그들은 사실 무엇을 믿어야 할지 몰랐다.

그들은 베르나르드를 생각했다. 자음이 연이어 올 때 하나를 지워 버리는 방식을 통해 그는 금방 결론에 다다랐음에 틀림없다. 그리고 그는 어쩌면 바로 거기에 갔을 것이다. 오래된 떡갈나무를 통해 제우스가 고대 신탁의 목소리를 들려 주던 그곳, 에피루스에 있는 도도나 평야에.

2장

 어쩌면 코르푸 빵집에서 싼값에 산 호밀빵 남은 것을 가져왔기 때문이었으리라. 잘 알다시피 굳기 시작한 호밀빵 종류는 가끔씩 발효하기 시작할 때 생전 처음 보는 것 같은, 도통 무엇인지 알 수 없는 빵처럼 변한다. 어쩌면 정체를 알 수 없는 신들과 권력에 지배받으며 살아온 장소의 고유한 특성 때문이었으리라. 그곳에는 지하 세계의 유령과 영혼들, 지옥의 괴물들, 어두웠던 삶의 그림자들을 불러내는 무시무시한 신들이 함께하였다. 아니 좀 더 단순하게 보면, 너무 흥분한 상태라서 그랬을 것이다. 왜냐하면 이따금씩 생의 기로에 가까워졌다고 확신하는 사람의 마음 상태는, 맞닥뜨리는 모든 사물의 이면에서 특별한 의미를 지닌 표식을 보도록 이끌기 때문이다. 한마디로 말해서 그는 왜 그런지 설명할 수 없었다. 하지만 그에게 그 여행은 일종의 회복기였다. 잊어버린 자신의 심층 세계를 들여다보며 자기 자신과 운명적으로 만나고, 감추어진 비밀을 마주하는 여행이었다.

그는 마치 다른 사람의 꿈을 대신 꾸는 듯 실감나지 않는 상태로 그 경험을 했다. 범상치 않은 기회에 책 속 등장인물이 되어 버린 것 같았다. 작가 자신이 만들어 낸 일상적인 관습에 반하는 등장인물이다. 혹은 이흐메드의 서가에서 찾아낸 오래 전 영웅의 시대에 쓰여진 그리스 고대의 책에서 찾아볼 수 있는 등장인물 같기도 하다. 그런 책에서 주인공으로 등장하는 인물은 왕일 수도 있고, 혹은 양치기일 수도 있다. 그 등장인물은 우리에게 고상한 말로 이야기하려고 고민하고, 신들이 인간에게 모습을 드러냈을 때 남겨 놓은 전형적인 향취를 대기 중에 풍긴다. 그리고 그 향기를 맡고서야 비로소 어떤 신비한 존재를 사람들 한가운데에서 마주쳤음을 알아차리게 된다. 적어도 그 이야기의 작가 자신이나 원하는 사람의 모습으로 형상화된 지혜의 여신이 등장인물을 닥칠 위험에서 구해 내려고 개인적으로 직접 개입했을 때처럼 말이다. 푸른 눈을 가진 지혜의 여신을 금방 알아볼 수 있다. 왜냐하면 그녀는 불쑥 솟아오른 높은 곳에서 또렷하게 보이는 바다처럼 투명한 시선을 가졌기 때문이다. 공현 대축일[†] 같은 분위기였다. 이건 분명하다. 그리고 그 무엇이 됐든 그곳에서 벌어질 일은 그에게 큰

....
† 그리스도교에서 동방 박사들이 아기 예수를 만나러 베들레헴을 찾은 것을 기리는 축일 1월 6일.

의미가 있을 것이다.

그는 케르큐라 섬에서 최고의 안내자를 찾아냈다. 능숙한 조타수로 스피로스라는 이름으로 불리는 그리스인이었다. 그는 밀가루와 물로 만든 마른 음식 남은 것, 갈아입을 옷가지, 남은 돈 몇 푼, 피렌체 상선에서 월급으로 준 수표 십 피오렌티노, 그리고 몸통 속으로 손잡이를 집어넣을 수 있는 삽을 들고 왔다. 그 삽은 아크리의 산조반니의 전쟁터에서 일할 때 썼을 만한 물건이다. 그러나 그는 단 한 번도 그 삽을 써 본 적이 없었다. 그들은 남쪽을 향해 돛을 펼쳤다. 그러고 나서 해안에서 멀리 떨어지지 않은 작은 섬에 정착하였다.

"물길을 거슬러 올라가서 육지에 닿아야만 합니다."

스피로스가 말했다.

"키메르[†] 여울목과 검은 강 입구까지는 아직 좀 더 남쪽으로 가야 하지요. 여름이면 당신을 안내하지 않을 거요. 우리가 살아서 돌아오지 못할 테니 말이오. 공기가 나빠요. 한 번 빠지면 헤어날 수 없는 늪지대에 강력한 침을 가진 모기들이 득실대고 있어요. 거기 파나리 평야에서 살고 싶어 할 사람은 아무도 없소. 주변 산마을에 사는 소녀들은 저지대에 살고 있는 청혼자가 아무리 부자여도 절대 초대를 받아들이지 않아요. 혹 청혼을 받아들인다면 정말 찢어지게 가난한 집 딸이라는 뜻이지요. 저 아래 마을에서는 살기가 힘들거든요. 두 명이 태어나면 세 명이 죽어 나가는 마을

....
† 호메로스의 시에 등장하는 세계 서쪽 끝의 암흑 속에서 살았다는 민족.

이오. 어떻게 아직까지 마을이 남아 있는지 모를 정도요. 여름이면 벌레를 쫓기 위해 태울 소 배설물을 가져가야 해요. 사람들이 빠져 죽은 탓에 악취가 진동하는 습지 근처에는 사람을 병들게 하는 썩은 물이 흐르고, 치명적인 독화살을 만들 때 쓰는 독초들이 무성하지요. 그리고 야생 콩도 자라고 있는데, 이 콩을 먹을라치면 주교처럼 옷을 차려입은 산토끼가 자기 집 천장 위에서 물구나무 서서 걸어다니는 걸 보게 될 거요. 그런데 지금은 겨울인 셈이니까 훨씬 덜 위험할 거요. 산에서 쏟아져 내려와 순식간에 산 사람을 묻어 버리는 진흙더미, 범람해서 순식간에 모든 것들을 삼켜 버리는 강물, 그리고 아무것도 보이지 않을 정도로 짙은 안개만 조심하면 될 거요. 안개 때문에 아무것도 보이지 않아 혼자 떠돌고 있는 것 아닌가 싶은 느낌이 들 정도요……."

베르나르드는 그저 여행 삯을 올리려는 뱃사람의 전략에 불과하다고 생각했다. 대충 흘려들으며 대수롭지 않게 여겼다. 마지막 흥정으로 적당한 가격을 정했다. 11월의 처음 십여 일이 지나갈 무렵 바다는 평온한 나날이었다. 그리고 그들은 출발했다. 에피루스 해안 근처에 빠르게 다가갔다. 짧게 뻗어 있는 왼쪽 해안가를 따라 항해했다. 만에 도착한 그들은 강 입구로 접어들었다. 양쪽 강둑은 무성하게 높이 자란 갈대로 뒤덮여 있었다. 사방에는 전혀 가실 기미가 없는 빽빽한 안개가 끼어 있었다. 버드나무의 볼록한 모양이 줄기 꼭대기에 앉은 거대한 독수리처럼 보이면서 불안한 분위기가 맴돌았다.

"이 강 이름이 뭐요?"

베르나르드가 물었다.

"아케론[†]."

뱃사공이 대답했다.

베르나르드는 소름이 쫙 끼쳤다. 단 한 번뿐이지만 온몸을 관통하는 전율이었다. 그는 다시 말해 보라고 시켰다.

그렇다. 죽은 자의 강, 바로 아케론이었다.

"여기일 줄 몰랐군……."

"아케루시아 호수 전에 있는 코키투스[††]와의 합류 지점까지 거슬러 올라갈 거요."

다시 스피로스가 말했다.

"고대인들이 에피라[†††]라고 부르던 언덕이 있는 곳이오. 고대에 코린트라고 불리는 지역의 식민지였다는데……. 거기 어딘가에 한때는 죽은 자들의 가장 오래된 신탁이 틀림없이 있었다고 호메로스가 『오디세이』에 적었지요. 바로 죽은 자들을 만나려고 헬라스[††††] 전역에서 사람들이 모여들었다지요. 우리는 밤이면 거기에 도착하게 될 거요. 나는 배를 타고 기다리고 있을 테니 당신 혼자 일을 보러 다녀오시오. 나는 영혼들이 나타난다는 곳에는 내리지 않을 거요. 내가 당신을 데려다 주는 건 거기까지 만이오.

....
[†] 그리스 신화에 나오는 저승의 강.
[††] 그리스 신화에 나오는 탄식의 강으로 아케론 강의 지류.
[†††] 에피루스 지방의 서남부 연안 지역인 테스프로티아의 중심지.
[††††] 그리스의 옛 이름.

그다음에는 혼자 가시오. 나는 십삼일 밤과 십이일 낮 동안 당신을 기다리겠소. 그날이 지나도록 당신을 보지 못하면 나는 되돌아올 거요."

거기는 고대 책에서 이야기하던 이교도들의 저세상인 하데스[†]인 것 같았다. 거기에는 지옥의 강인 아케론과 코키투스가 흘러 들어왔다. 그리고 스피로스는 작은 인 입자가 바닥에서 반짝거리는 플레게톤[††]과 그리고 동굴 천장에서 떨어지는 물에서 생겨났다고 여겨지는 삼도천(三途川)[†††]도 흘러든다고 덧붙였다. 바람도 없이 양쪽에서 노를 저어 가며 천천히 나아가는 배를 타고, 자욱하게 낀 안개 속에 그 지역으로 들어서면서 그는 불안해했다. 그러나 그 무엇보다 더 깜짝 놀란 것은, 갑자기 땅 밑에서 둔탁하면서 크고 깊은, 으르렁거리는 소리가 들려오기 시작한 것이다. 점점 커지면서 인상적인 이상한 메아리를 울리는 소리는 신생아의 울음소리나 혹은 문상객이 길게 흐느끼는 소리 같았다.

으으으으으흐…… 으으으으으흐…… 기이한 흐느낌이 사방에서 들려왔다.

"거대한 황소요."

스피로스가 말했다.

....

[†] 그리스 신화에서 죽은 자들의 나라.
[††] 그리스 신화에서 저승세계 하데스에 있는 불의 강. 지하의 저승세계로 들어가려면, 비통의 강 아케론, 시름의 강 코키투스, 불의 강 플레게톤, 증오의 강 스틱스 그리고 망각의 강 레테를 지나야 함.
[†††] 그리스 신화에서 저승을 일곱 바퀴 돌아 흐르는 강.

"지하 동굴 감옥에 갇혀 자신의 조상에게 음매 하고 울어 대는 죄수요. 저렇게 울어 대면서 오래된 전설을 이야기한다지요. 혹은 머리가 세 개 달린 케르베로스†가 웅얼거리고 낑낑대면서 짖어 대는 소리라고 이야기하는 이들도 있지요. 아니면 땅 아래로 흐르는 강물이 바다를 향해 만으로 흘러 들어가면서 우르르 울리는 소리를 내는 것에 불과하다고 여기는 사람들도 있소. 나 역시 그렇게 생각하는 사람 중 한 명이오. 좀 더 위로 가면 아케론 강도 그런 소리를 내지요. 글리키 마을을 벗어나 강을 따라가다 보면, 바위 채석장이나 자갈길에서 기적처럼 갑자기 물이 솟아 만들어진 수많은 땅 속 시냇물이 모이는 곳에서 그렇소."

가끔씩은 정말로 세 개의 머리를 가진 괴물 개가 우울하게 비명을 질러 대는 소리 같기도 했다. 만일 고대인들이 그 습하고 어두운 지역의 모습을 옮겨다 저 세상의 지형을 묘사했다면 당연히 그럴 수밖에 없었을 거라는 생각이 들었다. 스피로스는 호메로스가 키메르 족이 사는 안개가 자욱한 땅을 여행하는 율리시스의 여행에 대해 쓰기 위해 먼저 이곳을 찾아왔었다고 그에게 말했다. 그곳에서 율리시스는 어머니와 장님 예언자 티이레시아스, 그리고 지옥의 왼쪽 지대에 머무는 것을 받아들인 다른 모든 이들의 그림자를 만나기 위해 왔다.

"하데스의 문이오!"

자기 앞의 한 지점을 가리키며 그가 말했다. 그곳은 두 개의 산

---

† 머리가 세 개 달리고 뱀 모양의 꼬리를 하고 지옥을 지키는 개.

사이를 흐르는 강폭이 좁아지는 듯 보였다.

"저 산 뒤에는……."

그가 덧붙였다.

"부드러운 모래와 습지 평야가 펼쳐져 있소. 거기서는 배를 타고 더 이상 앞으로 나아가기가 힘들어요. 거기에서 강줄기가 아케론 강과 코키투스 강 둘로 나뉘지요. 더 위쪽에는 불의 강인 플레게톤의 합류 지점이 있소. 거기까지는 율리시스도 자신의 검은 매를 타고 갔소. 아케론의 죽고 얼어붙은 호수를 '새가 날지 않는' 아오르니스[†]라고도 부르지요. 왜냐하면 혹 실수로 새가 그 위를 날기라도 하면 뿜어져 올라오는 독성 있는 거품에 닿아 추락하고 말아요. 당신 왼쪽에 보이는 산자락에 당신을 내려 주겠소. 당신은 거기에서 밤을 보낸 뒤 해안선을 따라 걸어서 계곡을 지나야 할 거요. 오른쪽으로 보이는 코키투스를 따라 낡은 다리가 있는 데까지 가면 되오. 다리를 지나서 평야의 고지대를 가로지르면, 봄에 칼 모양의 잎이 달린 흰 수선화[††]가 피어나는 하얀 들판이 펼쳐질 거요. 율리시스가 저 세상에서 본 엘리시움[†††] 들판이지요. 지옥의 왕 하이도데우스는 그곳에서 빛나는 현자와 몇몇 영웅의 영혼이 일 년 중 사십 일을 태양빛을 받으며 보내도록 허락하지요. 당신 오른편에 보이는 높은 산이 거의 당신 발걸음 높이로 낮

[†]   스틱스 강의 다섯 지류 중 하나.
[††]   그리스 신화에서 망자의 영혼이 사는 곳에 피어 있음.
[†††] 그리스 신화에서 선량한 사람들이 죽은 후에 사는 곳.

아질 때까지 죽 걸어가시오. 그 지점에서 몸을 돌리면 세 개의 산맥이 가로지르는 교차점이 있소. 곰, 늑대, 멧돼지, 독사, 강도를 조심하시오. 두 개의 쌍둥이 산 토마로스 정상 너머에 있는 세 번째 계곡이 당신의 목적지요. 거기에서 당신 발 아패 펼쳐져 있는 도도나 평야를 보게 될 거요. 고대 극장의 잔재와 오래된 교회의 유물이 남아있는 도도나를……."

석양이 지기 조금 전에 그들은 에피라에 이르렀다. 스피로스는 강 속에 장대를 박아 배를 멈추었다. 베르나르드는 자신의 짐 보따리를 들고 배에서 내렸다. 그들은 인사를 나누고 헤어졌다. 프랑스인은 산 정상을 향해 올랐다. 한참 전에 허물어진 게 틀림없는 집이나 교회의 오래된 담장 잔해와 쌓여 있는 돌이 안개 너머로 희미하게 보였다. 오래된 지붕 조각이 여전히 덮여 있는 모퉁이에 다다랐다. 아직 무너지지 않고 버티고 있는 그곳에서 밤을 보내기로 결정했다. 산 정상에서 불타는 하늘에 태양이 지고 있는 바다가 조금 보였다. 그리고 다른 방향의 평야에서는 하얀 거품이 일고 있는 호수가 눈에 들어왔다. 높은 산을 마주하고 있다. 그 산 뒤로는 넘어야 할 두 개의 산과 두 개의 계곡이 버티고 있다. 거기를 다 지나면 그가 찾고 있는 곳이 분명히 있을 것이다. 그는 호밀빵을 조금 먹었다. 그리고 쉬기에 적당한 장소를 찾기 시작했다.

돌 더미 사이에 바닥으로 깔아 놓은, 서로 맞닿은 두 개의 석판이 눈에 들어왔다. 두 개의 석판 사이 틈으로 보니 아래에 텅 빈 공간이 있는 것 같았다. 그는 들여다보려고 몸을 굽혔다. 돌멩이를 하나 집어 들고 동굴 안으로 떨어뜨렸다. 돌멩이가 지하 바닥에 닿아 소리가 나기까지 몇 초가 흘렀다. 저기 아래에 오래된 집의 방이 있었다. 그리고 그 방 천장이 아직 무너지지 않았던 것이다. 그는 삽을 들고 두 개 중 석판 한 개의 주위를 파기 시작했다. 들어 올려서 아래에 무엇이 있는지 보려고 했다. 그런데 주변을 파서 석판을 떼어 냈을 때 무게를 이기지 못한 다른 석판까지 무너지면서 그는 아래로 떨어졌다. 베르나르드는 균형을 잃고 넘어졌다. 잠깐 동안 아무것도 보이지 않았다. 그는 잠시 기절했다. 그다음에 그의 눈이 어두움에 익숙해졌을 때 오래된 저택이나 비슷한 건물의 벽 사이로 떨어졌음을 알아챘다. 그는 어둠 속에서 다시 몸을 일으켰다. 부러진 데는 없었지만 머리가 아팠다. 위에 뻥 뚫린 구멍을 통해 가느다란 빛이 스며 들어왔다. 그의 주변을 둘러싼 벽은 구불구불한 복도였다. 미로일까? 그는 생각했다. '항상 내 오른쪽에 벽을 끼고 걸으면 길을 잃어버릴 일은 없겠지.' 그런데 오른쪽으로 돌자마자 바로 아치형의 커다란 문이 보였다. 그는 뭔가 뜨거운 게 이마에 흐르는 게 느껴졌다. 피가 흐르고 있었다. 그는 문을 열고 널찍한 공간으로 들어섰다. 그는 빠르게 바닥으로 떨어지는 피를 손 등으로 닦았다. 그러자 사람이 뭔가를 마시면서 핥아먹는 소리가 들렸다. "조금 더 주렴", 목소리가 말했다.

"엄마"

그가 대답했다.

"어디에 있어?"

감지할 수 없는 지하 구멍이었다. 그는 거기에 떨어진 것이다. 그는 주변을 기어올랐다. 벽이 허물어지면서 그는 다시 미끄러졌다. 천장이 둥근 아치로 된 어두운 지하 동굴이었다.

"어서 오렴, 베르나르드."

그는 그 목소리를 듣자마자 어떻게 전혀 기억을 할 수 없는 나이에 들었을 어머니의 목소리라는 걸 알았는지 자문했다.

"나는 너를 원하지 않았단다, 베르나르드. 너는 실수로 태어났어. 나는 네 아버지를 사랑하지 않았단다……. 그런데 나중에 네 아버지가 내 품에서 너를 빼앗아 데려가 버렸을 때 나는 절망했단다. 그래, 이건 그가 늘 알고 있던 내용이다. 비록 아무도 그에게 이야기해 주지 않았지만 말이다. 아무도 설명해 주지 않아도 알게 되는 게 있기 마련이다. 네가 보고 싶었단다, 베르나르드."

"나도 얼마나 보고 싶었는지 알아, 엄마……."

그는 다시 몸을 일으켰다. 이제 다시 그 고대의 무덤에서 위층으로 다시 기어 올라가야만 했다. 그 건물은 단층 건물인 것 같았다.

"내가 잃고 싶지 않은 한 남자가 있었단다. 내가 미친 듯이 사랑하는 기사였어. 그가 나를 버렸어. 나는 온 마음으로 그를 미워하면서 동시에 열렬히 사랑할 수밖에 없는 나 자신 때문에 괴로웠어. 나는 그를 미워하는 것과 똑같은 이유 때문에 그를 사랑했어. 그래, 나는 네 아버지의 고집스런 구혼을 받아들였어. 하지만 다른 사람을 질투하게 만들려고 그런 거였어. 그렇지 않으면 질투심에 내가 죽을 것만 같았거든. 진짜 사랑을 붙잡기 위해 거짓 사랑을 받아들이는 건 정말 어리석은 짓이었지. 그리고 결국 둘 다 잃어버리고 말았지. 아니, 정확하게 말하자면 셋을 잃어버렸단다. 그리고 네가 가장 중요한 세 번째였단다. 셋 중에서 너를 잃어버리는 게 제일 괴로웠단다. 하지만 단 하나……."

위에 뻥 뚫린 구멍 아래에 바닥이 무너지면서 일종의 계단처럼 자연스레 쌓아 올려진 흙더미가 있었다. 흙더미 위로 다시 기어 올라가려고 시도해 보았다. 그러나 흙은 너무 부드러웠고, 나는 다시 미끄러져 넘어졌다. 다시 피가 흘렀고, 그 피를 핥아 대는 소리가 들려왔다.

"네 아버지는 상황이 어떤지 알고 싶어 하지 않았어. 그리고 그는 너를 데리고 떠나 버렸어. 나는 그를 사랑하지 않았어. 하지만 그에게 남아 달라고 간청했지. 나는 두려웠어. 그의 눈이 젖어들었다. 그런데 자신에 대해 이야기하는 이 목소리는 도대체 어디에서 들려오는 걸까? 내가 말하려는 걸 잘 들으렴, 애야. 그런데 내가 원하는 대로 되지는 않았지. 일 년 후에 다른 사람이 돌아왔어. 내가 그렇게 열렬히 사랑했던 그 사람이 말이야. 그는 미친 듯이 질투했어. 그는 자신의 사랑을 아무와도 나눌 수 없었던 거야. 그는 나를 때리고, 짓밟고, 결국에는 죽여 버렸어."

아니다. 이건 그가 모르던 이야기다. 그런데 그 목소리는 누구의 목소리일까? 죽은 자들의 고대 신탁을 받는 신전에서 들려오는 걸까? 그는 내 핏속에서 내가 익사하도록 거기에 그냥 버려 두었단다. 끔찍한 고통이었어. 죽기 시작하기까지 영원히 끝나지 않을 것만 같은 시간이었어. 그는 허리춤에 다시 걸어 두었던 아크리의 산조반니에서 쓰던 삽을 든 채 떨어졌었다. 그는 떼어 낸

돌들을 쌓아 올려서 다시 기어 올라갈 계단 만들기를 시도했다. 네 아버지는 자신의 상처받은 자존심에 평화를 주기 위해 떠났던 거야. 그는 속죄하러 떠나가 버렸다는 사실 자체만 아니라면 속죄할 죄가 전혀 없었지. 그는 자기 스스로에게 이야기했던 것처럼 정당한 이유 때문에 목숨을 바치려고 떠난 게 아니고 단지 자신의 울분을 토로하기 위해 떠나 버렸어. '그래, 그건 나도 알고 있어. 저절로 알게 되었지.' 베르나르드는 혼잣말로 대답했다. '증오는 절대 정당한 이유가 아니야.' 그리고 특히 내가 있던 곳 거기 프랑스에서 살아가는 대신, 다른 곳에서 죽기 위해서 너를 데리고 가 버린 건 나를 괴롭히기 위해 그랬던 거지. 그래, 이것도 그는 알고 있었다. 그에게 일러 준 이가 아무도 없어도 자신 안에서 그것을 항상 알고 있었다. 절대 말로 표현하지 않아도 알게 되는 게 있기 마련이다. 정방형의 벽돌이 만져졌다. 이 벽돌을 이용하면 아까 미끄러졌던 흙더미 계단을 나름대로 고정시켜서 이곳을 벗어날 수 있을 것 같았다. 동굴에서 마른 가지를 주워 모았다. 자신이 지니고 다니는 부싯돌을 집어 들고 불을 피우기 위해 문지르기 시작했다.

'베르나르드, 베르나르드.' 등 뒤에서 그의 아버지가 그를 불렀다. 그는 몸을 돌렸다. 아버지가 눈에 보이는 것만 같았다. '아버지의 목숨을 앗아간 화살이 여전히 그의 목에 박혀 있었다. 베르나르드.' 아버지가 말했다. '너는 큰 실수를 저질렀어.' 구멍이 뚫린 후두로 아버지는 간신히 말했다. 그리고 숨쉬기 힘들어서 헐떡이는 쉰 목소리로 간신히 말을 끝냈다. '너는 절대로 나를 용서해

서는 안 됐었어.'

대상 행렬과의 이틀간의 여행이 끝나고 드디어 세 명 모두 볼로냐에 도착했을 때는 마지막 미사 시간이 아직 남아 있는 일요일이었다. 어린 단테는 곧장 어머니의 팔에 안기기 위해 달려갔다. 브루노는 질리아타와 어린 소피아를 포옹했다. 반면에 조반니는 뒤에 남아 떨어져서 자신의 젠투카를 감탄하며 바라보았다. 그녀는 전혀 변하지 않았고, 아주 오래 전에 마지막으로 보았을 때와 똑같아 보였다. 그는 할 말이 없었다. 그는 감정에 복받쳤다. 정비한 강바닥에 생긴 좁은 물길로 계곡 물이 콸콸 소리를 내며 쏟아져 흘러가는 것처럼, 참을 수 없이 감정이 복받쳐 올랐다. 그러나 젠투카는 그와 시선이 마주치는 걸 조심스럽게 피했다. 그리고 어린 단테가 소피아와 놀기 시작했을 때 그녀는 정원으로 빠져 나갔다. 조반니가 그녀의 뒤를 쫓았다.

"젠투카……."

"가, 가 버려, 겁쟁이……."

"젠투카……."

"다가오지 마, 꺼져 버려. 다른 곳에 방 하나를 얻어. 당신을 보고 싶지 않아."

"미안해, 나는 당신이 어디에 갔는지 몰랐어."

그녀는 땅에서 돌을 주워 그에게 던졌다. 조반니는 본능적으로 몸을 숙여 아슬아슬하게 피했다.

"젠투카, 제발 부탁이야. 나를 믿어 줘."

그녀가 멈추었다. 그녀가 몸을 돌렸다. 이제 그들은 서로 마주보고 서서 꼼짝하지 않았다.

"란슬롯이 소설 속 주인공에 불과하고, 기니비어를 구하기 위해 무릅쓰는 위험 같은 건 전부 상상 속에나 존재한다는 걸 알아. 사랑 때문에 목숨을 잃는 트리스탄의 사랑 역시 그다지 설득력이 없는 전설에 불과하다는 것도 알아. 내가 사라져 버린 탓에 당신이 거인과 맞서 싸워야 했다든가 아니면 폐병에 걸려 죽었어야 한다는 뜻이 아니란 거야. 나는 단지 당신이 용기 내어 당신의 의붓형제인 필립보와 맞서기를 기대했을 뿐이야. 당신 아내를 보호하기 위해서뿐만 아니라 적어도 당신 어머니가 당신에게 남겨 준, 그러나 당신이 비겁하게 포기한 유산의 일부만을 위해서라도 말이야. 그리고 적어도 내 부모님이 다르게 행동하셨다 해도 당신이 그분들을 설득시키기 위해 당신 친구를 보내는 대신에 직접 왔더라면……."

"그래, 당신 말이 옳아……."

그리고 그는 그녀를 향해 한 걸음 내딛었다. 그녀를 포옹하고 싶어 죽을 지경이었다.

"다시 한 번 더 다가오면 죽여 버릴 거야!"

그녀가 고함쳤다.

조반니는 걸음을 멈추었다. 젠투카가 웃기 시작했다.

"봤지? 당신은 나를 무서워해. 여자 한 명도 무서워하면서……. 도대체 무슨 남자가 그래?"

"내 설명 좀 들어 봐."

그가 다시 걸음을 옮겼다. 그러자 그녀는 화를 내며 손에 쥐고 있던 또 다른 돌멩이를 던졌다.
 이럴 줄 전혀 예상치 못했던 그는 코 위에 정통으로 돌멩이를 맞았다. 반쯤 기절한 그가 땅에 쓰러졌다.

3장

 ㅇㅇㅇㅇㅇㅎ······ ㅇㅇㅇㅇㅇㅎ·······. 밤새도록 케르베로스와 죽은 영혼들이 흐느꼈다. 신탁의 동굴에서 빠져 나오는 데 몇 시간이 걸렸다. 그러나 마침내 해냈다. 그는 아주 잠깐 눈을 붙였다. 저 아래 미로에 갇히는 꿈을 꾸느라 제대로 숙면을 취하지 못했다. 밖으로 나왔을 때는 이미 낮이었다. 그러나 견디기 힘들 정도로 추운 날씨였다. 태양은 산 너머 저쪽에서 느지막이 솟아올랐다. 여기 차가운 방과 위험한 동굴, 접근이 불가능하도록 감추어진 지하 동굴들 사이로 안개가 파나리 평야에 얇게 내려앉았다. 스피로스가 그에게 말해 주었던 대로 저 아래 왼쪽에 오디세이의 수선화가 피어 있는 초원인 엘리시움 들판까지 시선이 닿을 수 있었다. 절대로 새가 날지 않는 곳인 아케론 습지와 높은 산등성이

다른 편인 그의 오른쪽으로 보였다. 코키투스 강둑을 따라 걷기 시작했다. 낡은 다리까지 한참을 걸었다. 네가 예루살렘의 성스런 산에서 찾는 것은 어느새 도도나 평야에서 조용히 쉬고 있다. 그리고 거기로 간 내가 그대를 메다의 돌 위로 끌고 간다. 시력 대신 미래를 내다보는 예지력을 지닌 장님 예언자가 말한 것 같았다. 길은 호메로스나 단테가 '또 다른 여정'이라고 부른 것만큼 끔찍하게 힘들고 멀었다. 내가 그곳에서 찾게 될 것을 잘 이야기하기 위해 / 내가 호위했던 다른 것에 대해 말하리라. 그는 신성한 세계로 이끄는 신성한 시편의 시행을 속으로 읊었다.

솔직히 말해서 수선화의 흔적은 전혀 찾아볼 수 없었다. 이미 너무 늦었다. 어쩌면 현자의 영혼은 단지 봄에만 지하 세계에서 밖으로 나온다. 저기 낡은 다리 너머에 서리로 얼어붙은 광대한 들판이 펼쳐져 있었다. 대기는 얼어붙은 유리처럼 탁하고 차가웠다. 밤새도록 악몽으로 시달린 그는 꿈속에서 들은 말을 이해하지 못했다. 너는 절대로 나를 용서해서는 안 됐었어. 현실 세상에서 저세상으로 들어가는 출입구에 아주 가까이 와 있는 것 같았다. 결정적인 뭔가를 밝혀내기 직전인 것 같았다. 그러나 그것도 한순간이었고, 항상 현실은 반듯하고 단순하게 존재할 뿐이다. 저 세상에 대한 흔적, 표식은 어디에 있을까?

한 번은 거의 겉으로 드러난 진실을 깜짝 놀라게 하려는 듯 갑자기 돌아섰다. 그러자 멀리서 보였다. 그 전에는 본 적이 없는 혹은 미처 의식하지 못했던, 푸른 눈을 한 양치기가 길 가 바위 위에 앉아 있다. 이전에 한 번도 맡아 본 적이 없는 향기가 느껴졌다.

투명한 푸른 눈은 코르푸의 바다 같다. 그에게 아무것도 아닌 척하며 길을 물었다. 고대인들은 신에 대해 그렇게 행동했다. 그들은 신을 알아보지 못한 척했다. 쓰여 있는 건 아니지만 알 수 있다. 신과는 농담하지 않는다. 스무 살가량 되어 보이는 양치기는 스피로스가 이미 이야기했던 대로, 아직 세 개의 산등성이를 더 넘어야 한다고 그에게 대답해 주었다.

"여기는 이상한 곳이군요."

베르나르드가 말을 붙였다.

"여기에서는 죽었는지 살았는지 절대 알 수 없는 존재들을 만나게 되는군요."

"금방 알 수 있어."

재미있어하며 양치기가 대답했다.

"살아 있는 사람은 그림자가 있지만, 죽은 사람들과 신은 아니야."

양치기의 그림자는 보이지 않았다. 그러나 어쩌면 정오에는 게다가 하늘도 그렇게 흐린 날에는 자연스런 현상일 수 있다. 앞에 서 있는 그의 그림자 역시 보이지 않았다. 그는 이 사실을 젊은이가 알아채도록 했지만 그는 무관심하게 어깨를 으쓱할 뿐이었다. 살아 있는 사람이건 죽은 사람이건 무슨 상관인가?

"아직은 꼬박 이틀을 걸어야 할 거야."

젊은이가 단정 짓듯 말했다.

"적어도 여기 근처 마을에서 노새를 빌리는 게 편할 거야. 가능하면 노새가 끄는 마차도 빌려. 삽을 들고 있는 걸로 보아 저 쪽에 뭔가를 캐러 가는 것 같은데, 묻혀 있던 옛날 보물이라도 찾으면 돌아올 때 무거운 짐을 마차에 실어 올 수 있을 거야."

그가 어떻게 알았을까? 푸른 눈을 한 신이 아니라면 그리고 단순히 양치기에 불과하다면, 왜 자신보다 훨씬 나이 든 사람을 상대로 이야기하는 젊은이가 말을 놓을까? 양치기가 신들의 세계에 속해 있다는 느낌이 들었다. 그리고 불가해한 신의 계획 중 그에게 맡겨진 과제가 무엇일지 자문했다. 어쩌면 모든 흔적을 지우고, 인간에게 드러난 신의 시대를 결정적으로 닫는 것에 불과하다고 양치기가 말하는 걸 들은 것 같았다. 그런데 젊은이는 입을 떼지 않았다.

베르나르드는 그에게 감사를 표하고 다시 자신의 길을 갔다.

브루노는 조반니를 베르나르드와 함께 이전에 묵던 여인숙에 데려다 주기 전 그의 이마에 넓은 붕대를 감아 주었다.

"며칠 그대로 두게."

그에게 조언했다.

"그다음에 멋진 선물을 들고 나타나게. 내가 그녀에게 말해 보겠네. 그녀가 사라졌을 때 자네가 얼마나 상심했는지 그녀에게 이야기하겠네. 걱정 말게. 자네들은 그 많은 세월이 흐른 뒤에도 그렇게 열렬히 서로 사랑하고 있네. 다 잘될 걸세. 믿음을 가지게!"

혼자 남은 조반니는 젠투카의 적대적인 환영 인사에 우울해졌다. 그러나 그때 그는 아내가 사라진 이유를 알지 못했다. 그리고 그녀가 일방적으로 사라져 버렸다고 종종 생각했다. 당시 그는 일 때문에 늘 밖에 있었다. 단골 고객을 확보해야만 했다. 처음 사랑에 빠졌을 때 열중하던 감정은 사라졌다는 사실을 잘 알고 있던 그녀는 자신이 외로운 가정주부 처지라는 게 싫었을 것이다. 그다음에 그녀가 사라졌다. 그리고 그가 끌어안고 살아온 두려움이 구체화되었다.

그는 젠투카가 임신했을 가능성을 전혀 염두에 두지 못했다는 게 마음에 걸렸다. 당시에 그들이 아이를 가졌다면 아무도 놀라지 않았을 것이다. 자신 스스로 아버지가 될 수 있음을 전혀 생각하지 않았다는 사실이 그를 괴롭혔다. 그는 젠투카를 잘 알지 못했다. 그리고 그건 자연스러운 일이었다. 그러나 벌어진 일이 그 자신도 잘 모르는 것을 그에게 이해시켰다. '내가 정말 아버지인가?' 잠깐 동안 그는 의심에 휩싸였다. 어쩌면 그 많은 시간을 헤어져 보낸 후에 당연히 드는 의심일 수도 있다. 그런데 어린 단테는 어쩜 그렇게 할아버지를 쏙 빼닮았는지……. 그는 또다시 이런 의심을 품었다는 사실에 대해, 아들이 있다는 생각을 하자 거침없는 도피 경향을 드러내던 자신에 대해 곰곰이 생각하게 되었다. 그는 아주 씁쓸하게 비통한 이유가 그것임에 틀림없다고 결론 내렸다. 이성적이기보다는 더 본능적인 젠투카는 그 자신보다 그를 더 잘 알고 있었다. 그가 이런 방법으로든 혹은 저런 방법으로든 어떻게든 도망쳤을 거라는 걸 그녀는 꿰뚫고 있었다.

그게 젠투카와 자기 자신에게 용서를 받아야 할 잘못이었다.

베르나르드는 도도나로 가는 길이 시작되는 산비탈에 있는 마을에서 밤을 지새웠다. 그는 노새와 작은 마차 한 대를 빌렸다. 산에서 노새가 끌기에 적당한 좁은 바퀴 두 개가 달려 있는 마차였다. 그렇게 돈을 다 써 버렸고, 노새와 마차를 되돌려 주겠다는 각서까지 저당 잡혔다. 길은 아직 멀었다. 산길을 따라 올라갔다 내려갔다 하면서 걸었다. 이따금씩 그를 뒤덮어 버린 초목에서 벗어나려고 애를 쓰기도 했다. 그 계절에는 무척 드물게 발생하는 일임에 틀림없다. 날씨는 점점 더 나빠졌다. 그의 상념 위로 짙은 먹구름이 끼었다.

하루 종일 딱 한 번, 그것도 잠깐 동안만 쉬고 계속 걸었다. 석양이 질 무렵 비가 내리기 시작했다. 그래서 자신과 노새의 갈증을 해결할 수 있는 물가 근처에서 잠 잘 곳을 찾기 시작했다. 강물은 산을 파고 들어갔다. 그는 계곡에서 십중팔구 마실 것을 발견할 수 있을 거라고 생각했다. 산마루에서 내려와서 숲 속 빈터에 도착했다. 나이 든 은둔자가 동굴 안에서 살고 있었다. 허리까지 내려오는 긴 머리와 수염을 하고 있는 백발의 노인이었다. 그에게 하룻밤 신세를 질 수 있는지 물었다. 앞에 흐르던 시냇물을 건너느라 그와 노새 모두 기진맥진했던 것이다.

"제 이름은 베르나르드입니다."

그가 노인에게 말했다.

"그리고 여기 어딘가에 고대의 비밀을 파묻은 장소를 찾고 있습니다. 태초에 하느님의 약속을 정하고 우주의 질서를 세우기 위해 하느님께서 인간에게 주신 성스런 물건입니다. 약 백 년 전에 십자군 기사들이 그것을 여기로 옮겨 왔습니다."

"그래, 기억나는군."

노인이 대답했다.

"어떻게 기억하실 수 있지요? 적어도 백년은 지났는데……."

"가슴에 십자가를 매달고 말 탄 무장 기사들이 칠십 명 정도 됐지. 바로 어제 일처럼 기억하는데, 베네치아인들이 콘스탄티노플을 점령했을 때였어. 그때는 나도 젊었지……."

그는 노인을 귀찮게 하지 않으려고 침묵했다. 은둔자가 약 백오십 세가량 되었거나 혹은 착각을 하고 있거나 둘 중의 하나이다. 바위 위에 두 사람이 앉자 노인이 그에게 생버섯과 야생콩을 저녁으로 먹으라고 내놓았다. 그때 베르나르드는 노인이 착각했을 거라는 두 번째 가능성을 선택했다. 그리고 시프로스가 그에게 그 근방에서 찾아볼 수 있는 환각을 유발하는 콩에 대해 한 말이 떠올랐다. 그는 거의 아무것도 먹지 않았다. 단지 자신의 호밀빵 조금하고 버섯만 먹었다. 그는 콩은 맛보지 않았다. 그들이 식사를 하는 동안 왜 노인에게 자신의 걱정거리에 대해 이야기했는지 모를 일이다. 만약에 뒤돌아보면 의미 없는 일들이 연속적으로 벌어졌던 것 같다고 이야기했다.

"반대로 모든 삶에는 의미가 있지."

노인이 말했다.

"그런데 우리가 그걸 안다고 말하려는 건 아닐세. 자네 앞에 드러난 작은 파편도 세상과 관련이 있다는 걸 이해해야지. 자네는 그걸 알아채지 못해. 그게 바로 실수야. 자네는 실망스럽겠지만, 이 삶은 자네의 '나'에 따라 이루어지지. 그런데 자네의 '나'는 세상에 따라 만들어졌지……."

비록 늙은 은둔자 뒤에 어둠의 신이 자리를 잡고 있을지라도, 당황한 베르나르드는 주변을 둘러보고 정신을 차리려고 공기를 들이마셨다. 그런데 노새의 악취만 맡아졌다.

"이 말은 내 말이 아닐세. 나는 고대 철학을 전한 걸세."

노인이 그를 진정시키려고 말을 덧붙였다.

"자기중심적인 관점은 잘못된 걸세. 자네는 대체로 무의식적으로 자기중심적이네. 물론 모든 사람들이 그렇지. 어쩌면 내 모든 평생은 이 만남과 관련이 있어. 내일은 내 생일일세. 그런데 몇 번째 생일인지 나도 잘 모른다네. 그저 많다는 것만 알지. 어느 순간부터 나이를 셈하는 걸 그만두었다네. 어쩌면 너무 오랜 동안 자네를 만나 오늘 하룻밤을 재워 줄 수 있기만을 기다리며 살았을 거야. 만약 그 전에 죽었다면 자네는 나를 여기서 만나지 못했을 걸세. 동굴은 가시밭으로 막혔을 테고, 자네는 밖에서 자야 했겠지. 자네는 이 산에서 들끓고 있는 늑대 무리에 잔혹하게 찢겨 죽었을 테지. 그러면 자네는 임무를 완성할 수 없을 테고……. 반대로 나는 아직 살아 있고, 내일 자네는 푹 쉬고 난 뒤 도도나를 향해 출발할 수 있을 걸세."

"제가 도도나에 가야 한다는 걸 어떻게 아셨어요?"

"자네에게 말하지 않았나. 가슴에 십자가를 매단 칠십 명의 기사들이 거기에 갔다고……."

동굴 안을 덥히는 데나 쓸모가 있을 노새까지, 셋 다 그들은 동굴 안으로 들어갔다.

그다음에 노인은 바퀴 모양의 크고 부드러운 돌을 앞으로 굴려서 입구를 닫았다.

그는 하얀 빛이 가득하고 꽃이 활짝 핀 초원을 꿈꾸었다. 아흐메드는 아프리카 요정이 베틀로 햇살 무늬를 짜 넣은 옷을 입고 있었다. 그는 다음과 같이 말하고 하느님에게 자신이 새롭게 찾아낸 연구 결과를 보여 주어야 한다며 서둘러 갔다.
"서두르게, 베르나르드. 여러 해 동안 자네를 기다리고 있네."
"그런데 솔직히 말해서 그리스도인들의 천국을 찾고 있는 중인데, 길을 잃어버렸어요."
"무슨 상관인가? 단지 한 분의 하느님만 계실 뿐이네. 베르나르드, 그분은 모든 언어를 아시지. 아랍어, 이탈리아어 속어, 그리고 오일어†까지 다 아시지. 게다가 꽃의 언어까지 아신다네. 보고 싶은가?"
그에게 보여 주기 위해 그는 뾰족한 칼 모양의 잎사귀가 달린 커다란 수선화와 이야기 나누기 위해 몸을 굽혔다. 무엇을 해야 하는지 잘 이해한 꽃이 자신의 언어인 향기로 "예"라고 대답했다. 꽃이 활짝 열리더니 하얀 독수리를 내보냈다. 독수리는 발톱 사이에는 열다섯 살 정도 된 여자 아이의 잘린 머리를 움켜쥐고 있었다. 살인이 벌어진 땅에서부터 멀리 날아오르더니 땅에게 그것을 되돌려 주었다. 여자 아이는 독수리에게 고마움을 표했다. 그리고 다시 제

---
† 중세 프랑스 북부에서 쓴 로망스 말로 지금의 프랑스 말에 해당.

자리로 돌아갔다. 시간이 끝날 때 모든 악에게 구제 방안이 있을 것이다. 잘린 머리가 미소를 지으며 말했다. 그러나 그 미소를 본 사람은 아무도 없다. 왜냐하면 머리의 앞뒤가 바뀌어 붙어 버렸기 때문이다.

베르나르드는 더 이상 어디로 가야 할지 몰랐고, 확신이 없었으며, 불안하게 떨고 있었다. 늙은 은둔자의 머리가 먹구름이 낀 듯 혼란스러운 것을 보았다. 그를 불러 길을 물었다.

"어디로 가는 길이지?"

그자가 물었다.

"모르겠어요."

그가 대답했다.

"중요하지 않아. 갑자기 방향을 바꾸어야 할 필요가 느껴질 때까지 계속해서 앞으로 곧장 가게."

"그러다 어디에 도착하나요?"

"불평은……. 자네는 아직 가 본 적도 없는 곳에 가는 거라면서 어디에 가는 중인 걸 무슨 수로 알겠는가? 그곳에 도착하게 되면 그러면 어떤 곳인지 알게 될 걸세."

"여기서 먼가요?"

다시 베르나르드가 물었다. 우울해진 노인이 사실은 다음과 같다고 대답했다. 그것을 통해 얻는 것에 대해서도 특히 의견이 분분하지. 그는 신중하게 주변을 둘러보았다. 그다음에 그의 귀에 입을 갖다 댔다.

그가 속삭였다.

"내 생각에는, 실제로 거기에 도착한 이는 아무도 없는 것 같아. 길이 얼마나 이상한지, 자네가 멈추는 곳이 어디든 길이 항상 자네 뒤를 바짝 쫓고 있거든."

그는 눈을 다시 떴다. 노인은 여전히 깨어 있었다.

"아니면 적어도……."

그가 말을 덧붙였다.

"그 길을 이미 갔던 이들은 그렇게 말하지……."

베르나르드는 다른 쪽으로 몸을 돌려 다시 잠드는 척했다.

그다음 날 아침 조반니는 젠투카에게 줄 선물을 사러 시장으로 갔다. 그녀에게 딱 맞는 선물을 사는 게 세상에서 제일 어려운 일이었다는 게 기억났다. 함께 살았던 그 짧은 기간 동안 그녀는 선물을 줄 때마다 한숨을 내쉬며 받았다. 단지 그녀를 얼마나 사랑하는지 증명하기 위해, 이따금은 보석이나 진귀한 금세공 제품 같은 값비싼 선물을 사기도 했다. 그러면 그녀는 고마워하는 것 같았다. 혹은 우스꽝스러운 선물을 가져다주기도 했다. 그러면 그녀는 마치 어린아이처럼 행복해했다. 물론 이따금 정반대 상황이 벌어지기도 했다. 따로 법칙이 없고 예측조차 불가능한 일이었다. 그는 먼저 무슨 물건을 팔고 있는지 시장을 돌아본 뒤 마음가는 대로 사기로 결정했다. 날씨가 좋을 때 시장은 항상 많은 사람들로 붐볐다. 형형색색의 양단[†], 비단, 그리고 두껍고 질긴 면직물이 있었다.

[†] 금색과 은색 명주실로 두껍게 짠 비단.

그는 화장품, 챙이 넓은 모자, 머리를 탈색시키려고 태양 아래 있을 때 쓰는 위가 열려 있는 모자, 독일인의 진짜 금발 머리를 땋아서 만든 머리를 묶는 금색 망, 낮은 불에서 장미 벌꿀을 증류해서 만든 크림 등을 파는 가판대 앞에 한참 머물렀다. 금발머리가 유행이었다. 그리고 이것은 시인들 탓이었다. 그런데 젠투카는 원래 금발머리였다. 그리고 나무와 유리로 만든 주걱이 있었다. 누런 비소와 석회로 만든 제모제, 우유로 만든 세안용 비누, 붕사 페스토로 만든 반(半) 스크루플로† 짜리 부드러운 빵도 있었다. 아주 단순한 디자인의 티아라 헤어핀이 그의 시선을 끌었다. 작은 나뭇잎 모양의 너무 화려하지 않은 작은 왕관 모양으로 오른쪽에 장미 꽃봉오리가 달려 있는, 전부 금으로 만든 헤어핀이었다. 값이 비쌌다. 한동안 일하지 않은 그는 남은 돈이 얼마나 되는지 계산하기 시작했다. 모네 씨에게서 받은 플로린으로 그것을 사고 싶지는 않았다.

옆에 있는 가판대의 상인이 그의 팔을 잡았다. 팔고 있던 직물로 그의 주의를 끌었다.

"영국산과 프랑스 부르타뉴산 직물입니다."

그가 말했다.

"거의 같은 품질인 저 피렌체 직물의 절반 가격입니다. 따지고 보면 아시다시피, 거기에 이주해서 예술을 전한 이들 중에 토스타나 기업가들도 있지요. 지금까지 영국인들은 거친 면직물만 팔았

---

† 고대 로마의 무게 단위로 1,296g.

지요. 지금은 여길 보세요. 이제 그들은 우리네 비단을 모방하고 있어요. 한편 다른 모든 이들과 경쟁하기 위해 영국으로 들어간 건 피렌체인들이지요. 그런데 영국인들이 만든 제품을 여기에서 팔고 있습니다. 값이 싼 곳에서 물건을 만들고 값이 비싼 곳에서 그 물건을 파는데, 이게 꽤 장사가 됩니다."

그는 더 이상 지체하지 않고 그 대화에서 빠졌다. 앞날에 대해 그는 적당히 낙관주의자였다. 마치 단테가 그러했던 것처럼……. 상황은 알아서 정리될 것이라고 시인은 마음속으로 생각했다. 더 이상 잡아먹을 게 아무것도 없으면 저주받은 암늑대는 스스로를 찢어 죽일 것이다. 즐거워할 것까진 없지만 눈물이나 흘리고 있을 이유도 전혀 없었다. 이를 악물고 앞으로 나아가고, 어쩌면 닥쳐올 격분의 시기를 대비할 필요가 있었다. 불행할 때 사람들은 무척 위험해질 수도 있다.

그는 단지 젠투카를 다시 찾았고, 아들의 존재를 알게 되었다는 것만으로도 기뻤다. 이제는 가능한 한 빨리 다시 일을 시작해야만 했다. 그의 휴가는 너무 길기도 했다.

"그런데 당신은 그 사람이 아니시오?"

바로 그 순간, 그의 앞에서 멈춘 사제가 말을 끝내지 못했다.

"아고스티노 신부님, 폼포사의 수도원의 약초 담당 수사님, 맞지요? 여기 웬일이세요?"

"비밀 임무요!"

종교인이 대답했다.

"그런데 시간이 되면 잠깐 셔벗† 파는 마차에 들렀다가 이야기할 수 있을 텐데……."

시장 광장 모퉁이에 음식 보관에 쓸 얼음을 파는 상인이 있었다. 매일 아침 납으로 안을 댄 보온 통을 나무 마차에 싣고 아펜니노 산에서 내려오는 얼음 공급업자에게 물건을 받았다. 그러면 그의 부인은 볼로냐인들을 열광시키는 밀가루와 우유로 만든 푸딩인 유명한 블라망주††와 셔벗을 준비했다. 그는 셔벗을, 신부는 푸딩을 들고 옆길로 나왔다. 아고스티노 신부는 그에게 수도원에 대해, 악성 종양이나 혹은 말라리아 때문에 매일 삶과 죽음 사이에서 싸우던 돈 비나토에 대해, 페라라 사람들과의 협정을 강화하던 파치오 신부에 대해 이야기를 했다.

그다음에 그들은 교회 앞 정원에 있는 돌탁자에 서로 마주보고 앉았다.

"시인의 죽음에 대한 새로운 소식이라도 있소?"

성직자가 물었다.

"전혀요……."

조반니가 대답했다.

아고스티노 신부는 평수사의 죽음에 대한 조사 때문에 거기에 있다고 말했다. 두 명의 가짜 프란체스코 수도회 수사의 뒤를 쫓아 볼로냐에 왔다. 아브루초 출신의 작자는 더 이상 그 흔적을 찾을 수 없지만, 그의 단짝이었던 피스토이아 출신의 테리노라를 찾

---

† 과즙에 물, 설탕 따위를 넣어 얼린 것.
†† 우유에 과일 향을 넣고 젤리처럼 만들어 차게 먹는 디저트의 일종.

고 있었다. 테리노는 거기 볼로냐에 성벽 근처 교외로 숨었다. 조반니는 매춘부의 거짓 정보에 근거하여 테리노를 찾아 피렌체까지 갔던 이야기를 사제에게 했다.

"가리센다의 에스터를 이야기하는 것 같군요."

약초 담당 신부가 말했다.

"그 여자를 아세요?"

"개인적으로는 모릅니다. 정말 몰라요. 하지만…… 도시에서 제일 인기 있는 고해 신부인 동료가 그녀에 대해 이야기해 주었어요. 그는 원래 무척 신중하고 입이 무거운 편이지요. 당신도 알다시피 비밀로 해야 합니다. 죄 지은 사람들에 대해 떠들고 다닐 수는 없는 거니까요."

"매춘부도 고해성사를 하나요?"

"그럴 수도 있지요. 하지만 그녀가 고해성사를 한 게 아니었소. 바로 그 때문에 내 동료도 규칙을 어길 필요 없이 나에게 이야기할 수 있었던 거죠. 그녀의 고객들이 고해성사를 했지요. 그들은 그녀가 조금 특별한 매춘부라고 말한다지요. 특별히 그 직업에 적합하지 않은 타입의 여자라고 이야기한다는군요. 하지만 바로 그 이유 때문에, 어쩌면 그런 일을 하는 사람으로서 범상치 않은 능력을 가진 셈이지요. 즉, 수많은 자신의 고객들이 그녀와 사랑에 빠지게 하는 재능을 지녔다지요. 보통 다른 여자들은 사랑에 빠졌다기보다는 아주 귀찮게 치근대는 걸로 여길 테지만요."

"그녀는 무척 아름답지요."

조반니가 말했다.

"그 이야기를 하려는 게 아니오. 내 동료는 그녀의 단골손님들이 하는 고백을 들었소. 물론 그녀의 이름을 언급한 건 아니지만, 마치 그들 각자가 다른 여인에 대해 이야기하는 것 같다는 거요. 그녀의 서비스 정도에 대한 게 아니고요……. 아무튼 그녀가 사람들을 다룰 줄 아는 것 같소. 하느님, 저를 용서하소서!"

부정한 생각에 대해 용서를 구하며 수도복 위에 매달려 있는 십자가에 입을 맞추었다.

"그런데…… 내가 말하려는 건, 그녀가 자신의 고객들을 전혀 다른 차원에서 다룰 줄 안다는 거요. 그녀는 대화가 통하고 고객들의 말을 잘 들어 준다는 거요. 그리고 언제 물러나야 아쉬워하는지를 안다는 거지요. 편안하게 온갖 이야기를 다 하게끔 한다는 거죠. 그러면서 종종 그들은 열렬히 그녀에게 반하게 된다는군요. 입 밖에 내지 않은 그녀의 목적은 그들을 자신에게 반하게 만드는 데 있다고 할 수 있을 거요. 마치 매번 자신의 과거 연애담을 되살리고 그녀가 상처를 받으며 버려진 것 때문에 그들에게 복수를 해야 하는 것처럼 말이오. 그리고 그녀는 특별히 개개인의 약점을 잘 감지하지요. 내가 알아낸 바에 의하면 테리노 역시 그렇게 넘어갔던 거요. 그는 그녀와 함께 도망치기를 원했소. 그리고 그가 한 일 때문에(십중팔구 우리 수도원에서 있었던 이중 살인일 거요) 많은 돈을 받을 일이 있다는 걸 안 그녀는 그와 함께할 거라고 약속했소. 그런데 그다음에 그를 고용한 자가…… 그에게 돈을 지불하는 대신에 불태워 죽이려고 했던 거요……. 얼굴에 온통 화상을 입은 채 돈 한 푼 없이 그녀를 찾아온 그를 에스터는 더 이상 아는 척하고 싶지도 않았소. 그날 저녁 한바탕 소동이 있었던 탓에, 이 에피소드는 그 선술집을 드나드는 사람은 누구나 다 알게 된 거요. 한 독일인 학생이 끼어들어 그를 쫓아 버릴 때까지 그가 그녀를 마구 때렸다지요. 그러나 피스토이아 사람은 도시를 떠나지 않았소. 여기 볼로냐에 숨어 살고 있소. 내가 그의 흔적을 찾아냈소. 어쩌면 그는 이곳을 떠날 경비조차 없거나 에스터의 제안에 따라 뭔가를 계획하고 있을 거요."

그를 함께 만나 보기로 결정했다. 계획을 세우기 위해 그다음날 교회 앞에서 다시 만나기로 했다. 자존심이 망가지고 상처 입은 테리노는 위험한 인물일 수 있었다. 그들은 인사를 나누고 조반니는 젠투카에게 줄 헤어핀을 사러 시장으로 돌아갔지만 이미 팔리고 없었다.

4장

———

그는 이른 시간에 잠자리에서 일어났다. 노인은 사라졌다. 노인에게 백사십 살인지 혹은 백오십 살인지 생일 축하인사를 하고 싶었다. 그런데 노인은 감쪽같이 사라진 것 같았다. 하룻밤 재워 주어서 고맙다는 인사조차 할 수 없었다. 어쩔 수 없다. 돌아오는 길에 인사를 전해야 할 것이다.

노새를 이끌고 아쉬워하면서 길을 떠났다. 그리고 석양이 질 때까지 걸었다. 오후 중에 토마로스 산마루까지 올라갔다. 쌍둥이 정상은 이미 눈으로 덮여 있었다. 숲 너머로 걸어 올라온 오솔길이 보였다. 그리고 오른쪽으로 몸을 돌리니 떡갈나무 숲과 허물어진 교회 잔해를 오래된 원형 극장을 떠올리게 하는 반원형으로 감싸고 있는 계곡에 자리한 도도나 평원이 보였다. 그 계곡 사이에 제우스의 천년왕국이 있을 것 같았다. 베르나르드는 고집불통의 노새를 끌고 계곡을 향해 움직였다. 다소 늦었을지라도 밤을 지새울 은신처를 찾아야 한다는 걱정은 하지 않았다. 그런데 내리막길에서 깜짝 놀랄 정도로 엄청난 폭우가 쏟아졌다. 비에 흠뻑 젖은 노새는 잎이 많이 달린 나무 아래 버티고 서서 더 이상 꼼짝하지 않았다. 그래서 베르나르드는 노새를 나무 몸통에 단단히 묶고 허리춤에 삽을 단 채 혼자서 길을 갔다.

계곡에 이른 그는 어부의 그물에 걸린 물고기마냥 젖어 있었다. 고대 바실리카에 있는 세 개의 회중석 사이에서 쉴 곳을 찾았다. 지붕은 오래 전에 내려앉았고 바닥은 이미 초록의 잔디로 덮여 있었다. 그런데 구석의 낡은 지붕 아래 삼면이 막혀 있는 사제관이 보였다. 비를 피하기에 적당한 장소였다. 안으로 웅크리고 들어가서 중앙 애프스† 바닥에 불쑥 튀어나온 검은 돌 장식 위에 앉자 추위와 열로 온몸이 떨리기 시작했다. 그는 자신보다 노새가 확실히 더 현명했다는 생각이 들었다. 비가 조금 잦아들었을 때 그는 마차와 노새를 가지러 되돌아갔다. 교회에서 제일 가까운 떡갈나무 앞에서 멈춘 그는 고개를 숙이고 삼종기도를 올렸다.

다시 비가 내리기 시작했다. 그는 노새와 마차를 사제관 안으로 옮겨 놓았다. 그는 아까 앉았던 검은 돌을 다시 잘 들여다보았다. 실내 벽에 수평으로 둘러친 장식의 일부였는데, 지금은 벽에 기댄 채 바닥에 가라앉아 있었다. 중앙 애프스의 반원형에 비해

---

† 교회 동쪽 끝에 있는 반원형 부분.

비대칭 자세로, 즉 애프스가 동향이라면 이 돌은 북동 방향으로 놓여 있었다. 거의 검정에 가까운 녹황색의 줄이 처져 있었다. 그는 불현듯 '메디아의 돌'에 대한 전설이 떠올랐다. 삽과 한 몸이 된 그는 박자에 맞추어 아직 튼튼한 팔을 빠르게 움직였다. 적어도 한 시간 남짓 그렇게 땅을 팠다. 처음에는 수평식 탁자 같은 게 나오나 싶었는데 사실은 그렇지 않았다. 작은 정사각형 석판의 일부였다. 그 위에는 그리스 십자가가 얕은 돋을새김으로 조각되어 있었다. 십자가 위쪽 양쪽이 타우† 모양으로 넓어졌다. 이는 십자군 기사의 또 다른 상징이었다. 타우의 양쪽 팔 아래 수직 막대 위에는 더 이상 읽을 수 없는 글씨가 원래 적혀 있었던 게 틀림없다는 생각이 들었다.

....
†   그리스 자모의 열아홉 번째 글자 T.

그 주변에 불빛을 비추자 그 석판이 벽 속의 빈 공간을 가리려고 세워 둔 것이라는 걸 알 수 있었다. 그래서 삽으로 그 석판을 들어내어 옆으로 옮겼다.

벽에 움푹 들어간 벽감(壁龕)을 발견했다. 벽감 안에는 상당히 무거운 검은 돌로 된 커다란 성궤가 있었다. 그가 온힘을 다해도 그것을 밖으로 끄집어낼 수가 없었다. 그래서 노새에 묶어 끌어내기로 결정했다. 거기에 끈을 묶어 노새에 연결했다. 노새에게 온갖 욕을 퍼부어 대며 안간힘을 썼다. 베르나르드는 몹시 흥분했다. 류트의 줄처럼 신경이 팽팽해졌다. 드디어 거기에 도착했다. 그리고 여행은 기대했던 만큼 빨리 성공적으로 끝났다. 이윽고 뚜껑이 달린 커다란 궤짝이 보였다. 궤짝은 가로 세로 다섯 개의 돌조각이 새겨진 사각형의 자물쇠로 잠겨 있었다. 조각 안에 새겨진 글자는 교회나 십자군 숙소에서 종종 보았던, 그러나 전혀 이해할 수 없는 의미의 글자였다.

S	A	T	O	R
A	R	E	P	O
T	E	N	E	T
O	P	E	R	A
R	O	T	A	S

그는 삽을 내던지고, 거칠게 팔을 들어 욕을 하는 시늉을 했다.

잠시 동안 멍하니 입을 벌리고 무표정하게 있었다. 그다음에 선해 보이는 노새의 눈을 바라보고 애프스에 쭈그리고 앉았다. 어느새 어두워졌다. 그곳에서 밤을 지새워야 했다.

석양이 지기 전에 조반니와 아고스티노 신부는 성벽 밖 빈민가에 있는 테리노의 집에 도착했다. 임시방편으로 성벽에 기대어 불법으로 지은 집이었다. 지저분한 교외에서는 금지되었음에도 불구하고 집 담벼락을 만들 재료를 아끼기 위해 다들 성벽에 기대어 집을 짓고 있었다. 나무 대들보를 세우고 돌멩이와 회반죽을 섞어 일 층 담벼락을 만든 이층집이었다. 피스토이아 사람이 사는 이 층은 집이라기보다는 막사에 가까웠다. 십중팔구 그 스스로 못질해서 만든 볼품없는 나무 가구와 테이블이 놓여 있을 것이다. 성벽에 기생충처럼 달라붙어 지은 일 층 위에 다시 기생충처럼 얹혀 있는 막사였다.

그들은 일 층까지는 돌계단을, 그다음에는 가파른 나무 계단을 올라갔다. 시골에서 젖은 전나무 가지로 덮은 지붕을 대들보로 지탱하고 있는, 외양간 꼭대기에 올라갈 때 사용하는 나무 계단 같았다. 문은 안에서 잠겨 있었다. 그러나 무척 쉽게 열리게 되어 있었다. 제대로 된 진짜 경첩은 보이지 않고 대신에 나무 벽에 박아 넣은 쇠막대기에 쇠고리를 걸어 놓았을 뿐이었다. 문을 두드리기 전 단도 자루 위에 오른 손을 얹은 조반니는 집 주인이 안에 있는지 알기 위해 출입구에 귀를 갖다 댔다. 그는 초조했다. 뭔지 모를 위험이 도사리고 있다는 느낌이 들었다. 앞으로 펼쳐질 대화는 당연히 친구들 사이의 잡담은 분명 아닐 것이다.

의자나 비슷한 뭔가를 옮기는 소리가 들렸다. 그다음에 뭔가 무거운 물건을 바닥에 내던지는 소리가 들린 뒤 더 이상 아무 소리도 들리지 않았다. 그런데 잠시 후에 단단한 대들보가 부러질 때 나는 소리가 한참 동안 들렸다. 요란한 소리와 함께 먼저 막사가 휘청거리더니 결국 무너지고 말았다. 조반니와 아고스티노 신부는 팔로 머리를 감싼 뒤 얼굴을 아래로 하고 아슬아슬하게 시간에 맞춰 바닥으로 몸을 던졌다. 문에 연결되어 있던 벽의 일부 조각과 지붕이 그들 위로 떨어졌다. 모든 상황이 종료됐을 때 자신들을 덮고 있던 테이블을 들어 올리면서 두 사람 모두 힘들게 일어섰다. 그들은 허물어진 건물 잔해에서 모습을 드러냈다. 여기저기 멍이 들었지만 다행히 부러진 데는 없었다. 전에는 테리노의 집이었던 자리를 덮친 지붕을 얽어매 놓았던 나뭇가지와 흙더미 아래에서 신음소리가 들려왔다. 그들은 풀 뭉치, 갈대, 그리고 나무 조각을 들어내며 손으로 파헤치기 시작했다. 마침내 악당으로 추정되는 작자를 찾아냈다. 얼굴을 땅에 대고 쓰러져 있는 그의 목에는 올가미가 걸려 있고, 줄을 걸었던 두 동강난 대들보를 등 뒤에 업고 있었다. 목을 매려고 시도를 했는데, 형편없는 목수의 솜씨와 낡아빠진 집 구조 덕분에 목숨을 구한 것이다.

얼굴 전체에 화상을 입은 그의 몰골은 보기에 끔찍했다. 오른쪽 뺨에 있는 뒤집힌 L자형 흉터는 여전히 눈에 띄었다. 그를 알아볼 수 있는 유일한 단서이기도 한 흉터였다. 깜짝 놀란 그는 말도 안 되는 문장들을 더듬거렸다. 그때 조반니는 뭔가를 발견했다. 무너진 잔해에서 책상같이 보이는 것을 끄집어냈다. 그리고 편지 한 통을 찾아내서 펼쳤다. 자살 충동을 실행에 옮기기로 결정했다고 에스테르에게 전하는 메시지였다. 한편 아고스티노 신부는 그의 목에서 올가미를 빼냈다. 사제가 묵고 있는 사제관으로 그를 데려가서 몸을 추스르게 한 뒤 심문하기로 결정했다.

"내 오두막집은……."

그를 끌고 가는 동안 마지막으로 집을 보려고 몸을 돌린 테리노가 울먹였다. 조반니와 폼포사의 약초 담당 수사는 거의 낙담한 눈짓을 서로 교환했다. 악은 이따금 사악한 겉모습을 띠고 있을 거라고 상상하기 쉽지만, 반대로 빵 같은 사소한 이유로 누군가를 죽이는 어리석은 얼굴을 하고 있다. 체리노에게서 엿볼 수 있는 유일한 사악한 특징은 오른쪽 뺨에 남아 있는 악마의 표식 같은 흉터와 화상 입은 흔적뿐이다.

'Ne l'un t'arimi 즉 하나 속에 너는 숨는다……' 하나, 그리스 알파 A. 네 손가락을 네 개의 A에 갖다 댔다. 이 역시 맞는 조합이 아니었다. 그러면 'e i dui che porti 즉 각각 두 개의 날개를 달고 있는 두 명의 케루빔, 모두 네 개의 날개…… 아닌가? 세라핌은 각각 여섯 개의 날개를 지니고 있다. 그럼 케루빔은 얼마나 될까? SATOR 회문에 O, E, T, R 역시 네 개씩이다…… 아니면 석판 위에 그려진 타우가 열쇠일까? 'badi me's'o qualcos'i' che chiedo ch'e persa, 즉 나는 물어볼 뭔가가 있는지 알아야 할 뭔가가 있는지 잘 살펴본다…….' 그런데 뭔가 중요한 것을 암시했을 수도 있는 마지막 9음절 시행이 부족하다. 그는 쉬이 잠들지도 못했고 그 수수께끼를 풀 수도 없었다. 밤의 추위는 매서웠다. 계속해서 비가 내렸고, 산 너머로 번개 치는 게 보였다. 멀리서 음산하게 몰아치는 바람 소리도 들려 왔다. 그는 꼼짝달싹할 수 없었다.

그는 마음이 불편했다. 나이 든 다니엘이 말했던 것처럼 어쩌면 언약 궤, 그리스도의 무덤과 막달레나의 유골과 함께 귀한 작은 손궤를 찾아냈어야만 했다. 그는 프랑스 소설에 등장하는 기사들의 이야기를 알고 있었다. 그들 중에서 가장 순수한 기사들에게만 성배나 혹은 무엇이 됐든지 아무튼 동화에 나올 법한 신비한 물건에 접근하는 게 허락되었다. 게다가 그가 거기까지 다다른 건 우연이 아니었다. 신은 그가 일상적으로 살아가는 여정 중 희미하게나마 여러 차례 모습을 드러내셨다. 그리고 마침내 신성한 유물을 발견하기도 했다. 그런데 그것을 어떻게 여는지는 알 수 없었다. 그는 자신이 숙명을 타고난 사람인지, 만일 그렇다면 정확하게 어떤 숙명인지에 대해 자문했다. 그는 죄책감을 느꼈다. 어쩌면 그는 충분히 순수하지 못했다. 이탈리아 전쟁 중에 죽인 그리스도교인들 때문에, 혹은 에스터에 대한 일 때문에, 그리고 그녀와 함께한 그날 밤의 욕망과 그다음 주 내내 계속된 상념 때문에 죄책감을 느꼈다. 그는 비록 행동으로 옮기지는 않았지만 생각으로 죄를 지었고, 그리고 어쩌면 태만했다. 그는 무릎을 꿇고 그날 밤에 대해, 또 그녀를 위해 기도했다. 그의 아버지, 어머니 그리고 자신을 위해 용서를 청했다. 자격이 없지만 하느님의 영광을 위한 도구로 쓰여, 비밀을 푸는 소중한 역할을 할 수 있게 해 달라고 기도했다.

그는 자물쇠 장치를 풀고 무거운 상자를 열 수 있는 글자 조합을 알아낼 수 있는 번뜩임과 날카로운 직관력을 기대하였다. 눈을 감았다.

"그것을 다시 열었을 때 제일 먼저 내 눈에 들어오는 것이 바로 신의 뜻을 드러내는 표식일 거야."

눈을 다시 뜬 그는 삽을 집어 들었다. 이제 무엇을 해야 할지 깨달았다. 삽을 들어 나무 손잡이를 펼치고, 두 손으로 삽을 들고, 머리 위로 삽을 치켜올리고, 깊이 숨을 내쉬었다. 자신이 낼 수 있는 가장 강력한 힘으로 나무 상자를 내려치기 위해 도움닫기를 하였다. 상자를 깨부수고 드디어 그 내용물을 밖으로 끄집어낼 수 있을 것이다. 그는 삽을 치켜든 채 잠시 머뭇거렸다.

바로 그 순간 교회에서 얼마 떨어지지 않은 곳에 번개가 내리쳤다. 손에 삽을 든 베르나르드는 얼어붙은 듯이 꼼짝하지 않고 서 있었다. 주인이신 하늘의 신이 행성과 별을 소생시키는 번개의 힘으로 사이프러스 나무를 거칠게 뽑아 버리는 것처럼 들렸다.

순식간의 일이었다. 그 찰나, 시간은 멈추어 버렸다. 나중에 기억나는 것은 각각의 시간이 동시에 존재하는 것처럼 느껴졌다는 사실뿐이었다. 그 동시간대에 모든 것이 한꺼번에 발생했다. 과거는 미래이고, 미래는 과거이고, 과거와 미래가 둘 다 현재로 이해됐다. 자신의 죽음과 탄생을, 아크리의 산조반니 전투를, 검이 어깨를 찌르던 순간을, 그리고 죽어 가면서 바다를 바라보던 순간을, 아흐메드의 정성어린 치료를, 이탈리아 들판에서 벌어졌던 전쟁들을, 궤를 짊어진 손수레의 무게를, 그리고 코르푸 항구에서 등을 돌리던 나이 든 댄을 동시에 겪은 것만 같았다.

영원히 공존하는 그의 삶의 모든 사건들이었다. 그는 모든 것을 이해하고 인간 역사를 동시에 본다. 펼쳐진 홍해를, 시나이 산 위에 있는 모세를, 망토 속에 몸을 감싼 채 폼페이 조각상 아래 허물어진 카이사르를, 골고다 언덕의 십자가를, 야스리브[†]에 있는 모하메드를, 카를로스 대제와 아헨[††]의 독수리를 본다. 대양을 항해하는 배를 보고, 헤라클레스의 기둥[†††]과 율리시스의 모험, 신대륙에 키스하는 돈 크리스트발, 그리고 정반대편 바다에서 유럽의 연옥을 꿈꾸는 단테가 반복되어 나타난다. 피로 물든 나라로 이루어진 유럽을, 자신의 궁전 앞에서 사형집행인의 손에 들린 마지막 카페 왕조의 머리를, 바티칸에 포위된 마지막 교황을, 라인 강 주변에서 벌어진 맹렬한 전투를, 프랑스 베르됭에 있는 참호 속에 병사들을 파묻은 죽음의 전쟁 기계를 본다. 서로 대치하고 있는 독수리 두 마리를 본다. 한 마리는 신세계에서 유럽으로 돌아오고 '그리고 하나 더……'라는 글을 가지고 온다. 고대 제국의 유산인 또 다른 한 마리는 네 단계의, 네 개의 파괴적인 낫을 지닌 별 위에 있다. 차이를 두지 말라고 그에게 말하는 것 같다. 그다음에 동시대 이후 혼란에 빠진 상황, 평화로운 유럽, 카를로스와 단테의 꿈에서처럼 하나의 세계를 향해 고동치는 프랑스와 독일의 심장,

---
[†] 이슬람 성지로 원래는 유대인 촌락이었음.
[††] 독일 노르트라인 베스트팔렌 주의 도시.
[†††] 지브롤터 해협 양안의 바위로 헤라클래스에 의해 갈라졌다고 함.

그리스도와 무함마드가 함께하는 새로운 세상의 통솔자, 그리고 성경을 믿는 사람들의 평화가 올 때까지, 계명을 입증하는 사람들에게 성경에서 예견한 빛나는 시대가 도래할 때까지, 악이 스스로 파괴하는 수많은 끔찍한 전쟁들…….

 영원한 현재 속에서 이 모든 것과 다른 많은 것을 본다. 이제 안다. 아무것도 벌어지지 않는다. 그게 전부다. 교체할 수 없는 책의 페이지에서처럼, 전체의 축소판의 파편인 시에서 매순간 각각의 시행은 모든 것을 담고 있다.

 그는 젖은 풀 위에 누워 있었다. 옆에는 고대 언약의 궤가 놓여 있었다. 그 영원한 찰나에 그 궤를 마차에 싣고 가지고 가는 자신의 모습을 보기도 했다. 이제 그는 알게 되었다. 그 위대한 계획 속에서 자신의 역할이 무엇인지를. 신이 인간에게 모습을 드러낸 시대를 결정적으로 닫아 버리는 것이 그의 역할이었다.

5장
———

 "나는 비소를 훔치지 않았소. 그리고 시인을 죽이지 않았소." 그는 반복해서 이렇게 말할 뿐이었다.
 작고 어두컴컴한 다락방 안으로 강렬한 햇빛 한 줄기가 스며 들어와 그의 일그러진 얼굴을 비춘다. 나머지는 온통 어둠 속에 잠겨 있다. 조반니는 그를 묶어 놓은 의자 뒤에 서 있었다. 아고스티노 신부는 그의 앞에 놓인 탁자에 앉아 있다. 피스토이아 사람은 집요한 질문에 대해 눈에 띄게 짜증을 냈다.
 "나한테 원하는 게 뭐요? 나를 그냥 죽게 내버려 둘 수 있었잖소."
 의사와 신부는 어처구니가 없어서 웃음을 터뜨렸다.
 "우리에게 진실을 말하면 너는 이 천정 대들보 중의 하나를 골

라잡을 수 있다. 내가 장담하는데, 너의 집에 있던 것보다 훨씬 더 튼튼하지. 한데 너는 그 많고 많은 시간 중에 왜 하필이면 우리가 찾아갔을 때 목을 맬 게 뭐냐?"

아고스티노 신부는 인내심을 잃어 가는 중이었다. 처음에는 그를 좋게 다루었지만 테리노가 들이대는 증거마다 아니라고 부인했기 때문이다.

"내 이미 사실을 말했잖소. 우리는 비소를 훔치지 않았소. 그리고……."

"그리고 뭐? 혼자서 약초 제조실로 갔나?"

자리에서 벌떡 일어나 탁자를 주먹으로 내리치며 아고스티노 신부가 고함쳤다.

"우린 훔치지 않았소. 샀을 뿐이오. 약초 담당 수사는 자리에 없었소. 어린 수련 수사가 한 명 있었소……."

"뭐라고?"

"아이는 우리에게 엄청나게 비싼 가격을 요구했소. 내 기억에, 나는 그 아이와 가격 흥정을 하려고 했소. 그런데 체코가 굉장히 신경질을 내면서 나에게 서두르라고 말했소. 그래서 우리가 비용을 그냥 지불하기로 했지요."

충격을 받아 정신이 나간 듯 사제가 자리에 다시 주저앉았다.
"멍청한 녀석."

사제가 말했다. 그다음에 다시 한 번 똑같은 말을 되풀이했다.
"아이의 영혼이 평화의 안식을 누리기를……!"

매번 그는 말끝에다 이렇게 덧붙였다. 다시 생각해 보니 작업장에서 사라진 게 비소만은 아니었다. 이따금씩 선반 위에 올려 놓은 에센스나 아로마를 담아 놓은 용기가 특별한 이유 없이 줄어든다는 느낌이 있었다. 하지만 지금까지 늘 대수롭지 않게 여기고 모르는 척 넘어가곤 했다.

  그의 견습생은 도통 뭔가를 배우는 일에는 재주가 없었다. 게다가 책임감은 세 살짜리 아이만도 못했다. 페라라 출신인 파치오 신부의 조카 중 한 명인 그 아이를 교육시키는 일은 온전히 아고스티노 신부의 몫이었다. 수도원에는 단순한 중상모략보다 더한 것이 있었다. 그런 아이들 중 몇몇은 사제와 아주 많이 닮았기 때문에 단순한 조카가 아니라는 의심을 받고 있었다. 그래서 그는 별로 해가 되지 않는 뭔가가 작업장에서 사라졌다는 인상을 받았을 때 더 이상 파고들지 않고 피하곤 했다. 하지만 아이에게 조심하라고 수천 번도 더 말했다. 거의 매일 아이에게 절대 손을 대면 안 되는 선반을 일러주었다. 그리고 그때까지 별로 눈에 띄는 일은 벌어지지 않았다. 하지만 비소를 주재료로 한 치명적인 독이 든 병이 통째로 사라졌을 때 당연히 깜짝 놀란 그는 걱정하며 수련 수사에게 캐물었다. 아이는 절대로 자신이 한 짓이 아니라고 완강히 부인하였다. 하루 종일 작업장에 남아 있었고, 아무도 방문하지 않았다고 그는 말했다. 그는 태만과 작은 도둑질 정도를 넘어서는, 그런 절도에 해당하는 짓을 저지를 만한 능력은 없는 아이라고 가볍게 치부해 버렸다. 반대로 적어도 아이는 자신이 파는 물건이 구매자에게 얼마나 중요한지 알아채기에 충분한 장사꾼의 본능과 교활함을 지니고 있었음을 생각했어야 했다. '장사꾼의 교활함과 멍청한 지능이 합해졌어.' 사제는 속으로 생각했다. 그렇게 아이는 자신이 악당 두 명에게 판 독약에 살해당했다!

"그런데 시인을……."

조반니가 심문을 계속했다.

"그를 독살한 게 너희들이지? 이건 부정 못하겠지?"

"천만에요!"

테리노가 대답했다.

"그럼 무엇 때문에 비소를 샀는데? 제모라도 하려고 샀나?"

"그를 죽이려고 했소. 그렇소. 하지만 실패했소."

"독살하기가 그렇게 어려웠으면 너의 집에서 목이라도 매달게 할 수 있었잖아!"

"전부 체코 탓이오!"

테리노가 말했다.

"그는 너무 긴장한 나머지 시인의 포도주 잔에다 독을 한꺼번에 몽땅 쏟아 붓고 말았소. 그런데 시인은 단 한 방울의 포도주도 마시지 않았고, 그 덕에 목숨을 구했소. 우리는 그가 잔을 들도록 내내 건배를 청했소. 이탈리아 지방 자치 연방을 위한 건배, 제국의 통일과 영광을 위한 건배, 유럽의 운명을 위한 건배, 성령의 시대를 위한 건배를 계속 제안했소. 더 이상 건배할 거리가 없을 정도로 말이오. 아시겠소? 결국 우리는 술에 취했지만 체코가 식사가 시작될 때 가득 채운, 독이 든 그의 포도주 잔은 거기 테이블에 고스란히 남아 있었소. 시인이 술을 자제한 건지, 혹은 악마보다 더 교활했던 건지, 혹은 목구멍에 죄를 짓지 말아야 한다는 다짐을 했던 건지 어떻게 알겠소. 우리는 다시 시도해 볼 요량으로 사절단과 합류했소. 하지만 더 이상 기회가 없었소. 베네치아인들이 그를 데리고 가면서 더 이상 그와 접촉할 가능성이 사라지고 말았소. 어쩌면 그들이 그를 독살했거나, 아니면 정말로 말라리아에 걸려 죽었을 거요. 이게 내가 아는 전부요."

그렇다. 어쩌면 단테가 살해당했다는 주장은 애초 잘못된 가설에 불과한, 아무것도 아닌 것일 수도 있다. 사실 조반니는 단테의 시신을 좀 더 주의 깊게 살펴보지 못했었다. 그리고 겉으로 드러난 증상은 다른 원인에 기인한 것일 수도 있었다. 사실 그의 과학적 정황은 여기저기 허술한 점이 많았다. 일어나지도 않은 범죄에 대해 그토록 열심히 조사하고 다녔던 걸까? 미수에 그친 살인사건의 범인을 쫓고 있는 걸까?

"왜 그를 죽이고 싶어 했소?"

그가 물었다.

"사실 우리가 그를 죽이고 싶어 했던 건 아니오. 그를 살해하라는, 그리고 『신곡』의 원고를 훔쳐 오라는 명령을 받았을 뿐이오. 그러면 그 대가로 두둑히 챙겨 주겠다고……. 그런데 나중에 시인이 어쨌든 죽은 것을 알고 우리 일이 성공한 것처럼 믿게 하려고 했소. 우리는 알리기에리의 집 안으로 들어가서 원고를 훔쳤소. 내가 일을 맡긴 사람에게 원고를 갖다 주면서 약속한 금액을 요구했소. 그러자 그 작자가 나를 목 졸라 죽이고 불에 태워 버리려고 했소. 나는 우물 안으로 뛰어들어서 기적적으로 목숨을 건졌지만……. 내 동업자는 비참한 최후를 맞이해야 했소."

"당신들에게 일을 맡긴 사람이 누구지?"

"아, 그건 정말 말할 수 없소. 그저 내가 죽었다고 믿기를 바랄 뿐이오."

아고스티노 신부는 책상 위에 주저앉았다. 너무 지친 그는 더 이상 어떻게 해야 할지 몰랐다. 마음속 진심은 이 모든 사건에 더 이상 신경 쓰고 싶지 않다고 스스로에게 말했다. 그를 속이던 파치오 신부의 조카 아이는 결국 스스로를 기만하는 결과를 맞이하고 말았다. 아이는 그 기만의 대가를 너무 비싸게 치렀다. 단테를 노린, 독이 든 포도주를 마셨던 것이다. 아이는 가짜 프란체스코 수도회 수사 두 명에게 어디에 쓸 건지 묻지도 않은 채 비소를 팔았다. 그리고 자신이 저지른 행동으로 누가 죽었는지조차 알지 못하는 범인 중 한 명이 그의 앞에 있다. 이야기를 다 듣고 나자 이렇듯 어리석은 작자와 더 이상 무슨 볼일이 남아 있는지 회의가 들었다. 그리고 자신이 저지른 살인에 대해 알지도 못하는 이 무지몽매한 작자의 계략에 완전히 넘어간 것 같았다.

"조반니, 이 자를 감옥으로 다시 데려가시오, 부탁이오."

그가 말했다.

"내일 다시 이야기를 들어 보기로 합시다. 지금은 더 이상 들어 봐야 소용이 없을 것 같소. 우리가 지금까지 들은 이야기에 나는 죽고 싶은 심정이오."

여전히 일을 맡긴 사람의 이름이 무척 궁금했지만 조반니는 폼포사의 약초 담당 신부의 말에 따랐다. 범인의 결박을 풀고 수도원의 임시 감옥으로 사용되는 방으로 데려갔다.

"저녁식사가 몇 시요?"

자물통 열쇠를 두 번째로 돌리는 동안 방 안에서 고함치는 소리가 들렸다.

흰 머리와 흰 수염이 자랐다. 도도나에서 긴 하룻밤을 보낸 후 백 년은 더 늙은 것 같았다. 강물에 자신의 모습을 비추어 본 베르나르드는, 토마로스의 산비탈에 살고 있던 나이 든 은둔자와 비슷한 자신의 모습이 믿기지가 않았다. 그는 무너진 바실리카 잔해 속에서 찾아낸 커다란 상자를 여는 것을 결국 포기하고 마차에 실었다. 노새는 늘어난 마차의 무게 때문에 비틀거리고 자주 걸음을 멈추었다. 돌아오는 길은 느리고 힘들 게 뻔했다. 그는 갔던 길 그대로 되돌아오기를 원했다. 좀 더 쉬었다 가는 게 더 나았겠지만 그는 첫 번째 밤을 위험을 무릅쓰지 않고 나이 든 은둔자의 동굴에서 보내기를 원했다. 그리고 중간에 거쳐야 할 곳에 대한 정보를 그에게 물어볼 참이었다. 극한의 한계까지 노새를 재촉하며 마침내 저녁 시간 전 동굴에 도착할 수 있었다.

그런데 이상했다. 주변에 은둔자의 자취는 없었다. 그리고 동굴 입구는 단순히 막힌 정도가 아니라 검은 딸기나무와 덤불로 뒤덮여 있었다. 마치 그 은신처는 오랫동안 아무도 살지 않았던 곳 같았다. 그는 깜작 놀랐다. 처음에는 도도나 평원에서 시간이 일 세기는 족히 흐른 것 같았다. 혹은 공간과 시간이 처치 불가능할 정도로 뒤틀려 버려 이곳을 지나갔던 일과 다시 돌아오게 된 것이 서로 다른 두 세기에 걸쳐 벌어진 사건 같다고 생각했다. 하지만 그다음에 그 장면을 이미 살았음을 기억해 냈다. 그리고 상세한 부분을 떠올려 보려고 안간힘을 썼다.

　그는 즉시 동굴 입구를 가로막고 있던 관목들을 삽을 이용하여 뿌리채 뽑아 버리기 시작했다. 그다음에 동굴 입구를 닫아 놓은 커다란 둥근 바위를 밀어서 노새와 마차가 들어갈 수 있을 정도의 통로를 만들었다. 그리고 동굴 안을 살펴볼 수 있었다. 이틀 밤 전에 이미 보았듯이 잠자던 장소에 나란히 붙은 두 개의 잠자리가 마련되어 있는 게 보였다. 그리고 낡은 그 잠자리에 가슴에 손을 얹은 해골이 누워 있었다. 그런데 이게 도대체 무슨 의미일까? 아마도 반세기경 전에 동굴 안에서 한 은둔자가 잠을 자다가 숨을 거두었고, 그 시신이 부패되어 유골만 남은 게 아닐까. 불과 며칠 전에 죽었다면 그렇게 뼈만 남겨질 수 없었을 테니까. 그리고 동굴 입구를 막아 버릴 정도로 관목이 그렇게 빽빽하게 자라 있을 수도 없었을 것이다. 아무튼 은둔자는 백오십 살이 아니었고, 그보다 훨씬 전에 죽었는데, 단지 베르나르드를 늑대로부터 구하기 위해 산채로 그와 마주쳤던 것일까? 혹은 베르나르드가 동굴을 잘못 찾은 걸까? 아니면 베르나르드가 모든 걸 기적처럼 여기고 노인을 성인처럼 추앙하게 하려는 속셈으로 노인이 장난을 친 걸까. 그래서 노인이 해골도 갖다 놓고, 다른 곳에 숨겨 두었던 관목으로 동굴을 막아 놓은 걸까.

　그는 피곤했다. 더 이상 생각하고 싶지 않았다. 동굴 입구를 닫은 뒤 그는 해골 옆에 누워 잠을 청했다. 희미해진 모닥불은 시나브로 꺼져 가고 있었다. 그는 자기 앞에 있는 해골을 뚫어져라 쳐다보았다. 은둔자였을까? 베르나르드는 해골에게 잘 자라고 인사했다. '우리 전에…….' 그가 생각했다. '아무것도 없었다. 나중에 우리의 잔해가 우리보다 훨씬 더 오래 지속될 수 있다. 게다가 우리가 살아가는 삼차원 공간 속에서도 무한한 존재의 동시성을 인식하는 방법은 이미 존재한다.' 도도나에서 겪은 그 찰나의 순간에 자신의 평생을 다시 경험했다. 그는 자신이 신비한 체험을 한 그 찰나의 시간이 지나고 난 뒤 자신의 영혼 상태를 생생하게 기억했다. 자신의 운명에 대해 무관심하고 숭고한 영혼 상태였음을 이제 깨달은 것이다. 시간에 대해 느끼는 불안감, 언젠가는 죽어야 한다는 두려움, 그리고 온갖 대가를 치르더라도 죽기 전에 살아가는 의미를 찾아야 한다는 모든 번민과 고뇌가 태양에 눈 녹듯 사라졌다. 인간적이지 않은 평온함만이 남았다. 마치 전혀 그런 적이 없었던 것처럼, 더 이상 아무것도 원하지 않았다. 그 찰나에 그가 경험했던 자신의 삶의 역사 중 전혀 기억나지 않는 것이 하나 있었다. 바로 자신의 죽음이었다. 그는 자신이 언젠가는 당연히 죽을 것임을 알고 있었다. 하지만 어떻게 죽게 될지는 알 수 없었다. 문득 이상하다는 생각이 들었다. 하지만 차라리 그게 더 낫다고 결론 내렸다. 그의 죽음이 특별한 의미가 있는 건 아니라는 징조였다. 그는 해골에게 잘 자라고 인사한 뒤 몸을 돌려 누웠다. 그다음 날 갈 때 걸었던 길을 반대 방향으로 되돌아왔다. 마을에서 노새 주인을 다시 만났다. 그다음 날 노새 주인이 코키투스를 따라 아케론 강 합류 지점까지 베르나르드를 바래다 주었다. 그런 다음 그는 노새를 타고 마차를 끌며 되돌아갔다. 조반니는 에피라에서 스피로스를 다시 만났다. 그는 자신의 배에 무거운 상자를 싣고 코르푸까지 곧장 항해했다. 그리고 거기에서 풀리아로 귀향을 준비 중이던 댄을 만났다. 댄은 거기에서 몇 가지 업무를 서둘러 마친 뒤 아브루초 지방과 마르케 지방의 앙코나를 지나서 볼로냐까지 가는 여정을 계속해야만 했다. 여행은 한 달 정도 걸렸다. 만약 베르나르드가 충분한 시간과 약간의 인내심이 있었더라면 그와 함께 갈 수 있었을 것이다.

조반니는 실망했다. 따지고 보면 그렇게 하는 게 더 낫지만 그래서는 안됐다고 생각했다. 시인은 습지에서 걸린 열병과 비슷한 증상으로 사망했다. 마치 한때 자신의 친구로 사랑하고 증오하던 귀도 카발칸티처럼 사망했다. 그는 벌어지지 않은 범죄에 대해 조사했다. 그리고 결국 전혀 다른 것을 찾았다. 자살을 시도한 자, 「천국편」의 사라진 열세 곡의 시편들, 자신의 아버지와 아들, 젠투카, 그리고 그 무엇보다 수수께끼를 풀어야 한다는 압박감을 주는 『신곡』의 감추어진 비밀……. 그런데 어쩌면 모든 조사가 그렇게 진행된다. 범죄는 변명의 여지가 없을 뿐더러, 죄책감을 느끼면 이전처럼 마음의 균형을 회복시키지 못하고, 살인자를 찾았을 때에도 희생자를 되살리지 못한다. 정의는? 정의의 이름 아래에서 복수는 설 자리가 없다. 죄인을 처벌하는 것은? 물론 범죄를 줄이기 위해 처벌해야 한다. 그럼에도 불구하고 여전히 존재하는 악을 못 본 척 외면하는 유일한 방법은 죗값에 상응하는 벌이 가해진다고 착각하는 것이다. 그런데 그 어떤 범죄도 저질러지지 않았다고 밝혀진 지금 조사는 끝난 걸까? 사실 그 자신이 누구였는지를 알기 위해, 자신의 아버지가 누구였는지를 아는 것이 중요했다. 그 복잡한 숫자의 비밀과 9음절 시는 무슨 의미였을까? 단테는 정말로 신의 심판의 심오한 비밀을, 하느님과 모세 사이의, 그리스도와 인간들 사이의 마지막 언약 내용을 알았을까? 인생의 어느 순간까지, 영혼의 상태와 저 세상에 대해 묘사하는 『신곡』을 쓰도록 그를 이끈 건 무엇이었을까? 그 『신곡』에서 각자의 영혼은 자신을 구하거나 혹은 벌하는 지상에서의 행동을 영원히 반복하고 있다. 그 등장인물들은 기념비처럼 여겨진다. 반니 푸치†는 파충류로 변신하기 전 하느님에게 저속한 손짓을 하였다. 그는 진심으로 후회하지만 파충류가 되어 자신이 하던 짓을 평생 계속한다. 무신론자인 파리나타††와 귀도 카발칸티의 아버지는 어떤 삶을 살건 소중히 여기라고 일러준다. 우골리노 백작†††은 루지에리 대주교의 두개골을 위태롭게 하는 행동††††으로 노여움을 표시하며 가르침을 준다. 죄책감에 울부짖는 파올로와 프란체스카†††††는 서로 사랑하는 죄를 저지르지 않을 수 없다는 것을 알고 있다. 이들

---

† 13세기 피스토이아 출신의 성물도둑으로, 『신곡』「지옥편」제24곡과 제25곡에 등장.

†† 금발머리 때문에 파리나타라는 별명으로 더 잘 알려진 마넨테 델리 우베르티로, 「지옥편」제10곡에 등장.

††† 게라르데스카 가문 출신으로 아이들과 굶어죽음. 「지옥편」제33곡에 등장.

†††† 『신곡』에서 우골리노는 자신이 망가뜨린 주교의 두개골에 달려있던 머리카락으로 식사 중 입을 닦음.

††††† 이십대 초반의 단테와 거의 동시대에 살았던 비극적인 사랑의 실제 인물들로, 「지옥편」제5곡에 등장.

모두 조각상처럼 결정적인 상황과 죄를 드러내는 전형적인 인물들이다. 그들의 모습을 보면 우리 인생의 한순간이 영원토록 지속되는 것 같다. 이러한 『신곡』의 영원함 속에 우리가 누구인지 분명하게 드러난다. 시인이 보는 것은 무엇이고, 우리가 보지 못하는 것은 무엇일까?

그는 혼자서 테리노의 감옥으로 갔다. 그러고는 안으로 들어가 문을 열쇠로 잠갔다.

"실패로 돌아간 단테 살해를 지시한 자가 누구인지 말하라. 그러면 너를 풀어 주겠다."

"그럴 수 없소. 비밀을 지켜야 합니다."

"너와의 약속을 지키지 않은, 아니 돈을 지불하는 대신 자네를 죽이려고 한 사람과의 약속을 꼭 지켜야 하나?"

"나는 약속을 지키는 사람이오."

조반니는 그에게 피렌체 금화 한 개를, 그다음에 두 개를, 그다음에 세 개를 보여 주었다.

"우리는 전직 십자군 기사라는 자와 만났었소."

"전직 십자군 기사?"

"뭐 다들 십자군 기사들과 이런저런 일들을 함께하잖소. 나와 체코 역시 그들 군대와 함께 일했소. 우리는 우트르메르에 간 적은 없지만 대장은 한참 전에 간 적이 있소. 군대가 해체되기 전에 우리에게 지저분한 일을, 기사 신분을 위협하면서까지 할 수 없는 그런 일을 맡기곤 했소. 내가 뭘 알겠소? 물건을 훔치고, 거슬리는 사람을 죽이고, 밀수를 하고, 목을 졸라 빚진 돈을 받아내고, 갚지 않는 사람을 협박하고……. 우리는 신전의 일꾼들이니 그저 복종만 하면 되는 거죠."

"명령을 받으면 죽이기도 하나?"

"무슨 차이가 있소? 우리는 바포메츠[†]에게 영원히 복종하겠다고 맹세했소."

"그런데 왜 십자군들은 단테의 죽음을 원했나?"

"나야 모르지요. 분명한 건 무슨 수를 써서라도 단테가 『신곡』을 완성하는 걸 막아야 했소. 그리고 이미 쓴 원고는 모두 없애 버려야 했다는 사실이오. 그 이유는 모르오. 우리는 너무 많은 질문을 하면 안 됩니다. 명령을 충실히 이행하면 그뿐이니까."

그렇다. 십자군들이다! 베르나르드도 믿지 말아야 했을까? 그리고 어느 순간 자취를 감춘 그의 친구 다니엘도 전직 십자군 기사였다. 대체 어떤 비밀이 감춰져 있는 걸까? 시인은 십자군 기사들이 감추려고 애쓰는 비밀을 암호 메시지를 통해 폭로하려고 시도했던 걸까? 베르나르드는 그와 브루노에게 9음절 시에 대한 이야기를 왜 한 걸까? 거짓 단서였을까? 아니면 이 모든 것을 전혀 모른 채 그의 말대로 베르나르드는 흔들리는 자신의 신앙을 다잡을 증거가 필요했기 때문에 동맹의 표식을 찾기 위한 메시지 해독을 원한 걸까? 그런 것 같았다. 하지만 이따금 우리는 실수를 한다. 첫 번째 인상은 종종 틀리기 마련이다. 그 모든 심문은 대답을 듣지 못한 채 끝나 버리기 십상이었다. 그는 이제 다시 찾은 자신

[†] 바포메츠Baphomet: 악마주의의 이교도 신.

의 가족을 돌봐야 했다. 더 이상 사건에 매달려 있을 수는 없었다. 어쩌면 감추어진 숫자와 시행은 베르나르드가 상상한 것이다. 그와 부르노는 조언을 했을 뿐이고 범죄 행위와는 아무 상관이 없다. 그는 절대로 알지 못했을 것이다. 어쩌면 어느 날 아주 우연히…… 우리는 어두운 숲에 있다. 진실의 파편을 본다. 우리의 판단은 늘 불완전하다. 우리 인생에 있어서 대부분의 사건은 우리가 볼 수 있는 영역 밖에서 벌어진다. 그러면서 다른 누군가가 사건의 흐름을 바꾸고 우리에게 영향을 미치는 무엇인가를 결정한다.

그 사건을 겪으면서, 그 책에서 단테는 찰나의 순간 동안 영원한 현재 속의 모든 진실을 본다. 그리고 변화하게 된다. 위대한 책을 최종적으로 찾아내야 한다는 게 그의 몫으로 남았을 것이다.

> ma gia volgeva il mio disio e' velle,
> si come rota ch'gualmente e mossa,
> l'amor che move il sole e l'ltre stelle.

> 한결같이 돌아가는 바퀴처럼 나의
> 열망과 의욕은 다시 돌고 있었으니,
> 태양과 별들을 움직이는 사랑 덕택이었다.†

그때부터 그는 그 시행만 생각했다. 길을 걸으면서 종종 이 시

----
† 같은 책, 「천국편」, 제33곡, p. 607.

를 암송하곤 했다. 시인은 한 편의 시로 얼마나 많은 것을 이야기하는지……. 행복은 본능과 이성의 자유로운 조화이다. 괘종시계의 톱니바퀴처럼 조화롭게 움직이는 동물적인 욕망과 이성적인 의지의 조화가 행복인 것이다. 기계를 움직이는 에너지는 행성을 움직이는 우주의 에너지와 근원적으로 동일하다. 그 에너지의 이름은 사랑이다. 사랑이 천체와 행성이 조화를 이루며 돌아가게 한다. 행복은 그러한 우주의 힘에 빠지는 달콤함이다. 우리가 원한다고 잘못 믿고 있는 욕망으로부터 벗어나는 달콤함이다. 움직임을 방해하지 않고 오히려 돕기 위해, 별을 움직이는 힘이 작용하도록 내버려 둔다. 시인들이 보는 것은 무엇이고, 우리가 보지 못하는 것은 무엇일까?

테리노를 풀어 주었다. 그리고 그에게 약속했던 피렌체 금화를 주었다.

"피렌체에서……."

조반니가 그에게 인사하며 말했다.

"지금 자네 몰골이 아무리 흉하고 볼품없더라도 자네를 사랑할 젊은 여자를 알았네. 이름이 케카라던데, 산프레디아노 거리에 살더군. 그녀가 누군지 알고 있겠지. 이 돈으로 그녀를 찾아가서 용서를 구하는 여행을 떠날 수 있을 걸세. 자네도 누군가를 행복하게 해 줄 수 있겠지."

"행복?"

반쯤 그슬린 코를 찡그리며 그가 물었다.

"아직도 행복을 믿는 사람이 있소? 도대체 행복이 뭐요?"

조반니는 일 초도 생각하지 않았다.

"다른 사람이 바라는 것을 바라는 걸세."

조반니가 대답했다.

외바퀴 손수레 위에 그것을 실었다. 그리고 베르나르드는 여러 번 균형을 잃고 물건을 떨어뜨릴 뻔했다.

"좀 쉬자. 여기서 잠깐 쉬자고."

항구에 도착하자마자 그가 말했다.

그는 피곤했다. 돌 벤치 위에 앉아 숨을 골랐다. 다니엘이 그에게 자신들의 배가 정박해 있는 부두 쪽을 가리켰다. 이제 조금만 더 가면 된다. 그는 마음이 급했다. 베르나르드는 자신이 거기에 앉으리라는 걸 잘 기억하고 있었다. 그 시간에 돌아다니는 사람은 없었다. 해질녘에 부두 일꾼들은 일을 놓고 식사를 하러 갔다. 바다 표면에 몸을 숙인 살찐 갈매기가 이따금씩 날아올랐다.

그의 등 뒤에 있는 다니엘이 그 상자 안에 도대체 얼마나 중요한 게 들어 있을지 묻는 동안 베르나르드는 우울한 기분으로 푸른 바다를 바라보았다. 베르나르드는 『신곡』에서 찾아낸 단서를 좇아 가며 자신이 한 여행에 대해, 자기가 본 지옥과 하느님에 대해 그에게 간단히 이야기해 주었다.

"모두 사실이야."

그가 덧붙였다.

"『신곡』에서 이야기하는 게 모두 사실이야. 항상 이 순간은 존재해."

한편 다니엘은 분명히 안에 보물이 들어 있는 저 상자를 어떻게 손에 넣었는지에 대해 생각했다.

"그럼 단테는 위대한 천재였을까?"

마지막으로 베르나르드가 그에게 물었다. 세인트브룬 출신의 그가 웃음을 터뜨렸다.

"누군가 그를 살해했어. 나는 살인 사건에 대해 조사해야 해. 내가 이미 찾아낸 악당들은 란차노 출신의 체코와 피스토이아 출신의 테리노야. 그런데 그들에게 일을 맡긴 자를 어디서 찾아야 할지……."

"불쌍한 놈."

그의 등 뒤에서 다니엘이 말했다.

그는 등에 격렬한 통증을 느꼈다. 오른쪽 팔 아래 그의 가슴에서 피를 묻히고 튀어나온 댄의 검 끝이 보였다. '아 그랬군.' 그는 잠시 생각할 시간이 있었다. '아 그래서 도도나에서 내 죽음을 보지 못했군. 내가 두 장면을 헷갈렸던 거야, 똑같은 최후가 두 번…….' 심지어 검도 알아보았다. 두 번 다 똑같은 검 같았다. '불쌍한 다니엘, 어떤 진창에 빠졌기에…….' 그런데 그다음에는 더 이상 생각할 수 없었다. 무한한 평화 속으로 가라앉는 느낌이었다.

하느님의 용서를 청했다. 눈에는 영원히 죽어 가는 바다의 종말이 들어왔다.

다니엘은 그를 겨드랑이에 끼고 부두 끝으로 끌고 가서 바다 속으로 던져 버렸다. 그다음에 검으로 상자를 열려고 시도했다. 그러나 열지 못했다. 그래서 외바퀴 수레에서 상자를 떨어뜨렸다.

궤가 깨졌다. 검은 돌 위에 금으로 알 수 없는 알파벳 글씨가 적혀 있는 커다란 석판도 산산조각이 났다.
"이런 젠장, 너도 지옥으로나 가 버려라!"
그는 화가 나서 그 석판 조각들을 바다 속으로 전부 던져 버렸다.
그는 피 묻은 검과 텅 빈 외바퀴 수레를 끌고 실망한 채 되돌아갔다.

6장

"예언자의 시대는 그리스도와 더불어 끝이 났습니다."

도미니크수도회 수사가 강단에서 말했다. 그의 설교의 논지는 묵시를 통해 온전하게 모습을 드러낸 신성은 인간에게 더 이상 말할 게 없고, 모든 게 이미 성경책에 쓰여 있고, 나머지는 주석이고 논평이라는 것이다. 조반니는 여인숙으로 돌아오는 동안 내내 생각하고 싶어서 가장 긴 길을 걸으면서, 그 말에 대해 묵상하고 자신이 살아가는 시대에 대해 반추해 보았다.

"사람이 되고, 사람으로 죽고, 사람의 모습으로 다시 부활하신 말씀에 대해 더 이상 덧붙일 말은 없다."

그리스도의 충직한 종이 선언했다. 그리고 사도들의 계승자인 성스런 로마 교회는 성서의 유일한 관리인이었다. 살아 있는 말씀이고 어둠, 악, 부정한 영을 막아 주는 보호자이다. 설교자는 이단이 악행에 반대하는 불같은 말씀을 전하기 위해 교황 특사로 볼로냐에 파견되었다. 그는 특히 조아키노†의 교리에 몰두하는 프란체스코 수도회의 영성에 대해 이야기할 때 흥분했다. 그 영성은 성부와 성자의 시대 이후 성령의 시대가, 즉 신구약의 시대 이후 혁신의 시대가 시작되었다고 선언하며 성경의 해석 영역을 더욱 확대시켰다. 한마디로 말해서 프란체스코 수도자들에게, 피오레의 조아키노가 선언한 인류 역사의 마지막 시대는 아시시의 프란체스코와 더불어 이미 시작되었다. 그들에게 조아키노는 완전한 선지자였다. 단테 역시 칼라브리아 출신의 수도원장에게 매료당해 그가 예언 능력을 부여받았다고 「천국편」에서 묘사했다.†† 도미니크수도회 수사의 설교에 따르면, 반대로 교회가 결정적으로 영감을 받는 모든 작업에 들어가는 문을 닫아 버린 것 같았다. 예언자가 없다면 더 이상 생각할 사상도 없고, 그리스도와 묵시록만 남는다. 근본적인 것은 이미 발생했다. 나머지는 모두 부차적인 것에 불과하다.

  마사 후 그는 아고스티노 신부에게 인사했다. 신부는 테리노 같은 위험한 범죄자를 풀어 준 것에 대해 화를 냈다. 하지만 조반니는 피스토이아 사람을 재판에 넘길 마음이 없었다. 재판은 그자를 고문하고 무엇이든, 심지어 그가 저지른 적 없는 죄까지 자백하게

---

†   칼라브리아에서 출생(1135~1202)한 시토수도회 수도원장으로 신비주의자이자 신학자.
††   『신곡』「천국편」제12곡에 조아키노 등장.

만들고 처형했을 것이다.

"적어도 행정관리들이 부담하는 추가 비용 없이 혼자서 목을 맸더라면……."

"당신의 주제넘음에 대해 주님께 용서를 청하시오."

폼포사의 약초 담당 수사가 대답했다. 하지만 그는 하늘에, 그리고 자신을 움직이는 힘에 이미 용서를 구했다.

아시시의 프란체스코와 함께 시작되었고 단테와 함께 닫혔던 그 시대는 그들의 시대였다! 놀라운 열정의 시대였지만 복잡다단한 갈등의 시대이기도 했다. 아비뇽의 교황은 『신곡』의 근본적인 생각이기도 한, 그리스도교인 각자가 신과 개인적인 관계를 갖는다는 생각을 영원히 철폐시키기를 원하는 지금과 같았다. 이 생각은 프란체스코와 보나벤투라의 경우처럼 맹신을, 그리고 극단적인 교리와 과도하게 종교에 몰두하는 것뿐만 아니라 커다란 주교좌성당과 단테의 『신곡』과 같은 작품을 만들어 냈다. 드물게는 환영에 빠진 희생자 사기꾼이나 선견지명이 있는 미치광이가 공공 광장에서 혁신과 세상의 종말에 대한 새로운 예언을 토해 낼 수밖에 없는 것 같기도 했다. 교회는 열광적인 위험을 막기 위해 노력했다. 그 노력의 결실을 얻고자 초월성에 접근하는 것을 중재하려고 했다. 모든 예언은 그리스도의 예언이고, 그리스도의 육화†를

---

† 요한복음의 "말씀이 사람이 되시어 우리와 함께 계셨다"는 구절에서 유래하며, 하느님이 인간이 되어서 구원을 이루었다는 그리스도교의 근본 교의.

통해 이미 실현되었다. 성경의 시대는 끝이 났고, 그때 이후로 쓰거나 말하는 모든 것은 문학의 역할이 되었다.

그의 생각에는 마치 무사마귀를 치료하기 위해 발을 절단하는 것처럼 악에 비해 균형이 맞지 않는 처리 방식 같았다. 카타리파[†]나 조아키노의 추종자들이 사라질 것이고, 프란체스코 성인이나 단테와 같은 인물도 더 이상 존재하지 않을 것이다. 그러나 성령의 시대이다! 특히 교회는 인간이 물질주의자이고 형식적으로만 종교적이라고 설득하려는 것 같았다. '물질에 집중하시오', '신에 대해서는 우리가 생각합니다'라고 말하는 것 같았다. 초월적인 존재와 그리스도적인 각자와의 개인적인 관계 가능성에 대해 위험을 무릅쓰고 교회를 부정했던 첫 종교 개혁가는 교회를 택일하도록 비난하는 그런 열의를 고쳐시킬 수도 있었을 것이다. 겸손하게 실수를 인정하는 것은 과도한 보살핌에 따른 것이다. 그리고 과도한 보살핌의 결과로 경직되어 버린다. 그리고 너무 경직되어 회복 불가능하게 파손될 위험을 무릅쓰는 것은 결국 고유한 보편성을 포기하는 것이다.

결국 교회의 위치에 대해서만 이야기하는 게 아님을 받아들여야 했다. 사실 한 세상이 끝나고 또 다른 세상이 시작되는 중이었다. 가톨릭교회가 분명하게 인정하기 전에 사회에는 이미 물질주의가 팽배했다. 그들의 시대는 그랬다. 다들 사상에 지쳐 있었다. 더 이상 구엘프당도 기벨린당도, 흑색당도 백색당도, 아우구스티

[†] 극단적인 금욕주의를 특징으로 하는 12,13세기에 유럽에서 위세를 떨친 그리스도교 이단.

노주의도 아리스토텔레스 학파도, 신비주의자도 이성주의자도 아니었다. 신을 체념하는 분위기가 팽배했다. 그저 하루하루 근근이 살아갔다. 낡은 귀족정치에 의해 새롭게 돈의 과두정치가 형성되었다. 그리고 그다음 세기가 요란하게 시작된 이후 사회는 다시 경직되어 가는 중이었다. 싸움을 좋아하지만 개방적인 도시 민주주의는 소수의 가문에 의한 새로운 독재정치를 허용하였다. 오래된 귀족 가문과 신흥 귀족 가문은 한 명의 도시 세력가를 중심으로 결속하였다. 개인의 종교는 거대한 사회 체계에서 비어 있는 공간을 차지했다. 시인들은 더 이상 정치에 관심을 기울이지 않은 채 전원시만을 쓰고, 작은 텃밭을 가꾸고, 한 귀족의 문인 소속으로 후원을 받으며 글을 쓸 뿐이었다. 종교의 권위에 지배받지 않는 세상으로, 심오한 질문에 무관심한 세상으로, 돈이 지배하는 세상으로 나아갔다.

어쩌면 비나토 신부와 재능에 대한 비유를 조잡하게 해석하던 그 피렌체의 재력가가 옳았다. 어쩌면 그들은 낡은 가치를 대신하고 있던 새로운 가치의 지평에 대해 더 잘 알고 있었다. 그리고 어쩌면 단테가 꿈꾸던 유럽은 절대 존재하지 않고, 그리스도교 세계는 더 이상 통일을 이루지 못한다는 게 사실이었다. 단지 구역 없는 싸움만 있을 뿐이다. 다들 모든 이들을 적으로 삼고 서로 싸움을 일삼았다. 자기 자신만 계속해서 독식하려는 이기주의가 대립하며 충돌했다. 그리고 인류 역사는 늘 이 시대 같았다.

나중에 스튜디움 구역에 있는 여인숙으로 돌아왔을 때 주인이 어색한 미소를 지으며 아내라고 하는 젊은 여자가 그를 찾아왔다고 전해 주었다. 그리고 기본 가격에 적당한 추가 요금을 내면 그런 만남에 더 적당한 방으로 옮길 수 있다고 말했다.

조반니는 여인숙 주인이 이야기한 것처럼 적당한 금액은 아니지만 추가 요금을 바로 지불하고 위로 올라갔다.

"미안해!"

그가 들어왔을 때 일어서며 젠투카가 그에게 말했다.

"내가 미안해!"

그가 대답했다.

"무기를 가졌어?"

그녀에게 다가가며 물었다.

"그래."

피로 더러워진 돌멩이를 꼭 쥐고 있던 손을 펼치며 말했다.

"그런데 더 이상 이 무기를 사용할 의도는 없어. 내 아들이 항상 자기 아버지에 대해 물어. 아이가 나한테 당신 행동에 대해 여러 차례 말했어. 이 돌을 받아 어디 다른 데다 둬. 지난 세월 내내 나한테 충실했어?"

그는 주저하지 않고 그렇다고 대답했다.

"지난 9년이 너무 빨리 지나갔어. 오늘처럼 우리가 이렇게 다시 만날 거라는 걸 항상 잊지 않고 살았어. 이미 벌어진 일과 과거에 대해 확신이 있었어. 떠나간 당신을 항상 기억하며 다시 보기를 희망했어. 어떻게 그런 일이 벌어졌는지 모르겠지만 무척 괴로웠어. 어쩌면 내가 약해지는 순간 다른 여자에게서 당신의 모습을 찾으려고도 했지만 결국 당신이 아니어서 외면하곤 했어. 이 순간을 기다리면서 그 많은 시간을 살아온 것 같아. 드디어 내 인생의 의미를 찾았어!"

그러나 그 말을 입 밖으로 소리 내어 말한 건 아니었다. 잠시 후 두 사람의 입이 너무 가까워져서 더 이상 소리가 나올 여지가 없었기 때문이다. 얼마동안 그들은 그렇게 꼼짝하지 않고 주저하며 서 있었다. 서로의 얼굴을 잘 보기에는 너무 가깝고, 입을 맞추기에는 너무 멀리 떨어져 있었다. 머뭇거리던 그들이 서로의 품으로 뛰어들었다. 시간이 멈추고 그 입맞춤은 영원히 계속될 것 같았다.

눈 깜짝할 사이에 지나간 9년은 아예 존재하지 않았던 것처럼, 모든 게 다시 시작되었다.

그들에게 제2의 첫날밤이 시작되었다.

그다음 날 조반니와 젠투카는 체칠리아 알파니를 그녀의 집에 데려다 주고 조반니의 집을 팔기 위해 피스토이아로 돌아갔다. 그런 다음 가족의 재산을 팔기 위해 몇 주 동안 루카에 갔다. 그들이 몇 달 동안 멀리 떠나 있는 동안 어린 단테는 브루노와 질리아타의 집에 남아 있었다. 볼로냐에 돌아온 그들은 집을 구입하고, 조반니는 브루노와 함께 아랍식 병원을 본따서 작은 병원을 개업했다. 침실 몇 개를 둔 입원실과 전 유럽을 통틀어도 몇 개 안 되는 환자들을 위한 요양원을 갖춘 병원 시설이었다. 몇몇 사람들의 시샘을 받았다. 특히 볼로냐 대학의 의사들이 시기해서 환자들이 가지 못하도록 온갖 방해를 했다. 그러나 단골 고객들을 확보하는

데 성공했고 환자들은 그들의 치료에 만족해했다.
 젠투카는 다시 임신을 했다. 그녀는 딸일 거라고, 그리고 안토니아라는 이름을 지어 줄 거라고 확신했다.

7장

에스터는 여행하는 내내 거울을 들여다보며 연신 머리를 매만지고, 얼굴에 파우더를 바르며 화장을 고쳤다. 그녀의 아이들은 덜컹거리는 마차 안에서 선잠이 들었다. 그녀 일행과 함께 그녀보다 훨씬 젊은 여자 두 명도 같은 마차에 타고 있었다. 아이가 없는 그녀들은 자기네 짐 가방 위에 앉아 있었다. 그녀들 역시 자주 화장을 고치고, 남자들이 좋아하는 진주처럼 하얀 얼굴로 보이게 하는 파우더를 덧발랐다. 아이들이 알아들으면 안 되기 때문에 그들은 은밀하게 암시로 말했다. 그들은 자신들 인생의 전환점 때문에 다들 흥분했다. 더 이상 더러운 일을 하지 않을 것이다. 더 이상 비천한 사람들과 어울리지 않아도 될 것이다. 그녀들이 가고 있는 별장에는 아주 호화스러운 시설이 갖춰져 있다고 했다. 아주 부유

한 나으리가 그곳의 주인이라고 했다. 그녀들에게 필요한 집을 잘 찾아냈던 것이다. 온갖 편의 시설을 즐기고 사냥한 고기를 먹고 베르나치아 포도주를 마실 것이다. 열심히 일하다가 운이 좋으면 맛보던 것을 돈 걱정할 필요 없이 실컷 먹을 수 있게 되었다.

"엄마! 일하는 중에 생기는 우발적인 경우가 어떤 경우야?"

어린 가도가 물었다. 아이는 자기 엄마가 환자를 돌보는 일을 한다고 알고 있었다.

"네 배가 부풀어 오르게 하는 병에 걸릴 수 있지……."

두 여자 중 한 명이 웃으며 대답했다.

"부종이야?"

좀 더 큰 타데오가 물었다.

"엄마, 부종에 걸리면 어떻게 돼?"

가도가 다시 물었다.

"내 배를 간질간질하게 하는 작은 동물이 몰려온단다."

에스터가 아이의 배를 간질이기 시작하며 대답했다.

이른 오후에 그들은 목적지에 도착했다. 다니엘 데 세인트브룬이 자기 말에서 내려 직접 마차의 앞문을 열기 위해 갔다. 그녀들이 마차에서 내리는 걸 도와주었다. 그들은 넓은 숲에 둘러싸인 별장 정원에 있었다. 성벽을 높이 쌓아서 주변 숲과 경계를 만들었다. 성벽에는 여러 개의 보초병 자리와 수비대들이 배치되어 있었다. 본투로가 네 명의 시종을 이끌고 집 현관에 모습을 보였다. 그는 마치 푸줏간 주인이 신선한 고기를 검사하듯 세 명의 여자들을 머리부터 발끝까지 눈으로 샅샅이 훑어보았다. 그다음에 만족스런 미소를 지었다. 집사에게 신호를 보내 아이들을 챙겨서 데리고 가도록 했다.

"여행 때문에 무척 피곤들 하겠군."

그가 여자들에게 말했다. 다른 하인이 여자들을 그녀들의 방으로 안내했다. 다른 두 하인은 마차를 비우고 짐을 옮겼다.

"자, 그래 댄, 어떤가?"

둘만 남게 되자 본투로가 프랑스인에게 물었다.

"물건은 만족스러운지……?"

전직 십자군 기사가 물었다.

"저 여자들을 꼭 아이들하고 같이 데려왔어야 했나?"

"먼저 시험해 보고, 그다음에 그럴 만한 가치가 있는지 말하지."

본투로가 박장대소를 했다. 그리고 그의 어깨를 세게 쳤다.

"자넨 어쩔 셈인가, 며칠 머물 건가?"

그에게 물었다.

"지금은 당장 도시에 대장한테 달려가서, 서둘러 해결할 일이 있소. 그리고 나서 해가 지기 전에 돌아올 수 있소. 오늘 저녁 괜찮다면, 부드럽게 삶은 고기요리를 먹고 싶소. 신선한 고깃덩이인 젊은 여자들은 기꺼이 당신에게 양보하겠소. 그리고 아이들도 원한다면……."

그리고 그는 자기가 내뱉은 말이 재미있어서 미친 사람처럼 웃어댔다.

"최근 몇 달 동안 과로했소. 이제 좀 즐길 필요가 있다는 생각이 드는군요."

그가 결론짓듯 말했다.

그는 등자에 발을 끼고 말에 올라탔다.

본투로는 그에게 인사조차 하지 않았다. 물건을 살펴보기 위해 바로 집 안으로 들어갔다.

하인이 위층으로 그를 데려다 주었다. 다니엘은 커다란 응접실로 안내되었다. 늘 그렇듯이 모네 씨가 주판과 장부를 펼쳐 놓고 책상 앞에 앉아 초조하게 그를 기다리고 있었다.

"다 잘됐소."

얼음 같이 차가운 분위기를 깨기 위해 프랑스인이 말했다. 판매 실적과 계산을 꼼꼼하게 적어 놓은 종이 뭉치를 끄집어냈다.

"보나투로 씨에게 단지 보는 것만으로도 죽은 그리스도까지 벌떡 일어나게 만들 매춘부 세 명을 데려갔소. 재미 좀 볼 거요. 제대로 되살아나는 부활절이 될 거요."

그가 덧붙여 말했다.

그러나 모네 씨는 그의 말을 듣지 않았다. 혹은 못들은 척했을 수도 있다. 그는 계산을 하고 종이에 옮겨 적기 시작했다. 꽤 수익이 남는 장사였다. 다니엘은 정말 좋은 일꾼이다. 부대가 해체된 게 안타까울 정도였다. 십자군 기사들과 함께 일하는 건 이미 할아버지 때부터였다. 그다음 아버지 때에는 꽤 큰 돈벌이를 했다. 한창 잘나가던 때였다. 나폴리의 앙주 왕가를 통해 십자군의 물품 공급에서 제일 유리한 위치를 차지하게 되었다. 처음에는 아크리의 산조반니, 그다음에는 카프로스의 십자군과 거래했다. 창고에 있던 엄청난 양의 밀 재고품이 풀리아의 항구에서 십자군의 선박에 실려 떠나갔다. 십자군에게 공급한다는 명목 하에 면세 혜택을 받았고, 현금으로 깨끗한 돈이 입금되었다. 모네 씨는 필리프 4세가 십자군 기사단을 해체할 거라는 소식을 들었을 때 눈물까지 흘렸다. 필리프 4세가 플랑드르†와 기옌†† 에 있는 자신의 군대를 재정적으로 지원하고자 유대인과 이탈리아인 은행가들의 전 재산을 징벌했을 당시 그의 집안은 프랑스 궁정에 스파이를 두고 있었다. 그리고 늙은 여우같이 교활한 알비치 가문과 무시아토 프란체시 가문은 살아남았다. 그의 집안은 온갖 편의를 봐 주며 왕에게 돈을 빌려 주었다. 영국의 왕과는 전혀 다른 상황이었다. 그는 광범위한 담보를 저당잡고 왕에게 돈을 빌려 주고, 대신에 영국 왕은 모직 수출 시 관세를 대폭 줄였다. 그렇게 함으로써 피렌체로 들여오거나 다른 지역으로 곧장 보내는 모직에 대한 세금을 낮게 책정할 수 있었다. 한편 프랑스의 왕은 담보로 제공할 자신의 보물을 가지고 있었는데, 그중 일부는 십자군의 금고 안에 보관되어 있었다. 프랑스 왕의 다음 희생자는 시간이 없었다.

바야흐로 행동을 개시할 때였다. 그는 손에 넣을 수 있는, 이탈리아에 있는 십자군의 모든 부동산을 구입했다. 그리고 계약서에 거의 서명한 상태로 1307년에 십자군의 수장들이 프랑스에서 체포당할 때까지 시간을 끌었다. 종교계의 재산 몰수를 위협할 정도

----

† 벨기에, 네덜란드 남부, 프랑스 북부에 걸친 중세의 나라
†† 프랑스 남서부의 피레네 산맥 북쪽 아키텐 분지를 포함하는 지방의 옛 이름.

로 가격이 떨어지기를 기다렸고, 군대의 회계 담당 장교들을 매수했고, 거의 헐값에 다 사들였다. 그리고 어느 정도 시간이 지난 뒤 시세에 맞게 다시 팔아 현기증이 날 정도로 엄청난 금액을 벌어들였다. 다니엘은 그의 입맛에 딱 맞는 일꾼이었다. 오랜 우정을 바탕으로 믿을 수 있을 뿐 아니라 막대한 이윤을 남기면서 빈틈없이 일을 처리했다.

그는 마지막 서류까지 살펴보았다. 모든 게 잘 정리되어 있다. 수입은 어마어마했다. 마지막 서류에는 모네 씨가 변상해야 하는 일시 비용 목록이 적혀 있었다.

"아스콜리의 체코는?"

그가 물었다.

"깨끗이 처리됐소."

다니엘이 대답했다.

"볼로냐에서 단테의 『신곡』의 평판을 떨어뜨리는 걸로 우리에게 대가를 지불했소. 그리고 그는 아주 일을 잘 했소."

다니엘은 자신의 하수인들이 라벤나에서 훔쳐 낸 단테의 『신곡』 원고를 끄집어냈다. 그것을 모네 씨 눈 아래, 책상 위에 올려놓았다.

"다른 비용은 마차에 대한 거요. 그리고…… 단테에 관련된 일을 처리한 비용이오. 누군가, 흠…… 그 일이 하마터면 밖으로 드러날 뻔했는데, 그의 살인자들 역시 제거됐소. 우연히 볼로냐에서 알던 작자를 만났소. 어떻게 된 일인지 모르겠는데, 그 작자가 살인 사건에 대해 알고 있었소. 그래서 그 역시 죽여야 했소."

모네 씨는 의심할 여지없이 조반니 알리기에리에 대한 이야기라고 생각했다. 오지랖 넓게 이 일 저 일 참견하고 다니던 그 재수 없는 놈 말고 누구이겠는가?

"아무도……."

그가 말했다.

"자네에게 시인을 죽이라고 말하지 않았어. 나는 절대 그러라고 시킨 적 없어."

'거짓말쟁이! 위선자!' 다니엘은 생각했다. '너는 나한테 시인의 『신곡』 완성을 막으라고만 명령했지. 『신곡』이 미완성으로 끝나게 말이야. 그런데 작가가 글을 못 쓰게 만들려면 어떻게 해야 하는지 방법을 제시해 봐라. 오른손을 자를까? 그래도 다른 사람에게 받아 적게 할 걸. 그럼, 두 손이랑 혀를 잘라야 했나? 그럼 발로 쓰는 법을 배울 걸……'

모네 씨가 자리에서 일어났다. 그런 다음 『신곡』의 원고를 집어 들고 벽난로의 불 속으로 던져 버렸다.

"그가 작품을 완성하지 못하게 한 건가?"

"그렇소. 「천국편」 절반 정도가 빠져 있소."

나이 든 은행가는 열려 있는 창가로 다가가 발 아래 펼쳐진, 탑이 솟아 있는 피렌체 도시를 물끄러미 바라보았다. 그는 자신 소유의 모든 집과 가게와 상점들을 알아보았다. 아니다. 그는, 늙은 모네는 단테를 죽이라고 명령하지 않았다. 그는 항상 선량한 그리스도인이었다. 교회와 항상 최상의 관계를 유지했다. 그의 사업은 승승장구했고 자본은 점점 불어났다. 성경에서도 그렇게 말했다.

게다가 얼마나 많은 수익의 일부를 교회에 기부했는데! 시인의 죽음을 요구한 건 그가 아니었다. 그런데 이따금씩 권력가는 그런 책임을 뒤집어쓰기 마련이다. 권력가의 동업자는 권력가의 의도를 자기 마음대로 이해한다. 그리고 권력가의 의도에 따라서라고 판단하고 행동에 옮긴다. 그런 일이 생길 수 있다. 특히 모네 자신처럼 중요한 사람일 경우에는…… '하느님의 뜻이었던 게야.' 그는 혼잣말을 했다. 물론, 단테가 더 이상 아무것도 쓰지 않는다면 그는 무척 기쁠 것이다. 구엘프 흑색당의 친구들이 시인을 도시에서 추방했을 때 그는 이제 영원히 시인을 볼 일이 없을 거라고 생각했다. 또한 그는 개인적인 원한에서가 아니라 피렌체를 위해 의미 있는 일을 한 것이라고 생각했다. 시인은 성미가 급했다. 그는 교황의 요청에 따라 피렌체 군대를 교황에게 파견할 것을 제안할 때마다 매번 피렌체 시의회에서 가장 골칫거리였다. 그는 평화주의자이고 아름다운 상념으로 가득한 사람이지만 시대의 문제를 전혀 이해하지 못했다. 비즈니스 업계가 어떻게 작용하는지 막연하게나마 상상도 하지 못했다. '우리는 교황과 특별히 긴밀한 관계이지. 우리는 받아야 할 빚이 있거든. 그렇게 경솔하게 안 된다고 말할 수야 없지. 목숨을 잃은 병사들은…… 할 수 없지, 목숨을 바치는 게 그들의 임무이니까. 그리고 그러라고 돈을 지불하는 거잖아. 그리고 망명은 망명이지.' 그들 구엘프 흑색당이 시인을 죽인 것도 아니다. '그런데 저 자는 죽였다고 믿는 건가? 『신곡』에 쓰기 시작했어, 내 작은 비체, 내 사랑하는 첫 번째 부인, 나를 독살하고 나를 지옥으로 보내 버린 그녀에 대해……. 베아트리체라는 이름으로 다시 세례 받은 불쌍한 비체가 세상의 어두운 숲에서 길을 잃은 단테를 구해 천국으로 데려간다고 썼어. 헛소리야. 왜 그녀가 그래야 하는데? 시인이 젊었을 때 그녀를 사랑했다는 이유 때문에? 그렇군. 그 이유라면 정말로 이단적인 걸. 다른 사람의 아내를 탐하지 말라고 성경에도 쓰여 있잖아. 큰 죄야. 하느님께서 모세의 율법에 어긋나는 죄를 지은 시인을 구원하실까? 멍청한 시인 같으니…….'

그는 단테가 자신에게 복수하기 위해 『신곡』을 썼다는 것을 마음 깊은 곳에서 알고 있었다. 단테는 혼자 치는 카드놀이에서 부정행위를 해서 이기는 것과 같은 짓을 저질렀다. 그는 운명을 뒤바꾸었다고, 상상 속에서 이미 진 시합을 다시 벌여 이겼다고 『신곡』에서 쓴 것이다. 그런데 안타깝게도 그의 복잡하기 짝이 없는 상상력이 거대한 성공을 거두려는 중이었다. 모네 씨는 도저히 그 사실을 이해할 수가 없었다. 시인은 정말로 성공할 뻔했다. '그렇게 승리한다고? 도대체 사람들은 그 시인의 어디가 그렇게 좋은 걸까? 악당들을 벌하고 선한 이들에게 상 주는 신성한 사상 때문에? 만일 그래서라고 치면, 이 세상은 내버려 두고 다른 세상을 가지고 쓸 것이지……. 게다가 정의가 이 땅에서 천천히 눈에 띄지 않게 실행될 거라는 교묘한 생각을 담고 있기도 해. 인간 역사에서 오늘날 사라진 것처럼 여겨지는 가치가 결국 보상받게 될 거라고, 이 세상에서 구원이 일어날 거라고 적고 있어. 비록 패배한 선한 이들이 지금 당장 구원을 더 이상 기대할 수 없게 될지라도 말이야……. 증오는 증오하는 사람과 더불어 죽고 사랑은 끈기 있게

사랑하기를 계속한단 말이지⋯⋯. 그럼 내 재산은 다 사라지고 나는 죽겠군.『신곡』은 남고⋯⋯.'

그의 가슴속에서 분노의 속삭임이 일었다.

"거짓이오. 사람들, 주변을 잘 둘러보시오. 누가 역사를 만들어 갑니까? 누가 그 멍청이의 운명을, 망명에서 심지어 죽음까지를 결정했소. 하느님이오, 아니면 서류에 서명한 사람이오?"

그는 바로 침착해졌다. 전능하신 주님께 자신의 생각을 용서해 달라고 빌었다. '시인을 죽이라고 내가 명령하지 않았습니다. 유감스럽게 오해가 있었습니다. fiat voluntas Tua 즉, 주님의 뜻이 땅에서 이루어진 겁니다. 나는 살인자가 아닙니다. 망할 놈의『신곡』이 절대 완성되지 못하도록 주님 당신께서 결정하신 거지, 내가 아닙니다. 내가 그를 끝장내기를 당신이 원하지 않았다면 당신의 선한 의지가 작용했을 겁니다. 결국 따지고 보면 주님 당신도 그가 전혀 마음에 들지 않았던 겁니다. 하느님 당신과 나, 우리는 똑같이 옳아요!'

그는 다니엘에게 수고했다는 의미로 금괴를 던져 주었다. '저 녀석은 돈이 넘쳐나는 인심 좋은 사람으로 나를 기억할 테지.' 그는 혼잣말을 했다. '누구를 통해 기억될까?' 여태 그가 방치했던 그의 딸이자 비체의 딸인 프란체스카가 기억할까. 그는 프란체스카의 존재를 부인해 왔다. 심지어 그녀의 결혼식에도 가지 않았다. 첫 번째 부인의 죽음을 딸의 탓으로 돌렸다. 딸아이가 태어나면서 불쌍한 비체를 죽인 것이다. 두 번째 부인에게서 많은 아이들이 태어났다. 그 아이들 사이에서 이미 유산 상속 분쟁이 있었나?…… 탐욕스런 그의 매춘부들의 아이들은?…… '내가 죽고 나면 프란체스코 수도회 교회에 불후의 이름을 남기는 무덤을 만들게 해야지. 사적으로 거장 지오토를 불러 내 무덤 위에 프레스코화를 그리게 해야지. 그래야 다들 영원히 나를 기억하며 무덤을 볼 테지.'

"고맙소!"

다니엘이 말했다.

"언제까지나 당신을 훌륭하고 관대한 사람으로 기억하겠소."

말에 박차를 가하며 다니엘 데 세이트브룬은 자치 주에 있는 본투로의 별장까지 전속력으로 달려 되돌아갔다. 드디어 그의 임무는 끝이 났다. 더러운 일이지만 누군가는 해야 할 일이었다. 이제 편히 쉬어도 된다. 다 잊기 위한 돈도 충분하고 아름다운 여인들도 있다. '누군가를 파멸시키고, 심지어 죽이는 더러운 일이 항상 쉬운 것만은 아니야. 이따금씩은 동정심을 유발하기도 해. 하지만 너무 깊이 생각에 빠지면 안 돼. 벌어질 일이 벌어진 거야.' 그의 마음속에 베르나르드가 떠올랐다. 늘 그래왔듯이 베르나르드를 죽였다. 그런데 스스로의 행동을 정당화하던 이성보다 더욱더 심오하고 미스터리한 이성이 자기 행동의 정당성을 의심하기 시작했다. 결국 살인자들이 죽었다면 잘 속아 넘어가는 그 노인네가 사건의 진실을 절대 재구성할 수 없었을 것이다. 그런데 어떻게 표현해야 할지 그도 알 수 없는, 뭔가 먹먹하고 근원적인 분노가 느껴졌다. 베르나르드에 대한 기억은 쉽게 떨쳐지지 않고 그를 불안하게 만들었다. 왜 그런지는 설명할 수 없었다. 어쩌면 과거에 전쟁터에서 베르나르드가 단순할 정도로 자신을 칭송하고 여전히 기대에 찬 시선으로 자신을 바라보던 걸 떨쳐 버릴 수 없었기 때문이리라. 그리고 나중에 전쟁터에서 유럽으로 돌아왔을 때 자신들의 노고가 모두 헛된 것이었음을 알게 되었다. 그때 얼마나 분노했는지 기억이 났다. 그러던 어느 날 인생이란 결론에 이르지 못하는 우주 속에 공허하게 만들어진 실패작이고 이상한 병인 바, 그저 앞으로 나아가고 잊어버릴 필요가 있다고 스스로 말했다. 다른 사람들을 지배하는 사람들이 있을 뿐이다. 그게 다이다. 영웅이 되는 것은 어리석은 짓이다. 예술 작품으로 만들어진 적을 상대로 싸우다 죽는 것과 같다. 그러는 사이에 다른 사람들이 네 목숨을 담보로 내기를 하고 돈벌이를 한다. '그들과 한편으로 있으면서 떨어지는 거나 주워먹는 게 더 나아.' 그는 혼잣말을 했다. '즐길 것이 있는 한 즐겨야지, 언젠가는…….' 어쩌면 베르나르드를 통해 아직 피 흘리는 자신의 일면을 죽였던 것이리라. 그렇게 자기 자신을 두 번 죽이려고 시도했고, 그리고 성공했다.

목적지에 도착한 그는 마부에게 말을 맡기고 에스터의 방으로 향했다. 침대 위에 누워 여전히 쉬고 있는 그녀를 보았다.
"벗어!"
그녀에게 거칠게 말했다.
그리고 자신의 외투와 검을 벗어서 창문 가까이에 있는 테이블에 올려놓았다.

그녀는 더 이상 스무 살이 아닌데다 천천히 감각의 불을 되살려야 하는 그 남자를 어떻게 다루어야 하는지 잘 알고 있었다. 그녀는 침대 위로 기어 올라가 그에게 다가갔다. 오랜 직업을 통해 그녀는 남자의 몸에서 나오는 분비물과 땀 냄새에 익숙해졌다.

"윽!"

그가 황홀해서라기보다는 괴로워하며 목이 졸리는 듯 소리쳤다. 처음에 그녀는 마음이 상했다. 그러나 시선을 들었을 때 그의 가슴에서 삐져나온 칼끝을 보았다. 그녀의 몸은 뿜어져 나오는 그의 더운 피에 범벅이 되었다. 숨이 멎은 다니엘이 침대에 쓰러졌다. 그를 살해한 테리노는 분노를 짓씹으며 전직 십자군의 어깨에서 칼을 뽑았다.

"할 수 있다면 나를 심판하지 마!"

그녀에게 말했다.

"난 항상 너를 사랑했어!"

그는 자신의 목에 칼을 대고 단 한 번의 손놀림으로 힘껏 급소를 찔렀다.

에스터는 서둘러 옷을 입고 전직 십자군의 가방을 열고 금괴를 찾아냈다. 그러고는 금괴를 자신의 비밀 장소에 안전하게 감추어 두었다. 그런 다음 그녀는 계단을 내려가 하인들의 거처까지 달려갔다.

"빨리!"

그녀가 고함쳤다.

"내 방이 온통 피 천지예요! 빗자루, 걸레, 비누, 물 양동이를 가지고 올라와요."

그리고 양동이와 걸레를 든 하녀의 뒤를 쫓아 다시 층계로 향했다.

"빨리!"

그녀가 여러 번 고함쳤다.

이어서 별장의 다른 하인들도 도착했다. 그들은 시체를 옮겨 성벽 밖에 있는 웅덩이에 던져 버렸다. 에스터는 혼비백산했다. 피가 그녀를 공포에 떨게 만들었다. 본투로는 그녀에게 그날 저녁은 쉬라고 말했다. 그녀는 아이들의 거처가 있는 객실에 머물 수 있었다. 그의 방으로 가장 젊은 여자를 보내도록 했다.

"불쌍한 댄, 불쌍한 사람."

본투로는 생각했다.

"자네를 항상 남자로 기억하겠네."

그러나 그의 머릿속에는 그 어떤 종류의 생각도 떠오르지 않았다. 그리고 몇 분 후에 이미 그에 대해 까마득히 잊어버렸다.

8장

1327년 9월 16일.

포르타 핀티 성문에서 시작된 불길이 그의 발치에 있던 모든 책을 휘감고 이미 옷에 옮겨 붙는 사이 연기 속에서 기침하고 가래를 뱉어 내던 아스콜리 사람은 차라리 잘 죽었다. 그래도 그는 최후에 폐가 찢어졌을 때 쉰 목소리로 마지막 말을 내뱉으며 마지막 몸짓으로 그 자리에 있던 모든 이들을 감동시켰다. "나는 썼다, 쓴 것을 가르쳤고, 그것을 믿는다……." 그야말로 기둥에 묶인 채 질식으로 경련을 일으키고 불길 속에서 괴로워하며 온몸을 비틀고, 융통성 있는 선동가가 타오르는 인간 횃불로 변하는 순간이었다. 모네 씨는 썩 내키지 않았지만 피렌체의 귀족들 사이에서 이

광경을 지켜보았다. 자신의 이름이 이단자로 퍼지게 되는 걸 원치 않았던 그는 좀 더 신중했어야 했다. 모네 씨는 이미 한 번 이상 그를 볼로냐 이단재판에서 빼내고 칼라브리아의 카를로스 공작에게 보냈다. 공작은 피렌체에 있는 자신의 추종자인 정신과 의사들에게 그를 넘겼다. 아무튼 적어도 그는 자존심을 지키며 죽었고 지킬 것은 지켰다. 그가 당연히 받았어야 하는 공적에 대한 찬사를 죽음으로 갚았다. 그가 형벌을 받지 않도록 빼내는 것은 가능하지 않았을 것이다. 이단재판소의 사제들을 타락시키는 것은 너무 값비싼 비용이 들었고, 한편 쓸데없는 일이 되었다. 이미 타락이라는 전염병이 다 옮았다. 모네 씨는 사타구니가 고통으로 비틀리고 숨을 쉴 수 없을 정도의 압박감이 느껴졌다. 연기와 인간의 살이 타는 냄새가 부주의한 바람을 타고 곧장 집행부가 앉아 있는 연단까지 전해졌다.

아스콜리의 체코는 단테의 『신곡』이 퍼져 나가지 못하도록 앞장서서 거칠게 일했다. 그는 유럽에서 가장 오래된 대학이 있는 도시 중의 도시인 피렌체에서 생겨난 신화를 뒤집는 데 가장 유능한 인물이었다. 그 역시 성미가 급했다는 게 안타깝다. 모네 씨가 시인이 남긴 유작과 명성을 훼손하는 대가로 지불한 모든 비용이 이제 쓸모없이 낭비될 위험에 처했다. 볼로냐에서 이미 이단으로 선고받았던 똑같은 교리를 피렌체에서도 계속해서 가르쳤다. 사크로보스코[†]에 대한 저주받을 논평……. 그가 평생을 바쳐 옹호

---

† 조반니 사크로보스코(1195~1256): 수학자이자 천문학자.

한 중요한 이론이었을 수 있다. 그러나 그의 취향은 선동적이며 사악한 것에 지나지 않았다. 남들 앞에 드러내고 싶고, 남보다 돋보이고 싶은 열망, 그리고 항상 그를 둘러싼 불만이 꽃의 도시 피렌체까지 그를 쫓아왔다. 심지어 상황이 더 복잡하게 꼬이느라 그랬는지 이 사건을 맡은 이단재판관은 단테를 열렬하게 칭송하는 사람이었다. 최악의 상황이었다. 화형대에 묶인 사람들 사이로 야고보 알리기에리가 얼핏 보였다. 그들이 돌아왔다. 지긋지긋한 놈들! 시인의 죽음과 함께 이 도시로 못 들어오게 막는 차단 조치도 무효가 됐다. 젬마와 두 아들은 몇 년 전에 피렌체로 돌아왔다. 그리고 그들은 「천국편」의 마지막 열세 곡의 시편들을 가지고 왔다. 모네 씨에게는 엄청난 쇼크였다. 그는 댄과 그의 쓸모없는 범죄를 저주했다. 그다음에 피에트로는 바로 볼로냐로 갔다. 그리고 두 아들 중 더 어린 아들이 어머니와 함께 남아 차압당한 재산을 다시 찾고 프란체스코 수도회에 시인이 쌓아 둔 빚을 갚을 궁리를 했다. 꽃의 도시에서 다들 단테의 『신곡』을 읽고, 단테가 예언자였다고 말했다. 저주받을 암늑대를 증오하는 게 걷잡을 수 없는 전염병처럼 번져 나가고 유행이 되었다. 그리고 가장 슬픈 건 모네 씨 역시 '유명한 같은 도시 사람', 즉 단테를 기념하는 행사에 참여할 때가 되었다는 것이었다.

 모네 씨는 공기가 부족한 듯 숨쉬기가 힘들었다. 사타구니에 느껴지는 날카로운 통증이 그를 괴롭혔다. 알 수 없는 악이 그를 집어삼키고 있는 중이었다. 올가미가 이미 불길에 타서 풀려 있던 탓에 불타는 몸뚱이가 쓰러지는 것을 보았을 때 모네 씨는 그곳을 떠나려고 서둘렀다. 그는 자신의 경비병을 불러 얼른 말에 올라타고 떠나갔다.

팔라초 프리오리 앞에서 일상적인 추가 형벌이 모네 씨를 기다리고 있었다. 늘 그렇듯이 얻어맞은 뒤에도 전혀 변화가 없는 절름발이 어릿광대가 있었다. 그런데 이제 어릿광대는 모네 씨가 지나갈 때는 더 이상 즉흥시를 읊지 않았다. 매번 모네 씨를 위해 단테의 『신곡』의 마지막 부분인 베이트리체에 대한 시행을 읊어 대기만 했다.

> Dal primo giorno ch'' vidi il suo viso
> in questa vita, infino a questa vista,
> non m' il seguire al mio cantar preciso;
>
> ma or convien che mio seguir desista
> piu dietro a sua bellezza, poetando,
> come a l'ltimo suo ciascun artista.

> 내가 이승의 삶에서 그녀의 눈을
> 처음 본 날부터 지금 볼 때까지
> 내 노래의 이어짐은 멈추지 않았는데,
>
> 하지만 막바지에 이른 예술가처럼
> 이제는 시로써 그녀의 아름다움을

뒤쫓은 것을 중단해야 하리라.[†]

　'잔인한 여인.' 모네 씨는 생각했다. '한 남자에게는 구원의 여인이었으면서, 다른 남자에게는 지옥을 안겨 주다니.' 그는 그냥 지나쳤다. 음유시인을 혼내 주기에는 사람들이 너무 많았다. 전혀 관심 없는 척했다. 그러나 매번 숨어 있던 그의 기억이 그를 힘들게 했다. 특히 두 장면이 그를 끊임없이 괴롭혔다. 첫 번째 장면은 캄팔디노 전투[††]에서 돌아오는 피렌체 병사들의 귀환이고, 두 번째 장면은 그의 작은 비체가 저 세상으로 간 날에 대한 것이었다. 저 세상으로 간 그녀는 어쩌면 별이 되었으리라.

　그렇다. 좋았다. 그는 항상 그녀가 좋았다. 그는 어떤 값을 치르더라도 그녀를 원할 것이었다. 그녀를 처음 보았을 때 그는 자기 아버지에게 말했다.
　"그녀를 원해요. 그녀를 나에게 줘요……."
　아버지는 그의 바람을 들어주었다. 그는 그녀를 항상 최고로 존중하며 대해 주었다. 그는 그들의 관계가 조화롭게 유지되도록 최선을 다했다. 왜냐하면 그는 아들을, 즉 후계자를 원했기 때문이다. 아리스토텔레스는 아들을 원한다면, 한 명의 아내와 결혼하여 항상 존중하고 사랑하고 잘 대해 주어야 한다고 말한다. 결혼 초

....
[†]　　같은 책, 「천국편」, 제 30곡. p. 585.
[††]　1289년 피렌체와 아레초 사이 캄팔디노 평원에서 벌어진 전투로 단테도 참전.

기에 모네 씨는 자주 프랑스에 아버지와 함께 있으며 사업을 배우고 상류 사회에 드나들었다. 그러다 이따금씩 집에 돌아오면 아내는 불행과 권태로 항상 부루퉁해 있었다. 그는 유럽의 중요한 귀족들에게 온갖 환대를 받으며 지냈고, 그의 아내는 호화로운 집에 하인들과 함께 머물렀다. 그러나 베아트리체는 그의 서투른 애정 표현을, 그녀와 친숙해지려는 그의 시도를 계속해서 피했다. 매번 그녀는 기도중이라서, 사순절이라서, 아파서 등등 성적 접촉을 피하기 위한 다른 핑계를 댔다. 당연히 힘으로 그녀를 가질 수는 없었다. 잘 알려져 있다시피 강압적으로 성관계를 하는 바람에 여성이 마음으로 받아들이지 않으면 딸아이만 태어날 것이기 때문이다. 처음에 그는 미처 생각하지 못했다. 그 분노의 진짜 원인이 무엇일지 바로 알아채지 못했다. 적어도 캄팔디노 전투가 벌어진 해 이전에는……. 코르소 도나티의 피렌체인들이 아레초인들을 상대로 예상치 못한 승리를 거두었던, 공화국에 상서로운 그 해를…… 그는 결코 잊을 수가 없었다.

   산타 레파라타 거리에서 코르소 도나티를 선두로 한 피렌체의 기사들이 행진을 했다. 그와 비체는 귀빈석 연단에 앉아 있었다. 그 기사들 가운데 단테가 있었다. 코에 붕대를 감고 헬멧은 쓰고 있지 않았다. 숱 많은 머리카락이 바람에 날리고 덥수룩하게 자란 수염이 눈에 띄었다. 그가 몸을 돌려 그녀를 찾았다. 그리고 사람들 사이에서 그녀를 보았다. 그의 베아트리체는 불안해 보였다. 그녀 역시 기사들 무리 중에서 그의 모습을 찾았다. 그러고는 살아 있는 그를 보고 가벼운 한숨을 내쉬었다. 그다음에 그녀는 남편을 돌아다보았다. 남편이 무슨 생각을 하는지 알 수 없는 어두운 기색으로 그녀를 바라보고 있었다. 그녀는 우울한 시선을 아래로 향하고 더 이상 듣지 않았다. 모네 씨가 시인을 마음속 깊이 증오하기 시작한 건 바로 그 순간부터였다. 그때부터 그는 자기 아내에게 더욱 못되게 굴기 시작했다.

끔찍한 고통이 아랫배에서부터 시작되었다. 거기에서 그의 수호천사들이 울부짖었다. 그는 자신의 별장을 향해 전속력으로 달렸다. 그런 다음 폰테 베끼오를 지나 곧장 집으로 향했다. 그는 여전히 말을 탄 채 정원을 가로질렀다. 그리고 집 현관 바로 앞에 이르러서야 말에서 내렸다. 그는 곧장 집 안으로 들어가 현관홀을 가로질러 갔다. 그러고는 중앙 계단 앞에 깔아 놓은 커다란 양탄자 위에 쓰러졌다. 심장이, 심장이 터질 것 같았다. 다시 일어났다. 손님을 맞이하는 응접실 안으로 들어가서 테이블 근처에 앉았다. 그녀가 가장 선호하는 에스터의 메모가 있었다. 아이들이 어느새 다 자랐고, 아이들과 새로운 삶을 시작하고 싶어서 영원히 떠난다고 적혀 있었다. 그래서 그는 더 이상 고통스러운 생각을 하지 않기 위해 그녀의 벗은 몸을 기억해 보려고 애를 썼다. 그런데 또 다른 기억들이, 아름답지 못한 기억들이 그를 덮쳤다. 그리고 비체는 시인을 구원한 것처럼 그를 구원할 수 없었다.

그는 충복인 구초를 불렀다. 그에게 자신을 부축해서 위층에 있는 침실로 데려다 달라고 부탁했다. 그가 자리에 눕도록 도운 뒤 구초는 아편, 사리풀, 맨드레이크†를 듬뿍 적신 스펀지를 그의 코 아래 갖다 댔다. 그러고 나서 사제를 부르러 가야겠다고 생각하며 가 버렸다. 혼자 남은 모네 씨는 비몽사몽간에 잠깐 자신의 장례식에 대해 상상했다. 중요한 사람에게 당연히 갖추어야 할 슬픔과 존경을 표하면서 모든 피렌체인들이 자신의 운구행렬 뒤를 따르고 있다. 물론 사람들 중 자신 때문에 망한 사람들도 있다. 그러나 사업은 사업이다. 따지고 보면 자신의 잘못이 아니었다. 누군가에게는 좋고, 또 누군가에게는 덜 좋기 마련이다. 그는 자신의 의무를 다했을 뿐이다. 그는 집안의 재산을 두 배로 늘렸다. 심지어 그는 아버지가 살았던 시대보다 더 불확실한 시대를 이겨 내야 했고, 아버지의 시대보다 더 편견과 독선이 판을 치는 세상에서 살아야 했지만 아버지보다 더 훌륭했다. 그리고 그는 아버지보다 좀 더 신중했다.

그는 혼자 죽고 싶었다. 그는 지금은 두 번째 부인이 살고 있는 다른 집에 알리지 말라고 구초에게 말했다. 그는 첫 번째 아내가 살았던 집에 두 번째 부인을 들이고 싶지 않아서 다른 집을 구입했었다. 이 별장은 그의 하렘이었다. 비체가 출산을 하고 숨을 거둔 바로 그 침대이다. 여자 아이가 태어날 게 분명했다. 그렇지 않을 수가 없었다. 그가 온갖 정성을 다해 조심한 것이 모두 쓸모없는 짓이 되고 말았다. '그 멍청한 여자는 알려고도 하지 않았어. 노새처럼 고집불통이었어. 전부 그녀의 정신을 빼앗아간 알리기에리 아들 놈 탓이야……'

---

† 약물, 특히 마취제에 쓰이는 유독성 식물.

그는 일주일 동안의 체력 단련과 다이어트를 한 다음 모든 게 준비된 그날 저녁 그녀에게 무릎을 꿇고 애원하기도 했다. 의사의 조언에 따라 그 일주일 동안 더욱 따뜻하고 튼튼한 씨를 만들기 위해 딱딱한 음식물, 좋은 빵과 좋은 포도주, 쇠고기 구이, 그리고 따뜻하고 마른 음식만 섭취하고 금욕생활을 했다. 그리고 확실하게 아들을 낳으려면 왼쪽에서 그녀를 안는 것에도 신경 써야 했다. 왜냐하면 왼쪽 편에 딸아이를 태어나게 하는 약하고 차가운 씨들이 축적되어 있기 때문이다. 주치의의 말대로 여자의 생리 분비물이 가장 덜 남아 있는 자궁이 마른 날을 위해 모든 것을 정확하게 계산하고 준비했다. 비체는 이에 대해 알려고조차 하지 않았다. 그래서 그는 자제심을 잃었다. 그 모든 노력을 수포로 돌아가게 할 수는 없었다. 그는 그녀를 손바닥으로 철썩 때렸다. 그리고 바로 그녀에게 사과했다. 후계자를 원한다면 그녀와 싸워서는 안 되었다. 그가 그녀를 포옹하고 키스했다. 이제 그의 비체는 더 이상 저항하지 않았다. 그녀는 그의 오른쪽에 누웠다. 왜냐하면 배아를 수정시키는 혈액이 흐르는 오른쪽에서 따뜻한 씨가 떨어지기 때문이다. 히포크라테스와 갈렌의 모든 처방을 따랐다. 그는 미신과도 같은 과학을 맹목적으로 믿었다. 그리고 만약 그의 아내가 은밀하게 합궁하는 데 마음을 모으기만 한다면 사내아이가 태어날 거라고 믿어 의심치 않았다. 한데 일이 반대로 됐다. 그가 온갖 정성을 쏟은 뒤 프란체스카가 태어났다. '저주받을 계집애, 숨어서 전쟁이 벌어지게 꼬드기기나 하는 치마 걸친 악마 같으니……'

그는 그녀가 마음속에 비밀스런 사랑을 숨기고 있다고 생각했다. 반대로 그 자신은 선량한 그리스도인처럼 처신했다. 너그럽게 자선을 베풀었다. 물론 언제나 사업이 먼저이고, 그다음에 자선을……. 일 년 전 알리기에리의 개자식인 조반니와 했던 대화가 이따금씩 떠올랐다.

"돈은 피와 같소."

그가 말했다.

"우리 몸 조직에 영양분을 공급하는 피와 같소. 피처럼 돈도 순환해야 합니다."

그는 그 비유가 마음에 들었다. 모네 그는 기관의 심장이었다. 그가 그리스도교의 혈관에 피를 펌프질했다. 이탈리아와 유럽에 거주하는 대부분의 사람들이 빈곤해지는 현실에 대한 잘못이 그에게 있는가? 아니다. 정치가들이 그렇게 쉽게 그 혈관이 끊어지게 내버려 두고, 결국 정치가들 역시 자기네 이익만을 챙기는 것으로 끝나 버리는 마당에 그에게 무슨 잘못이 있는가? 그는 침묵에 대한 대가를 치르기 위해 시의회에서 그 온갖 소란을 피웠던 단테도 생각했다. 그런데 단테에게 돈을 제공하려는 시도가 전혀 없었는지 불확실했다. 모네 씨는 단테가 돈을 거절할 능력이 있는 이상한 인간들 중 한 명일 거라고 항상 의심했다. 아무튼 좀 더 확실한 다른 이들에게 지불하는 걸로 충분했고, 단테는 항상 졌다. 결국 그와 그의 구엘프 흑색당은 고삐를 움켜잡았고, 코르소 도나티와 함께 상황을 통제할 수 있었다. 별로 힘들이지 않고 많은 수확을 얻은 셈이었다. 물론 이전에도 중요한 결정은 항상 뒤에 숨은 그들이 내렸다. 그게 민주주의 아닌가? 따지고 보면 모든 정부는 소수의 권력자에 의해 움직이는 과두 정부이다.

진정제 효과가 사라지기 시작했다. 다시 창자가 끊어질 듯 아파 왔다. 괴로운 기억들이 자꾸 떠올랐다. 그 끔찍한 날이 마치 방안 벽에 달라붙어 있는 것 같다. 비체 부인의 고통스런 마지막 비명 소리가 아직도 들렸다. 무슨 일이 벌어지는지 알아차렸을 때 그녀가 내지른 날카롭고 긴 비명 소리가 들렸다. 그는 그 기억을 떨쳐 버리고 싶었다. 잠자듯이 죽어 버리고 싶었다. 그러나 그 방에 잔인하게 박혀 있는 기억은 죽음보다 더 끔찍했다.

외과의사와 산파가 저기 저 문으로 들어온다. 비체는 이 침대에 있다. 찌르는 듯한 통증을 느낀다. 지금이다. 산파가 그녀의 자궁을 살펴본다.

"골반 뼈가 심하게 눌렸네요."

산파가 말한다.

"자궁이 좁아서……."

"힘든 출산이에요."

외과의사가 속삭이듯 말했다.

"백합 기름 몇 방울이랑 그리스 마리화나 달인 물을 그녀에게 뿌려요. 그리고 배에서 그 아래까지 손으로 밀어요……."

그녀를 긴 밑자리 베개 쿠션 위에 등이 닿게 눕히고, 머리는 뒤로 젖히고, 무릎을 굽혔다. 그리고 침대 모서리 아래에서 산파가 그녀 다리 사이에 무릎을 꿇고 앉았다. 아주 고통스러운 순간이었다. 아기가 밖으로 나오기를 거부했다. 밤새도록 진을 빼는 중노동이 계속되었다. 그다음 장면은 산모가 보지도 듣지도 못하게 침대 뒤쪽에 있는 방으로 옮겨졌다.

"아기를 잃었소."

외과의사가 낮은 목소리로 말했다.

"어쩔 도리가 없소."

'아기가 세례도 못 받고 죽겠군. 내 어린 아기는 영원히 연옥에서 머물겠어.'

"하지 않으면……."

"뭘 하지 않으면요?"

"플리니우스가 『자연의 역사』라는 책에서 언급했던 아주 오래된 방법이 있긴 합니다……."

"배를 가르기?"

"제왕절개수술을 시도해 볼 수는 있소. 그럴 경우 갓난아기는 구할 수 있지만 자칫 산모가 위험해집니다."

어떻게 해야 했을까? 몸뚱이 하나를 구하기 위해 영혼 하나를 버려야 하나? 세례 받지 못한 자들이 머무는 림보(연옥)에 이교도들과 신앙이 없는 자들과 함께 아기를 방치해야 하나? 그는 항상 선량한 그리스도인이었다. 자신의 후계자에게 천국의 기쁨을 포기시켜야 할까? 그런 결정을 내린 데에는 어쩌면 다른 이유도 있었다. 오랫동안 숨겨 온 증오 때문이었을 수도 있다.

'가끔씩 숨겨진 악이 사람을 깜짝 놀라게 하기도 하지. 전혀 예상치 못한 순간에 밖으로 튀어나오거든. 원하기만 하면 세상의 모든 이유를 찾아 들이대면서 잘했다고 하지.'

"진행하시오."

그가 말했다.

"영혼을 구하시오……."

외과의사는 여자가 놀라지 않도록 항상 거기 구석에 있다. 그는 수술 도구를 준비하기 시작했다. 날카로운 면도칼, 이발사들이 사용하는 것 같은 끝이 둥글지만 굉장히 날카로운 칼, 바늘과 밀랍을 바른 실, 스펀지와 아주 얇은 헝겊을 준비했다. 그런 다음 탕약을 준비하러 갔다. 그동안 산파는 그녀 아래 헝겊 조각들을 정리했다. 외과의사는 그녀의 손목을 잡고 맥박이 규칙적으로 뛰고 있는지 체크해 보았다. 모네 씨는 조용히 아내 뒤로 가서 그녀를 팔로 감싸 안았다. 산파는 그녀의 다리를 단단히 움켜잡았다. 그녀를 잠재우기 위해 아편이 섞인 스펀지를 코 아래 갖다 댔다. 의사는 어디가 가장 부드러운지 확인하기 위해 그녀의 배를 촉진했다. 그런 다음 왼쪽 배를 선택하고, 골반 뼈에서 손가락 네 마디 위로 배꼽과 옆구리 사이의 배를 가르기로 정한다. 그다음에 약 6인치 정도로 곧게 뻗은 근육 결을 따라 표면을 잘랐다.

"안돼!"

비체가 그제야 비명을 질렀다. 왜냐하면 머리가 쿠션 뒤로 젖혀져 있었던 만큼 뒤늦게 알아차렸기 때문이다. 모네가 그녀의 얼굴에 다시 스펀지를 갖다 댄다. 외과의사는 복막에 칼을 깊이 집어넣었다. 그러고는 자궁 표면을 잘라 피로 범벅인 생명체를 끄집어냈다. 산파가 끓인 탕약에 헝겊 조각을 적셨다. 그리고 염증이 생기지 않기를 빌며 엄청나게 뿜어져 나오는 피를 멈추기 위해 애를 썼다. 그 많은 피를 본 모네 역시 깜짝 놀랐다.

"좋은 피보다는 대부분 나쁜 피입니다."

과학 지식으로 무장한 의사가 말했다.

"엄청난 양의 생리혈이 한 양동이 나오는 것과 같죠. 이것 때문에 죽을까 봐 걱정할 필요는 없습니다."

자궁 두께가 갑자기 줄어들면서 내장이 밖으로 쏟아져 나왔다. 외과의사가 배를 다시 꿰매는 사이, 산파가 내장을 손가락으로 꾹 누르고 있었다.

"모든 의사들이 전쟁이나 개인적인 결투에서 다친 이들을 실제로 다 치료할 기회가 있는 건 아닙니다."

이미 많은 것을 알고 있다는 어조로 그가 말했다.

"배에 25센티보다 더 깊고 넓게 상처가 났을 때는 가끔씩 대야에 내장을 모아 담기도 하지요. 놀라운 건 그래도 살아남아요."

한편 모네는 갓 태어난 아기를 들어 올린 채 한참 동안 돌처럼 꼼짝도 하지 않았다. 계집애다! 아무런 느낌도 들지 않았다. 어처구니가 없었다. 그는 복수를 다짐했다. 어떤 상황인지 이제 분명해졌다. '과학은 과학이지. 이 모든 건 사랑이라는 헛소리로 그녀를 유혹한 그 시인 탓이야. 대가를 치르게 해 주마!'

그는 아내의 죄스런 사랑의 증거에 불과했던 여자 아기에 대해서는 알려고조차 하지 않았다. 그렇게 그의 삶은 굴러 갔다. 그는 절대로 아무도 죽이지 않았다. 물론 이따금 누군가를 몹시 증오했다. 그가 증오하는 사람들이 이런저런 방법으로 죽기도 했다. 그가 그렇게 증오했는데도 살아남은 멍청한 것 하나는 바로 그 책이다!

구초가 다시 들어왔다. 그의 옆에 그리스도의 그레이하운드, 사냥개인 흑백의 옷을 걸친 사제가 있었다. 드디어 사냥개가 와서 그를 고통스럽게 죽일 것이다[†]. 그의 입술에 뭔가를 가까이 갖다 댄다. 그가 위로 밀친다. 숨을 쉬기가 힘들다. 무엇이었을까? 도미니크 수도회 사제가 자신의 몸에 성유를 바르려고 하는 게 보였다. 모네는 사제를 밀어내려고 손을 뻗쳤지만, 오히려 목덜미를 붙잡히고 말았다. 또다시 지금까지 느꼈던 것 중 최악의 고통과 전율이 느껴졌다. 사제가 다른 팔로 그를 움켜잡았다. 그를 움켜잡고 자기 쪽으로 끌어당긴다. 모네는 사제가 다른 세상으로 자신을 끌고 가려는 건지 혹은 여기에 붙잡아 두려는 건지 알 수 없었다. 마침내 그는 사제의 품 안에 쓰러졌다. 도미니크 수도자의 팔에 안겨 그는 그렇게 죽었다. 그보다 더 좋게 죽는 방법은 있을 수 없었다고 사람들은 말했다. 표식을 읽어 내던 사람은 거기에서 상징 이상의 것을 보았다. 그는 항상 선량한 그리스도인이었다. 늘 미사에 가고 자선을 베풀 준비가 되어 있었다. 그는 마지막 숨을 내쉬는 순간까지 교회의 품에 안겼다.

프란체스코 수도회 교회의 무덤에 그는 묻혔다. 그 무덤에 지오토가 불쌍한 성인의 이야기를 그렸고, 도시에서 가장 위대한 은행가가 영원히 쉬고 있다.

하느님께 영광을!

[†] 『신곡』 지옥편 제 1곡에 나오는 사냥개에 대한 내용을 죽어 가는 모네가 떠올림.

9장

1350년 9월 13일, 라벤나.

그녀가 천천히 문을 열었다. 여기에 발을 들여놓지 않은 지 벌써 몇 달이 지났다. 매번 여기에 돌아올 때마다 쌓인 먼지만이 낡은 담장 사이에서 시간이 흘렀음을 보여 주는 유일한 흔적 같았다. 그의 죽음으로 그녀의 아버지의 집과 남은 전 재산은 수도원에서 물려받게 되었다. 올리브 나무를 다시 보았다. 많이 늙었다. 그렇지만 아무도 더 이상 돌보지 않음에도 불구하고 고대의 임플루비움† 안에 끈덕지게 버티고 있었다. 시간이 흐르면서 더욱 근

----
† 고대 로마 주택에서 중정에 놓아둔 빗물을 모으는 통.

사한 외양을 갖추게 된 그 나무 몸통의 굵기는 거의 두 배가 되었다. 훨씬 수수하고 성숙하게 오래 시간을 보냈는지 처음 보았을 때보다 덜 비틀려 있었고 거칠게 삐죽삐죽 자란 나뭇가지로 표현되는 올리브 나무의 고통도 덜 극적으로 보였다. '늙어 간다는 건, 나무야, 특별히 아픈 데 없이 노년이 된다는 건 굉장한 행운이란다……' 그녀의 경우에 무서운 페스트 같은 비극을 겪으면서도 살아남는다는 건 정말 기적이었다. 그녀는 환자들, 죽어 가는 사람들, 버려진 사람들, 심지어는 전염될까 두려워 제일 가까운 친척들에게서조차 버림받은 사람들을 돌보았다. 그녀의 팔에 안겨 얼마나 많은 사람들이 죽어 갔는지, 그리고 얼마나 많은 고통스러워하는 사람들이 다행스럽게도 평안히 잠들었는지 모른다. 눈에 공포가 가득한 이들이 있는 반면 마지막 숨을 내쉬는 순간까지 고집을 부리는 이들도 있었다. 그녀는 환자들과 접촉하면서도 전혀 전염되지 않았다. 지금까지 어떻게 생존해 있는지 모를 일이다. 그녀는 기도했다. 다른 것은 하지 않았다. 한편으로는 그 모든 것이 그녀의 일이기도 했다. 그녀는 모두를 위해 기도했다. 시간이 얼마 남지 않은 이들을 위해, 무엇을 해야 할지 모르는 이들을 위해 기도했다.

그녀는 누군가 현관 문틈으로 집어넣은 편지 한 통을 집으려고 몸을 굽혔다. 아브루초에서 조반니가 보낸 편지였다. 2년 만에 처음 받아 보는 편지다. 잠시 동안 그녀는 심장이 두근거렸다. 편지를 막 뜯어 보려다가 잠시 멈칫했다. 갑자기 알 수 없는 어떤 두려움에 사로잡혔다. 적어도 그 지역에서 페스트는 거의 두 사람 중

한 명의 목숨을 앗아 갔다. 또 다른 나쁜 소식이라도 적혀 있으면 어쩌지? 피렌체에서는 나쁜 소식이 끊임없이 도착했다. 전염병이 사랑하는 남동생 야고보를 데려갔다. 그의 불안한 삶은 암울한 죽음으로 갑자기 중단되었다. 그는 한 여인과 동거하며 두 명의 사내아이를 낳았다. 그다음에 다른 여인과 결혼을 약속하고 그녀에게서 딸 하나를 얻었다. 결혼하지 않은 채 그녀의 지참금을 미리 받았다. 그리고 세상을 뜬 지금 그녀의 어머니와 형제의 변호사들에게서 유산 상속에 관해 이의를 제기하는 편지가 끊임없이 새롭게 도착했다. 그 모든 일들을 피에트로가 해결할 것이다. '불쌍한 야고보, 사랑하는 남동생. 그 아이는 늘 그랬어. 판사들에게 말해야 돼. 마지막 순간까지 자신의 젬마와 베아트리체를, 인간의 모습을 한 자신의 천사를 찾았던 거야. 여자들하고만 그랬던 게 아니야. 자기 자신에게도 그랬어. 절대 만족할 줄 몰랐어……'

다행히도 피에트로는 반대로 잘 지냈다. 베로나에서 도시 판사이자 행정관으로 일하고 있다. 야고보 살레르니와의 사이에 여섯 아이를, 단테 2세와 다섯 명의 딸아이를 두고 있다. 그의 가족들은 종종 그녀를 찾아왔지만 최근 2년 사이에는 페스트 때문에 왕래가 뜸했다. 여가 시간이면 피에트로는 『신곡』에 논평을 쓰고 또 쓰기만 했다. 지금이 특히 중요하다고 말하곤 했다. 1328년부터 1329년 사이의 사건을 되풀이하기를 원치 않았다. 만약 페스트 전에 아버지의 작품에 대해 여전히 폄하하는 이들이 많았다면, 지금은 강력한 자석에 이끌리듯 증오가 과도한 애정으로 바뀌었다. 이전에 시인에 대해 나쁘게 말하던 그들이 지금은 그가 선지자였다고 매한가지로 강하게 주장하고 있었다. 『신곡』에서 예견한 저주받은 암늑대와 심장을 좀먹던 탐욕에 대한 성서 속의 처벌은 이제 다 입증되었다고 이야기했다. 피에트로의 『신곡』의 가치 회복 운동은 이러한 현상의 수위를 조절하기 위해 시도하는 것이었다. 『신곡』은 문학이고, 알레고리에 불과할 뿐이라고…….

그녀는 아버지의 서재로 들어갔다. 도처에 먼지가 쌓여 있었다. 걸레를 들고 청소하기 시작했다. 그런 다음 피렌체의 오르산미켈레 성당 단체의 이름으로 공식 방문하는 한 작가를 맞이해야 했다. 그 단체의 수장들이 시인의 서거를 기념하여 그녀와 수도원에 피렌체 금화 열 개를 기증하기로 하였다.

"마지막 열세 곡에 대해 폄하하더니 지금 피렌체인들은 고상한 경쟁을 벌이고 있어. 시인의 신체를 다시 복원하기를 원하는 사람도 있고……. 마치 시인의 정당한 분노를 어떤 방법으로든 달래 주어야 한다고 여기는 것 같아. 시인이 살아 있을 적에는 도시에 발도 못 붙이게 하더니……."

먼지를 털어 내고 다시 정리할 필요가 있었다. 작가는 그녀의 아버지를 숭배하는 사람으로 집을 구경하고 싶어 했다. 그는 단테의 전기를 쓰고 싶어 했다. 그리고 라벤나에서 시인을 알고 있던 모든 이들과 이야기를 나누었다. 피에트로 자르디니는 그에게 야고보의 꿈에 관한 일화와 『신곡』 마지막 시편을 기적적으로 다시 찾아낸 일화에 대해 아주 상세한 부분까지 이야기해 주었다. 그리고 그 일화를 믿든 안 믿든 작가는 그 이야기가 무척 마음에 들었다.

책과 독수리가 장식된 궤짝의 먼지를 털어 냈다. 조반니와 단테를 생각했다. 그들을 마지막으로 본 지 거의 십 년이 지났다. 그들은 1341년에 라벤나에 있었고, 어린 단테는 어느덧 잘생긴 스물아홉 살의 청년이 되어 있었다. 그는 브루노의 딸인 소피아와 몇 년 전에 결혼했다. 그녀의 어머니 젬마가 사망했을 당시 과거에 피렌체에서 받은 온갖 굴욕을 보상받았다. 그리고 시인의 서거를 기념하는 행사를 매년 열었다. 조반니와 단테가 그녀에게 인사하고, 어머니의 죽음을 맞이한 그녀를 위로하고, 장례식 때 함께 있어 주기 위해 찾아왔었다. 그녀는 조카를 항상 무척 귀여워했다. 한편 어린 안토니아와 함께 네 식구가 모두 찾아왔던 1329년 이후로 그녀는 젠투카를 더 이상 보지 못했다. 그해에 볼로냐에서 아버지의 책을 모두 태워 버렸다. 그리고 교황의 조카이자 특사인 베르트랑 푸조 추기경이 뼈까지 다 태워 버리라고 명령을 내렸다. 오스타시오 다 폴렌타†는 다행히도 정반대 입장이었다. 그는 폴렌타니 집안의 친구인 작가에 대한 기억을 지키고자 개인적으로 볼로냐에 갔다.

 드디어 그녀는 용기를 얻었다. 봉인을 뜯고 겉봉을 뜯었다. 첫 줄을 읽자마자 그녀의 걱정은 순식간에 순수한 기쁨으로 바뀌었다.

  상냥한 안토니아에게.
  어떻게 지내? 잘 지내기를 바래. 내 생각에 유럽 전역을 발칵 뒤집어 놓은, 이 재앙에 휩쓸리는 바람에 누이 소식을 듣지 못해서

....
† 라벤나의 귀족이자 용병대 대장.

마음이 편치 않아. 우리가 이 편지를 맡긴 우편 회사는 제대로 전달될 수 있을지조차 장담할 수 없다는군.
가능한 한 빠른 시일 내에 네 답장을 받기를 바래.
하늘이 도왔는지 우리는 다들 잘 지내. 에피루스에서 돌아오는 길에 페스트에 대해 알았어. 사실 이 년 전에 다들 에피루스에 있는 도도나를 향해 떠났었거든. 나랑 젠투카, 브루노와 질리아타, 단테와 소피아 부부와 아이 세 명, 안토니아네 부부와 아이 두 명 모두 말이야. 아무것도 발견하지 못했어. 그저 시프로스라는 이름을 가진 코르푸의 뱃사공을 만났을 뿐이야. 그 뱃사공이 약 삼십여 년 전에 베르나르드를 알았다고 말했어. 아케론 강가에 코키투스와 합류하는 지점까지 그를 배에 태워다 주었고, 그다음에 거기에서 다시 커다란 검은 바위로 된 상자를 들고 나타난 그를 태워서 되돌아왔대. 그는 자기가 들고 있는 상자가 언약 궤이거나 언약 궤가 들어 있는 상자라고 말했다는군. 그리스도를 믿는 사람들이 평화롭게 더불어 사는 걸 배웠을 때 하느님이 그 궤를 찾아내기를 원하는 순간까지, 영원히 지옥에서 헤매기 위해 자신이 들고 간다고 했대. 그리고 돌아왔을 때 그는 미친 것 같았대. 영원한 현재, 각각의 현재 순간의 끊임없는 영원한 동시성 등 시간에 대한 이상한 이야기를 떠들어 댔대. 그다음에 코르푸에서 그 댄이라는 자와 함께 있는 걸 보았대. 그런데 그들의 배가 섬에서 출발할 때 댄이라는 프랑스인만 있고 베르나르드는 승선하지 않았대. 그와 그의 상자가 자취도 없이 사라졌다는군.
에피루스에서 우리는 시프로스의 아들과 함께 코르푸로 가고, 코르푸에서 풀리아까지 앙주 왕가의 배를 타고 오고, 드디어 아브르초에 도착했어. 그곳에서 우리는 마이아 산 방향으로 란차노라는 곳으로 올라갔어. 브루노의 친척들이 살고 있는 작은 마을이야. 그곳에 우리는 집을 얻고 페스트를 유발하는 독성을 내뿜는 공기로부터 피해 있을 수 있었어. 사실 나와 브루노는 의료진들을 돕기 위해 볼로냐로 돌아가고 싶었어. 그런데 많은 도시들이 전염을 막기 위해 문을 닫아 걸고 밖에서 오는 사람을 들여보내지 않는다는 소식을 들었어. 그다음에 들려온 소식에 의하면 우리가 없는 동안 시에서 전염병에 걸린 사람들을 치료하려고 우리 병원을 몰수했다더군. 그래서 우리는 그냥 그곳에 머물기로 결정했지. 전염되지 않고 평화로운 이 오아시스에서 재앙은 동떨어진 다른 세상 이야기 같아.

지금 우리는 귀향을 위한 여행을 준비 중이야. 이 편지가 라벤나에 도착하고 난 뒤 오래 지나지 않아 우리는 볼로냐에 도착할 거라고 예상해. 그러니까 답장을 보내게 되면 원래 주소대로 보내는 게 좋을 것 같아. 우리 병원을 다시 되찾거나 혹은 공공 서비스 기관으로 바꾸는 걸 해 볼 거야. 물론 단테와 소피아가 운영하게 되겠지. 나와 브루노는 우리 시대를 다 살았어. 이제 그 아이들 차례야. 그 아이들 둘 다 훌륭한 의사잖아. 그 아이들은 형제자매로, 남편과 아내로 서로 한결같이 사랑하고 있어.

수녀님 그리고 누이, 이미 오래 전 우리가 서로 알게 된 그날을 종종 다시 생각해. 그리고 이따금씩 우리만 알던 것에 대해, 『신곡』의 마지막 열세 곡의 시편을 찾아낸 믿기지 않는 일련의 행위들에 대해, 십자군 기사에 의해 시도된 범죄에 대해, 베르나르드의 미스터리한 이야기에 대해 곰곰이 다시 생각하다 보면 그 많은 시간 동안 우리를 물고 늘어지던 질문에 대한 의구심을 아직도 떨쳐 버릴 수가 없어. 우리 아버지는 정말로 어떤 분이셨을까, 시인이었을까, 혹은 정말 선지자였을까, 아니면 펜과 잉크로 무장한 마지막 기사에 불과했을까. 십중팔구 이 세 사람 다였을 거야. 절대 알 수 없겠지. 인간의 조건은 어두운 숲에 있어. 우리는 삶에서 벌어지는 사건 대부분을 놓치지. 우리의 판단은 늘 불완전해. 왜냐하면 진실에 대해 조금도 알지 못하기 때문이야. 진실에 대해 조금밖에 알지 못하는 우리가 반대로 다 아는 것처럼 행동하고, 전지전능하신 하느님을 지나치게 사칭할 때 종종 악이 생겨나지. 한편 무엇보다 진실과 선은 공통된 하나야. 진실과 선은 한없이 힘겨워도 한 세대가 다음 세대에게 계속해서 추구하라고 남겨 놓는 거지. 모든 사회가 온힘을 다해 근면성실하게 헌신해야 하는 과제이지.

그런데 이 많은 세월을 보낸 뒤에 딱 한 가지, 더 이상 아버지 같은 분은 없을 거라는 걸 확신해.

볼로냐에서 제일 급한 문제를 해결하는 대로 한 번 찾아갈게. 가능한 빨리 그럴 수 있기를 바래. 지난 십 년 동안 너무 보고 싶었어. 단테는 아직도 누이가 가르쳐 준 주전원(周轉圓) 수업을 기억해. 브루노와 질리아타는 광대한 아랍 의학서적을 번역하고 있는 중이야. 정신 질병에 관한 치료법을 다루고 있는 책이야. 얼마 지나지 않아 번역이 완성되면, 아주 오래 전에 우리가 조사하던 중에 마주친 사람들의 일면을 좀 더 이해할 수 있겠지. 누이를 보고 싶어 하는 안토니아가 안부 전해 달래. 젠투카는 늘 누이를 처음 봤을 때를 기억해. 나병 환자에게 다가오던 누이의 용기와 천성을 잊을 수가 없대. 그리고 그녀는 누이를 걱정해. 항상 "베아트리체 수녀는 무의식적으로 전염병에 걸린 사람한테도 그렇게 다가갈 거예요. 그러다가 한순간에 창조주께서 그녀를 데려가 버리는 날이……"라고 내게 말해.

그러면 나는 "절대 그렇지 않아"라고 대답해. 우리 모두 누이를 무척 보고 싶어해.

따지고 보면 우리 인생은 아름다웠어. 그리고 더 아름다운 건 이제 우리가 벽난로 앞에서 함께 시간을 보내며 우리 인생에 대해 이야기할 거라는 거지. 나는 아직도 콧잔등에 흉터가 있어. 내가 살짝 방심만 해도 무슨 일이 벌어질지 모르는 게 삶이라는 걸 나에게 기억하게 해 주는 흉터야.

우리 모두 누이를 생각해. 하느님께서 원하신다면 곧 다시 만날 거야.

잘 지내.

조반니

단테

젠투카

소피아

브루노

질리아타

안토니아

오를란도

그리고 다섯 아이들

    그리고 반대로 창조주께서는 그녀를 데려가지 않으셨다. 그녀는 눈물을 흘리며 생각했다. 비록 가끔씩 그녀가 모든 고통 중에 창조주에게 도움을 부탁한 게 다 받아들여지진 않았지만, 가능한 한 빨리 조반니의 말대로 그렇게 될 수 있기를 기도했다. 게다가 그녀는 아직도 거기에 살아 있지 않은가.

    벽에 걸린 낡은 검과 책상 위의 먼지를 털었다. 그녀는 기억을 떠올렸다. 아버지의 서거를 기념하는 첫 번째 기념행사가 있었다. 도시 전체가 엄숙한 축제 분위기였다. 아빠의 친구인 귀도 노벨리는 자신의 형제인 리날도 주교에게 라벤나 통치를 맡기고 떠났다. 시민들의 수장이 되기 위해 볼로냐로 갔다. 일주일이 막 지났을 때 오스타시오가 잠자리에 있던 리날도를 살해하고 권력을 장악했다. 그리고 삼년이 지난 후 체르비아 역시 체포했다. 체르비아의 아들 귀도와 함께 그의 반니노 삼촌 역시 도시로 초대받은 뒤 마찬가지로 죽임을 당했다. 시내로 가는 길로 도망치던 삼촌을 따라가던 아들은 라벤나 문 앞에서 살해했다. 반니노는 시인의 무덤 아래에 이르자 도망치기를 그만두었다. 숨을 헐떡이며 거기에서 멈춘 그는 기억을 떠올렸다.

"단테의 이름으로 내 생명을 구해 주시오, 당신들은 톨로메아†에 떨어질 거요."

그가 말했다. 그리고 거기에서 살해당했다. 무덤가에는 아직도 그의 피 자국이 남아 있다.

그러고 나서 바비에라 비텔스바흐 수도원에서 황제 루드비히 4세가 내려왔다. 그는 대립 교황††을 임명하였다. 그러면서 이탈리아에서 더 이상 끝나지 않을 구엘프와 기벨린 사이에 묵은 갈등이 다시 생겨났다. 아비뇽의 교황은 로마에 그리스도의 또 다른 대리인이 존재하는 것에 대해 썩 달가워하지 않았다. 그리고 그의 조카 베르트랑 푸조 추기경이 세속의 권력과 교회 권력의 구분을 이론화한 단테의 책을 비난했다. 그녀의 아버지는 지상의 권력은 하느님에 의해 합법화될 뿐이라고, 신성한 종교는 하느님의 정의와 하느님의 율법에 따라야만 한다고 확신했다. 한편 바비에라 주변에는 조반니 교황을 추종하는 지식인들이 모여들었다. 특히 고양된 정신을 지닌 프란체스코 회원들이 모여들었다. 오크함의 구리엘모, 파도바의 마르실리오 같은 이들은 정부의 세속주의를 인정하도록 그녀의 아버지를 넘어서 강하게 추진하였다. 그녀는 금지서로 정해진 파도바 사람이 쓴 Defensor pacis, 즉 평화 옹호가라는 읽었다. 그 책에는 선입견에 치우친 생각을 할 필요가 없고,

---

† 『신곡』 「지옥편」 제33곡에 등장하는, 손님들을 배신한 영혼들이 벌 받는 지역.

†† 교회법에 따라 선출된 교황에 반하여 부당하게 교황의 자리에 올라 그 권한을 행사한 성직자.

알기 전에 판단할 필요가 없고, 말에 대해 두려워하지 말아야 한다고 적혀 있었다. 그런데 단테의 책은…… 사법부는 민중의 것이고, 시민 전체를 우선으로 여기고, 공동의 바람을 이해할 줄 아는 재능이 있는 사람들의 그룹이 일하는 곳이라고 주장하고 있었다. 위에서부터 내려준 이보다 낮은 데서 뽑힌 대표자에 의한 권력의 전혀 새로운 원칙을 이야기했다. 이런 종류의 생각이 돌아다니는 동안 그 조카는 누구를 비난하고 있었을까? 권력에 대해 전통적인 그리스도교적 사상과 관련이 있는, 바로 단테의 책이었다. 그 다음에 적어도 새로운 라벤나의 주인은 교회의 압력에 굴복하지 않았고 단테를 옹호했다. 그렇지 않으면 1329년에 죽은 단테에 대한 재판이 열렸을 것이다.

최근에 분위기가 갑자기 바뀌었다. 경제 위기가 밑바닥을 치고 피렌체 은행들이 망했다. 베아트리체의 남편인 모네 씨의 회사는 비참한 최후를 맞이했다. 은행가들과 모직업자들이 수치심에 목을 맸다. 다들 저주받을 암늑대를 저주하고 베르트라구스와 공작에 대해 떠들어 댔다. 모두 단테가 예상했던 것이다. 그다음에 페스트가 걷잡을 수 없이 퍼져 나가면서 아버지에 대한 신화적인 후광까지 더해지고, 급기야 그를 숭배하는 경향마저 생겨났다. 그녀는 작가의 단편 소설과 조반니의 편지를 들고 책상 앞에 앉았다. 그녀는 눈물을 훔쳤다.

아버지는 정말로 아무것도 예상하지 않았다고 그녀는 생각했다. 아버지는 단순히 최대한 번성하는 시대에 태어나 인생의 전반기를 살았을 뿐이다. 치열한 갈등을 겪는 만큼 번창하는 시대였던 당시에는 적어도 도시에서 모든 사람들의 생활이 더 나아진 것 같았다. 아버지는 피렌체에서 사는 게 얼마나 근사한 일인지 그녀에게 종종 이야기하곤 했다. 처음으로 복지가 무엇인지 이해하기 시작한 시기였다. 사람들은 아주 많이 일하지만 전반적으로 낙관적인 분위기였다. 그다음에 갑자기 모든 게 바뀌었다. 사람들은 더욱 이기적이고 비열해졌다. 시인은 달갑지 않은 변화의 징조들을 알아차렸다. 만족할 줄 모르고 돈, 성공, 권력을 추구하는 열망이 생겨나고 좋은 거라곤 아무것도 보이지 않았다. 심지어 종교사회조차 변질되고 있었다. 교황직은 교황 선출 회의를 뇌물로 매수한 제후들의 특권이 되었다. 아버지는 그렇듯 타락한 세상은 오래가지 못할 거라고 그녀에게 말하곤 했다. 그리고 그는 자신의 작품 『신곡』에서 임박한 재난을 예견하였다. 그런 다음 그는 숨을 거두었다. 부족함 없이 잘 살아 왔고 이전처럼 계속 잘살기 원하던 소수의 사람들만이 아버지의 이야기를 진지하게 받아들였다. 그들은 위기가 닥치면서 혹독한 대가를 지불했고, 생존을 위한 투쟁으로 가난해졌고, 생각할 시간이 별로 없는 사람들이었다.

위기가 연속해서 여러 차례 닥쳤다. 피렌체 금화, 베네치아 은화 등 투기 종목이 바뀌면서 짧은 시간 단위로 매번 위기가 다시 시작되곤 했다. 국가 경제가 완전히 붕괴될 때까지……

그런 상황이었다. 그리고 이제 다들 그녀의 아버지는 예언자였다고 말하고 있다. 피렌체에서 아버지를 쫓아냈던 바로 그 사람들이, 그리고 볼로냐에서 아버지를 화형에 처하고 싶어 했던 바로 그 사람들이 갑자기 단테의 열렬한 추종자가 되어 버린 것이다.

이제 그들은 그녀에게 피렌체 금화를 보내며 시인에 대한 기억을 사려고 애를 썼다. 그리고 『신곡』을 열렬히 좋아하는 작가를 보내 희곡, 즉 『콤메디아』라는 작품 제목은 가치를 떨어뜨리는 것이라며 신성한 희곡, 즉 『디비나 콤메디아』라고 부르게 했다. 또한 그 작가는 자신이 문학에 대한 무한한 믿음을 갖고 문학을 통해 악의에 찬 비난을 거리낌 없이 쏟아 낼 수 있게 된 건 단테 덕분이라고도 말했다. 그의 이름은 조반니 보카치오였다. 그는 막 『데카메론』이라는 제목으로 백 개의 단편 모음집을 썼다. 수녀에게 어울리는 내용으로만 된 소설은 아니었지만 그녀에게 읽어 보라고 몇 편을 보내기도 했다. 하느님의 심판관이 아니고 하느님을 좇는 인간의 심판관[†]이라고 작가 자신이 이야기한 것처럼, 일상의 사건들을 이야기한 책이었다. 예외적으로 상인들, 속임수, 작은 사기, 요행수가 난무하는 세상을 이야기하고, 그런 세상을 따스하고 너그러운 시각으로 바라보며 묘사하는 소설이었다. 그녀의 아버지에게는 쇠락해 가는 사회의 징조로 보였을 것들이 그에게는 반대로 가벼운 죄, 재치 있는 사소한 말장난, 작은 속임수, 말과 작품의 농담거리로 여겨졌다. 그의 작품 속 주요 등장인물들은 단테의 「지옥편」에 등장하면 어울렸을 것이다. 『데카메론』에 등장하는, 고해 신부를 속여서 성인으로 섬기게 하는 사기꾼은, 말레볼제[††]의 사기꾼들 사이에 끼고도 남는다. 게다가 가짜 유물

....
[†] 『데카메론』 첫 번째 날의 첫 번째 이야기 중에 적혀 있음.
[††] 『신곡』 「지옥편」 제18곡에 등장하는 제8원.

을 팔려고 그럴듯하게 말을 늘어놓는 사제도 그러하다. 보카치오는 그 인물들에게 호감을 갖고 그들의 재능에 감탄하도록 독자들을 이끌었다. 주교의 무덤을 신성모독하며 부자가 된 말 장수 젊은이는 교회와 무덤을 모독한 도둑과 친구가 되었을 것이다. 반면에 화자는 그런 종류의 일 앞에서 그다지 놀라지 않았다. 아니, 오히려 결국에는 모든 것이 잘 해결되는 바람에 연대감을 느끼는 것도 같았다. 그리고 한술 더 떠서 남편을 배신한 여인에 대해 이야기할 때는 남편은 당연히 그런 취급을 받을 만한 인물로 그려졌다. 그녀는 작품 내용에 대해 평가하고 싶지 않았다. 그저 그 작품이 그 시기에 있었던 변화를 아주 잘 표현했다는 것만 알았다. 만약 누군가 『신곡』과 『데카메론』을 연이어서 읽었다면, 각 작품 속에서 표현하는 세상이 너무 달라서 두 작품 사이에 적어도 백 년은 지난 듯한 인상을 받았을 것이다. 그녀의 생각에는 소설 속에 표현된 그들은 도덕심이라고는 아예 없는 인간 같았다. 사람들은 실질적인 결실이 그것을 얻기까지의 수단을 정당화하는 세상에서, 공통의 도덕과 선보다 말과 행동의 성공에 감탄하고 있었다.

한편 이와는 별개로 보카치오가 잘한 일은 리비우스[†]가 라틴어로 쓴 글을 떠올리게 하는 산문을 피렌체어로 썼다는 점이다. 그는 이 세상을 충실하게 표현할 줄 아는 능력이 있음을 인정받았다. '따지고 보면 문학에 불과해'라고 그녀는 혼잣말을 했다.

시대가 변했고 역사는 바뀌었다. 바비에라 이후에 단 하나의 유

[†] 리비우스(기원전 59년~기원후 17년): 로마의 역사가.

럽의 잿더미 위에 국가들이 세워졌다. 전쟁에 전쟁이 연이어 일어 났다. 아무도 더 이상 세상에서 신의 표식을 찾으려고 꿈꾸지 않았다. 최근에 일어난 사건들에 대해, 프랑스에서 준비 중이던 전쟁에 대해, 이탈리아의 구엘프와 기벨린 사이의 당쟁에 대해, 아비뇽의 교황에 대해 이야기하던 중 그녀와 조반니가 보았던 게 마지막이었다고 결론지었다. 역사에 대해 성급하게 판단을 내릴 필요는 없었다. 강물이 자기의 물길을 만드는 데는 수천 년이 걸린다. 그리고 가끔씩 뒤로 돌아가는 것처럼 보이는 만곡(彎曲)을 이루기도 한다. 그러나 결국 그 목적지는 바다이다. 따지고 보면 그녀의 아버지도 강물 같다고 생각했다. 이 시대와 구엘프 흑색당이 아버지를 패배시킨 것 같지만, 아버지의 글은 영원히 살아남아 자신의 메시지를 분명하게 전할 것이다.

문을 두드리는 소리가 들렸다. 작가가 도착했다. 문을 열기 위해 달려갔다. 그를 들어오게 했다. 그가 그녀의 손에 입을 맞추었다. 그에게 집을 구경시켜 주었다. 그리고 그다음 날 있을 기념식을 위한 특별한 사항에 대해 협의하기 시작했다. 수도원에 기부하는 피렌체 금화를 그녀에게 공식적으로 전달했다. 그런 다음 그녀는 아무에게도 들리지 않게 혼잣말로 올리브 나무에게 인사했다. 조반니의 편지를 주머니에 넣고 작가와 함께 밖으로 나왔다. 그녀가 아버지의 『신곡』에 대해 이야기하고 있는 동안 그가 갑자기 그녀의 말을 막았다.

"왜 그렇게 『신곡』에 대해 말하는 데 집착하시지요?"

거의 그녀를 질책하는 것 같았다.

길모퉁이에서 나이 든 약초 담당 수사가 아리스토텔레스와 다키아의 보에티우스†가 쓴 책을 읽고 있었다. 그리고 그는 작업장 선반에 약병을 정리하듯 생각들을 정리했다. 아주 우아한 외투를 걸친, 눈에 띄게 뚱뚱한 중년의 남자가 그도 알고 있는 나이 든 수녀와 함께 지나가는 것을 보았다. 수녀는 산프란체스코 수도회 무덤에 묻힌 시인의 딸이었다. 단 한 음절도 틀리지 않고 그 모든 11음절의 시행을 쓴 시인이었다.

'그런데 그 말들이 다 무슨 소용인가, 운이 맞는다 해도…….' 반대로 그는 페스트가 유행할 때 로즈마리를 기본으로 해서 만든 혼합물로 얼마나 많은 돈을 벌어들였는가. 그는 그 혼합물을 작은 유리병에 담아 팔았다. 입을 닫고 코 아래에 약병을 갖다 댄 채 냄새를 맡으면 페스트 병균이 뒤섞인 공기의 독을 걸러 내는 확실한 약효가 있다고 홍보하며 팔았다.

그의 고객들 중 그에게 이의를 제기하러 온 사람은 아무도 없었다. 살아남은 사람들은 치료법이 효과가 있었다고 믿었기 때문이었고, 그렇지 않으면 그 약으로 인해 죽었기 때문이다.

그 두 사람은 거만한 분위기를 풍기며 쳐다보았다. '문학은 문학일 뿐이지.' 그가 생각했다. 수녀가 '콤메디아'라고 이야기하는 것을 들었을 때, 뚱뚱한 남자는 디비나라는 형용사를 반복해서 말할 뿐이었다. 그 단어를 왜, 혹은 무엇을 지칭하고자 이야기했는지 누가 알겠는가.

----
† 보에티우스(425?~525?): 로마의 철학자이자 정치가.

서지(書誌)에 대한
짧은 해설

 사랑하는 독자여! 당신 앞에 내놓기에 부끄러운 이 소설을 읽어 가는 동안 이따금씩은 생각을 반추해 보는 기회가 되었기를 바랍니다. 당신이 방금 읽은 책 내용에 대해 몇 가지 분명히 말씀드려야 한다는 의무감에 이렇게 짧은 해설을 덧붙이고자 합니다. 이 책에서 이야기하는 대부분의 사건은 창작의 결과물로, 설득력 있는 사실처럼 여겨지게끔 구성하였습니다. 독자 당신도, 단테 풍의 언어를 사용하는 소설의 진실은 시인들이 즐겨 사용하는 상징과 우화보다 더 관념적이라고 알고 있을 것입니다. 그러나 그것은 사실이 아닙니다. 즉, 오르페우스†는 자신의 여인 에우리디케를 구하고자 칠현금악기 리라 연주로 지옥의 괴물들을 진정시키면서 지옥으로 내려갔습니다. 그러나 결국 에우리디케를 다시 포옹하

고 싶다는 무분별한 유혹에 넘어가 뒤돌아봄으로써 그녀를 잃고 맙니다. 단테는 이 우화의 개념이 진실이라는 의미에서 볼 때 어쨌든 사실이라고 이야기할 것입니다. 오르페우스와 그의 악기 리라, 즉 시와 음악은 효과적으로 지옥의 괴물들, 즉 불안을 누그러뜨립니다. 그리고 지옥의 영혼, 즉 우리 자신에 대한 에우리디케, 즉 즐거운 기억을 밑바닥부터 끌어올려 표면에 드러나게 합니다. 그리고 빛으로 돌아오도록 다시 살려 낼 수 있습니다. 그러나 그 기억이 순수한 기억으로 남아 있다는 조건하에서입니다. 그 기억을 생생하게 느끼려고 시도하며 뒤돌아보는 사람은 더 이상 그 기억을 되찾을 수 없습니다. 기억 속에서 그 열정을 되살아나게 할 수 있겠지만, 그게 다입니다.

 1308년 루카[††]의 서류 한 장, 즉 알리기에리의 유산 분배를 둘러싼 사건을 낱낱이 알려 주는 재판 일지에 등장하는 인물인 피렌체 출신의 젊은 단테 알리기에리가 단테의 사생아인지 아닌지는 중요하지 않습니다. 이 책에서 들려주는 이야기에서 시인 단테를 조사하는 인물은 단테의 아들처럼 느껴질 수 있다는 가능성이 항상 열려 있다는 점이 중요할 뿐입니다. 여기에 기록된 시인에 대

[†] 그리스 신화 속 등장인물 오르페우스는 사랑하는 아내 에우리디케를 잃고 지하로 내려가 죽음의 신에게 간청하여 아내를 다시 살리려 한다. 죽음의 신은 오르페우스의 간청을 받아들여 에우리디케를 보내 준다. 단, 그녀를 지상으로 안전하게 데려갈 때까지 결코 뒤를 돌아보아서는 안 된다는 조건이 붙지만, 결국 오르페우스는 마지막에 참지 못하고 약속을 어긴다. 이에 에우리디케는 다시 저승세계로 돌아가고 만다.

[††] 루카Lucca: 이탈리아 중부 토스카나 지방의 도시.

한 또 다른 일화 즉, 작가의 죽음 이후 몇 달 뒤에 발견된 마지막 열세 번째 시편의 발견과 같은 일화나 혹은 젬마 도나티[†]가 유배를 떠나는 단테를 따르지 않았다는 일화는 보카치오의 기록에 따른 것입니다. 아무튼 항상 주목할 만한 가치가 있는 건 아니지만 아무튼 훗날 단테의 연대기에 적히게 되는 고유한 정보들은 우리 이야기가 막을 내리는 1350년 사이에 라벤나[††]에서 보카치오가 직접 수집한 내용들입니다.

  단테의 『신곡』에 담긴 수많은 수수께끼는 누구든지 증명할 수 있습니다. 무슨 의미인지는 끝없는 논의의 대상이 될 수 있습니다. 『신곡』의 시편 속에 담긴 비밀스런 메시지를 밝혀내기 위한 핵심 단서로 시편을 사용하는 베나르드의 시도는 유효한 결실을 봅니다. 그러나 『신곡』의 각 시편의 가운데 3행 연구과 마지막 3행 연구의 규명만을 이야기하는 건 아닙니다. 각각의 시행은 11음절로 되어 있습니다. 『신곡』 시편 연의 구조는 잘 알려져 있다시피, ABA BCB CDC… XYZ YZY Z입니다. 계속해서 일련의 시행 중 마지막 3행 연구는 일련의 실질적인 마지막 3행 연구(ZYZ)이거나, 마무리 행을 포함하고 3행 연구(ZYZ)입니다. 유사한 논법을 가운

[†] 젬마 도나티 Gemma Donati(1216~1329/1332): 단테의 아내. 그녀의 생에 대해서는 세상에 별로 알려진 내용이 없고, 단테는 그녀에게 단 한 줄의 시도 헌정하지 않았다. 1285년경 단테와 혼인 한 뒤 4명의 자식을 낳았다.

[††] 라벤나 Ravvena: 이탈리아 북동부 에밀리아로마냐 주에 속한 주요 도시로 아드리아 해 근처에 있다. 5세기에 서로마 제국의 수도가 되었고, 6~8세기에는 동(東)고트족의 이탈리아 왕국과 비잔틴 제국령 이탈리아의 수도가 된 바 있는, 역사적으로 매우 중요한 곳이다.

데 3행 연구에 적용할 수 있습니다. 단순화한 이론 사례를 들어 보면, 13행의 시편, ABA BCB CDC DED E입니다. 가상의 시편 13행 사이 가운데 시행은 일곱 번째이고, 음조 없이 연속되는 가운데 세 번째는 단테의 3행 연구가 아니고, 여섯 번째부터 여덟 번째까지로 언급된 BCD로 구성될 것입니다. 그리고 CBC와 CDC사이에서 선택해야 할 것입니다. 어떤 경우에든 각 시편 당 대체로 네 가지의 가능한 조합이, 즉 두 개의 마지막 3행 연구와 두 개의 가운데 3행 연구를 포함합니다. 그리고 「지옥편」, 「연옥편」, 그리고 「천국편」 각각은 예순네 가지의 가능성을, 즉 『신곡』 전체는 예순네 개의 가능성을 지니게 됩니다. 연속적으로 262,144개의 음절의 의미를 지니고 있음을 쉽게 발견할 수 있습니다. 베르나르드는 뭔가를 찾아내야만 하는 분명한 동기를 갖고 있다고 말할 수 있습니다. 우리들의 전직 십자군 기사는 자신이 찾던 것을 발견해 내고야 맙니다. 그런데 실제로 무엇을 찾아냈을까요? 궤짝입니다. 그 궤짝 안에는 두 개의 석판이 들어 있습니다. 석판 위에는 판독할 수 있는 정도가 아닌 「다니엘서」가 알파벳으로 적혀 있습니다. 계약의 궤일 수도 있고, 다른 그 무엇일 수도 있습니다. 신이 모든 것을 바다 속에 던져 버리는 바로 그 순간에 인간에게 드러낸 신의 분노는 끝이 납니다.

어찌됐든 베르나르드가 비밀의 암호를 밝혀내서 판독합니다. 그리고 이 점이 중요합니다. 그는 에피루스에 있는 죽음의 강가, 즉 비르질리우스와 단테의 책 속에도 등장하는 아케론 강가에 다다릅니다. 그곳은 세 단계에 따른 단테의 여정 중에서, 지옥 영혼들의 후손이 살고 있는 곳입니다. 호메로스로부터 후대에 전해져 오는 파나리 평야에 대한 묘사는 지옥 특유의 지형에 대해 연구한 20세기 에피루스인 시인이자 작가인 스피로스 모우셀리미스의 책에서 힌트를 얻은 것입니다(1991년 잔니나 출판사에서 이탈리아어로 출판한 『고대의 하데스와 에피라의 마법의 신탁을 받는 곳』이라는 책으로, 제 아내가 프라하의 작은 서점에서 마지막으로 남은 복사본을 찾아냈는데, 아직도 구할 수 있는지는 모르겠습니다. 아 아내들, 그녀들 없이 우리는 곤란한 처지에 빠지고 말 겁니다!). 베르나르드가 제우스의 신성한 구역인 도도나에서 겪은 시간 개념에 대한 비전은, 하느님의 영원한 현존에 대한 중세적 관념과 현대 물리학에서 논의하는 시간 개념을 종합한 것입니다. 1999년 줄리앙 바버의 〈시간의 종말〉, 〈물리학의 다음 혁명〉이라는 물리학 논문(2003년 토리노 에이나우디 출판사에서 번역본으로 출판)을 참조하였는데, 전혀 다른 차원에서 과학적 근거를 지닌, 사물에 대한 원근법적 관점을 이야기하는 논문입니다.

 십자군과 십자군이 위기를 맞이한 14세기 역사적 상황에 대해서는 수백 권의 역사서를 열거해야 할 것입니다. 예를 들어 란차노 출신의 체코는 십자군의 익명의 병사로, 1310년 4월 28일 이탈리아 남동쪽에 위치한 펜네에서 집행된 이단 재판 기록에 언급되어 있습니다. 알랭 드위르제르라는 십자군 기사는 2005년 파리의 소에유 출판사에서 출간한 『중세 십자군 기사 계급』(2006년 밀라노 가르찬티 출판사에서 번역본 출간)에 등장하고 있습니다. 1294년에 십자군 함선에 곡물을 싣고 키프로스에 가져가는 일을 총괄하던 만프레도니아의 세관 기록에 언급되어 있습니다. 피렌체의 바르디

상선회사에 속한 2,720여 구의 시신 중 1,770구에 대한 기록도 있습니다. 한편 보카치오와 피에트로 단테에 따르면 소설 속에 언급된 부자 상인과 은행가들 중에는 베아트리체의 남편 집안도 포함됩니다. 프랑스 역사가는 아크리의 산조반니의 패배의 날에 대한 묘사에 등장하는, 팔콘이라는 십자군 함선에 대해 이야기합니다.

이 소설의 끝에서 두 번째 장에 언급된 제왕절개 출산에 대한 서술은 16세기의 일입니다.

16세기 여성의학에 관한 서적으로 M. L. 알티에리 비아지, C. 마초타, A. 키안테라, P. 알티에리가 감수한 지롤라모 메르쿠리오의 『콤마레 혹은 리코리트리체』라는 책을 참조하였습니다. 1992년 토리노 유테트 출판사에서 『조반니 마리넬리와 지롤라모 메르쿠리오의 논문집』도 참조하였습니다. 이와 유사한 처치에 대한 중세의 증거는 찾아볼 수 없지만, 플리니우스가 언급한 바에 따르면 고대에는 알려져 있었습니다. 책에 묘사된 시술이 실제로 이루어졌다면 분명히 최악의 상황이 연출되었을 겁니다. 스물네 살에 출산하다 숨을 거둔 베아트리체의 사망은 충분히 가능한 일입니다. 아무튼 그녀가 젊은 나이에 세상을 뜬 것은 단테의 잘못도 우리의 잘못도 아닙니다. 그러나 베르나르드의 죽음에 대해서는 유감입니다. 제 평생 죄책감을 느낄 것입니다.

한국어판에 대한 짧은 글

    주효숙 선생님에 의해 번역된 『단테의 비밀 서적』을 한국 독자에게 내놓게 된 지금 저는 굉장히 설레면서 동시에 약간 걱정도 됩니다. 걱정되는 이유는, 특히 이 책에는 등장하지 않지만 소설의 가장 중요한 모티브가 되고 있는 위대한 주인공이자 중세의 시인인 단테 알리기에리 때문입니다. 이탈리아에서는 누구나 잘 알고 있는 단테이지만, 한국에서는 아마도 이탈리아에서와 같은 명성을 누리지는 못할 것입니다. 그렇기는 하지만 유럽 문화를 아우르는 내용을 담고 있는 그의 작품 『신곡』이 한국에서는 한형곤 교수님에 의해 번역되었고, 대중들에게 호평을 받은 바 있다는 사실을 알고 있습니다.
    저는 단테의 『신곡』을 유럽 문화 속의 불교 경전 『역경(易經)』과 같은 경우로 여기며 서로를 비교해 보게 됩니다. 『역경』은 인간 조건의 모든 가능한 상태를 제시하고 있는, '영혼의 위대한 지도'와도 같은 위대한 책입니다. 『역경』에서처럼, 단테는 그 시대의 모든 지식을 체계적으로 모으고 그 지식에 시형(詩形)을, 그러니까 말하자면 거의 예언에 가까운 독특한 시형을 부여합니다. 수세기 동안 이탈리아인뿐 아니라 많은 유럽인들은 단테의 『신곡』에서 자기 자신에 대한 뭔가 중요한 것들을 발견해 왔습니다.

우리 유럽인과 동양인 사이에는 구체적인 삶의 조건과 문화, 가치적인 측면 등에서 커다란 간극이 존재할 것입니다. 그럼에도 불구하고 저는 단테의 『신곡』이 한국이라는 나라에 살고 계신 여러분에게도 큰 가치와 효용을 주리라 믿고 있습니다. 부연하자면, 유럽에 사는 저희들이 바로 『역경』과 같은 고대 지혜를 담고 있는 동양 서적들을 읽을 때 그러하듯 그 책이 쓰여진 역사적 상황에 대해서는 잘 알지 못하지만 그 역사를 무척 가깝게 느끼고 그 안에서 심오한 가치를 찾아내는 것처럼 문화적, 혹은 지리적으로 커다란 간극이 존재하지만 『신곡』 역시 마찬가지 이유에서 여러분에게 적지 않은 가치와 효용을 주리라 생각합니다. 이런 주장이 가능한 이유는 단테가 묘사한 유럽의 중세란 고대 불교의 신비주의와 공통된 다양한 요소를 지닌, 도덕과 관련된 지혜를 탐구하던 시기였기 때문입니다.

오늘날 유럽 문화는 자신의 뿌리로부터 거의 완전히 분리되다시피 했습니다. 그리고 현재의 정신은 근본적으로 무신론적이고, 기계적이며, 유물론적이 되어 버렸습니다. "정신은 인류 역사상 가장 느리게 변화하는 요소"라고 어느 프랑스 역사가가 이야기한 바 있습니다. 사실 오늘날 유럽에서 정신은, 물질을 주의 깊게 연구하기 시작했던 약 2세기 전 우리가 이룬 과학에 근거한 가치를 기본으로 하고 있습니다. 반면 오늘날의 과학, 그중에서도 특히 물리학은 다양한 지식에 대한 깊이를 탐구할 정도로, 물질 자체의 비실체성을 연구하는 혁명적인 신지식에 상당히 근접해질 정도로 앞서갔습니다. 그리고 종종 바로 그 물리학자들이 고대 지식에 대해, 동양적인 신비주의에 대해, 혹은 단테와 중세 서양 사상가들의 빛에 입각한 형이상학에 대해 새로운 시각으로 접근하고 있습니다. 특히 이탈리아에서 큰 성공을 거두었던 책이 한 권 떠오릅니다. 프리초프 카프라의 『물리학의 도(道)』라는 책입니다. 더 이상 유럽의 합리주의가 아닌 아시아의 고대 철학으로, 특히 불교와 도교로 현대물리학에 대한 새로운 지식을 탐구하고 있습니다.

『단테의 비밀서적』에는 생생한 내적 탐구에 몰두하는 인물이 등장합니다. 베르나르드라는 프랑스인으로, 팔레스타인에서 아랍인들을 상대로 전투를 벌였던 전직 십자군 기사입니다. 자신이 참가했던 유일한 전투에서 쓰라린 패배를 맛본 그는 실의에 빠져 유럽으로 돌아옵니다. 그런데 그 유럽은 자신이 멀리서 상상해 왔던 유럽과는 본질적으로 달랐습니다. 그는 『신곡』을 읽고 난 뒤, 그리스 북부의 산악 지대인 에피루스를 향해 모험을 떠납니다. 그곳은 고대 유럽인들이 죽은 이들을 기리던 아주 오래된 장소였습니다. 여행 끝 무렵, 그는 모든 순간의 영원한 공존이라는 시간의 실체를 깨닫게 됩니다. 이는 현대 물리학자 줄리앙 바버가 주창한 개념이지만 중세 유럽 철학에서, 특히 기독교 이론가들에 의해 이미 형성된 바 있습니다. 그곳에서 그는 다시 한 번 고대의 신비주의가 현대 지식과 상응하고 있음을 발견하게 됩니다.

이 책의 번역자 주효숙 선생님은 베르나르드에 대해 언급하면서, 중국으로 공부를 떠나던 중 해골 물을 마시고 난 뒤 내면의 진실에 대한 가장 비밀스런 인식을 깨닫고 한국 불교 발전에 크게 공헌한 원효대사의 일화를 제게 들려주었습니다. 사실 그 전까지 원효대사에 대한 일화를 모르고 있었지만, 그 이야기를 듣자마자 저는 바로 몇 권의 관련 서적을 구해 읽었습니다. 그리고 지금은 그 일화에 상당히 매료되어 있음을 고백하며, 귀한 깨달음의 징검다리를 마련해 주신 주효숙 선생님께 감사드립니다. 실제로 베르나르드의 여행은 인식의 깨달음을 경험하는 원효대사의 여행과 무척이나 닮아 있습니다. 죽은 이들을 숭배하는 유럽의 가장 오래된 사원이었던 곳에서 머물고, 해골 옆에서 명상에 빠져 하룻밤을 보낸 베르나르드는 한국의 성인을 구체적으로 떠올리게 하는 듯합니다. 원효대사의 일화를 알지 못한 채, 아주 유사한 방식으로 자기 자신에 대해 탐구하는 등장인물의 사건을 상상했다는 것이 참으로 신기합니다. 어쩌면 제가 원효대사의 일화를 듣고도 깜빡 잊어버린 것일까요? 그렇지 않다고 믿습니다. 왜냐하면 그 이야기는 한 번 들으면 절대로 잊기 어려울 만큼 아름답고도 매력적인 일화이기 때문입니다.

문화적 간극이 매우 큰 것처럼 여겨지는 때에도 대화의 가능성은 늘 열려 있고, 모든 인류 문명 사이에 공통적인 유산은 존재한다고 저는 믿습니다. 베르나르드의 에피소드는, 자신이 읽고 있는 소설 속에서 상징적인 요소를 찾아내는 데 그다지 익숙하지 않은 이탈리아 독자들이 이해하기에 가장 어려운 부분이었습니다. 반면 그 상징적인 요소는 우리가 동양적이라고 부르는 지혜와 유럽 고대 문화의 근간을 이루고 있습니다. 한국인 독자들은 한국 전통과 생생하게 맞닿아 있는 이 에피소드의 특징을 이탈리아 독자들보다 덜 놓치시게 되기를 기대합니다. 그리고 마치 이탈리아에서 원효대사의 일화가 퍼져 나가듯, 저의 작업이 한국에 단테 읽기의 분위기를 확산시키는 데 작게나마 기여할 수 있기를 기대합니다.

이탈리아어 원서가 고어 투성이인데다 그 의미를 쉽게 찾을 수 없는 탓에 작은 것들도 놓치지 않으려 애쓰며 꼼꼼히 번역해 주신 주효숙 선생님의 노고에 다시 한 번 감사를 표합니다. 그리고 비록 늘 그렇게 잘 알려지지 않은 유럽의 고대 사건에 대해 이야기하고 있지만, 이 이야기가 여러분의 마음에 들기를 바랍니다. 특히 모든 이야기 너머에는 세상 사람들을 하나로 묶어 주는 공통된 인간의 진실이 있다고 믿습니다. 그리고 그 진실의 공통적인 뿌리는, 한국이나 제가 속해 있는 유럽 문화처럼 오래되고 깊고 풍부한 전통을 지닌 민족이 간직하고 있는 고대의 지혜 속에 있음을 확신합니다. 그리고 바로 그런 이런 이유 때문에 우리는 전해야 할 수많은 이야기를 간직하고 있는 것입니다.

역자 후기

단테의 『신곡』을 둘러싼 거대한 음모와 비밀을 파헤치는 고품격 역사추리소설

단테는 죽기 전 『신곡』의 마지막 열세 곡의 시편을 감추어 놓았다. 이유가 뭘까? 『단테의 비밀서적』은 『신곡』을 둘러싼 거대한 비밀을 집요하게 파헤쳐 나가는 고품격 역사추리소설이다. 이 책의 저자 프란체스코 피오레티는 단테의 도시 피렌체에서 단테를 전공한 뒤 20여 년째 심도 있게 연구하고 있는, 이태리 최고의 '단테 전문가' 중 한 사람으로 꼽히는 사람이다. 현재 그는 괴테부터 헤겔에 이르기까지 유독 단테를 사랑했던 나라 독일에서 단테에 관한 박사 학위 논문을 마무리하고 있다. 2007년, 그는 우연히 『신곡』 안에 감춰져 있는 숫자의 배열을 알아차리게 되고, 이어서 그 숫자들이 규칙적인 일련의 법칙성을 갖고 있음을 간파해 낸다.

학술 연구의 성과물로 연구를 지속하는 데 어려움을 느낀 그는,

다양한 등장인물들이 다양한 목소리를 낼 수 있는 장르인 소설을 통해 이를 실현하기로 마음먹는다. 그렇게 탄생한 값진 열매가 바로 이 책 『단테의 비밀서적』이다. 그런 터라 이 책에는 '『신곡』 안에 감춰진 암호'라는 별칭이 붙게 되었다. 물론 그 암호 해독은 소설 속 등장인물의 해석에 따른 것이고, 따라서 정확하게 맞아떨어지는 암호의 특징은 우연의 일치에 지나지 않는다고 애초 그는 생각했다. 한데 그는 당시 단테가 살아가던 시대의 정치 현실을 비판하는 몇몇 구절에 대한 논란에 우연히 주목하게 된다. 그리고 그 구절들이 이 소설의 비밀을 간직한 암호 해독과 우연히 일치하고 있음이 밝혀지는데, 그 내용이 자못 충격적이다.

모든 사람들이 믿고 있는 것처럼 단테는 정말로 라벤나에서 말라리아에 걸려 세상을 떴을까? 아니면 누군가 그의 죽음을, 그리고 그의 죽음과 더불어 『신곡』에 감추어진 거대한 비밀이 영원히 사라져 버리기를 바랐기 때문일까? 각 장 앞에 단테에 대한 보카치오의 글을 제사(題詞)로 적어 놓은 이 소설 속에 이러한 궁금증에 대한 진실이 감추어져 있다.

시인의 딸 베아트리체 수녀, 프랑스인 전직 십자군 기사 베르나르드, 루카 출신 의사 조반니가 단테의 죽음을 둘러싼 진실에 대한, 그리고 감쪽같이 사라져 버린 『신곡』의 마지막 열세 곡의 시편의 행방을 이중삼중으로 조사하기 시작한다. 그들은 단테가 양피지에 적어 놓은 9음절 시에 대한 암호를 풀기 위해 애를 쓴다. 그런 과정에서 많은 이들이 시인에 대한 적개심을 키우고 있었음이 밝혀지면서 살인자로 의심되는 자의 흔적을 쫓기 시작한다.

단테의 『신곡』에 감추어진 비밀의 열쇠를 찾아내는 일은, 그리고 『신곡』의 완성을 원하지 않은 사람들의 정체를 밝혀내는 일은 녹록한 일이 아니다. 한데, 단테는 왜 천국의 시편 마지막 열세 곡을 그토록 교묘히 감추어 놓았을까? 이에 대한 해답은 정교한 이야기 구성 속에 숨겨진 복잡하고도 무시무시한 음모와 비밀을 밝혀 나가는 과정에서 얻게 된다. 또한 작가는 『신곡』에 등장하는 사냥개 벨트로의 정체와 악을 응징하는 복수자의 신원이 이 책에 감추어져 있음도 밝혀낸다.

정치, 경제적으로 어려움을 겪는 14세기 이탈리아와 유럽 역사를 배경으로 한 『단테의 비밀서적』은 실제 사건과 가공의 등장인물을 씨줄 날줄로 정교하고 촘촘하게 엮어 거대한 비밀과 음모를 파헤치며 독자의 지적 호기심을 한껏 자극한다.

이 소설에는 다양한 등장인물들이 등장하는데, 작가의 따스하고도 세밀한 관심과 손길에 의해 그들 중 단 한 명도 주변인물로 무의미하게 스쳐 지나가지 않고 작품 전체에 걸쳐 생생하게 살아 움직인다. 예컨대, 가장 가까이에서 시인을 지켜본 단테의 딸 베아트리체 수녀는 뛰어난 지성의 소유자로서 소설 전체에 매력을 불어넣는다. 이상적인 기사도의 삶을 꿈꾸며 십자군 기사로 훈련받고 평생을 살아온 베르나르드는 돈키호테적인 성향을 지닌 캐릭터로 진실을 찾아 일생일대의 모험을 떠난다. 단테의 사생아로 추정되는 조반니는 부르주아 계층에 속하는 지식인으로 상당히 복합적이면서도 매력적인 인물이다. 주인공인 이 세 사람 이외에, 진실과는 거리가 먼 비극적인 현대인의 전형과도 같은 모네 씨도 눈길을 끈다. 그는 단테가 『신곡』에서 '베아트리체'라는 이름으로 다시 세례를 준 비체의 남편이기도 하다. 도미니크회 소속 수도사의 팔에 안겨 숨을 거두는 모네의 죽음은 쉽게 떨쳐지지 않는 강렬한 인상을 남긴다. 마지막 순간까지 자기 자신을 제대로 인식하지도 못한 채 왜곡된 상념 속에 삶을 마치는 14세기 중엽의 모네는 어쩌면 우리 현대인의 나약한 일면을 드러내고 있는지도 모른다. 소설의 마지막 부분의 베아트리체에게 보낸 조반니의 편지에 등장하는, 진실을 알지 못하는 데서 악이 생겨난다는 구절은 작가의 의도와는 관계없이 이 책이 독자에게 전해 주고자 하는 중요한 메시지일 것이다.

　복잡한 이야기가 긴장감을 배가시키는 이 책을 읽어 내려가면서 스펙터클한 현대 추리액션영화 한 편을 보는 듯한 즐거움을 느끼게 된다고 말한다면 지나치게 가벼운 표현일까?

　여러 교수님들께서 우리말로 옮기신 『신곡』 번역서들은 녹록치 않은 이 책의 번역 작업에 든든한 길잡이가 되어 주었음을 밝히며 감사드린다. 그리고 소설 속에 인용된 『신곡』 원문은 김운찬 교수님께서 번역하신 『신곡』의 구절들을 고스란히 옮겨 놓았다. 이를 허락해 주신 덕분에 부족한 본 역서의 완성도를 높일 수 있었음에 감사의 인사를 전하고 싶다. 아울러 이 책이 한국에 소개될 수 있도록 출간을 허락해 주신 작은씨앗출판사 김경용 사장님과 여러모로 신경 쓰고 고생해 주신 이재두 편집장님께도 감사의 인사를 표하고 싶다.